D.B.Blettenberg • Falken jagen

D. B. Blettenberg

Falken jagen

PENDRAGON

Für Detlef Prehn

Farang – thailändisch:
der/die Weiße/n Menschen aus der westlichen Welt,
ursprünglich für französische Missionare

Frankos (Φράγκος) – griechisch:
Westeuropäer, ursprünglich für Kreuzritter
zu Zeiten Konstantinopels

PROLOG

Träume grenzen an den Tod

Sampeng.

Bangkoks Chinatown.

Eine Lagerhalle am Ufer des Chao Praya River. Es stinkt nach verrotteten Pflanzen und verfaultem Fisch. Vor dem Tor des Lagers warten zwei Chinesen, die ihm zur Begrüßung zunicken.

„Wo?", fragt er.

„Hier!" Der kleinere Chinese deutet durch eine angelehnte Seitentür in das Lager, ohne sich vom Fleck zu rühren.

Er geht voran, sieht gestapelte Zementsäcke, einen Gabelstapler und unzählige leere Fässer. Das Gebäude ist zum Ufer hin offen. Am Pier liegt ein einfacher Holzkahn. Dazu lärmt der Schiffsverkehr: Röhrende Schnellboote, tuckernde Lastkähne, und schrille Trillerpfeifen, die das Ab- und Anlegemanöver der Wassertaxis begleiten. Und ganz schwach – und leicht zu überhören – das Läuten von Tempelglöckchen.

Die Chinesen sind ihm gefolgt, und der größere meldet sich zu Wort.

„Der Chef hat Sie instruiert?"

„So ist es."

Er hat alles mit dem Boss der beiden Männer durchgekaut. Das Duo ist für Warenaustausch und Buchhaltung zuständig, er selbst für den Begleitschutz.

„Sie kümmern sich um das Geld, und ich sehe bedrohlich genug aus, damit Ihre Geschäftspartner nicht auf dumme Gedanken kommen."

Der kleine Chinese nickt erleichtert.

„Wann ist es soweit?" Der Eurasier wirft einen Blick auf die Rolex an seinem Handgelenk.

„Um elf", sagt der Große.

„Dann müssten Ihre Partner so gut wie da sein."

Die Chinesen nicken.

„Und wo ist das Geld?"

Der Kleine klopft mit der Rechten auf seine Brusttasche, unter der die Anzugjacke leicht ausbeult.

Das Tor zur Lagerhalle wird aufgeschoben. Zwei Thai kommen herein. Einer für die Ware, einer als Aufpasser. Der für Ware und Bares trägt einen Pilotenkoffer. Der Aufpasser trägt eine Pistole im Schulterhalfter unter der offenen Windjacke.

Chinesen und Thai reden aufgeregt aufeinander ein. Es riecht nach Streit. Als nach Geld gefragt wird, will der kleine Chinese erneut auf seine linke Brusthälfte klopfen. Der Aufpasser der Thai-Delegation versteht das falsch und zuckt nach seiner Waffe.

Farang zuckt mit.

Noch bevor der Aufpasser seine Waffe in Anschlag bringen kann, hat der Eurasier eine Patrone weniger im Magazin, und der Mann geht zu Boden und bleibt regungslos liegen. Der Thai mit dem Koffer greift in die Seitentasche seiner Jacke, und Farang legt ihn ebenfalls um.

Die Chinesen schweigen beeindruckt. Sie sind am Leben und haben ihr Geld noch.

Für eben diesen Ernstfall wurde Surasak „Farang" Meier angeheuert. Er hat sein Honorar im Voraus kassiert. Es gibt also keinen Grund länger in diesem Lagerschuppen herumzustehen. Er rät den Chinesen, die Leichen im Fluss zu versenken, und macht sich auf den Weg.

ERSTER TEIL

SIAM
Die Epistelmorde

1

Wieder so ein Traum.

Wie immer war er bereits aufgewacht, als der erste Schuss fiel, doch erst als das Tuckern der Lastkähne allmählich verklang, kam er ganz zu sich.

Er lag nackt auf dem Bett. Über ihm drehten sich die Blätter des Deckenventilators und erzeugten eine leichte Brise. Es war noch früh am Morgen. Trotzdem spürte er bereits die aufkommende Hitze. Er schrieb es seinem fortschreitenden Alter zu, dass er nicht mehr mit den Treibhaustemperaturen zurechtkam. Vermutlich war der deutsche Anteil seiner Gene daran schuld.

Er hatte wieder diesen bitteren Geschmack im Mund. Wie immer, wenn er jemanden getötet hatte. Grüne Mangos mit einer Prise Mandeln? Oder warmer Campari? Er war sich nie ganz sicher. Zudem stach ihm der Geruch von verbranntem Horn in die Nase. Haare? Fingernägel? Auch das war nicht völlig klar. Wie auch immer – am Leben zu sein hieß eben, noch schmecken und riechen zu können. Im Traum war er gerade mal achtundzwanzig Jahre alt gewesen.

Achtundzwanzig!

Wenn er in den Spiegel sah – was er sich nicht mehr allzu oft antat – trauerte er dem jungen Mann nach, der er einmal gewesen war. Ein gut austrainiertes Mittelgewicht. Muskulös und schlank. Inzwischen war er eher der Klasse Halbschwer zuzuordnen. Die Muskeln waren noch gut intakt, kamen aber aufgrund der leichten Fettschicht nicht mehr voll zur Geltung. Dennoch war er besser in Schuss, als es sein Vater jemals gewesen war. Eine Tatsache, die ihm Genugtuung verschaffte. Wie alles, was ihn von diesem ungeliebten Elternteil unterschied. Selbst die Glatze seines Erzeugers war ihm bislang erspart geblieben. Noch waren seine kurz getrimmten Haare dicht, wenn auch deutlich angegraut.

Er schenkte sich weitere Selbstbetrachtungen und nahm seine Umwelt wieder wahr.

Trotz der frühen Stunde machten sich bereits Mensch und Tier bemerkbar. Kinderlachen, Autohupen, Hühnergackern und Hundegebell. Alles in der ländlichen Variante. Dem Großstadtlärm hatte er schon vor vielen Jahren abgeschworen. Das nahe Rauschen der Brandung war eine weitere Belohnung für diesen Entschluss.

Ohne jede Vorwarnung entlud sich ein heftiger Tropenregen. Er hörte die Tropfen fast einzeln einschlagen, als hätte jemand eine Handvoll Glasmurmeln auf die Veranda geworfen.

Das Geschehen in der Lagerhalle am Fluss holte ihn wieder ein. Seit er sich aus dem Geschäft zurückgezogen hatte, suchten ihn diese wiederkehrenden Träume heim. Es waren keine Albträume. Er litt auch nicht an einem Trauma und damit verbundenen seelischen Erschütterungen. Es handelte sich um ganz normale Erinnerungen im Schlaf. Alles eins zu eins. So, wie es sich irgendwann in seinem Leben abgespielt hatte – und zwar nicht in seinem letzten, sondern in diesem. Es war nichts Unvorhersehbares dabei, nichts Beklemmendes, nichts was ihm hätte Angst machen können. Jede Einzelheit war ihm bekannt. Und doch quälte ihn die Beharrlichkeit, mit der sich die Träume meldeten. Sie führten ihm Dinge vor, die er einmal getan und als erledigt betrachtet hatte. Es war, als präsentiere ihm eine dunkle Macht immer wieder Rechnungen, die er lange beglichen glaubte.

Was ihm Hoffnung machte, war die Reihenfolge, in der alles ablief. Der erste Traum hatte von seinem letzten Auftrag gehandelt. Danach hatten sich die Dinge mit jedem neuen Traum Schritt für Schritt rückwärts orientiert, zu immer weiter zurückliegenden Taten. So gesehen bestand also Hoffnung auf ein baldiges Ende. Wenn er richtig mitgezählt hatte, waren nur noch ein halbes Dutzend Aufträge abzuarbeiten. Dinge, die er in seinen frühen Anfängen erledigt hatte.

Sein Telefon meldete sich – so schrill und beharrlich, als wolle es der Grübelei ein für alle Mal ein Ende bereiten.

Verlockender Gedanke.

Er stand auf, ging zu dem Stuhl, der ihm als Kleiderständer diente, und fischte das Mobiltelefon aus der Brusttasche seines Kakihemdes. Er hatte noch eines jener einfachen Geräte ohne überflüssigen Schnickschnack. Zum telefonieren eben. Was er selten genug tat. Er bekam kaum Anrufe und nutzte das Telefon nur als eine Art Notrufsäule für eigene Belange. Deshalb hatte er auch den Klingelton schon seit mehreren Tagen oder gar Wochen nicht mehr gehört.

Ein Chor sang salbungsvoll: BLÜH IM GLANZE DIESES GLÜCKES, BLÜHE DEUTSCHES VATERLAND! Der Gesang brach abrupt ab, und eine Nachrichtensprecher-

stimme empfahl: ZU RISIKEN UND NEBENWIRKUN-
GEN FRAGEN SIE IHREN ARZT ODER APOTHEKER!

Das alles auf Deutsch.

Er meldete sich.

In den folgenden Minuten hörte er konzentriert zu und quittierte nur dreimal im Laufe des gesamten Telefonats mit einem lakonischen „*Krap!*"

Dann trennte er die Verbindung.

Eine Weile blieb er in Gedanken verloren stehen. Schließlich legte er das Telefon auf den Stuhl und ging zu der chinesischen Kommode, die an der Längswand des Schlafzimmers stand. Ruhigen Blickes betrachtete er die beiden in Silber gerahmten Fotografien, die auf dem schulterhohen Möbel standen. Es handelte sich um die Porträtaufnahmen zweier Frauen. Die ältere Thai war seine verstorbene Mutter, die jüngere, Nit, seine langjährige Lebensgefährtin. Auch sie war schon seit geraumer Zeit tot. Beide Frauen nahmen einen besonderen Platz in seinem Leben ein. Jede war auf ihre Art einzigartig gewesen. Er vermisste sie.

Zwischen den Bildern stand stets ein frischer Strauß Orchideen, und auch die kleinen Kränze aus Jasminblüten, die die silbernen Rahmen zierten, hatten nie die Chance, zu verwelken.

Er senkte den Blick, zog eine der neun Schubladen auf, und schaute regungslos auf das stahlgraue Seidentuch, dessen vier Zipfel über dem Gegenstand, den es umhüllte, zusammengebunden waren. Behutsam öffnete er die lockeren Knoten und schlug den Stoff auseinander. Die Hände hinter dem Rücken verschränkt, betrachtete er zärtlich lächelnd seine belgische Geliebte.

Er hatte immer eine relativ flache Waffe bevorzugt, die nicht sehr auftrug und leicht zu ziehen war. Die FN HP35 hatte 13 Schuss 9 mm Parabellum im Magazin und einen im Lauf. Es war eine Waffe, die seit 1935 weltweit im Einsatz war, und von der Fabrique Nationale de Herstal stammte. Da sie als Armeepistole nicht optimal für seine Bedürfnisse geeignet war, hatte er sie von einem Spezialisten nach seinen Wünschen frisieren lassen.

Sein Handwerkszeug aus alten Tagen.

Noch eine ganze Weile lang verharrte Farang andächtig vor der Kommode – dem Tempel für seine Mutter und seine beiden Geliebten. Dann hüllte er die Waffe wieder in ihr Seidenkleid und schob die Schublade zu. Er war fest entschlossen, auch weiterhin ohne die Pistole auszukommen. Selbst wenn er den Anruf, den er soeben erhalten hatte, nicht ignorieren konnte.

Der Respekt, den er dem General stets gezollt hatte, ging weit über dessen Tod hinaus.

2

Der Falke beäugte seine Beute aus sicherer Höhe.

Der Wind, der vom Golf von Siam kam, war so schwach, dass, hätte er Federn gehabt, diese kaum in Bewegung geraten wären. Nur der Schweiß auf seiner Stirn schien zu trocknen, während er die schwarze Limousine durch den

Feldstecher beobachtete. Der Wagen kam aus Pattaya, nahm die letzte Kurve zum *Royal Cliff Beach Hotel* und verschwand unter dem überdachten Zugangsbereich.

Der Falke setzte das Fernglas ab und lächelte zufrieden. Die Beute hatte sich in den Käfig begeben.

3

Ioannis Karpathakis stieg aus dem Dienstwagen.

Khun Mongkon, sein thailändischer Chauffeur, würde sich um das Gepäck kümmern, sich in der Lobby bereithalten und ansonsten Stillschweigen bewahren. Wie immer, wenn der Chef in privater Angelegenheit unterwegs war.

Die Privatangelegenheit, um die es in Pattaya ging, hieß Chu, war eine atemberaubende Sinothai, die sich in den Kopf gesetzt hatte, nach Athen zu reisen und nun Probleme mit dem Visum hatte. Probleme, die Ioannis Karpathakis für sie zu lösen gedachte. Natürlich gegen eine angemessene Gegenleistung, die angesichts des erotischen Potenzials der Hilfsbedürftigen auf der Hand lag. Dies umso mehr, da Chu Interesse an einer unverbindlichen Privatberatung außerhalb offizieller Konsularsprechstunden geäußert hatte. Eine entsprechende Reservierung im *Royal Cliff Beach Hotel* hatte der Grieche gerne für sie vorgenommen. Er war froh, dass sie ihm kein Bares angeboten hatte. Das weltweit verbreitete Klischee, der in Griechenland üblichen Bestechung durch die Übergabe Geld gefüllter Kuverts, entsprach ganz und gar nicht seinem Stil. Es gab andere Methoden. Und deshalb war er hier und ging davon aus, dass die Frau auf ihn wartete.

Und so war es.

Als Karpathakis das Zimmer betrat, lag Chu nackt auf dem Bett. Sie hatte alles richtig gemacht. Ohne, dass ein Wort darüber verloren worden wäre. Bislang hatte er nur geahnt, was sie unter ihrer eleganten Kleidung verbarg. Nun fühlte er sich bestätigt. Die Gewährung eines einzigen Visums erschloss ihm sexuelle Welten. Jahrzehntelang war ihm nicht klar gewesen, warum er im diplomatischen Dienst tätig war. Bis er schließlich begriffen hatte, welche Möglichkeiten mit dieser Tätigkeit verbunden waren. Er registrierte, stempelte und unterschrieb mit dem Schwanz.

So einfach war das.

Wenn ihn jemals Skrupel geplagt hatten, so waren sie Geschichte – wie Sokrates, Plato oder Alexander der Große. Er wusste nicht einmal, ob er seine Landsleute in der richtigen Reihenfolge aufzählte, als er sich auszog. Sicher war nur, dass seine Erektion ihn nicht im Stich ließ. Was ihm ebenso positiv auffiel, war, dass Chu nicht quatschte. Sie wartete und hielt den Mund. So liebte er es. Es hatte den Vorteil, dass sie auch hinterher keine Kommentare abgaben, wenn er es als Liebhaber nicht gebracht hatte.

4

Der Falke ging den teppichbelegten Gang entlang, blieb vor der Zimmertür stehen, hinter der sich seine Beute befand, und zog in aller Ruhe die Latexhandschuhe an.

Er hatte weder einen passenden Schlüssel, noch einen Dietrich, noch gedachte er die Tür einzutreten. Er vertraute ganz auf die Macht seiner Muttersprache.

Er klopfte und rief: *„Kyrie Karpathakis …?"*

5

Als Karpathakis seinen Namen hörte, kam er ins Straucheln.

Er war gerade dabei, aus der Unterhose zu steigen und sich intensiver um Chu zu kümmern. Es war gar nicht mal der Familienname, der ihm ohne Zweifel zu eigen war, der ihn beunruhigte, sondern die Anrede. Nicht, dass er etwas gegen *Herr* gehabt hätte. Aber ausgerechnet auf Griechisch – jetzt und hier? Das alarmierte ihn. Doch noch war er nicht bereit, sich zu erkennen zu geben. Deshalb antwortete er auf Englisch.

„Who is it?"

„Room Service", hörte er, und dann in seiner Muttersprache: „Ein Diaspora-Grieche, der sich hier den Arsch aufreißt, um Ihnen eine Flasche Champagner vom Management zu servieren."

Karpathakis entspannte sich, fiel in seine Muttersprache,

und bat um einen Moment Geduld. Alles gut. Hatte er Chu nicht aufgetragen, schon mal eine Flasche Champagner aufs Zimmer zu bestellen, wenn sie eintraf?

Obwohl: *vom Management ...?*

Na ja.

Er nickte Chu beruhigend zu und zog sich den Bademantel mit dem Hotelemblem über, bevor er die Zimmertür öffnete.

6

Der Falke schob Karpathakis sacht beiseite und schloss die Tür hinter sich.

Der Konsularbeamte schien irritiert, weder ein Tablett, noch eine Flasche mit Gläsern zu sehen, aber der Falke konzentrierte sich ganz auf die Frau. Am besten beseitigte man Zeugen, bevor sie etwas bezeugen konnten. Er zog die Pistole und erledigte Chu mit einem gezielten Schuss. Der Schalldämpfer machte es umweltverträglich. Lärmbekämpfung, so hieß es in der zivilisierten Welt, war Teil des Umweltschutzes. Der Falke hielt sich daran. Und bevor Ioannis Karpathakis noch lamentieren, geschweige denn, eine Diskussion über die Vorkommnisse eröffnen konnte, erschoss der Falke ihn ebenfalls. Auch dies ökonomisch. Keine unnötige Verschwendung von Ressourcen. Zwei Projektile genügten für beide Opfer.

„*Malaka*", sagte der Falke zu dem Toten.

Der Wichser hatte nichts anderes im Kopf gehabt, als

Frauen auszubeuten. Nun war er selbst zur Beute geworden. So weit. So gut. Alles rational erledigt. Schön, wenn damit alles getan gewesen wäre. Aber dem war nicht so. Mit einem genervten Stöhnen machte der Falke sich daran, dem Ganzen den Anschein der Legende zu geben, die er sich zu seinem eigenen Schutz auferlegt hatte.

Er langte über die Schulter nach dem Griff des Thai-Schwerts und zog die Klinge aus der Wildlederscheide, die er unter dem weit geschnittenen Seidenhemd auf dem Rücken trug. Er arbeitete mit einer modernen Variante des klassischen Daab. Der Griff ließ beiden Händen Platz, aber die Waffe war leichter und die rasiermesserscharfe Klinge etwas kürzer, um den Transport zu erleichtern.

Ein einziger Streich genügte, um seinen Landsmann zu enthaupten. Er legte den Kopf des Konsularbeamten neben dem Doppelbett auf den Teppichboden, bevor er die Klinge in Höhe des Bauchnabels in den toten Körper trieb und sie bis zum Brustbein hochzog. Er ertrug das Blut, war aber nicht scharf darauf, auch noch die Innereien zu sehen. Behutsam zog er die Klinge aus der Leiche und wischte sie am Bettlaken ab.

Bevor er das Zimmer verließ, hinterlegte er die übliche schriftliche Mitteilung am Tatort. Er hatte seine Epistel wie immer in weiser Voraussicht auf die unabänderlichen Geschehnisse verfasst, die er selbst schuf. Alles fein säuberlich in seiner akkuraten Handschrift und in Neugriechisch.

Mochten die Gesetzeshüter die Zeilen deuten ohne Erleuchtung zu erfahren.

7

Bei Wat Arun ging Farang von Bord des Speedboots.

Er war taub vom Dröhnen des Zwölfzylindermotors und spürte immer noch das leichte Schwindelgefühl, das ihn im feuchtwarmen Fahrtwind befallen hatte. Er hatte Mühe, geradeaus zu laufen, und der Anblick des Tempels der Morgendämmerung, der sonst so beruhigend auf ihn wirkte, trug diesmal auch nicht zu einem klaren Kopf bei. Der mit Abertausenden Porzellanscherben verkleidete Turm glitzerte aggressiv in der grellen Sonne und gab einem das Gefühl aus Laserkanonen beschossen zu werden.

Doch mit jedem Schritt, den sich Farang vom Ufer entfernte, überkam ihn wieder die altbekannte Ruhe, die ihn stets an diesem mythischen Ort erfasst hatte, und schließlich war er wieder bei sich selbst. Wenn auch nicht ganz. Denn seit er nicht mehr in Bangkok lebte, kam ihm die schwüle Hitze, die sich in den Straßen staute, unerträglich vor. Nicht zu vergleichen mit dem salzwassergetränkten Küstenwind im Süden des Landes. In Bangkok war alles mit dem Mehltau abgestandener Luft durchsetzt, mit Fäulnis, mit Abgasen und verbrauchtem Sauerstoff, den Klimageräte ins Weite bliesen.

Zerfall war die alles bestimmende Duftnote.

Vielleicht war sein zeitweises Unwohlsein auch darauf zurückzuführen, dass er nur noch selten in die Metropole kam. Seit einigen Jahren hatte er sich in die Heimat seiner Mutter zurückgezogen. Ihr Geburtsort lag in Südthailand, nahe der malaysischen Grenze. Mittlerweile fühlte er sich in dem kleinen Dorf wie zu Hause. Auch wenn Bangkok immer sein eigentliches zu Hause gewesen war, wurde ihm die Hauptstadt zunehmend fremder. Jedes Mal, wenn er hierher zurückkehrte, fielen ihm die Veränderungen im Stadtbild auf. Einige waren offensichtlich, andere subtil. Nichts davon gefiel ihm.

Sie hatten jetzt sogar eine Hochbahn, die sie *Skytrain* nannten. Vermutlich, um dem himmlischen Image der Stadt der Engel gerecht zu werden. Und zu allem Überfluss gab es nun auch noch eine Untergrundbahn, die besser Unterwasserbahn als Metro geheißen hätte. Irgendwann mussten sich die Tunnelbohrer gegen die Dammbauer durchgesetzt haben. Die schon immer hartnäckig verdrängte Furcht vor den alljährlichen Überschwemmungen, schien sich jedenfalls endgültig in Luft aufgelöst zu haben, während sich in der Politik die Roten gegen die Gelben erschöpften, was ihre jeweilige Interpretation von Demokratie anging, und das Militär sich wie gehabt allzeit bereit hielt, um die Macht zu übernehmen. Was es bei Bedarf auch tat.

Der Fahrer des Generals wartete bereits.

Wie in den guten alten Zeiten.

Unbeugsam trotzte der Hauptmann im Ruhestand dem näher rückenden Ableben. Seit sein Chef tot war, fuhr er für Imelda. So wurde die Tochter des Generals hinter ihrem Rücken genannt. Es war ihr natürlich bekannt. Und wenn sie ehrlich war, schmeichelte ihr der Vergleich mit der Gattin des ehemaligen philippinischen Diktators durchaus. Nicht nur wegen der exorbitanten Damenschuhsammlung, die sie, der Legende aus Manila in ihrer Sucht zutiefst verbunden, beharrlich erweiterte, sondern weil sie sich ebenfalls als einen eisernen Schmetterling betrachtete. Ein Ehrentitel, den die Philippinos der Witwe Marcos zuerkannt hatten. *Eiserner Schmetterling* hätte die Tochter des Generals dem schnöden *Imelda* zweifellos vorgezogen. Aber leider konnte man sich die Spitznamen, die einem verpasst wurden, nicht aussuchen. Wer wusste das besser als jemand, den man *Farang* nannte?

Anstelle des blitzblank polierten Jaguars stand ein seelenloser Luxusgeländeschlitten bereit. Made in Japan. Aber immerhin hatte sie einen Wagen geschickt. Imelda schien einige der Rituale ihres Vaters beizubehalten. Selbst in der feuchten Hitze war der Weg zum Haus in Thonburi ohne große Mühe zu Fuß zu bewältigen. Trotzdem hatte der Alte stets seinen Fahrer bemüht, um den Gast abzuholen, und die Tochter tat es ihm gleich.

Allradantrieb und Geländegängigkeit waren in Bangkok ungefähr so nötig wie Hochleistungssegel auf einem windstillen Meer. Ein amphibischer Kübelwagen wäre sinnvoller gewesen. So weit Farang wusste, bewegte sich Imelda außerhalb der Hauptstadt per Auto allenfalls nach Pattaya, nach Phuket und ins königliche Seebad Hua Hin. Also immer der Küste entlang und auf gut asphaltierten Highways. Wenn sie nicht gleich einen Erste-Klasse-Flieger ins Ausland nahm, um standesgemäß zu shoppen – in Hongkong, Singapur oder gleich in London. Chiang Mai, Chiang Rai, so wie den ganzen Norden Thailands, wo ein Geländewagen schon eher Sinn gemacht hätte, mied sie jedenfalls wie die Pest. Sie war der festen Überzeugung, Leute ihres Schlages würden dort von wilden Bergstämmen und Drogenbaronen ins Goldene Dreieck verschleppt, die dann exorbitante Lösegeldforderungen stellten.

So viel zu Fortbewegungsmitteln und den Reisegewohnheiten Imeldas.

Farang konzentrierte sich auf den Fahrer und begrüßte ihn mit ausgesuchter Höflichkeit. Der alte Mann erwiderte den respektvollen Wai des Jüngeren angemessen sparsam und hielt ihm die Tür zum Fond auf. In den guten alten Tagen hätte er den Besucher daran erinnert, den Krawattenknoten fest- und die Anzugsjacke überzuziehen, bevor er seinem Mentor gegenübertrat. Aber heutzutage waren Designerklamotten das Einzige, was die Tochter des Generals beeindruckt hätte, und einer wie Farang lief nicht Reklame für Edelmarken. Sein Outfit entstammte eher der Sparte gediegene Freizeitmontur aus dem unteren Preissegment. Der Hauptmann deutete dies als gewolltes Signal an die Gastgeberin und beschränkte seine Ratschläge auf ein Schmunzeln.

Als sie Minuten später das Anwesen der Familie Watana erreichten, war Farang auf das Schlimmste vorbereitet. Er hatte bereits mitbekommen, dass Imelda das ihm so vertraute Haus total umgemodelt hatte. Auch der Garten war nicht verschont worden. Nur vor der Lebenserwartung der fünfzehn Graupapageien hatte sie offenbar kapituliert. Vermutlich hatte sie auch der Respekt vor ihrem Vater davon abgehalten, die Vögel abzuschaffen. Nur die Käfige waren nagelneu und steril wie in einem Zoo, der sehr weit im Westen lag. Zweifellos wurden sie jeden Tag desinfiziert.

Da die Gastgeberin noch nicht zu sehen war, suchte Farang den Lieblingspapagei des Generals auf.

„Ich liebe dich", krächzte ihm der Vogel entgegen.

Farang grinste zufrieden. Er selbst hatte dem Federvieh diesen Satz beigebracht. Nachdem der General erfolglos versucht hatte, seinem Liebling Laotisch beizubringen, hatte er die Sprachausbildung an den Eurasier delegiert, der mit Deutsch erfolgreich gewesen war. Der Alte hatte auf einer Fremdsprache bestanden, um vor allem seine siamesischen Besucher angemessen zu beeindrucken.

Der Papagei tänzelte auf seiner Stange hin und her und sagte „Schlafmütze!"

Farang sah zu wie der Vogel seinen Schnabel wetzte und nahm dabei die vertrauten Geräusche vom nahe liegenden Fluss wahr. Das konstante Tuckern der Schlepper, die ihre Lastkähne durch die Fluten des Chao Praya zogen, wurde ab und zu vom Aufheulen frisierter Schnellbootmotoren übertönt.

Es war unerträglich heiß im Garten. Früher hatte der Blätterwald der tropischen Pflanzen Schutz vor der sengenden Sonne geboten. Doch Imelda hatte alles Grüne wegsaniert. Auch der Karpfenteich mit den üppigen Lotosblüten und der darüber hängenden Wolke Stechmücken war ihr zum Opfer gefallen. Und den langhaarigen Affen mit den hellgrauen Augen war sie ebenfalls mitsamt des Teakholzkäfigs losgeworden. Sie hatte ihn dem Zoo einer zurückgebliebenen Provinzstadt an der burmesischen Grenze gespendet. Nur die Orchideen, die der Hauptmann in altvertrautem Ritual mit Vogelmist düngte, hatten ihren Umgestaltungswillen unbeschadet überstanden. Farang fragte sich, wie es wohl mit dem mütterlichen Geist bestellt sein mochte, der stets über Haus und Garten gewacht hatte?

Mae war die letzte Ehefrau des Generals gewesen. Jeder hatte gewusst, dass sie schon lange tot war. Doch niemand hatte es gewagt, ihre Anwesenheit, auf die der Witwer störrisch beharrte, in Frage zu stellen. Es ging schließlich nicht um irgendeine der Nebenfrauen, zu denen auch Farangs Mutter eine Zeit lang gehört hatte.

Leider war der General nicht sein Vater. Aber auch wenn dem so gewesen wäre, hätte Farang nicht vorgehabt, Imelda zu fragen, ob ihre leibliche Mutter immer noch hier herumspukte.

8

Die Tochter des Generals erschien auf der Veranda und begrüßte den Besucher mit förmlicher Höflichkeit.

Sie hatte nur eine vage Ähnlichkeit mit der philippinischen Matrone. Allenfalls in der aufgedunsenen Aura, die gewisse asiatische Damen um die fünfzig annahmen, ohne, dass dies aufgrund ihrer genetischen Voraussetzungen nötig gewesen wäre. Eine Narbe über dem linken Wangenknochen setzte dem Bemühen der Gastgeberin um ein perfektes Make-up enge Grenzen. Sie trug einen simplen pechschwarzen Hosenanzug, der eher an die Witwe Mao als an die von Marcos erinnerte.

Mit einer geschäftsmäßigen Geste bot sie Farang einen

Platz in einem der Rattansessel an und setzte sich ihm gegenüber. Es bestand keine Sekunde ein Zweifel daran, wer der neue Chef der Familie Watana war. Für einen Besucher wie Farang hatte Imelda es nicht einmal für nötig befunden, sich mit teurem Schmuck zu behängen. Knallrote Pumps waren alles, was sie ihm gönnte, und er fragte sich, wie lange die dünnen und sehr hohen Stilettoabsätze sie noch tragen würden.

„Danke, dass du gekommen bist", sagte sie.

„Hatte ich eine Wahl?"

„Das musst du mit meinem verstorbenen Vater ausmachen."

Farangs Nicken gab ihr Recht.

Sie musterte ihn eine ganze Weile lang, als sei er ein fremdes Wesen, das jahrzehntelang im Dschungel verschollen gewesen war und nun wieder in die Zivilisation zurückgefunden hatte.

Er ließ es über sich ergehen.

„Ich will gleich zur Sache kommen", sagte sie schließlich.

„Nur zu."

Imelda mochte es nicht, wenn man sie ermunterte, aber sie beherrschte sich.

„Hast du von den ungelösten Morden gehört, die Bangkok in Atem halten?"

„Ich lese ab und zu Zeitung und sehe mir was im Fernsehen an. Ich nehme an, du meinst die Sache mit den griechischen Episteln."

Sie nickte und fiel erneut für einige Sekunden in bedeutsames Schweigen, bevor sie weitersprach.

„Du wirst dich fragen, was das mit uns zu tun hat."

„Das ... und was in aller Welt *ich* damit zu tun habe."

Ihr Return kam prompt und hart.

„Du stehst in seiner Schuld!"

Mit *ihm* meinte sie den General. Sie wusste sehr gut, warum sie sich auf ihren Vater bezog und nicht *uns* sagte. So sehr er den alten Herrn auch nach dessen Tod in Ehren hielt, so wenig hielt er von seinem Nachwuchs. Seine Tochter hatte das Kommando in der Familie übernommen, weil ihr Bruder ein Schwächling war.

Niemand hatte die beiden auf der Rechnung gehabt. General Watana und seine Ehefrau waren kinderlos geblieben. Umso überraschter war nicht nur Farang, als einige Jahre vor dem Ableben des Generals Nachwuchs auftauchte, den er mit einer seiner Nebenfrauen in die Welt gesetzt hatte. Und noch erstaunlicher war, dass er sie als Erben akzeptierte und ihnen dazu verhalf, sich in den Kreisen zu etablieren, in denen er selbst nicht ohne Einfluss war. Der gute Geist seiner verstorbenen Hauptfrau genügte dem alten Mann anscheinend nicht mehr als Familienprogramm, und so war ihm die Rolle des einsamen Witwers wohl etwas langweilig geworden.

Die frisch legitimierten Stammhalter waren problemlos in ihre Rollen geschlüpft. Und einmal von ihm anerkannt, hatte der General bis zu seinem Tod zu ihnen gestanden. Insgeheim hatte Farang sich stets Hoffnungen gemacht, eines Tages doch noch von seinem Mentor adoptiert zu werden. Nicht wegen des Geldes oder des Einflusses, sondern um seinen Status als Thai zu festigen – und vielleicht auch als späte Revanche an seinem deutschen Vater. Doch mit den beiden Neuen hatte sich diese Hoffnung erledigt.

„Und darf man fragen, warum der Fall so wichtig für euch ist?", fragte er.

„Weil mein Bruder ein Versager ist."

„Das ist nichts Neues."

„Und weil er für die Aufklärung verantwortlich ist."

Richtig. Fast hätte er es vergessen. Sie hatten den Junior wider besseren Wissens protegiert, bis ihm seine Karriere die Verantwortung für den Polizeiapparat bescherte.

„Ihr hättet den Kleinen eben nicht ganz so exponiert platzieren sollen."

„Spar dir deine Ratschläge." Sie schnaubte dezent. „Sie nützen jetzt auch nichts mehr."

Für jemanden, der etwas von ihm wollte, nahm sie den Mund zu voll. Obwohl der moralische Druck, den sie auf ihn ausüben konnte, nicht zu unterschätzen war. Sie wusste ganz genau, was er ihrem Vater verdankte und dass er ihm und den Seinen deshalb verpflichtet war – was immer er auch von der Brut halten mochte. Er hatte verdammt noch mal Dankbarkeit an den Tag zu legen. So simpel war das. Imelda nahm ihn schlicht und einfach in die Pflicht. Sie ließ es nicht mal so aussehen, als ob es für sie oder geschweige denn für ihr Brüderchen sein sollte. Er musste es für seinen alten Mentor tun. Leute wie Imelda versteckten sich immer hinter jemandem, wenn es möglich war.

Doch da hehre Motive allein ihn noch nie zum Schwitzen gebracht hatten, ärgerte Farang die Hausherrin mit einem angemessenen Maß Profitsucht, das in ihren Kreisen dazu gehörte.

„Den General … Buddha sei ihm gewogen … und eure Familienprobleme in allen Ehren." Er räusperte sich. „Aber was habt ihr euch sonst noch für mich ausgedacht?"

Ihr Lächeln war gut durchgefroren.

„Erinnerst du dich noch an dein Projekt für die jungen Prostituierten?"

Allerdings. Imelda persönlich hatte es ihm kaputt gemacht. Ihr Vater hatte ihm die Finanzierung zugesagt, aber sie hatte es sofort nach seinem Tod geblockt. Sie hatte nicht viel übrig für junge Engel, die in der Gosse gelandet waren. Auch wenn sie sehr gut verstand, dass es eine Herzensangelegenheit für ihn war. Schließlich hatte seine Mutter in eben jenem Metier ihr Geld verdient. Wenn auch auf gehobenem Niveau.

„Wir könnten das als Gegenleistung finanzieren", sagte sie. „Auch im größeren Stil."

Das war ein Angebot, das sich hören ließ. Aber so einfach wollte er es der Dame dann doch nicht machen.

„Ich bin kein guter Ermittler."

„Darum geht es auch nicht. Du hast andere Qualitäten."

Seine Qualitäten! Imelda kannte die Stärken, die er für ihren Vater eingebracht hatte, nur zu gut. Er war ein Gunman. Nicht mehr, nicht weniger. Er hatte stets ohne Lizenz gearbeitet. Als Geleitschutz, Wachmann, als jemand, der unangenehme Dinge erledigte. Als Mann mit Droh- und Bestrafungspotenzial. Er war kein Killer. Aber wo bezahlte Mörder agierten, wurden auch Beschützer gesucht.

Sie legte sein Schweigen als Zustimmung aus.

„Alle bislang bekannten Opfer sind Deutsche. Du bist doch Deutscher. Das könnte hilfreich sein."

„Ich bin Thai! Mein Vater war … auf Deutsch gesagt … *ein Arschloch*. Er hat meine Mutter sitzen lassen."

All das rutschte Farang sehr viel schneller heraus, als ihm lieb war, und Imelda quittierte seine Worte mit einem Lächeln, das sie vor allem parat hatte, wenn sie Geschenke in Waisenhäusern verteilte.

„So drastisch, wie Du dich ausdrückst, spricht einiges dafür, dass deine deutschen Anteile dominant sind."

„Ich habe keine blauen Augen!"

Sie gab weiter die Einfühlsame.

„Manchmal denke ich, du bist weder Thai noch Deutscher, sondern Malaye."

Genau darauf hatte Farang gewartet. Es war schließlich nur eine Frage der Zeit gewesen, bis Imelda sich eine abfällige Bemerkung zu seiner neuen Heimat gönnen würde. In ihren Augen war der Süden Thailands nichts weiter als eine rückständige Region, die sich vor allem dadurch auszeichnete, Rebellen gegen die Zentralregierung in Bangkok zu beherbergen. Dass es sich bei diesen Umstürzlern größtenteils um Kriminelle handelte, die mit Menschenhandel und Schmuggel voll ausgelastet waren, interessierte nicht weiter.

Die Tochter des Generals zählte sich selbstverständlich zum Lager der Gelben, den Königstreuen und der Mittelschicht, und vergaß dabei gerne, dass diese Fraktion auch von armen Süd-Thai und Gewerkschaftlern unterstützt wurde. Imeldas Gegner waren die Roten, die in der Regel ärmer waren, vom Land kamen und sich von einer oligarchischen Milliardärsdynastie manipulieren ließen. Farang kannte die politische Zahlenlehre bestens, rechnete aber schon lange nicht mehr mit. Er hatte zu viele Staatsstreiche und Ausnahmezustände erlebt, um das alles noch ernst zu nehmen. Wie oft das Militär die Macht an sich gerissen hatte, seit er ins Geburtsdorf seiner Mutter gezogen war, interessierte ihn nicht sonderlich.

Es kam nicht viel dabei heraus, wenn Offiziere Premierminister spielten und Gebilde wie einen „Nationalen Rat für Frieden und Ordnung" anführten. Zum Glück hatte Imeldas Vater nie derartige Ambitionen verspürt, sondern sich auf überschaubarere Machtspiele beschränkt.

„Ich werde euch informieren, wenn ich zum Islam übertrete", sagte Farang.

„Übertreten …? Von was denn?"

Da hatte sie Recht. Kein Buddha. Kein Christus. Nur ein begrenztes Vertrauen in Geisterhäuschen. Mehr hatte Farang nicht zu bieten. Also hielt er den Mund.

Sie sah ihn an, als warte sie auf eine Antwort.

Er schwieg. Sein Drang zu überzeugen war mit zunehmendem Alter dem Wunsch gewichen, in Ruhe gelassen zu werden. Doch im Andenken an seinen Mentor ließ sich das nicht so einfach durchhalten.

„Ich denke darüber nach."

„Nicht zu lange. Ich gebe Dir auf jeden Fall schon mal die Unterlagen mit."

Sie zauberte einen USB-Stick aus der Jackentasche ihres

Hosenanzugs und hielt ihn Farang wie einen Köder hin. „Darauf findest du alle bislang verfügbaren Informationen. Die Leute meines Bruders haben sie zusammengestellt. Fotos von den Opfern und vom jeweiligen Tatort. Ergebnisse der Spurensicherung. Protokolle der Verhöre tatverdächtiger Personen, Zeugenaussagen … und so weiter." Sie seufzte. „Eben alles, was zu solch ekelhaften Verbrechen gehört."

Farang steckte den Stick weg, als messe er ihm keine besondere Bedeutung bei.

„Du kommst doch mit so etwas klar?"

Er ignorierte das Lauern in ihrer Stimme und gab ein humorloses Lachen von sich, bevor er auf ihre Frage einging.

„Mit dem Stick oder mit den Fakten?"

„Mit dem Lesen der Daten!"

„Ich lebe zwar auf dem Land, aber nicht in der Steinzeit.

Bemüht, seine gute Laune wiederherzustellen, ließ sie sich zu einer sparsamen Dosis Streicheleinheiten hinreißen.

„Du hast jedenfalls noch jeden gefunden, den du aus dem Verkehr ziehen solltest."

„*Darum* geht es …?"

„Worum sonst?"

Er schwieg.

„Es geht nicht darum, den Täter zu finden, um den Fall zu lösen", sagte sie nachdrücklich. „Die Morde müssen ein Ende haben."

„Um deinen kleinen Bruder zu retten."

„So ist es!"

Das brachte Farang zum Lachen.

„Wer immer das getan hat …", fauchte sie, „… Mann oder Frau … spür ihn auf und zieh ihn aus dem Verkehr!"

Eines musste er ihr lassen: Sie redete Klartext. Und das sie sogar eine Täterin in Betracht zog, passte zu ihrer hinlänglich bekannten Haltung. Sie war nicht die Bescheidenste, aber als Speerspitze der Frauenbewegung hatte sie sich noch nie aufgespielt. Sie war unverheiratet. Wie er. Aber er war sicher, dass sie sich dabei nicht an ihm orientierte. Sie orientierte sich dabei an der populärsten Prinzessin am siamesischen Königshof.

„Damit würde der Gerechtigkeit Genüge getan", bekräftigte sie.

Er sah sich genötigt, ihre Erwartungen etwas zu dämpfen.

„Es ist eine ganze Weile her, dass ich so etwas gemacht habe."

„Was willst du mir damit sagen?"

Sie beäugte ihn, als habe er sich öffentlich gegen die Todesstrafe ausgesprochen.

„Wann immer ich an einem Friedhof vorbeikomme, breche ich in Tränen aus", sagte er mit todernster Miene.

Für einen Moment schien sie verunsichert.

„Willst du behaupten, dass du es nicht mehr kannst?"

Er zeigte ihr sein Haifischlächeln.

„Ich übe."

„Darf man fragen womit?"

„Mit Kokosnüssen?"

Sie zog die Stirn in Falten.

„Sie machen nicht so viel Dreck wie Melonen."

Sie rang sich ein schwaches Lächeln ab und sah ihn mit leeren Augen an, die ihn an die toten Scheinwerfer einer ausrangierten Limousine erinnerten.

Unterschätze sie besser nicht, ermahnte er sich.

Erst jetzt fiel ihm auf, dass Imelda ihm nicht einmal einen Eistee angeboten hatte, geschweige denn ein Bier. Personal war nicht zu sehen, abgesehen vom Fahrer, der im Garten immer noch sorgfältig die Orchideen düngte. Wahrscheinlich sparte die Gastgeberin schon am Haushaltsgeld, um das Projekt für die kleinen Prostituierten zu finanzieren.

„Ich gehe davon aus, dass ich über zusätzliche Mittel verfügen kann, falls ich Hilfe anheuern muss", sagte er.

„Ich denke, du machst immer alles alleine?"

„So lange es geht."

„Also machst du es?"

Farang stand auf, um sich zu verabschieden.

„Ich sagte schon: Ich brauche Bedenkzeit. Ich rufe dich morgen an."

Das passte Imelda gar nicht, aber sie schluckte es.

9

Rechtzeitig zur Happy Hour traf Farang in der *Darling Bar* ein.

Die Bar lag immer noch in der Patpong Road, auch wenn sich das Zentrum des Nachtlebens nach Nana Plaza und in die Soi Cowboy verlagert hatte. Neonspielfelder, auf denen die Bierpreise einer Stadt wie London zur Ehre gereichten und von taiwanesischen Studenten und japanischen Geschäftsleuten bezahlt wurden. Die guten alten Zeiten, in denen sich US-amerikanische Veteranen und europäische Entwicklungshelfer in der Patpong an ihr Glas Jim Beam geklammert und dabei der Pingpong Show der Girls zugesehen hatten, waren vorbei.

Auch in der *Darling Bar* hatte sich einiges geändert, nachdem Ted Thatcher das Zeitliche gesegnet hatte. Die meisten Stammkunden kannten den ehemalige Manager des *Darling* lediglich unter dem Spitznamen Hitchcock, den er sich aufgrund einer gewissen Ähnlichkeit mit dem Großmeister des Kinothrillers eingefangen hatte. Seit Hitch – für seine Feinde Zeit seines Lebens Cock – abgetreten war, gab es keine Go-go-Girls mehr im *Darling*.

Es war jetzt eine „Sportsbar".

Die dreißig Zentimeter unter Thekenniveau gelegene Tanzfläche mit den sechs verchromten Metallstangen und die leichtbekleideten Mädchen, die an dieser Stelle ihre mehr oder minder sinnliche Choreografie abgearbeitet hatten, waren Geschichte. Selbiges galt für die drei Fernsehröhren mit den Videorekordern, welche Bandkonserven mit Fußball und Profiboxen in teils dubioser Bildqualität zum Flimmern gebracht hatten. Stattdessen hingen nun neun Großbildschirme an der Decke, die über Satellitenempfänger internationale Sportkanäle in HDV-Qualität anboten. Nur die Eingangstür zierte nach wie vor in voller Höhe und Breite der Union Jack – im Gedenken an Hitch.

Letzteres und die erfreuliche Tatsache, dass die *Darling*

Bar überhaupt noch existierte, war allein Tony Rojana und Bobby Quinn zu verdanken, die das Lokal übernommen hatten. Der Reporter und der ehemalige Vietnamkämpfer hatten einen langen Disput darüber geführt, wie die Bar weiterzuführen sei. Bobby, ganz der Ex-GI, hatte auf den Girls bestanden. Tony war nach Ausscheiden aus der Redaktion an einer seriöseren Tätigkeit gelegen. Er hatte sich einen nicht zu unterschätzenden Ruhm als Lieferant von Sensationsnachrichten erarbeitet und sich schließlich mit der Idee des Nachrichtentreffs mit internationalem Sportangebot durchgesetzt. Er stand persönlich für die Nachrichten gerade und sorgte dafür, dass das Sportangebot stimmte. De facto führte der Thai das Geschäft, während der Amerikaner mehr Gast im eigenen Laden war.

Weder Tony noch Bobby war anwesend, als Farang das Lokal betrat und einen freien Hocker am Tresen ansteuerte. Der junge Thai, der den Barkeeper gab, versorgte ihn unverzüglich mit einer kalten Flasche Bier und einem Glas. Und noch während der Eurasier damit beschäftigt war, ganz unbritischen Schaum zu produzieren, kam Tony Rojana aus dem Hinterzimmer und begrüßte ihn sichtlich überrascht.

„Dich gibt es noch …?", rief er und schlug Farang krachend auf die Schulter. „Kaum zu glauben. Ich dachte schon, irgend so ein Gangster hat dich schließlich doch aus dem Verkehr gezogen."

Damit hievte er die Fülle seines Übergewichts auf den nächsten Hocker und musterte den Eurasier wie einen lang verlorenen Sohn.

Einen Moment lang hatte Farang den Duft von Hitchcocks Lavendel-Rasierwasser in der Nase. Aber Tony war Tony. Und Nostalgie war nun mal nichts anderes als die Sehnsucht nach alten Zeiten. Tony Rojana war – bis auf den üppigen Hängeschnäuzer, der inzwischen grau geworden war – glatt rasiert und roch nach gar nichts. Die hundertzehn Kilo, die er in seinen besten Zeiten bei seinen ein Meter neunzig auf die Waage gebracht hatte, waren allerdings in einer Körperfülle aufgegangen, die Ted Thatcher alias Hitchcock alle Ehre gemacht hätten.

Was die Nachfolgeregelung anging, war also alles in Ordnung. Traditionen wurden in der *Darling Bar* gewahrt, so weit es möglich war. Tonys Kraushaar, das er von seinem aus Puerto Rico stammenden Vater geerbt hatte, war inzwischen schneeweiß, aber immer noch dicht wie ein onduliertes Eisbärfell. Die Narbe unter dem linken Auge hatte Farang eigentlich nie richtig wahrgenommen. Aber nun, da er Imelda wiedergesehen hatte, kam er ins Grübeln. War es ein Zufall, wenn Freund und Feindin etwas gemeinsam war? Er musterte das Motto, das die ihm gegenüberliegende Wand zierte.

DRUNK AND ORDERLY.

Alles hochseriös. Kein Raum für Spekulationen. Vor allem, wenn man noch nichts getrunken hatte.

„Wo ist Bobby?", fragte Farang.

„Auf Reisen."

„Und wo?"

„Vietnam."

„Hat ihn wohl zurück zum Tatort gezogen."

„Kann man so sagen."

„Lassen die ihn denn da überhaupt wieder rein?"

„Wenn es den Wirtschaftsbeziehungen zwischen den ehemaligen Kriegsparteien nutzt."

„Was hat Bobby denn mit Wirtschaftsbeziehungen am Hut?"

„Er ist jetzt schlicht und einfach Tourist."

10

Dicht belaubtes Geäst warf Schatten über den lang gezogenen Wassergraben in der Gemeinde My Lai.

Bobby Quinn schaute auf die Lianen, die von den Bäumen ins Wasser hingen. Am Morgen des 16. März 1968 hatten an dieser Stelle Dutzende Leichen den Graben gefüllt. Frauen, Kinder und ältere Bewohner des Dorfes. Quinn verharrte am Ufer, starrte leeren Blickes auf die nur leicht gekräuselte Wasseroberfläche und versuchte zu verstehen, was die blutjungen amerikanischen Soldaten dazu bewegt haben mochte, ein solches Massaker zu begehen.

Doch auch vier Jahrzehnte nach dem Ende des Vietnamkrieges fand er keine Antwort auf die Frage, die ihn seitdem beschäftigte. Er selbst hatte als eine der legendären Tunnelratten gegen den Vietcong gekämpft. Mann gegen Mann – und ab und zu auch Mann gegen Frau. Aber immer gegen einen bewaffneten Feind, der ihn jederzeit hätte liquidieren können. Was zum Teufel hatte seine „Kameraden" dazu bewegt, unschuldige Zivilisten abzuschlachten? Warum hatten die rund hundert Soldaten der Charlie Company mit ihren M-16-Gewehren auf unbewaffnete Dorfbewohner geschossen? Warum hatten sie Häuser abgefackelt und Frauen vergewaltigt? Schlechte Aufklärungsarbeit des eigenen Lagers hatte ihnen suggeriert, auf Streitkräfte des Vietcongs und dessen Sympathisanten zu treffen. Stattdessen ein friedliches Dorf beim bescheidenen Frühstück vorzufinden, mochte für den einen oder anderen G.I., der sich nach Feindkontakt sehnt, frustrierend gewesen sein, konnte aber nicht ernsthaft als Grund für das Morden herhalten. Einige US-Soldaten hatten angeblich noch kurz vor dem Gemetzel mit Kindern aus dem Dorf gespielt.

War also tatsächlich ein Leutnant namens Calley der Alleinverantwortliche? Einer der Befehlshabenden vor Ort, ein Drop-out des Junior College aus Miami. War er der Übeltäter, der alle anderen verführt hatte? War er der Mann, der die unzähligen Opfer auf dem Gewissen hatte? Er, der seinen Männern befahl, Salve um Salve in den Graben abzugeben und Handgranaten hinterherzuwerfen? Jener William L. Calley, der nach Zeugenaussagen zudem einen drei Jahre alten Jungen getötet hatte? Ein mit Blut und Schlamm beschmiertes Kind, das laut wimmernd auf sich aufmerksam machte, als es sich aus den im Graben angehäuften Leichen befreite und zum nahegelegenen Reisfeld rannte, verfolgt von Calley, der es zurück in den Graben schleifte, es hineinwarf, um es dann zu erschießen?

Und was war mit den vierzehn Offizieren, gegen die zwei Jahre nach dem Blutbad im Rahmen einer Untersuchung der Ereignisse durch die US-Armee Anklagen erhoben wurden, die von mangelnder Dienstaufsichtspflicht bis Mord reichten – unter ihnen Generäle und Obristen, denen man vorwarf, das Massaker gedeckt zu haben? Nur einer von ihnen wurde vor Gericht gestellt und als unschuldig befunden. Calley war der einzige Offizier, der verurteilt wurde. 1971 befand ihn ein Militärgericht des Massenmordes schuldig und verurteilte ihn zu lebenslanger Zwangsarbeit. Doch Präsident Nixon sorgte dafür, dass er schon bald aus dem Armeegefängnis entlassen wurde und unter Hausarrest auf die Revision des Urteils warten durfte. Kurz nachdem Richard Nixon aus dem Amt gejagt worden war, kam Calley auf freien Fuß.

Quinn hatte über die Jahre alles Dokumentarische über die Vorkommnisse studiert. Schon häufiger hatte er sich selbst aufmachen wollen, um sich vor Ort mit den Geschehnissen zu konfrontieren. Nun hatte er es endlich getan. Was, wie er sich selbst eingestehen musste, angesichts der Tatsache, dass er in Bangkok lebte, keine große Leistung war.

Er wandte dem Kanal den Rücken zu und machte sich auf den Weg zurück zu dem kleinen Gedenkmuseum. Das Reisfeld, das damals in der Nähe des Tatorts gelegen hatte, war inzwischen asphaltiert, um den tausenden Touristen, die die Gemeinde Jahr für Jahr aufsuchten, den Zugang zum Ort des Grauens zu erleichtern. My Lai, wie das Dorf von der U.S. Army genannt worden war, lag in der Mitte Vietnams, nicht weit vom Highway 1 entfernt, der Hanoi und Ho Chi Min City, das vormalige Saigon, verbindet.

Das Land seiner späten Rückkehr war nicht das Vietnam, das er während des Krieges kennengelernt hatte. Seine Eindrücke als Soldat beschränkten sich auf seine Waffenbrüder, die unzuverlässigen und opportunistischen Streitkräfte Südvietnams, vor allem aber auf einen Feind namens Charlie, der nur im Kampf Konturen annahm, menschlich jedoch auf ein Gespenst reduziert blieb. Eine Gestalt, die – egal ob Mann oder Frau – einen schwarzen Pyjama, Flipflops und einen kegelförmigen Strohhut trug und fast immer mit einem AK-47 bewaffnet war – wenn sie nicht unter der Erde kämpfte. Was Freizeit und Erholung anging, so waren Quinns Erinnerungen von einem exotischen und im Zerfall begriffenen Südvietnam und von einem dekadenten Sündenpfuhl namens Saigon geprägt. Zudem von den attraktiven, in Seide gekleideten Frauen und den Drogen Alkohol und Marihuana. In der Rückschau waren die für harte Dollars gekauften Begegnungen mit den jungen Frauen mit Abstand das Beste, was ihm damals passiert war. Und doch war ihm klar, dass man sie – so wie ihn – um Jahre des Lebens betrogen hatte.

Quinn setzte sich auf die Bank vor dem Museum und ließ sich noch einmal durch den Kopf gehen, was ihm einer der Überlebenden nur eine Stunde zuvor erzählt hatte. Der Mann war zum Zeitpunkt des Massakers zehn Jahre alt gewesen.

„Als die amerikanischen Hubschrauber im Dorf landeten", hörte er den Vietnamesen mit emotionsloser Stimme sagen, „flüchteten wir in einen primitiven Bunker, den wir in unserer Hütte hatten. Es war nicht viel mehr als ein enges Erdloch, in dem wir uns versteckten. Wir, das waren meine Mutter und meine drei kleinen Geschwister. Die Amerikaner entdeckten uns und befahlen uns aus dem Bunker. Nachdem sie uns in Augenschein genommen hatten, schubsten sie uns wieder in unser Versteck zurück, warfen uns Handgranaten nach und schossen mit ihren Schnellfeuergewehren auf uns. Nur ich habe schwer verletzt überlebt."

Der Vietnamese zog ein Hosenbein hoch, um Quinn die Narben an Wade und Schienbein zu zeigen. Dann hob er sein Hemd an, um die Verletzung über der linken Hüfte zu präsentieren, bevor er flüchtig auf die Narbe an seiner rechten Schläfe tippte.

„Als ich zu mir kam, lag ich zwischen den Leichen meiner Mutter und meiner Geschwister. Die amerikanischen Soldaten müssen mich ebenfalls für tot gehalten haben. Ich hatte Glück. Ich blieb, wo ich war, und muckste mich nicht. Alles war voller Blut und Fliegen. Es war grauenhaft. Ich wartete, bis zum Nachmittag, als die Hubschrauber endlich wieder wegflogen. Dorfbewohner, die wie ich zu den wenigen Überlebenden gehörten, fanden mich, als sie die Toten bestatten wollten."

Im Nachhinein fand Quinn es bemerkenswert, dass der Mann ihn nicht mit Vorwürfen konfrontiert hatte. Andererseits überraschte ihn der Pragmatismus, der den Vietnamesen nun einmal zu eigen war, nicht besonders. Touristen aus den USA waren ein hochwillkommener Wirtschaftsfaktor. Amerikanische Soldaten hatten Grausamkeiten begangen. Nun gut. Das selbe konnte man von Franzosen und Chinesen in anderen Kriegen sagen. Die Gräueltaten vietnamesischer Soldaten aus Süd und Nord, nicht zu vergessen.

„Es ist klüger einen bösen Feind zu vergessen, wenn du dafür einen Freund, auf den du angewiesen bist, gewinnen kannst", war das Resümee seines Gesprächspartners gewesen. Und bevor sie sich voneinander verabschiedeten, hatte er noch hinzugefügt: „Wir vergeben, aber wir vergessen nicht!"

Quinn machte die Bank für ein älteres Ehepaar aus Ohio frei und ging noch einmal in einen der Ausstellungsräume, um sich die Marmortafel mit den eingravierten Fakten anzuschauen.

504 Opfer aus 247 Familien. 24 Familien komplett ausgelöscht. Drei ermordete Generationen ohne einen einzigen Überlebenden.

Unter den Opfern:

182 Frauen, davon 17 schwanger.

173 Kinder, davon 56 Säuglinge.

60 ältere Männer.

Und das waren nicht nur die brutalen Zahlen zu diesem Dorf. Die Zahlen machten vielmehr klar, dass sich die Verbrechen nicht nur auf My Lai beschränkt hatten, denn sie gingen darüber hinaus. Sie beinhalteten die Opfer eines weiteren Dorfes namens My Khe. Eine Ortschaft, die etwa zwei Kilometer weiter östlich am Südchinesischen Meer lag, und von einer anderen amerikanischen Einheit, der Bravo Company, heimgesucht worden war.

407 Opfer kamen in My Lai um, 97 in My Khe.

Wie Quinn aus weiteren veröffentlichten Unterlagen der Vietnamesen wusste, kamen noch einige andere Ortschaften hinzu, was Massaker anging.

Am Morgen des 18. April 1969, also knapp ein Jahr nach den Vorkommnissen in My Lai, hatte ein Platoon der US-Armee die Siedlung Truong Le bei Quang Ngai heimgesucht. Die Soldaten zerrten Frauen und Kinder aus ihren Häusern und fackelten das Dorf ab. Drei Stunden später kehrten die Soldaten in den Ort zurück.

Sie töteten 41 Kinder, 22 Frauen und ließen nur 9 Überlebende zurück.

11

Nach all den harten Fakten ließ Quinn den Tag ausklingen, wie er es für angemessen hielt.

Er blieb Veteranen und Touristen fern und mischte sich unter die einfachen Vietnamesen. Dazu brauchte er nur eine Nudelsuppe zu essen.

Inmitten der Asiaten, egal ob Vietnamesen oder Thai, hatte er sich immer wohl gefühlt. Vermutlich lag es daran, dass sie nicht zu den Hochgewachsensten gehörten. Er selbst maß nur einen Meter dreiundsechzig. Und genau genommen war er nur einmal in seinem Leben für voll genommen worden. Als Tunnelratte. Als Kämpfer, dessen geringe Körpergröße ihm zum Vorteil gereichte. Natürlich hatte es auch spezieller Fähigkeiten bedurft, um als Kampfmaschine unter der Erde zu bestehen.

Bei dem Tunnelsystem des Vietcong hatte es sich um ein an die zweihundert Meilen messendes unterirdisches Netzwerk von Gängen gehandelt, das sich im Krieg gegen die Amerikaner von der Grenze Kambodschas bis nach Saigon erstreckte. Vom Ho-Chi-Minh-Pfad bis zum südvietnamesischen Sündenbabel. Die Tunnel führten nicht nur bis vor die Haustür des Feindes, sondern verbanden unter der Erde liegende Räumlichkeiten, die unter anderem Kommandozentralen, Feldlazarette, Munitionsfabriken, Druckereien, Flaggenfabrikationen und Unterhaltungstheater beherbergten. Manchmal in bis zu vier Stockwerken untereinander. Ohne dieses unterirdische Netzwerk wäre die Tet-Offensive der Nordvietnamesen nicht möglich gewesen.

Während sich die USA tagsüber beharrlich mit der größten Feuerkraft der Welt an einem weitestgehend unsichtbaren Gegner abarbeiteten, agierte Charlie vor allem nachts im Schutz des ausgetrockneten Laterittons, der hart wie Ziegel war. Es bedurfte schon eines direkten Treffers, einer aus einer B-52 abgeworfenen Bombe, um größeren Schaden anzurichten. Das System war nur von innen zu knacken. Und dazu hatte es der Tunnelratten bedurft. In den wenigen Jahren, in denen die Spezialeinheit existierte, waren es nur wenige hundert Männer, die sich so nennen durften. Alle waren Freiwillige. Alle waren klein. Alle waren mit Faustfeuerwaffen, Handgranaten, Messern und Taschenlampen ausgerüstet.

In den ersten Jahren nach dem Krieg hatte Bobby Quinn seine Einsätze so weit verdrängt, dass sie ihn nur in Albträumen einholten. Heutzutage konnte er Nudelsuppe essen und sich an die Geschehnisse erinnern, ohne dabei in Schweiß auszubrechen. Und das, obwohl er stets ganz vorne gekämpft hatte. Er war immer der erste Mann im Tunnel. Hinter ihm kroch Santiago Castro, einer der zahlreichen Latinos in der Truppe. Die Ratte an der Spitze war dem Tod direkt ausgesetzt. Wenn Quinn den roten Strahl der Spezialtaschenlampe zu häufig aufleuchten ließ, bot er den wartenden Vietcong ein sicheres Ziel. Sie arbeiteten nicht in einem kalten Tunnel. Das hier war kein vom Feind verlassener Gang. Es war der direkte Weg zum Gegner. Heiß. Zentimeter für Zentimeter, Meter für Meter schlängelten sich die Tunnelratten zum Showdown.

Ein tückisches System. Zickzack-Passagen in allen erdenklichen Winkeln von sechzig bis einhundertzwanzig Grad. In regelmäßigen Abständen gab es Wasserverschlüsse, mit denen man ganze Abschnitte versiegeln konnte. Die Amerikaner pumpten Tränengas in die Stollen und bekämpften sie mit Napalm, aber es schadete immer nur einer abgeriegelten Sektion. Jeder Abschnitt hatte sein eigenes Entlüftungssystem. Selbst den Dampf seiner Garküchen leitete Charlie derart um, dass die amerikanische Artillerie immer auf das falsche Ziel einhämmerte.

Behutsam schob Quinn sich unter die Falltür, hinter der Charlie lauerte. Nur durch diese engen Schleusen waren die diversen Etagen des Tunnelsystems zu erreichen. Es waren die Ein- und Ausgänge im unterirdischen Labyrinth. Es gab keine verlässliche Methode herauszufinden, was einen auf der anderen Seite der Luke erwartete. Quinn beabsichtigte, die Falltür anzuheben und drei Schüsse ins

Unbekannte zu feuern. Nie mehr als drei Schüsse! Das war die Regel. Man signalisierte dem Feind nicht, dass man keine Munition mehr hatte. Maximal drei Schüsse! Und dann eine voll geladene Waffe vom Hintermann. In diesem Fall von Castro, dessen Aufgabe es war, nachzuladen.

Quinns Lampe beleuchtete kurz die Luke über ihm. Von der Tunneldecke neben dem Durchgang rieselte etwas Lateriterde auf sein Gesicht. Charlie kauerte vermutlich direkt über ihnen. Quinn gab Castro die Lampe, damit der Latino ihm sporadisch Licht spendete, während er die Luke anhob.

Doch noch bevor Quinn sich um die Falltür kümmern konnte, öffnete sie sich abrupt, und etwas wie eine schwere Mango fiel ihm in den Schoß.

„Granate!", brüllte er Castro zu, und sie robbten im Rückwärtsgang um ihr Leben. Es blieben ihnen gute fünf Sekunden bis zur Explosion, bis die Splitter den Tod brachten.

Dann die Explosion.

Quinns Rechte ließ die Essstäbchen neben der Suppenschüssel auf den Tisch fallen. Mit beiden Händen kniff er sich in die Oberschenkel, die damals geblutet hatten. Auch die Trommelfelle waren ihm fast geplatzt. Aber eben nur fast, denn er konnte das fröhliche Geplapper der Vietnamesen, das die Suppenküche erfüllte, genau hören, und schüttelte die Erinnerungen mühelos ab. Das war der Unterschied zu den Albträumen. Insofern stand alles zum Besten. Es war genau der richtige Zeitpunkt, wieder in Vietnam zu sein.

Er war jetzt im passenden Alter dafür. Noch immer hielt er seinen Körper so gut es ging fit. Aber so zuverlässig die Muskeln seinen Torso auch aufrecht halten mochten, die schlaffe Haut konnten sie nicht mehr ganz ausfüllen. Und deshalb nahmen sich auch die gekreuzten Klingen der Schwerter, die auf seinen rechten Oberarm tätowiert waren, etwas labil aus. Auch die Haare seiner militärischen Zweimillimeterbürste waren nicht mehr blond, sondern grau.

So war das, wenn man älter wurde und sich bemühte, dem Leben weiter zu trotzen.

12

„Du bist also wieder im Geschäft", sagte Tony Rojana, nachdem Farang ihn darüber ins Bild gesetzt hatte, warum er in Bangkok war.

„Sieht ganz so aus."

„Ich weiß nicht, ob ich das gut finde. Sei vorsichtig. Die Dame ist eine Giftschlange."

Farang schwieg.

„Hast du eigentlich noch deine belgische Geliebte?

„Liegt schon lange eingemottet in der Schublade."

„Das Modell müsste dir inzwischen peinlich sein."

„Wieso?"

„Wegen Gaddafi!"

Farang sah Tony verständnislos an.

„Ist der nicht tot?"

Tony schüttelte den Kopf. „Ist er. Aber du scheinst da

unten in Muslimland wirklich nicht viel mitzukriegen von der Welt."

„Dafür hab ich dich doch."

„Wie dem auch sei. Unser libyscher Diktator besaß jedenfalls ein vergoldetes Exemplar des Fabrikats, und er trug das Goldstück bei sich, als er von Aufständischen gefasst und getötet wurde. Es wurde zum Symbol für den Sturz des Regimes."

Tony bestrafte Farang mit einem breiten Grinsen der Marke karibische Unverfrorenheit, aber der ließ sich nicht aus der Reserve locken.

„Schlechtes Omen, wenn du mich fragst. Du solltest dir was anderes zulegen. Ich stehe ja sowieso mehr auf Revolver."

„Als ob ich das nicht wüsste. Pumpguns nicht zu vergessen!"

Von den Handgranaten und dem Schnellfeuergewehr, die Tony in seinen besten Zeiten im Toyota deponiert hatte, ganz zu schweigen. Das alles natürlich nur zur Selbstverteidigung. Und mit gutem Grund. Denn in jenen Tagen wurden pro Jahr rund ein Dutzend Reporter in Thailand umgebracht. Tonys gefährlichste Waffe war jedoch seine Spiegelreflexkamera. Mit ihr hatte er unermüdlich angegriffen und damit sein Leben riskiert.

Tony schien zu ahnen, was Farang durch den Kopf ging.

„Die Zeiten, in denen ich mit einem Waffenarsenal im Kofferraum durch Bangkok gekreuzt bin, um Gangster zur Strecke zu bringen, sind lange vorbei."

Die Wehmut, die da mitklang, entging Farang keinesfalls. Seiner Familie zur Liebe, hatte Tony sich zum Ende seiner Karriere der Sportberichterstattung verschrieben, bis er schließlich ganz aus der Redaktion seines alten Stammblattes ausgeschieden war.

„Sei froh, dass du noch am Leben bist", sagte Farang.

„Du scheinst deins offenbar riskieren zu wollen", erwiderte Tony.

„Von wollen kann keine Rede sein."

„Man muss wissen, wann es Zeit ist, aufzuhören."

„Danke für den Ratschlag. Soweit ich weiß, habe ich es gewusst und getan."

„Aber jetzt wirst du rückfällig."

Wo Tony Recht hatte, da hatte er Recht. Aber es sah ganz danach aus, als ob Farang trotzdem nicht um ein Comeback herumkam. Nicht, dass er sich danach gesehnt hätte. Sich gleich Sorgen um sein Leben zu machen, das hielt er dann doch für ein wenig überzogen. Seine Talente mochten begrenzt sein, aber was den unerwünschten Auftrag anging, verfügte er immer noch über zwei herausragende Fähigkeiten. Zum Ersten konnte er sich auf seine instinktive Treffsicherheit verlassen. Er hatte ein Gefühl für die Möglichkeiten seiner belgischen Geliebten und für die jeweilige Distanz zum Ziel. Zum Zweiten konnte er stets die Gefahr einschätzen, in die er sich begab. Er war nicht feige, aber auch kein testosterongesteuerter Hasardeur. Er konnte das Risiko, dem er sich aussetzte, realistisch abwägen. Agierte der Gegner im Schutz der Herde, war Farang der geborene Wolf. War der Feind selbst der Wolf, so nutzte der Eurasier die Herde als Deckung.

Tony ließ seine rechte Hand in den offenen Ausschnitt seines Hemdes wandern und befingerte die Amulette an der goldenen Halskette.

Farang wusste, dass es neun Buddhas waren. Die buddhistische Glückszahl. Er gab Tony den USB-Stick, den Imelda ihm ausgehändigt hatte.

„Das sind die hochoffiziellen Ermittlungsergebnisse zu der Angelegenheit. Mach dir eine Kopie davon und sieh dir alles in Ruhe an. Natürlich streng geheim. Vielleicht fällt dir was ein, was ich wissen sollte, wenn ich zurückkomme."

„Wo willst du hin?"

„Könnte sein, dass die Sache länger dauert, und ich möchte nicht, dass zu Hause was anbrennt, während ich weg bin. In drei bis vier Tagen bin ich wieder in Bangkok. Dann reden wir drüber."

Tony nickte und verschwand in seinem Büro, und nur fünf Minuten später kam er wieder und gab Farang den Stick zurück. Damit war dieses Thema fürs erste erledigt, und sie schauten sich noch einen Boxkampf an. Der Philippino Manny Pacquiao war Tonys Liebling.

Weltergewicht.

Schwergewicht interessierte ihn nicht mehr, seit die Brüder Klitschko es mit ihrem promovierten Roboterboxen ein für alle Mal versaut hatten.

13

Noch am selben Abend rief Farang Imelda an.

„Okay. Ich kümmere mich darum", sagte er, als sie sich meldete.

„Gut!"

Damit trennte sie die Verbindung.

Nicht, dass er so etwas wie ein Dankeschön erwartet hatte. Aber ihren Umgangston als gewinnend zu bezeichnen, wäre übertrieben gewesen.

Die Nacht verlief traumlos.

Er schlief tief und fest, und am Morgen startete er optimistisch in den neuen Tag. Er genoss das Hotelfrühstück wie einen Ausflug zum Picknick, bevor er sich entspannt zum Flughafen aufmachte.

14

Der Falke wartete auf die Berichterstattung der Medien zu seiner letzten Tat.

Noch war das Geschehen im *Royal Cliff Beach Hotel* kein Thema. Er übte sich in Geduld. Alles wie gehabt. Bislang hatten die Behörden noch jedes Mal Zeit geschunden, bevor sie ihre Hilflosigkeit mit einer nichtssagenden Presseerklärung kaschierten. Und auch die sogenannten Bluthunde unter den Sensationsreportern waren nicht immer so schnell am Ball wie es ihr Ruf suggerierte.

Um nichts Unvorhergesehenes zu verpassen, zappte der

Falke sich ein letztes Mal durch die regionalen und überregionalen TV-Nachrichtenkanäle.

Schließlich legte er die Fernbedienung auf die Morgenzeitungen, die er bereits durchstöbert hatte, und machte sich in aller Ruhe Gedanken zu seiner nächsten Inszenierung.

15

Als er in Hat Yai aus dem Flugzeug stieg, holte Farang die Erinnerung an alte Zeiten ein.

Hier hatte seine Laufbahn als Profi begonnen. Der erste Auftrag des Generals war für immer mit dieser Stadt im tiefen Süden Thailands verbunden, in die eine seiner Nebenfrauen mit ihrem jungen Liebhaber geflohen war. Es hatte einige Tage gedauert, bis Farang die Flüchtigen fand und seinem Auftraggeber Meldung erstatten konnte. Am darauffolgenden Tag reiste der General höchstpersönlich an, um das Paar zu liquidieren. Begleitet von einigen Vertrauten, die ihm als Zeugen dienten, zelebrierte er die Tat als demonstrativen Racheakt, der seine Ehre wiederherstellte.

Damals hatte Farang lediglich als Spürhund gedient und sich dabei bewährt.

Danach übernahm er auch das Töten.

Auf dem Weg zur Gepäckausgabe fragte er sich, was es wohl bedeuten mochte, dass er sich wach und bei vollem Bewusstsein an eben diesen ersten Auftrag erinnerte. War es womöglich das Ende der Träume, die ihn so hartnäckig heimsuchten? Blieb ihm etwa die Aufarbeitung des letzten halben Dutzends seiner Taten erspart? Während des kurzen Abstechers nach Bangkok waren die Träume jedenfalls ausgeblieben. Er hoffte, es möge so bleiben, denn jeder Traum war ein Vorbote des Todes.

Mit einem Lächeln nahm er den kleinen verbeulten Alukoffer vom Laufband und begab sich zum Parkplatz, auf dem sein nicht minder verbeulter Pick-up auf ihn wartete. Es war ein Daihatsu, dessen beiger Lack über die Jahre zu einem stumpfen Grau mutiert war. Modell und Baujahr waren der fernen Vergangenheit zuzuordnen. Die kleine Ladefläche zierte eine festgebackene und stellenweise bröckelige Patina, die diverse Ladungen über die Jahre zurückgelassen hatten.

In der nächsten halben Stunde versuchte Farang auf Schleichwegen dem Verkehrschaos zu entgehen. Wie die meisten Städte Thailands hatte sich auch Hat Yai verändert und in immer mehr verbautem Zement verewigt. Es war noch unübersichtlicher und charakterloser geworden. Während er bestrebt war, die Stadt möglichst schnell hinter sich zu lassen, pflegte Farang nostalgische Betrachtungen jenes Hat Yai, das er viele Jahre zuvor kennengelernt hatte.

Er war im Zug angereist und im *Sukhontah Hotel* abgestiegen, dem besten Haus am Platz. Obwohl seine Mutter aus dem Süden stammte, war er zum ersten Mal in die Gegend gekommen. Gummiplantagen und Zinnminen machten den Ort zu einer Art Goldgräbersiedlung, die ihm exotisch und fremd erschienen war.

Mit einem Schmunzeln erinnerte er sich an die beiden Gitarristen mit den Schirmmützen im Coffeeshop des Hotels, die gegen zwei Sängerinnen in der Lobby Bar angesungen hatten. Die beiden Damen wurden von einem Jazztrio begleitet. Schlagzeug, Bass und Piano. Keine der miteinander konkurrierenden Gruppen bot den üblichen Thai-Singsang an. Für damalige Verhältnisse geradezu revolutionär. So, wie das ganz in olivgrün gehaltene Innendesign des Coffeeshops im *Sukhontah*.

Auch eine Autofahrt, die ihn über Pattani und Yala nach Betong, der Grenzstadt zu Malaysia, geführt hatte, war noch tief in seinem Gedächtnis eingraviert. Zum einen war da die Straße, die sich an einem Staudamm entlang durch die hügelige Gegend zog, und auf der ihm seltsam häufig das Mercedes-Modell 220 begegnete.

Dann Betong. Eine Wildweststadt mit Moschee. Und schließlich das *Hotel Kongka*, ein Transit-Bordell, in dem am Ende eines toten Ganges das eleganteste und teuerste Zimmer auf ihn gewartet hatte. Ein Loch mit einem abgestandenen Geruch nach Sperma. Dazu der passende Wolkenbruch und der damit verbundene Stromausfall.

Zu seinem Frust war der Mann, auf den ihn der General angesetzt hatte, bereits nach Malaysia entkommen. Zum Trost hatte er sich zum Abendessen ins Chinarestaurant des *Fortuna Hotels* gerettet, in dem zwei Sängerinnen ihm die Ohren im traditionellen Stil vollquengelten. Danach noch ein paar Reiswhiskeys im Coffeeshop des *Cathay Hotels*.

Damit war die ganze Bandbreite des damaligen Nachtlebens von Betong City ausgekostet gewesen. Die käuflichen Frauen ausgenommen. An einen südlicheren Fleck Thailands hatte ihn das Schicksal bis heute nicht mehr verschlagen.

Die Landbrücke, die Thailand mit Malaysia verbindet und die Andamanen vom Golf von Siam trennt, ist schmal und bei Hat Yai lediglich um die hundert Kilometer breit. Farang hielt südwestlichen Kurs in Richtung Satun an der Andamanenküste. Nicht die Stadt war sein Ziel, sondern ein abgelegenes Dorf, das weiter südlich am Meer lag. Ein Dorf mit einem unberührten Strand, einem bescheidenen Tempel, einem einfachen Restaurant, einem Bolzplatz für die fußballfanatische Jugend und einer überschaubaren Fischereiflotte, die weitestgehend durch den Naturschutz lahmgelegt war. Auch die nächste Touristenburg lag ausreichend weit entfernt.

Es war der Geburtsort seiner Mutter.

Hier lebte Farang in einem abgelegenen Teak-Haus seiner Vorfahren, das er um einige wenige neuzeitliche Bequemlichkeiten ergänzt hatte. Er stellte den Pick-up im Schatten der Kokospalmen ab und trug den Koffer in die Küche. Ein kaltes Bier aus dem Eisschrank begrüßte den Heimkehrer. Er trug die Flasche zum nahegelegenen Strand und genoss den Ausblick aufs Meer.

Linkerhand mündete die Straße von Malakka in die See der Andamanen. Direkt gegenüber waren die waldbedeckten Hügel der vorgelagerten Insel Tarutao zu erkennen, die bis zu siebenhundert Meter über die blauen Fluten aufragten. Ko Tarutao war nur eine von Tausenden Inseln des Andamanen Archipels, aber sie hatte einmal eine gewisse Berühmtheit als Gefangenenlager erlangt. Neben dem an der Ostküste liegenden Zuchthaus für Schwerkriminelle war 1937 noch ein Strafgefangenenlager für politische Häftlinge am südlichen Ende der Insel eingerichtet worden.

Ein naher Verwandter seiner Mutter, einer der Brüder ihres Vaters, saß dort von 1939 bis 1943 als politisch Verfolgter ein. Während dieser vier Jahre siedelten sich seine Angehörigen in Satun und Umgebung an. Auch wenn sie den Häftling nicht besuchen konnten, fühlten sie sich ihm beim Anblick der Insel nahe.

Heutzutage war die Insel das Hauptquartier des größten Meeresnationalparks in Südostasien und ein Naturparadies. Doch in jenen düsteren Zeiten hatte man das Eiland aus ganz anderen Gründen ausgesucht. Es war über tausend Kilometer von Bangkok entfernt, und seine tückischen von Haien verseuchten Gewässer, der Südwest-Monsun, der die Westküste von Mai bis Oktober heimsuchte, sowie der Nordost-Monsun, der die Ostküste von November bis April in Atem hielt, verurteilten jeden Fluchtversuch zum Scheitern. Selbst die nur fünf Kilometer entfernte malaiische Insel Langkawi war für die Gefangenen ein unerreichbares Ziel gewesen. Nur der Verlauf des Zweiten Weltkriegs hatte schließlich doch noch dafür gesorgt, dass Farangs ferner Verwandter wieder auf freien Fuß gekommen war.

Farang prostete der fernen Insel zu und ging ins Haus, um einen Mittagsschlaf zu halten.

16

Der Falke sah sich die überfällige TV-Berichterstattung über die Vorgänge in Pattaya an.

Bilder vom Tatort, dubiose offizielle Verlautbarungen und wilde Spekulationen der inkompetenten Plappermäuler diverser Sender, egal ob vor Ort oder im Studio. Nichts anderes hatte er erwartet.

Nachdem er sich durch mehrere Kanäle gezappt hatte, war er mit dem Ergebnis zufrieden und mit sich im Reinen. Alles war glatt über die Bühne gegangen. In tief verinnerlichter Routine hatte er dem Konsularbeamten die Legende verpasst, deren Symbolik ihm mittlerweile so leicht von der Hand ging. Er hatte Polizei und Medien das immergleiche Muster geliefert, um die Tat richtig einzuordnen.

Bis auf ein entscheidendes Detail.

Ioannis Karpathakis war als Opfer die Ausnahme von der Regel.

Er war kein Deutscher.

Dass es sich diesmal um einen Griechen handelte, würde Behörden und Presse gehörig zu denken geben.

17

Am späten Nachmittag spazierte Farang in aller Ruhe zum nahegelegenen Dorf hinüber.

Am Ortsrand, direkt am Meer und im Schatten eines

Palmenhains, lag sein Lieblingsrestaurant. Es war nur eine einfache Hütte mit Billigmobiliar. Dafür waren die Gerichte von vortrefflicher Qualität und die Getränke immer gut gekühlt. Die Tische standen rund um die offene Küche, dem Königreich der Wirtin, die selbst kochte und nebenbei bediente. Sie war eine propere Frau Ende vierzig. Sehr attraktiv und sehr mollig.

Sie hieß Dao.

Ihr Restaurant hieß *Zur fetten Ratte*.

Den Namen des Lokals hatte sie Farang zu Ehren gewählt. Zum einen war er nach dem asiatischen Tierkreiszeichen eine Ratte. Zum anderen hatte er mit Hilfe ihrer Kochkünste und seinem Geld dafür gesorgt, dass ein Teil der Speisekarte aus Rattengerichten bestand.

Geschnetzelte Ratte mit Frühlingszwiebeln und Ingwer.

Gedünstetes Rattenfilet in Limonensoße.

Ratten-Kebab.

Er hatte das riskante Vorhaben so lange subventioniert, bis das neuartige Angebot sich bei einem ausreichenden Teil der Gäste durchgesetzt hatte und Dao Geld einbrachte. Damit war ein alter Wunsch für ihn in Erfüllung gegangen.

Bereits als Farang noch in Bangkok lebte, hatte er immer davon geträumt, ein eigenes Feinschmeckerrestaurant mit einer ausgefallenen Delikatesse zu eröffnen. Kugelfische mochten in Japan Mode sein. Sie waren nicht sein Ding. Ihm schwebten Rattengerichte vor, die speziell in Südchina sehr populär waren. Das Fleisch enthielt viel Protein und Cholesterin.

Bei Dao hatte er endlich eine Auswahl erlesener Rattengerichte auf der Speisekarte und ein kleines Restaurant, in dem er sich zu Hause fühlte. Auch wenn die Wirtin nicht Nit war, seine große Liebe.

Farang war der erste Gast, der eintraf. Dao war zwischen Kochtöpfen und Pfannen im Einsatz. Sie begrüßte ihn mit einem Lächeln und wandte sich sofort wieder der Vorbereitung der Speisen zu. Die beiden jungen Mädchen, denen sie auf sein Drängen hin Arbeit gegeben hatte, putzten hinter einem Lattenverschlag Gemüse und unterhielten sich dabei leise und kicherten ab und zu. Es war kein tolles Leben für die gefallenen Engel, aber allemal besser, als sich zu prostituieren.

Die Arbeitsbeschaffung war nur ein Tropfen auf dem heißen Stein. Aber so wie die Dinge lagen, hoffte Farang, in Zukunft mehr tun zu können. Er ging zum Kühlschrank, nahm sich ein Bier und setzte sich an seinen angestammten Tisch, an dem ihm nur die Wirtin Gesellschaft leistete, wenn das Geschäft ihr Zeit dazu ließ.

Er legte die Plastiktüte mit dem Geschenk, das er ihr mitgebracht hatte, auf den leeren Stuhl neben sich und sah ihr bei der Arbeit zu. Er liebte die beruhigende Stimmung, die damit verbunden war. Daos routinierte Handgriffe, und die offensichtliche Freude, die ihr das Kochen machte, verbanden sich mit den köstlichen Gerüchen – und manchmal auch mit dem leisen Gesang der Köchin – zu einem behaglichen Ambiente. Die leichte Brise vom Meer, die die Palmen zum rascheln brachte, war auch nicht zu verachten.

„Wonach steht dir der Sinn?", rief sie ihm fröhlich zu.

„Wie wäre es mit Kanom Jien?"

„Ist das nicht was fürs Frühstück?"

„Du hättest das Breakfast im Hotel sehen sollen."

„Na gut. Also heute keine Ratte." Sie lachte.

„Abwechslung muss sein."

„Jetzt oder später?"

„Später. Erst mal in Ruhe ein Bier oder zwei."

„In Ordnung."

Damit widmete sie sich wieder dem Geschehen am Herd. Farang sah aufs Meer hinaus und freute sich, wieder zu Hause zu sein. Als Dao ihre Vorbereitungen abgeschlossen hatte, nahm sie die Schürze ab. Wie immer war sie tadellos gekleidet und hatte eine frische Blumenblüte im Haar. Sie setzte sich zu ihm.

„Wie war es in Bangkok?"

„Nicht mehr mein Ding", sagte er. „Aber ich werde wohl wieder für eine Weile hinmüssen."

„Arbeit?"

Er nickte. „Bevor ich es vergesse: Kannst Du mir bis morgen deinen Laptop leihen?"

„Kein Problem."

„Danke."

Er nahm die Plastiktüte und gab ihr das in Geschenkpapier verpackte Buch, das er ihr gekauft hatte.

Sie sah ihn erstaunt an.

„Für dich", sagte er. „Hab ich in Bangkok gefunden."

„Danke!" Sie zögerte, die makellose Verpackung zu öffnen.

„Schau es dir ruhig an", ermunterte er sie. „Es geht um den Inhalt, nicht um die Verpackung."

Vorsichtig packte sie das Geschenk aus.

Es war ein thailändisches Kochbuch. Ein üppiger Bildband mit zahlreichen Rezepten. Farang wusste, was auf der Titelseite stand.

SÜDOSTASIATISCHE KÜCHE FÜR PROFIS.

Dao reagierte seltsam verhalten. Sie starrte auf das Präsent in ihren Händen und schien wie gelähmt.

Farang war ratlos.

Bis sie schließlich aufschluchzte.

„*Ich* bin doch das Kochbuch!", sagte sie.

Schlagartig wurde ihm klar, dass er sich wieder einmal nicht als der Sensibelste gezeigt hatte. Ihre Kochkünste waren Daos ganzer Stolz. Sie waren das Einzige, mit dem sie ihn glücklich machen konnte, nachdem er ihre dezenten Signale, es könnte auch Sex sein, standhaft und liebenswürdig ignoriert hatte. Es war so einfach in diesem Land, dass sich eine Frau neben einen legte und auch körperlich für einen da war. Aber die Erinnerungen an Nit waren stärker. Und Dao hatte seine liebenswürdige Ablehnung so pragmatisch weggesteckt wie sie ihr Angebot gemacht hatte.

Und nun das!

Sie musste es als die ultimative Zurückweisung begreifen. Mit diesem unbedachten Geschenk hatte er das einzig Verbleibende in Frage gestellt, was sie ihm noch bieten konnte, und damit ihre Würde angetastet. Die kulinarischen Künste, die sie ihm bot und die er genoss, verbanden sie wie ein altes Ehepaar.

Dao weinte still vor sich hin.

Farang wusste weder ein noch aus.

Schließlich sprang er auf, nahm das Geschenk und ging zur Kochstelle. Er zog ein Küchenbeil aus dem Hackklotz, legte das Buch auf das Hackbrett und zerlegte das Druckwerk mit weit ausholenden und befreienden Hieben in mehrere Einzelstücke. Eins davon trug er zum Tisch zurück und legte es Dao mit einem Verschwörerlächeln vor.

Sie lachte befreit auf und trocknete ihre Tränen.

Alles war wieder gut, und auch die beiden Küchenhilfen, die ob der wuchtigen Schläge verstummt waren, kicherten wie befreit. Während erste Gäste eintrafen, ging Dao zum Herd zurück, und nur wenig später bekam Farang sein Kanom Jien.

Er genoss jeden Bissen.

Weiche Reisnudeln mit gelber Curry- und roter Chilisoße, süß und scharf, dazu junge Baumtriebe von Cashew, Leucena und Cashu, sowie Blattgemüse und Sternfrucht alias Karambola.

18

Niemand wusste, wie sich der Tourist in die *Fette Ratte* verirrt hatte.

Im Laufe des Abends tauchte er zwischen den ausschließlich einheimischen Gästen auf und sah sich nach einem freien Tisch um. Die Thais schenkten ihm keine Beachtung. Nur Farang hatte den Mann sofort im Visier.

Er witterte einen Deutschen.

Natürlich hätte auch ein Engländer oder Schwede in einer vergleichbar geschmacklosen Montur zum Abendessen in einem dem Tourismus fernen Lokal auftauchen können. Durchgeschwitztes Polohemd in schwarz unter einer Safariweste mit militärischem Tarnmuster des Typs Desert Storm. Beides über knielangen olivgrünen Cargo-Shorts. Dazu schwarze Kniestrümpfe in schwarzen Doc Martens und eine ebenfalls schwarze Baseballkappe.

Das alles trug ein Kerl von etwa einem Meter neunzig, der um die neunzig Kilo wiegen mochte und vermutlich Anfang vierzig war. Kein überflüssiges Gramm Fett. Muskulatur im Gym aufgepumpt.

Was Farang typisch deutsch vorkam, war zum Ersten die Brille. Schwere Pilotenmodelle, deren übergroße tropfenförmige Gläser nicht dem Sonnenschutz dienten, hatten in Deutschland einmal eine ganze kurz- oder weitsichtige Generation geprägt. Vor allem Götz George alias Schimanski war dabei Trendsetter gewesen. Aber auch einige Schlagerstars fielen Farang dazu ein. Zum Zweiten prangte in der linken Brusttasche der Safariweste fein säuberlich aufgereiht ein halbes Dutzend Kugelschreiber.

Da die meisten Tische bereits von mehreren Personen besetzt waren, beschloss der Neue, Farang anzusteuern. Die Lösung des Problems war an sich nachvollziehbar, da er seinen Tisch mit drei leeren Stühlen teilte. Was Farang jedoch weitaus weniger gefiel, war die Tatsache, dass der Mann ohne zu fragen ihm gegenüber Platz nahm, ihn breit angrinste und eine dumme Bemerkung machte.

„Ich hoffe, es macht Ihnen nichts aus."

Der Akzent, mit dem der ungebetene Gast seinen englischen Beitrag ablieferte, war eindeutig. Die blassblauen Augen passten auch. Farang fühlte sich in seiner Ahnung bestätigt. Er bemühte sein Haifischlächeln und antwortete auf Deutsch.

„Und wenn es so wäre …?"

Sein Gegenüber zuckte nicht mit der Wimper.

„Hab ich mir doch gleich gedacht, dass Sie kein Reinrassiger sind."

Farang schwieg.

„Stimmt doch …?", hakte der Deutsche lauernd nach und gab sich auch gleich selbst die Antwort.

„Sie sind Eurasier!"

Er winkte der Wirtin und rief in seinem akzentbeladenem Englisch: „Ein Bier und die Karte bitte!"

Farang registrierte Daos besorgten Blick und beruhigte sie mit einem Nicken, bevor er sich wieder auf sein Gegenüber konzentrierte.

„Ich bin Thai", sagte er leise.

„Na na, jetzt wollen wir aber mal bei den Fakten bleiben."

Der Deutsche nahm die Mütze ab und präsentierte seine säuberlich rasierte Glatze.

„Sie sind womöglich thailändischer Staatsbürger, aber was Ihre Gene angeht, hat doch wohl einer meiner Landsleute mitgemischt."

Immerhin siezt er mich, dachte Farang.

Dao brachte eine Flasche Bier, ein Glas und die Speisekarte. Sie schenkte dem neuen Gast ein und bedachte ihn mit einem geschäftsmäßigen Lächeln, bevor sie sich wieder der Küche widmete.

„Ich bin übrigens Achim. Prost!"

Farang ließ die Hand mit dem Bierglas, die ihn zum Anstoßen aufforderte, über dem Tisch verhungern.

„Jetzt seien Sie doch nicht gleich beleidigt, Mann."

Als Farang auch das ignorierte, nahm Achim einen Schluck und widmete sich dem Studium der Karte.

Farang musterte den unangenehmen Zeitgenossen aus Deutschland genauer. Wusste der Henker wie er sich hierhin verirrt hatte. Wahrscheinlich hatte er vor seiner entlegenen Bettenburg irgendeinen Taxifahrer angeheuert, der ihm das Lokal als Geheimtipp untergejubelt hatte.

Als Achim die Karte beiseite legte und Farang wieder durch die Gläser seiner Retrobrille ansah, glomm in seinen blassblauen Augen so etwas wie Hinterlist. Auch die vertraulich leise Stimmlage, mit der er sich erneut zu Wort meldete, signalisierte Stunk.

„Hat wohl nicht aufgepasst, dein Vater."

Farang ignorierte die Anmache.

„So alt wie du aussiehst, gab es damals in Thailand wohl noch kein Virusproblem. Deshalb hat er vermutlich auf den Pariser verzichtet."

Farang gab sich weiter wortkarg.

Achim trank noch einen Schluck Bier.

„Mir kann so was ja nicht passieren. Bin ein absoluter Gummikönig, was das angeht."

Er grinste selbstgefällig.

„Bravo", sagte Farang.

„Ich hab nämlich was gegen Mischlinge."

„Was für eine Überraschung."

„Und selber welche zu produzieren, das ist nicht mein Ding."

Achim schüttelte den Kopf.

„Es gibt schon viel zu viele auf der Welt. Eurasier. Mulatten. Mestizen. Was weiß ich. Wahrscheinlich habe ich noch irgendeinen Mix vergessen."

„Zum Beispiel grau-rosa Schweinchen wie dich, die sich Weiße nennen", half Farang aus.

„Nun wollen wir aber mal nicht persönlich werden", sagte Achim.

Farang entging der drohende Unterton keinesfalls. Er nahm wahr, dass Dao den Tisch ansteuerte, um die Bestellung aufzunehmen und bedeutete ihr mit einem Blick und einer dezenten Kopfbewegung, es sein zu lassen. Dann widmete er sich wieder dem Deutschen.

„Komm", sagte Farang gelassen und stand auf.

„Was ... komm?"

Achim blieb hocken und sah zu ihm auf.

„Wir gehen mal vor die Tür", sagte Farang.

„Welche Tür?" Achim sah demonstrativ in die Runde. „Ich sehe keine." Er zeigte Farang ein Grinsen, das nicht mehr ganz so breit ausfiel. „Das ist ein Freiluftlokal!"

Farang blieb stehen und wartete.

Achim mochte nicht der Hellste sein, aber er war nicht gehirnamputiert. Er wusste, was anlag. Aber einer wie er war nicht beunruhigt. Er war der Größere, der Schwerere, und er ging regelmäßig zum Krafttraining. Er fühlte sich haushoch überlegen.

Farang ließ ihn in dem Glauben.

Schließlich erhob sich der Deutsche und stöhnte dabei genervt auf, als sei das alles unter seinem Niveau.

„Wo?", fragte er bemüht beiläufig.

Farang deutete in den Palmenhain und ließ dem Gegner den Vortritt.

19

Die kleine Lichtung war weit genug vom Restaurant entfernt, um eine Belästigung der Gäste auszuschließen.

Ein Boxkampf – wenn es denn mehr als eine Schlägerei werden sollte – hatte nicht auf Farangs Fahrplan für den heutigen Abend gestanden. Aber man konnte nicht immer alles im Griff haben. Die Haltung zählte. Nicht der Plan. Das einzig Beständige in seinem Leben war das Unvorhergesehene. Und er war bislang immer damit fertiggeworden. Deshalb sah er auch den Verlauf des aktuellen Geschehens pragmatisch und nahm den Konflikt an, um sich für größere Aufgaben, die schon bald vor ihm liegen mochten, aufzuwärmen. Immerhin besser, als gegen einen Sandsack zu hauen.

Farang neigte mit zunehmendem Alter und dem damit verbundenen Gewichtszuwachs wieder mehr zum körperlichen Einsatz. Zwar hatte er als junger Mann sein Muay Thai gelernt, aber Thaiboxen hatte ihm nie dazu gedient, sich durchzusetzen. Das hatte er meist seiner belgischen Geliebten überlassen. Eine Pistole in der Hand war ihm stets die einfachere Lösung in einer Auseinandersetzung gewesen. Doch inzwischen war er kein Bantamgewichtler mehr und in der Klasse Mittel bis Halbschwer meist unbewaffnet.

Mit dem ganzen Körpergewicht durch den Gegner zu schlagen, hieß die altvertraute Devise. Es kam nicht auf Oberflächenberührung an, sondern auf Tiefenwirkung. Du zielst nicht auf sein Kinn oder seinen Solarplexus und hoffst, dort mit der Faust anzukommen, du schlägst durch den Gegner hindurch, du zielst auf etwas, das dahinter liegt!

So hatte er es im legendären Trainingslager der Box-Ikone Yodthong Senanan gelernt. In Na Klua bei Pattaya. Ein primitives Camp mit vier Boxringen, in dem der nationale Nachwuchs auch im internationalen Stil ausgebildet wurde. So wie der unvergessliche Samart, Weltmeister des WBC.

Achim stand plattfüßig im Mondlicht, ließ die Deckung ziemlich tief hängen und stocherte versuchsweise mit etwas wie einem linken Jab herum, um den Gegner auf Distanz zu halten. Er musste das bei Muhammad Ali gesehen haben, vergaß aber, dass er selbst eher der Sorte aufgepumpter Laubfrosch angehörte. Nutzlose Muskulatur machte ihn unbeweglich. Von Durchschlagskraft ganz zu schweigen.

Farang ließ ihn gewähren. Er musste seinen Oberkörper nicht einmal in größere Pendelbewegungen versetzen, um den Fäusten des Deutschen zu entgehen. Nachdem Achim einige Male erfolglos herumgefuchtelt hatte, schlug Farang eine Bogenlampe über die Deckung des Gegners, die auf dessen Nasenwurzel explodierte.

Achim quittierte den Einschlag, indem er seine Fäuste zur Deckung hochriss. Farang nahm die Einladung dankend an und drosch ihm einen trockenen Haken auf die Leber. Achim atmete heftig und geräuschstark aus, ging auf die Knie und legte sich dann ganz hin.

So viel zu reinrassigen Ansprüchen.

20

Noch am selben Abend nahm Farang Daos Laptop mit nach Hause und beschäftigte sich bis tief in die Nacht mit dem Großteil der Informationen, die Imelda ihm mitgegeben hatte.

Er sah sich mit einer Unmenge von Protokollen, Aktenvermerken, Videos, Fotografien und Zeitungsartikeln konfrontiert. Längere Texte überflog er nur flüchtig. Dabei vertraute er ganz auf den anstehenden Austausch mit Tony Rojana. Der alte Reporterfuchs würde jedes einzelne Wort lesen und sich das Bildmaterial zweimal ansehen, damit ihm kein noch so unwichtiges Detail entging, bevor er zu einer Analyse kam.

Früh am Morgen machte Farang sich ein sparsames Frühstück und arbeitete den Rest des Materials durch. Danach spazierte er noch einmal über das Grundstück. Hundegebell und Kindergeschrei aus dem nahen Dorf begleiteten ihn. Er fühlte sich gut. Erneut war sein Schlaf tief und traumlos verlaufen. Vielleicht lag es daran, dass er einen neuen Auftrag angenommen hatte. Vielleicht. Noch war er nicht so weit, sich mit dem Gedanken anzufreunden, er könne Imelda womöglich etwas verdanken.

Er inspizierte die jungen Bananenstauden, düngte die Orchideen und blieb vor dem Sandsack stehen, der am untersten Ast des uralten Mangobaums hing. Er lächelte, drückte mit gespreizten Fingern gegen das Leder und brachte den Sack nur leicht zum Schwanken. Dabei beließ er es. Der Haken war bereits geschlagen. Sicher keine Arbeit, auf die man stolz sein musste. Aber wenigstens am lebenden Subjekt erledigt.

Vor dem Geisterhäuschen hielt Farang eine kurze Andacht, bevor er einen letzten Blick auf Strand und Meer warf. Ko Tarutao lag im fernen Dunst.

Er konnte sich darauf verlassen, dass Dao während seiner Abwesenheit nach dem Rechten sehen würde. Sie sorgte auch für frische Blütenkränze. Nicht nur am Geisterhäuschen, sondern auch am kleinen Hausaltar für Mutter und Nit. Zurück im Haus warf er einen letzten Blick auf die Fotografien, um sich von beiden Frauen zu verabschieden. Erst von seiner Mutter, dann von seiner Geliebten.

Die Geliebte, wegen der er sich noch einmal von Bangkok auf den Weg nach Hause gemacht hatte, war jedoch die Belgierin. Er nahm sie an sich, so wie die beiden gefüllten Reservemagazine und einen Karton Munition. Zwar hatte er noch nie besonders viele Patronen pro Auftrag benötigt – aber man wusste ja nie.

Er packte seinen Koffer, trug ihn zu dem alten Pick-up und machte sich auf den Weg.

21

Der Falke sah sich das Altersheim in Pattaya an.

Genau genommen war das Apartmenthaus nicht das, was man sich gemeinhin unter einem Heim für alte und pflegebedürftige Menschen vorstellt. Es lag etwas abseits vom Zentrum in Gehweite zum Meer und weder vor noch im Gebäude waren Menschen mit Gehhilfen oder in Rollstühlen zu sehen. Näher betrachtet handelte es sich bei der Wohnanlage um eine Präventivmaßnahme der in die Jahre gekommenen Mieter. Die meisten von ihnen kamen aus Großbritannien, Skandinavien und Deutschland und waren nicht gerade wohlhabend, aber ausreichend zahlungsfähig.

Die Senioren genossen den preiswerten Service des einheimischen Personals. Es handelte sich um qualifizierte Fachkräfte, Frauen und Männer. Die Thai hielten den ausschließlich männlichen Europäern die Wohnung sauber, machten ihnen die Wäsche und tätigten die nötigen Besorgungen, um den Kühlschrank aufzufüllen. Zudem kümmerten sie sich um zu verabreichende Medikamente und andere medizinische Notwendigkeiten.

Die Mieter selbst waren meist nicht einmal bettlägrig. Sie schafften es, mehr oder minder gelenkig, bis an den Strand, in den Massagesalon und in diverse nahegelegene Nudelküchen und Bars. Der eine oder andere war sogar noch in der Lage ein Girl oder einen Boy in sein Apartment abzuschleppen. Wobei unklar blieb, in wie weit das seriöse Betreuungsteam und das leichte Gewerbe zusammenarbeiteten, um sich den Zugewinn zu teilen. Hand-

und Blowjobs waren rein pflegetechnisch nichts anderes als die Versorgung von Bedürfnissen. Wie Tabletten verabreichen, den Kühlschrank auffüllen, Wäsche waschen und Wohnung putzen.

Alles in allem war der pragmatische Umgang mit dem Älterwerden dem Falken nicht unsympathisch. Seine Antipathie richtete sich eher auf einen ganz speziellen Bewohner der Apartmentanlage und dessen Familiengeschichte.

Aber noch war er dabei, die Lage zu erkunden.

22

„Du weißt schon, dass der große Unbekannte erneut tätig war, während du Urlaub im Süden gemacht hast …?", fragte Tony Rojana.

Farang musste passen.

Was Tony zu einer längeren Suada zum allgemeinen Informationsaufnahmeverhalten des aufgeklärten Menschen bei regelmäßiger Nutzung des per Kabel oder Funk verfügbaren Angebots mit Hilfe diverser Geräte wie Smartphones, Tablets, Notebooks und Fernsehapparaten inspirierte.

„Laptop hab ich benutzt", betonte Farang.

„Offenbar nicht online", konterte Tony. „Aber was rege ich mich auf? Du hast ja nicht mal eine gedruckte Zeitung gelesen. So was gibt es nämlich auch noch – an allen Flughäfen und anderswo. Wenn du konkurrenzfähig bleiben willst, solltest du ein wenig aufrüsten. Es muss ja nicht gleich Facebook oder Twitter sein, aber die Zeiten für Analogkrieger sind vorbei."

„Ich hab doch meine Leute." Farang lächelte. „Zum Beispiel dich."

Tony blies die Backen auf und pustete die Luft kontrolliert aus.

„Verstehe. Natürlich brauchst du auch nicht unbedingt ein neues Auto. Nichts gegen alte Gebrauchtwagen, so lange es noch Ersatzteile dafür gibt."

„Lass gefälligst meinen Pick-up aus dem Spiel."

Tony grinste zufrieden und legte nach.

„Munition für deine altmodische Knarre soll es ja noch geben, soweit man hört. Dazu ein Mobiltelefon ohne alles. Und den Computer leihst du dir bei Bedarf bei deiner Köchin. Ich bin beeindruckt."

Danach herrschte Schweigen.

Für eine ganze Weile konzentrierten sich beide auf ihr Bier. Da sie sich jedoch rechtzeitig vor Beginn der Happy Hour in der *Darling Bar* getroffen hatten, um in aller Ruhe die Epistelmorde zu analysieren, ließ Tony sich schließlich zu einem ungnädigen Brummen herab und schloss Farangs Wissenslücke, in dem er die Ereignisse um die beiden neuen Opfer in Pattaya kurz zusammenfasste.

„Interessant dabei ist, dass es diesmal einen Griechen erwischt hat", brachte er die Angelegenheit auf den Punkt. „Bisher waren es ausschließlich Deutsche."

„Und was ist mit der Thai?"

„Kollateralschaden."

„Was macht dich so sicher?"

„Er hat die Frau lediglich abgeknallt und nicht in derselben rituellen Masche bearbeitet wie die Männer."

„Macht Sinn."

„Bei den Männern handelt es sich wohl um identische Morde, ohne dass die Opfer sich gegenseitig kannten, weder privat noch geschäftlich."

„Vielleicht waren die alle bei Facebook." Diesmal war es an Farang zu grinsen.

„Sie gehören auch keiner bestimmten Altersgruppe an", fuhr Tony unbeeindruckt fort. „Für mich riecht die Sache nach einem Rachefeldzug. Ein Serienmörder, der seine Taten kaltblütig plant und durchführt, also nicht im Affekt handelt. Er sucht sich offenbar keine beliebigen Opfer aus, ist also eher kein Triebtäter. Es muss für ihn einen anderen Grund geben, der die Opfer logisch verbindet."

„Ist Serie nicht ein bisschen dick aufgetragen?"

„Laut der gültigen Definition des FBI nicht. Demnach reichen zwei oder mehr Opfer durch denselben oder dieselben Straftäter in separaten Ereignissen aus", sagte Tony. „Drei Deutsche und ein Grieche sind vier Opfer. Was willst du mehr? Die Frau aus den bekannten Gründen nicht dazu gezählt. Imelda hat im übrigen schon bei Nummer drei die Reißleine gezogen."

„Mit Reißleine meinst du wohl mich."

Tony nickte.

„Die deutschen Behörden machen Druck. Sie bieten Amtshilfe an. Imeldas kleiner Bruder will davon nichts wissen. Mit dir ist das deutsche Element immerhin mit fünfzig Prozent beteiligt."

Farang ging nicht weiter darauf ein.

„Wenn wir die Thai ausnehmen", sagte er, „sind unter den Opfern weder Frauen noch Kinder."

„So ist es. Nur Männer, mal jünger, mal älter."

„Ist unser Freund ein Grieche?"

„Die Sache mit den Episteln, die immer fein säuberlich in Neugriechisch verfasst sind, legt den Verdacht nahe", sagte Tony. „Aber es soll bekanntlich Leute geben, die die Sprache eines Landes beherrschen, ohne aus ihm zu stammen. Das weißt du ja wohl am besten. Aber natürlich bezieht sich der Täter in den Nachrichten, die er hinterlässt, auch auf die legendäre Geschichte eines gebürtigen Griechen, wie wir dank der vorliegenden Übersetzungen wissen."

Damit widmete er sich seinem Notebook und rief zur Gedächtnisstütze die entsprechende Datei auf.

23

EPISTEL EINS
in der ich Euch berichte:

Um zehn Uhr jenes Morgens holen sie den legendären Griechen aus seiner Zelle und bringen ihn auf einem Elefanten ans Ufer des Sees, der unter dem Namen Thale Chup Sorn bekannt ist.

Dort angekommen fällt der Todgeweihte auf die Knie und verharrt für eine Weile im Gebet. Danach bekräftigt er noch einmal seine Unschuld und nimmt die Halskette mit dem Ordenskreuz des Heiligen Michael ab, das ihm Ludwig XIV,

König von Frankreich, als Zeichen seiner Wertschätzung verliehen hat. Er händigt es einem der Mandarine aus, damit es an seinen Sohn weitergegeben wird.

Dann hält der Grieche dem Brasso-pinto den Nacken hin. Der Scharfrichter nimmt das Schwert, das am Schulterriemen über seiner Brust hängt, hebt es mit seinen tätowierten Armen hoch über den Kopf und enthauptet den Unglückseligen mit einem einzigen wuchtigen Hieb der breiten Klinge.

Der einst so mächtige Constantine Phaulkon ist nicht mehr.

Wie es der Brauch verlangt, schlitzt der Tätowierte dem Hingerichteten den Bauch auf. Die Leiche wird, nur notdürftig mit Erde bedeckt, für die Hunde zurückgelassen, die sich von Aas und Abfällen ernähren.

So geschehen am 5. Juni 1688 in Lopburi.

Der Falke

24

„Wer zum Teufel ist dieser *Phaulkon*?"

Farangs Frage veranlasste Tony zu einem strengen Blick.

„Noch nie von ihm gehört …?"

„Sieht nicht so aus."

Tony schüttelte den Kopf und seufzte.

„Da habe ich wohl wieder einmal zu viel vorausgesetzt. Ich schlage vor, wir gehen einfach die Episteln durch, und ich ergänze dann die Geschichte so weit wie nötig für dich."

„Okay."

„Vorweg: Da die königlichen Schutz- und Sicherheitskräfte im alten Ayutthaya tätowierte Arme hatten, nannten die Portugiesen sie *braço pinto*. Die anderen Europäer übernahmen den Begriff und machten daraus Brasso-pinto. Wenn du so willst: ein altertümlicher Begriff für Bulle."

Tony holte zwei frische Biere aus dem Kühlschrank.

„Was diesen Constantine Phaulkon angeht, so handelt es sich um einen einfachen Griechen, der zum einflussreichsten Ausländer in Siam aufstieg. Er war für den damaligen König Narai so etwa wie Henry Kissinger für Richard Nixon oder Kanzler Bismarck für den deutschen Kaiser. Allerdings ohne offizielles Amt, da er Ausländer war. Immerhin brachte er es zum Titel Chao Phraya Wichayen. Den Mandarinen und Offizieren am Hof von Ayutthaya wurde Phaulkon irgendwann zu mächtig. Sie intrigierten so lange gegen ihn, bis sie ihn schließlich zu Fall brachten. Das hat ihn den Kopf gekostet. Bei der Gelegenheit entledigten sie sich auch gleich des Königs und seiner legitimen Nachfolger und gründeten mit dem General, der den Putsch anführte, eine neue Dynastie."

Tony prostete Farang zu, und sie tranken einen Schluck, bevor er weitersprach.

„Der Geburtsname unseres griechischen Glücksritters war Konstantinos Gerakis. Er wurde 1647 auf der Insel Kefalonia im Ionischen Meer geboren. Sein Nachname steht im Griechischen für Falke. Damit sind auch die Episteln unterschrieben. Nennen wir unseren Täter deshalb vorläufig den Falken und die historische Figur weiterhin

Phaulkon. Er war ein Sprachgenie und hat sicher keine Mühe gehabt mit den diversen Betonungen und phonetischen Umschreibungen zu spielen. Außer ihm hat im damaligen Siam wahrscheinlich kaum jemand das griechische Alphabet beherrscht. Er hingegen soll neben seiner Muttersprache unter anderem fließend Latein, Thai, Malaiisch, Englisch, Französisch und Portugiesisch gesprochen haben. Das war der Schlüssel zu seinem umfassenden Einfluss, den er in Ayutthaya gewann, denn es war damals ein wichtiges Zentrum des internationalen Handels."

„Auffällig ist, dass unser Falke die Geschichte dieses Mannes ausgerechnet mit dessen Ableben beginnt", sagte Farang.

„Richtig. Doch abgesehen davon, dass Phaulkon in allen schriftlichen Mitteilungen im Mittelpunkt steht, hat jede ein eigenes zentrales Thema. In der ersten Epistel ist das die Hinrichtung. Damit führt der Falke gleich zu Beginn die rituelle Methode ein, die er selbst immer wieder praktiziert."

„Kopf abschlagen und Bauch aufschlitzen."

„So ist es. Aber neben der Vorgehensweise des Täters sollten wir uns noch einmal die Fakten zu dem Opfer ins Gedächtnis rufen, bei dem die Epistel gefunden wurde."

Tony widmete sich erneut seinem Computer.

„Ich habe aus dem ganzen Wust mal eine Kurzfassung erstellt."

Demnach hieß das erste Opfer, zu dem sich der Falke bekannt hatte, Rüdiger von Heydenstatt. Der Deutsche war zum Zeitpunkt seines Todes 45 Jahre alt, Junggeselle und Leiter der Auslandsfiliale einer deutschen Landmaschinenfirma mit Sitz in Bangkok. Er wurde auf einer Dienstreise, die er allein unternahm, in seinem Hotelzimmer in Chiang Mai exekutiert. Wie bei allen anderen Opfern waren keine Feinde bekannt. Es hatte keine Morddrohungen vorab gegeben, und es gab keinerlei Hinweise auf ein Motiv des Täters.

„Dem zweiten Opfer ging es nur eine Woche später an den Kragen", sagte Tony.

Volker Brauer, 62 Jahre. Kfz-Meister mit florierender Werkstatt in Rayong. Seit mehr als zwanzig Jahren mit einer Thai verheiratet, mit der er einen Sohn hat. Ursprünglich als Entwicklungshelfer ins Land gekommen. Wurde auf dem Schrottplatz hinter seiner Autowerkstatt liquidiert.

Die dazu gehörige Epistel lautete wie folgt.

25

EPISTEL ZWEI
in der ich Euch berichte:

Im Jahr 1685 befindet sich Phaulkon auf dem Höhepunkt seiner Macht.

Die Konflikte mit der englischen East India Company und deren Monopolansprüche häufen sich. Phaulkon, den Seefahrt und Handel für die Engländer nach Siam gebracht haben, sympathisiert zunehmend mit den französischen Interessen und konvertiert zum katholischen Glauben. Wohlhabend geworden, lässt er sogar eine Kathedrale bauen.

Dass Ludwig XIV und seine jesuitischen Abgesandten nicht

nur ein eigenes Handelsmonopol beanspruchen, sondern auch die Christianisierung des Landes im Auge haben, wird Phaulkon schließlich zu Fall bringen. Der siamesische Adel verdächtigt ihn, das Amt eines Gouverneurs in einer französischen Kolonie Siam anzustreben.

Einige Jahre vor seinem Tod heiratet Phaulkon eine Japanerin katholischen Glaubens aus dem Portugiesenviertel Ayutthayas.

Marie und ihre Familie gehören zu einer Gruppe japanischer Christen, die wegen ihrer Religion aus ihrem Heimatland fliehen mussten und als Schiffbrüchige in Siam strandeten, wo ihnen König Narai Asyl gewährte. Aufgrund ihrer Konfession leben diese Japaner unter den Portugiesen der Stadt und nicht unter ihren japanischen Landsleuten.

Phaulkon und Marie haben einen Sohn, der nach dem Fall Ayutthayas im Jahr 1758 ins feindliche Burma verschleppt wird.

So geschehen in den Jahren 1682 bis 1685 in Siam.

Der Falke

26

„Diesmal hat er es wohl mit dem Thema Religion", stellte Farang fest.

„Religion und Mischehe", ergänzte Tony. „Immerhin ein Doppelbezug."

„Gibt es bei der ersten Epistel neben dem Thema Hinrichtung ebenfalls ein zweites Thema?", wollte Farang wissen, nachdem er für frisches Bier gesorgt hatte.

„Wie wäre es mit: Ein Mann allein vor seinem Scharfrichter?"

Farang dachte einen Augenblick über Tonys Worte nach, bevor er mit einem anerkennenden Lächeln sagte: „Jedenfalls war dieser Phaulkon ein echtes Kaliber. Das muss ich zugeben."

„So einer gefällt dir. Vollgas bis zum bitteren Tod."

„Nicht mehr mein Thema."

„Aber du hast Recht", lenkte Tony ein. „Er war zweifellos ein willensstarker Typ. Eine Persönlichkeit, die sich durchzusetzen wusste. Voll von sich überzeugt. Sicher ein Aufsteiger. Ob sympathisch, das wissen wir nicht. Dazu sind die schriftlichen Überlieferungen zu spärlich und widersprüchlich. Man sagt ihm alles Mögliche nach. Jähzorn. Überheblichkeit. Vor allem die Engländer beschimpfen ihn als Schwarzhändler und Hochstapler. Aber sie haben natürlich ihre eigenen Gründe, ihn schlechtzumachen. Dabei hat James der Zweite von England ihm anfangs noch persönliche Dankesschreiben geschickt."

„Aber die Franzosen scheinen ihn ins Herz geschlossen zu haben."

„So ist es. Für sie war er ein hoch geschätzter Verfechter christlicher Überzeugungen, ein großer Freund des Jesuitenordens und ein wichtiger Unterstützer französischer Handelsinteressen. Ludwig XIV ernannte ihn zum Ritter des Ordens von Saint-Michel. Papst Innozenz der Elfte machte ihm Geschenke." Tony gönnte sich einen Schluck, bevor er weitersprach. „Aber was viel wichtiger ist: Phaulkon gewann das absolute Vertrauen des Siamesischen Königs. Und Narai war nicht irgendein debiler Herrscher. Man sagt ihm gehöriges Charisma nach. Der König hatte politische Probleme, bei deren Lösung ihm der Grieche tatkräftig zur Seite stand. Es galt einen westlichen Verbündeten zu finden, der als Gegengewicht gegen die expansionshungrigen Holländer taugte. Vor allem die Portugiesen, Engländer und Franzosen standen zur Wahl. Mit seinen Sprachkenntnissen und mit seinen diplomatischen Fähigkeiten passte Phaulkon natürlich kongenial zum siamesischen Naturell."

Tony lachte leise.

„So wie es unsere Landsleute heute noch machen. Alle beharrlich gegeneinander ausspielen, dabei ruhig bleiben und immer freundlich lächeln. Auf diese Weise hat unser Land es immerhin geschafft, nie Kolonie zu werden. Egal, welche Anstrengungen diverse fremde Mächte über die Jahrhunderte gemacht haben."

„Wieso ist er in Lopburi hingerichtet worden und nicht in Ayutthaya?"

„Damals war Lopburi so etwas wie Versailles. In der Regenzeit regierte Narai das Land von dort aus, und auch Phaulkon besaß eine beeindruckende Residenz vor Ort."

Tony schaute auf die Uhr.

„Ich schlage vor, wir nehmen uns noch den dritten Deutschen vor, bevor ich die Bar öffne. Zu dem Griechen und der Thai in Pattaya fehlen uns die Insider-Informationen inklusive Epistel … da muss Imelda noch liefern."

„Ich kümmere mich darum."

Farang wartete, bis Tony die Kurzinformationen zum nächsten Opfer auf dem Bildschirm hatte und las sie leise vor.

„Rudolf Mayer, 39 Jahre alt. Geschieden. Frau und Kinder leben in Deutschland. Gelernter Theaterpädagoge. Kam ursprünglich als Tourist nach Thailand, wo er während seines Urlaubs in Phuket die Tsunami-Katastrophe erlebt. Er kommt mit dem Schrecken davon und betätigt sich spontan als freiwilliger Helfer. Sein Engagement findet die Anerkennung thailändischer Nichtregierungsorganisationen. Aber auch die Regierungsstellen in Bangkok schätzen seine Arbeit. Er entschließt sich auf Dauer im Land zu bleiben. Seine guten Kontakte helfen ihm dabei. Mayer kommt auf seinen Beruf als Theaterpädagoge zurück und arbeitet für Reiseveranstalter aus Deutschland, Österreich und der Schweiz als Tourguide und Animateur. Nebenbei betätigt er sich auch weiterhin ehrenamtlich als Helfer bei Sozialprojekten. Er wurde im Morgengrauen auf dem offenen Gelände einer Ferienanlage in Hua Hin umgebracht, als er nach durchzechter Nacht zu seinem Bungalow zurückkehren wollte."

Tony nickte und öffnete die Datei mit den Episteln.

„Dann schauen wir uns doch mal an, was der Falke uns dazu ins Poesiealbum geschrieben hat."

EPISTEL DREI
in der ich Euch berichte:

In den Jahren um 1679 ist Phaulkon noch nicht der vertraute des Königs, aber bereits als erfolgreicher Geschäftsmann in Ayutthaya etabliert. Über das entscheidende Vorkommnis, das ihm schließlich auch den Zugang zum königlichen Hof ermöglicht, sind zwei verschiedene Versionen im Umlauf. Welche davon der Wahrheit entspricht, und welche der Legende zuzuordnen ist, bleibt unklar.

Die erste Variante erzählt von einem Schiffbruch, den Phaulkon bei einer seiner zahlreichen Geschäftsreisen, die er von Siam aus unternimmt, erleidet. Bei einem Taifun kann er sich von Bord des sinkenden Schiffes in die stürmischen Fluten und mit letzter Kraft an einen einsamen Strand retten. Dort fällt er völlig erschöpft in tiefen Schlaf. Im Traum erscheint ihm eine majestätische Gestalt, die milde lächelnd auf ihn herabschaut und ihm zuflüstert: „Kehre zurück nach Siam, dem Land aus dem du kommst!"

Am nächsten Tag erkundet Phaulkon die Umgebung und trifft dabei am Strand auf einen verzweifelten Mann in triefend nasser Kleidung, der sich ihm Hilfe suchend nähert. Auch dieser Unglückliche hat sich mit letzter Kraft von einem untergehenden Schiff gerettet. Es ist kein Geringerer, als der Botschafter Siams in Persien.

Durch Not und Sprachkenntnisse mit dem hochrangigen Leidensgenossen vereint, verhilft Phaulkon dem Botschafter des

Königs zur Rückkehr nach Ayutthaya. Aus Dankbarkeit führt dieser den Griechen in die höchsten Kreise bei Hofe ein und stellt ihn dabei auch dem Barcelon vor. Der Schatzmeister des Königs ist nicht nur für Finanzen zuständig, sondern kontrolliert zudem die Wirtschaft des Landes und ihre Steuererträge.

Phaulkon gelingt es, auch den Barcelon mit seinen Sprachkünsten, seiner Weltgewandtheit und seinem Fachverstand in Sachen Seefahrt und Handel zu beeindrucken. Schon bald darauf wird er mit der Beaufsichtigung des Außenhandels beauftragt.

So fasst Phaulkon Fuß in den höchsten Rängen des Landes, so kommt er König Narai stetig näher, und so beginnt seine Karriere als Machtpolitiker.

So geschehen im Jahr 1679 in Siam.

Der Falke

28

„*Barcelon* ist auch so eine lusitanische Verballhornung, die nicht mehr auszumerzen ist."

Tony sah Farang an, als sei der und nicht die Portugiesen daran schuld.

„Es muss natürlich *Phra Khlang* heißen. Aber mal abgesehen davon: Was sagt uns diese Epistel?"

Farang wiegte unschlüssig den Kopf.

„Komm, komm", mahnte Tony.

„Bewältigung von Naturkatastrophen und daraus entstehende persönliche Verbindungen", sagte Farang schließlich.

„Bravo!"

Das Lob animierte Farang zu weiteren Einzelheiten.

„Der Grieche überlebt einen Taifun. Er leistet Hilfe, und knüpft dabei nach und nach persönliche Kontakte, die ihm in Siam alle Türen öffnen. Der Deutsche erlebt einen Tsunami, hilft ebenfalls und lernt dabei Leute kennen, die ihm dabei nützlich sind, in Thailand Fuß zu fassen."

„Katastrophen und Mittelsmänner!"

Damit brachte Tony die Dinge auf den Punkt, bevor er sich von seinem Computer abwandte, noch einmal auf die Uhr sah, und somit die Sitzung wortlos für beendet erklärte.

„Noch sind wir dem Falken nicht auf die Spur gekommen", stellte Farang fest.

Er ließ den Worten ein genervtes Stöhnen folgen. Für einen Pragmatiker wie ihn war die Feinanalyse Schwerstarbeit. Praxis war ihm schon immer lieber gewesen als Theorie.

„Was erwartest du denn? Dass er Verkehrszeichen aufstellt, denen man nur nachfahren muss? Das hätten Imeldas kleiner Bruder und seine Handlanger auch noch geschafft. Ich bin als Reporter auch nicht gleich ins Auto gehüpft und in die falsche Richtung losgerast. Habe vorher immer den Polizeifunk abgehört. Und nichts anderes tun wir im Moment. Wenn du keine Geduld hast, hättest du mich gar nicht erst mit der Sache beschäftigen sollen."

„Sorry."

„Trink noch ein Bier und warte bis Bobby kommt."

Die Tunnelratte war aus Vietnam zurück und hatte sich zur Happy Hour angesagt.

Tony verschwand im Hinterzimmer, und Farang bezog Stellung am Tresen. Wie gerufen kam einer der Thai, die als Barkeeper arbeiteten, ins Lokal, grüßte höflich und trat seinen Dienst an. Als erstes servierte er Farang ein Bier. Dann schaltete er Empfangsgeräte und Bildschirme ein, und diverse Sportberichte fluteten die Bar. Boxen, Fußball, Basketball und Tennis. Nur den Ton der Übertragungen hielt er noch leise, so lange nicht genug Gäste da waren. Als das erledigt war, polierte er Gläser.

Farang sah ihm dabei zu. Es war schon deshalb interessant, da alle Einheimischen, die Tony anheuerte, Boxer waren. Entweder jung und nicht ausreichend erfolgreich, um ohne Zuverdienst auszukommen, oder über das aktive Alter hinaus und nie erfolgreich genug gewesen, um nicht mehr arbeiten zu müssen. Trinkgläser in diesen Fäusten hatten ihre eigene Faszination. Sie waren wie rohe Eier in einem Schraubstock, die es irgendwie schafften, nicht zu zerbrechen.

Farang vermisste das weibliche Personal. Tony hatte es komplett abgeschafft. Nicht nur die Go-go-Girls. Absolut konsequente Geschäftspolitik war angesagt. Trinken, Sport gucken und Männergespräche. Wer mehr wollte, musste nur um die Ecke gehen. Weibliche Gäste hatten selbstverständlich Zutritt zur *Darling Bar*. Ob in Begleitung oder alleine. Dass jedoch bei den gegebenen Voraussetzungen nicht all zu viele Damen im Alleingang vorbeischauten, war kein Wunder.

Dafür kam Bobby Quinn.

„Na wie war dein Klassentreffen mit Charlie?", rief Farang ihm zur Begrüßung zu.

Bobby beantwortete die Frage mit einem Grinsen, das gute Laune signalisierte.

„Die Antwort könnte etwas länger dauern. Also bestell mir erst mal ein Bier."

29

Walfried Lahnstein war mit sich im Reinen.

Er hatte alles richtig gemacht. Nach dem Ende seiner Karriere als Berufssoldat und dem Tod seiner Frau, hatte er die über Jahre angesammelte Erfahrung als Urlauber in Thailand genutzt, und sich in Pattaya in den Ruhestand begeben. Die Grundausstattung des Apartments, das er mietete, war modern und funktional. Nicht luxuriös, aber in einem spartanischen Sinne durchaus vom Feinsten. Vor allem sauber. Alle Sanitäranlagen und die Kücheneinrichtung tipptopp. Das Wenige, das ihm zur Gemütlichkeit fehlte, hatte er in den zwei Jahren, die er nun schon hier lebte, hinzugekauft.

Er war jetzt 66 Jahre alt und fühlte sich fit.

„I get my kicks on Route sixty-six", sagte er jedem, der es hören wollte.

Obwohl das mit den Kicks nicht mehr so ganz stimmte. Aber schließlich war er nicht mehr in Sachen Sex unterwegs. Gut, ab und zu eine Frau um sich zu haben, war ganz angenehm. Das musste er zugeben. Erst recht nach dem Ableben seiner Angetrauten. Aber auch in jüngeren Jahren war er nicht wegen des Nachtlebens nach Thailand gekommen. Er und seine Frau pflegten stets die selben Interessen: Thai-Essen, Sonne, Strand und Meer. Dazu gut organisierte Ausflüge ins Hinterland. Keine Expeditionen, aber doch Aktivitäten, die darüber hinausgingen, Liegen am Pool mittels Frotteehandtüchern zu reservieren oder am Frühstücksbuffet Schlange zu stehen. Und ab und zu gönnten sie sich ein Bier vom Fass in einem ordentlichen Pub. Mehr war nicht nötig. Die schlüpfrigen Angebote interessierten sie nicht. Das mit dem Sex hatten sie immer unter sich ausgemacht.

Lahnstein sah auf seine Armbanduhr.

Er trug Union Glashütte.

Punkt 18 Uhr.

Noch ein bisschen Fernsehen?

Oder doch schon auf einen ersten Gin Tonic in einer der Freiluftbars in akzeptabler Fußgängerentfernung?

Er entschied sich gegen die Glotze, rappelte sich vom Rattansofa hoch und ging zum Schreibtisch. Ein ordentlicher Arbeitsplatz musste sein. Er war kein Mann der Front, sondern der Etappe. Auch wenn er nicht mehr viel am Schreibtisch zu erledigen hatte, verlieh ihm die bloße Routine ein Gefühl der Sicherheit. Blick auf die Wand, nicht ins Freie. Das förderte die Konzentration. An der Wand hing das Foto seines Vaters. Das Foto zeigte Paul Lahnstein in Wehrmachtsuniform. Das Eiserne Kreuz II. Klasse, das er seinem Sohn vererbt hatte, hing am schwarz-weiß-roten Ordensband über der rechten oberen Ecke des Bilderrahmens aus Edelstahl.

Bevor er die Wohnung verließ, warf Walfried Lahnstein noch einen Blick in den Spiegel. An einen großen Spiegel in der Diele hatte er sich seit langem gewöhnt. Nicht nur wegen seiner verblichenen Ehefrau, sondern auch aufgrund der Uniform, die er in all den Jahren getragen hatte. Seine aktuelle Montur bestand aus einem gut geschnittenen Safarianzug in Kaki. Mit Extrataschen und Schulterstücken. Natürlich ohne Rangabzeichen. Trotzdem nannten die Thais ihn *Major*. Obwohl er es nur bis zum Hauptfeldwebel gebracht hatte.

Ein Sachverhalt, der ihn tief im Innersten nach wie vor bedrückte. Der Schatten seines Vaters. Lahnstein Senior war Offizier gewesen. Und das im Krieg. Nicht nur ein einfacher Unteroffizier in Friedenszeiten wie sein Sohn. An dem „Uffz ohne Kampferfahrung" trug Lahnstein junior schwer. Aber vielleicht hatte er damit die bessere Karte gezogen, denn man hatte seinem Vater nach dem Krieg das Leben schwer gemacht und versucht, ihn als Kriegsverbrecher anzuklagen. Man war jedoch damit gescheitert. Was den Junior zutiefst befriedigte. Aber allein wegen der ganzen Anfeindungen, die sein Alter erlitten hatte, war es wohl eine Gnade, dass er selbst nie an die Front musste. Er hatte von der Grundausbildung bis zur Pension lediglich dafür trainiert, nicht mehr. Trotzdem betrachtete er sich als Krieger. Allzeit bereit zur Verteidigung des friedlichen Lebens, das er selbst hatte führen können.

Er hielt sich propper, kontrollierte Gewicht und Bauchumfang regelmäßig. Alles im grünen Bereich. BMI optimal für sein Alter. Bauchumfang hundert Zentimeter. Gewicht achtzig Kilogramm bei einem Meter achtzig. Keine Beanstandungen. Brille brauchte er nicht. Beide Augen am grauen Star operiert. Kunstlinsen. Verdammt lichtempfindlich. Ohne Sonnenbrille ging gar nichts. Ansonsten Sehschärfe wie ein Adler. Haare ließen allerdings zu wünschen übrig. Nicht mehr viel vorhanden, was man frisieren konnte. Aber Glatze rasieren war kein Thema. Damit waren zu viele Gestalten unterwegs, mit denen er nichts zu tun haben wollte. Ansonsten natürlich Nassrasur, auch wenn das Doppelkinn dabei zu sehr zur Geltung kam. Bart war nie sein Ding gewesen. Egal ob voll oder Oberlippe.

Nach bestandener Musterung, zog Walfried Lahnstein die Tür hinter sich in die drei Sicherheitsschließen und schloss sorgfältig ab. Als er wenig später im Foyer aus dem Aufzug trat musste er erneut feststellen, dass die Rezeption verwaist war. Trieben sich überall herum, diese Thai. Anstatt ihren Job zu machen. Kinder eben. War mal wieder Zeit für eine Beschwerde. Festen Schrittes verließ er den klimatisierten Bereich seines Heimes und trat in die feuchtheiße Abendluft.

Den Mann, der in einem der Besuchersessel saß, das Tourismusmagazin, in dem er demonstrativ gelangweilt geblättert hatte beiseite legte und ihm folgte, bemerkte er nicht.

30

„Alles in allem war es eine gute Sache, noch mal da gewesen zu sein."

Mit diesen Worten beendete Bobby Quinn den knappen Bericht über seine Wiederbegegnung mit Vietnam.

„Noch mal da gewesen zu sein …?", fragte Tony. „Hört sich ja an, als ob du bald den Löffel abgeben willst."

Bobby deutete ein Kopfschütteln an.

„Noch nicht. Aber man wird auch nicht jünger. Es war an der Zeit. Ich wollte einfach noch mal hin, bevor es zu spät ist."

Er wandte sich Farang zu und musterte den Eurasier, als taxiere er dessen Lebenserwartung gleich mit.

„Und du willst wieder richtig aktiv werden, wie ich von Tony höre?"

„Von Wollen kann keine Rede sein."

„Keine gute Motivationsgrundlage."

„Bin auch noch dabei, mich aufzuwärmen."

„Du scheinst dich ja richtig in die Aufgabe rein zu quälen."

Farang schwieg.

„Warum machst du es dann?"

„Alte Verpflichtungen."

„Damit meinst du den General?"

„So ist es."

„Er hat dich auch nach seinem Tod noch fest im Griff."

„So würde ich es nicht ausdrücken."

„Sondern?"

„Man könnte es Dankbarkeit nennen."

Bobby schlug Farang auf die Schulter.

„Du bist halt eine treue Seele."

Für eine Weile schwiegen sie, und widmeten sich ihren Drinks. Die Bar war bereits gut besucht. Die üblichen Stammgäste, die sich ganz auf das Trinken konzentrierten, um die günstigen Preise der Happy Hour voll auszuschöpfen. Sie sahen sich den Sport an, unterhielten sich sparsam und machten nicht viel Getue oder gar Lärm.

„Dann werde ich mal hinter den Tresen wechseln und mich ums Geschäft kümmern", sagte Tony.

Bobby nickte. „Kein Problem. Ich halte hier die Stellung."

„So einen engagierten Geschäftspartner muss man erst mal finden", sagte Tony zu Farang.

„Ich bin erst vor ein paar Stunden aus dem Flieger gestiegen", maulte Bobby, „und immer noch im Urlaub."

„Macht das unter euch aus", sagte Farang. „Ich für meinen Teil werde heute Abend nicht alt hier."

Er trank sein Bier aus und stieg vom Barhocker.

„Und denk daran, Imelda zu kontaktieren", gab ihm Tony noch mit auf den Weg.

Es wäre nicht nötig gewesen, denn als Farang im Hotel nach dem Zimmerschlüssel fragte, händigte die Empfangsdame ihm einen gefütterten Umschlag aus. Als er ihn im Aufzug öffnete, fand er einen USB-Stick.

Imelda dachte mit.

Es ging auch ohne Bestellung. Und wenn er in einem besseren Hotel der Stadt Spesen verursachte, die zu ihren Lasten gingen, hatte sie offenbar kein Problem ihn zu finden.

Es hieß so viel wie: Wir haben dich auf dem Radar.
So hatte alles seine Vor- und Nachteile.

31

Als der Falke gegen Mitternacht nach Hause kam, war er zufrieden. Er konnte die Sondierungen abschließen. Er hatte das Verhaltensmuster des Deutschen ausreichend studiert, um zu wissen, wann und wo er zuschlagen konnte.

Es war an der Zeit eine passende Epistel zu verfassen.

32

Bobby träumte seinen Tunnelrattentraum.

Doch diesmal war es nicht die verhaltene Panik, die einen befiel, wenn man Charlie unter der Erde entgegentrat. Alle Gegner, denen er in dieser Nacht in Bangkok begegnete, waren weiblich.

Vietnamesinnen in Tangas mit Tarnmuster.

Die Go-go-Girls des Vietcong.

Dazu als Hintergrundmusik *Main Street* von Bob Seger.

33

Kurz vor Mittag erschien Tony Rojana mit seinem Laptop in Farangs Junior Suite.

„Ich hab Bobby auch gleich herbestellt", sagte er. „Dachte mir, es schadet nichts, wenn er sich mit uns Gedanken macht. Anderer Blickwinkel. Andere Schlussfolgerungen."

„Gute Idee."

Da der Amerikaner gerade erst vom eigenen Schlachtfeld zurückgekehrt war, hatte Farang vorgehabt, ihn erst später auf die Sache anzusprechen. Wer wusste schon, ob die Tunnelratte nicht wieder von den eigenen Leichen verfolgt wurde? Aber wenn Tony solche Bedenken über den Haufen warf und Bobby nicht nein sagte, sollte es Farang recht sein. Je nach Lage der Dinge, war nicht auszuschließen, dass Bobby irgendwann wieder ranmusste. Wenn es so kam, war er wenigstens im Bilde.

Zwei Minuten später war auch Bobby Quinn an Bord und grinste entspannt in die Runde.

„Dir scheint es ja mächtig gut zu gehen", sagte Tony.

„So ist es. Ich hatte letzte Nacht einen tollen Traum."

Tony hob die Hand.

„Bitte keine Details."

„Wären aber süffig."

„Nicht auf nüchternen Magen."

„Du hast noch nicht gefrühstückt?", fragte Farang.

Bevor Tony antworten konnte, sagte Bobby: „Ich auch nicht!"

Farang reichte ihnen die Speisekarte, nahm die Bestellungen auf und rief den Zimmerservice an. Danach brachte er Bobby auf den groben Stand der Dinge, wobei Tony bei Bedarf für Computerunterstützung sorgte.

Nachdem der Amerikaner einige Fragen gestellt hatte

und mit den Antworten fürs erste zufrieden schien, verschränkte er die Hände im Genick, machte ein paar Dehnübungen mit den Armen und seufzte.

„Scheint ein echter Typ gewesen zu sein, dieser Phaulkon."

Tony nickte zustimmend.

„Einer der großen westlichen Abenteurer in der östlichen Welt. Es soll Leute geben, die ihn in einer Liga mit Lawrence von Arabien oder Raffles in Singapur sehen."

„Großes Kaliber", gab Bobby zu.

Dann runzelte er die Stirn.

„Was den Falken angeht, bin ich mir allerdings nicht so sicher, in welcher Liga er spielt. Er ist jedenfalls kein Amokläufer, dessen Hass sich explosionsartig entlädt. Ein politischer Terrorist, der sich auf eine Ideologie beruft, scheint er ebenfalls nicht zu sein. Er ist cool und operiert offenbar wohlkalkuliert. Als arbeite er einen Auftrag ab, den er sich selbst auferlegt hat. Ein einsamer Wolf, der ohne Unterstützung eines Netzwerkes operiert."

Bobby sah Farang und Tony kurz an, bevor er fortfuhr.

„Die Frage ist aber: Ist er wirklich ein derart abgebrühter Profi, der ausschließlich beabsichtigte Spuren hinterlässt, mit denen keiner etwas anfangen kann? Oder sind ihm auch Fehler unterlaufen, mit deren Hilfe man ihn finden kann? Wenn man es denn will. Das Material, das uns vorliegt, ist zwar umfangreich – aber muss es deshalb auch vollständig sein? Die hiesige Polizei besteht ja nicht nur aus unfähigen Vollidioten. Die tun ihren Job genauso professionell wie anderswo in der Welt. Mit allen modernen Hilfsmitteln, die zur Verfügung stehen. Vielleicht haben sie was in der Hand, aber es gibt Druck von oben, dem nicht nachzugehen."

Farang nickte.

„Imelda und ihr Brüderchen haben mir das Material sicher nicht gegeben, damit ich die Ermittlungsergebnisse verfeinere. Ich soll ihn schnellstmöglich finden und ausschalten. Das ist alles. Den toten Griechen in Pattaya lassen sie mir durchgehen. Daran konnte ich noch nichts ändern. Aber jede weitere Hinrichtung, die dem Falken gelingt, erhöht den Druck auf mich."

Bobby grinste aufmunternd.

„Umso mehr sollten wir aufpassen, uns nicht in dem ganzen Sammelsurium zu verlieren."

Tony Rojana klatschte laut in die Hände.

„Das reicht jetzt, Amigos! Schauen wir uns doch mal an, was der neue USB-Stick zu bieten hat."

34

EPISTEL VIER
in der ich Euch berichte:

Die zweite Version der entscheidenden Vorkommnisse, die Phaulkon den Zugang zum königlichen Hof ermöglichen, lautet wie folgt:

Im Jahr 1679 ist Phaulkon ein erfolgreicher Händler, der von Ayutthaya aus, allen möglichen ertragreichen Geschäften nachgeht. So schmuggelt er auch Waffen und andere Konter-

bande für siamesische Rebellen in Südthailand. Um diese Geschäfte reibungslos zu gestalten, macht er dem Barcelon ein großzügiges Geschenk von eintausend englischen Kronen. Er investiert damit seine persönlichen Ersparnisse in die Gunst des königlichen Schatzmeisters und Handelsministers.

Der Schachzug zahlt sich aus, der Barcelon weiß die Fähigkeiten des Griechen zu nutzen, und sie arbeiten zum beiderseitigen Nutzen zusammen. Phaulkon erlangt zunehmenden Einfluss bei Hofe, und als der alte Schatzmeister im Jahr 1682 stirbt, vergrößert sich der Machtzuwachs des Griechen erneut, denn der Nachfolger erweist sich als inkompetent. In seiner Unfähigkeit und Unsicherheit wird der neue Barcelon immer abhängiger von Phaulkon.

So geschehen in den Jahren 1679 bis 1682 in Siam.

Der Falke

35

„Ich wusste gar nicht, dass Waffen für Rebellen in Südthailand ein so uraltes Thema sind", sagte Farang.

„So lernt man dazu." Tony kämmte seinen Schnauzbart mit den Fingern durch. „Ist aber nicht das Thema, auf das wir abheben sollten."

„Sondern?"

„Erst mal die Fakten zum Opfer!"

Demnach war Ioannis Karpathakis 40 Jahre alt und mit

einer Griechin verheiratet, mit der er drei Kinder hatte. Er arbeitete als Konsularbeamter an der Botschaft seines Landes in Bangkok. Dort war schon länger gemunkelt worden, er prüfe den einen oder anderen Antrag auf ein Visum sehr viel wohlwollender, wenn ihm zur Motivation Gefälligkeiten angeboten würden. Infrage kamen ausschließlich attraktive Antragstellerinnen. Geld schien er nicht zu nehmen. Offiziell war dieses Gerücht seitens der Botschaft natürlich nie bestätigt worden. Bei der Thai, mit der er in dem Hotelzimmer im *Royal Cliff Beach* in Pattaya zusammen gewesen war, handelte es sich um eine thailändische Staatsbürgerin namens Chu Liaw, 23 Jahre alt, Studentin. Sie wollte Freunde in Athen besuchen.

Der Grieche wurde in der bekannten Art und Weise verstümmelt, die Thai wurde lediglich erschossen.

„Die Frau lag wohl nackt auf dem Bett", sagte Bobby.

Tony räusperte sich ungehalten.

„Wenn das alles ist, was dir auffällt, sind wir wohl weiter auf uns alleine gestellt."

Bobby ließ sich nicht beirren.

„Was ist, wenn der Botschaftsgrieche sie erschossen hat, bevor er selbst hingerichtet wurde?"

„Unwahrscheinlich", sagte Tony. „Warum sollte der Falke die Schusswaffe für ihn entsorgen? Außer den beiden Projektilen vom Kaliber 7,65 ist nichts im Zimmer gefunden worden."

„*Zwei* Projektile …?"

Bobby runzelte die Stirn.

„Es ist unnötig, zweimal auf eine Frau zu feuern, die vor

einem auf dem Bett liegt, wenn man ein sicherer Schütze ist."

„Der Falke hat nur einmal auf sie geschossen. Und einmal auf den Griechen", sagte Tony.

„Ich denke, er hat die Männer über die Klinge springen lassen?"

„Er hat sie alle mit einem Schuss erledigt, bevor er sie geköpft und aufgeschlitzt hat.

„Reine Munitionsverschwendung", sagte Bobby.

„Das glaube ich nicht. Sieht eher danach aus, dass er ein sicherer Schütze ist, aber die Metzgerarbeit lieber am leblosen Fleisch verrichtet."

Bobby schwieg.

„Thema …?"

Tonys Frage galt Farang.

„Diesmal geht es wohl nicht um gute persönliche Verbindungen, sondern um Bestechung. Phaulkon hat den Barcelon geschmiert, um seine Karriere bei Hof zu befördern. Der Konsularbeamte hat Visa für Sex erteilt."

„Noch ein weiteres Thema erkennbar?"

„Schwierig", sagte Farang. „Vielleicht Abhängigkeit. Der Nachfolger des Barcelon war wegen seiner Inkompetenz auf Phaulkon angewiesen. Die Frauen waren der Willkür des Mannes ausgesetzt, der ihnen ein Visum ausstellen sollte."

„Gar nicht schlecht", gab Tony zu. „Mir war dazu noch gar nichts eingefallen."

Der Zimmerservice brachte das Bestellte, und Tony und Bobby holten ihr Frühstück nach, während Farang sich mit einem Kännchen grünen Tee zufrieden gab.

Bobby musterte ihn mit ernster Miene.

„Sich vorher Gedanken zu machen ist sicher nicht falsch. Aber kein Plan überlebt den ersten Feindkontakt. Und irgendwann musst du rein in den Tunnel."

Farang nickte und schwieg.

„Ein bisschen Licht auf den ersten Metern kann jedenfalls nicht schaden", sagte Tony.

Bobby lachte.

„Ich werde mich am neusten Fall orientieren", sagte Farang. „Um die Distanz zum Täter kurz zu halten. Vielleicht geht was über die Mitarbeiter der Botschaft. Wenn bekannt war, was Karpathakis trieb, muss es Leute geben, die mehr wissen."

Bobby nickte zustimmend und grinste in die Runde.

„Ich wette, die Griechen werden nicht von einer Botschafterin repräsentiert."

„Jetzt überraschst du mich aber", sagte Tony. „Seit wann bist du Ehrenritter der Frauenbewegung?"

36

Thea Tsavakis war zwar noch nicht Botschafterin, aber auf dem besten Weg dorthin.

Sie hatte sich beharrlich bis zum Stellvertreterposten einer Ersten Sekretärin hochgearbeitet und gedachte, weiter am Ball zu bleiben.

Das Treffen fand auf neutralem Boden statt. In diesem Fall bei Kaffee und Kuchen in der Autoren Lounge des Oriental Hotels. Farang hatte sich in einen leichten Sommeranzug geworfen, um nicht unangenehm aufzufallen. Immerhin verdankte er den Termin Imelda. Nicht, dass sie direkt interveniert hätte. Aber sie kannte die eine oder andere Hofdame oder Politikerin, die sich bei Bedarf für ihre Interessen einsetzte. Volle Diskretion war selbstverständlich. Deshalb stellte Thea Tsavakis auch keine präziseren Fragen, was Farangs Zuständigkeit anging. Dass er Vertraute in höheren Kreisen hatte und angeblich das Topmanagement von Law and Order beriet, genügte erst einmal.

Ja, man habe so eine Ahnung gehabt, dass es bei Ioannis Karpathakis und seiner Amtsausübung Unregelmäßigkeiten gab, räumte sie mit angemessener Betroffenheit ein. Aber da es nie Beschwerden gab, hatte es keine Handhabe gegen ihn gegeben.

Farang nickte verständnisvoll.

Thea Tsavakis war nicht nur clever, sie war auch attraktiv. Er schätze sie auf Mitte dreißig. Ihr hellblaues Seidenkostüm war maßgeschneidert und brachte ihre gute Figur dezent zur Geltung. Sie hatte lange Beine und trug weiße Pumps, deren Absätze nicht übertrieben hoch waren. Trotzdem hatte Farang zu ihr aufsehen müssen, bevor sie in den Rattansesseln Platz nahmen.

Die Pumps waren weiß, was er im Zusammenspiel mit der ebenfalls weißen Bluse und dem blauen Kostüm als durchkomponierten Verweis auf die Landesfarben ansah. Sogar die Augen der Frau waren blau. Von den weißen Zähnen ganz zu schweigen. Für weiße Haare war sie noch zu jung. Sie waren pechschwarz und sehr kurz geschnitten. Auch das Horngestell der Brille war schwarz und saß auf einer hellenischen Nase. Ansonsten sparsames Make-up.

„Natürlich geht uns einvernehmlicher Sex zwischen Erwachsenen erst einmal nichts an", sagte sie.

Das ließ Farang genauer hinhören.

Sie musterte ihn, als erwarte sie eine Reaktion.

„Privatsache ist Privatsache", sagte er.

Sie lächelte.

„Aber das mit dem Visa-Handel ist natürlich nicht akzeptabel", betonte sie.

Kaffee und Kuchen wurden serviert.

„Wir Griechen lieben Süßspeisen", sagte Thea Tsavakis.

Farang war überrascht, mit welchem Heißhunger sie das Stück Käsetorte attackierte.

„Und wir lieben unseren Kaffee."

Sie tupfte sich mit der Serviette die Schlagsahne von den Lippen und trank einen Schluck Mokka.

Farang sah ihr weiter zu und ließ seinen Cappuccino kalt werden. Kuchen hatte er erst gar keinen bestellt. Es machte keinen Sinn, gegen Sandsäcke zu schlagen, um dann besinnungslos Kalorien nachzuladen.

„Ich bedauere, Ihnen nicht richtig weiterhelfen zu können", sagte sie.

Er ließ den Blick aus den blauen Augen auf sich einwirken und half ihr nicht aus der Klemme.

„Vielleicht sollten Sie mal mit Khun Mongkon reden."

„Khun Mongkon …?"

„Das ist einer unserer Fahrer. Herr Karpathakis hat immer den Dienstwagen benutzt. Auch wenn er sich mit seinen Damen traf."

Farang lächelte amüsiert.

„Visa auszustellen, gehörte nun mal zu seinen dienstlichen Aufgaben", sagte er.

„Aber nicht im Bett und nicht für Sex."

Sie erwiderte sein Lächeln und nahm die Brille dabei ab, als könne sie ihn ohne die Gläser besser erkennen.

Farang fragte sich, ob Thea Tsavakis Kaffee und Kuchen mit ihm als Dienst betrachtete oder nicht. Vielleicht sollte er ein Visum bei ihr beantragen – auch wenn sie genau genommen nicht dafür zuständig war.

37

„Es war immer das Gleiche", sagte Khun Mongkon.

„Ich fuhr ihn in ein erstklassiges Hotel. Meist in Bangkok und näherer Umgebung. Pattaya war schon weit. Er konnte sich keine größeren Ausflüge mit diesen Frauen leisten. Wegen seiner Familie. Ich lud sein Gepäck aus und übergab es dem Hotelboy. Es war nur ein Koffer. Er blieb nie länger als sechs Stunden und nie über Nacht. Warum er überhaupt Gepäck mitnahm, ist mir ein Rätsel. Ist doch alles da in diesen Luxushotels."

Mongkon legte den Kopf schief und lachte leise.

„Aber vielleicht war er ja Sadomaso und hatte seine Folterwerkzeuge dabei. Oder er träumte insgeheim davon, doch mal mit einer der Frauen über Nacht bleiben zu können. Na ja, ich fuhr den Wagen auf den Parkplatz, blieb in Reichweite und wartete, bis er wieder auftauchte. Das war es auch schon."

Damit widmete er sich wieder seiner Nudelsuppe.

Farang sah den Prototyp des Thai vor sich. Khun Mongkon mochte Mitte zwanzig sein. Er kam aus dem Isan, dem Nordosten des Landes, und gehörte zu den laotischstämmigen Bewohnern, den Nachfahren jener *Tai*, die einmal aus dem südchinesischen Yunnan zugewandert waren.

„Und er ließ sich immer von Ihnen chauffieren?"

Mongkon wischte sich den Schweiß von der Stirn und würzte seine Suppe nach.

„Ich bin froh, dass ich die Arbeit bei der Botschaft habe und ohne großen Stress meine Familie ernähren kann. Die Konkurrenz ist groß. Khun Ioannis war mein Jobgarant. Nicht, dass er mich ins Herz geschlossen hatte, aber er wusste, dass er sich auf mich verlassen konnte. Er hätte sich für mich eingesetzt, wenn die Griechen mal Stellen gestrichen hätten oder andere Probleme aufgetaucht wären. Aber jetzt wo er tot ist …"

Farang würdigte Mongkons Sorgen, indem er einige Sekunden schwieg, bevor er die nächste Frage stellte.

„In den Tagen und Wochen bevor er umgebracht wurde – gab es da irgendeinen Hinweis dafür, dass er beobachtet oder verfolgt wurde?"

„Eigentlich nicht."

„Eigentlich …?"

„Na ja, auf der Fahrt nach Pattaya habe ich mal für einen halben Kilometer oder so diesen silbergrauen Dacia Duster im Innenspiegel bemerkt. Nicht direkt hinter uns, etwa drei vier Autos weiter zurück, manchmal mehr. Aber das muss nichts bedeuten. Irgendwann war der Wagen auch gar nicht mehr zu sehen."

Mongkon verstummte, als sei es ihm peinlich, die Sache überhaupt erwähnt zu haben.

Dass sich ein bestimmter Autotyp im Hirn festsetzte, kannte Farang nur zu gut. Nicht umsonst konnte er sich heute noch an all die Mercedes 220 erinnern, die ihm lange zuvor auf einer Fahrt zur malaysischen Grenze begegnet waren. Sie waren zwar nicht alle silbergrau gewesen, und sie hatten ihn auch nicht verfolgt, sondern nur überholt oder waren ihm schlicht entgegengekommen – aber sie waren immer noch präsent. Vermutlich, weil er damals gerne so einen Wagen gehabt hätte und es sich nicht leisten konnte. Wunschträume. Irgendwann war es dann Dank guter Auftragslage doch noch ein Benz geworden. Mercedes 280 S. Aber auch das war vorbei.

Er lächelte Mongkon aufmunternd zu.

„Und warum fiel Ihnen speziell dieser Wagen auf?"

„Weil ich ihn einige Tage zuvor schon einmal gesehen hatte."

„Und wo?"

„Hier!"

Sie saßen in einer Nudelküche in einer schmalen Seitenstraße, die nur fünf Gehminuten von der Griechischen Botschaft entfernt war.

„Ich komme oft hierher, wenn ich Mittagspause habe."

Mongkon zeigte auf den gegenüberliegenden Gehsteig.

„Da drüben war er geparkt."

Farang sah das, was Bangkok in seinem schmuddeligen Betonherz ausmachte. Unebene Gehsteige voller Plastikmöbel und Töpfen mit teils vertrockneten, teils blühenden Pflanzen. Gelb-schwarz gestreifte Metallbarrieren, die am Parken hindern sollten, sowie Motorräder und Autos, die sich nicht daran hindern ließen. Darüber Girlanden mit nackten Glühbirnen zwischen aufgespannten Sonnenschirmen, flankiert von Reklameschildern, meist in einheimischer Sprache. Und auch in dieser engen Gasse eine durch Flickwerk zusammengehaltene Fahrbahn, auf der drei- und vierrädrige Taxis wie geschäftige Bienen herumsummten und streunende Hunde sich humpelnd ins Überleben retteten.

Da, wo der Duster geparkt haben sollte, stand eine mobile Nudelküche am Randstein, die sich durch die stationäre Konkurrenz nicht abschrecken ließ. Neben ihrer kleinen Glasvitrine, in der frische Zutaten wie Gemüse und Fleisch präsentiert wurden, stand ein Dutzend Gewürzflaschen.

„Und wieso ist der Wagen Ihnen bereits hier aufgefallen?"

Mongkon lächelte abwesend.

„Weil ich gerne so einen hätte. Das einzige SUV-Modell, das für einen wie mich erschwinglich ist. Aber meine Frau ist dagegen. Wir kommen gerade so über die Runden. Ich habe ihn mir natürlich genauer angesehen. Bin einmal drum herum gelaufen. Jeder hat so seine Träume."

„Das kann ich gut verstehen."

Farang sparte sich weitere Ausführungen zu seiner Mercedes-Benz-Nostalgie. Er beließ es bei einem Seufzer und bemühte sich um eine realistische Bewertung der Lage.

„Vermutlich gibt es nicht nur einen silbergrauen Dacia dieses Modells in Bangkok."

„Sicher. Ich behaupte ja auch nicht, es sei ein und derselbe Wagen gewesen, und er sei uns gefolgt."

Farang legte die Stäbchen weg, löffelte den Rest Brühe aus und beschloss, die Sache trotzdem wichtig zu nehmen.

„Neuwagen oder gebraucht?"

„Sah eher gebraucht aus. Aber für mich ist auch ein Gebrauchter nicht drin."

„War irgendwas Auffälliges im Innenraum zu erkennen?"

„Absolut nichts. Zu stark getönte Scheiben. Ich konnte nicht mal sehen, ob er einen Wahlhebel für Automatik oder einen einfachen Schaltknüppel hatte."

„Haben Sie das mit dem Wagen der Polizei erzählt?"

„Nein."

„Warum nicht?"

„Erstens waren die nicht besonders interessiert an mir und wollten nur was über die Frauen wissen. Zweitens ist die Sache tatsächlich ein bisschen weit hergeholt. Wahrscheinlich hätten die Beamten es auf meine Wunschträume nach einem neuen Wagen zurückgeführt. Und genau genommen habe ich gar nicht daran gedacht, als sie mich befragt haben. Erst später flackerte das Ganze noch mal in meinem Hinterkopf auf."

„Gut so", sagte Farang und bestellte zum Nachtisch zwei Flaschen Bier.

38

Durch das gleichmäßige Summen der Klimaanlage drang das laute Rauschen des zweiten Wolkenbruchs an diesem Tag.

Südwestmonsun.

Der Falke ging zum Fenster, schob den Vorhang zur Seite und sah in den Tropenregen. Es dauerte eine Weile, bis er etwas von der Welt hinter dem Wasservorhang wahrnahm. Die großflächigen Blätter der Bananenstauden, die am Ufer des Kanals standen, konnten den niedergehenden Regenmassen nur mit Mühe standhalten. Sie bogen sich bis zur Bruchbelastung und glänzten vor triefendem Regen.

Er verließ das Zimmer, ging durch die Diele hinaus auf die überdachte Veranda und blieb auf der obersten Stufe der breiten Teakholztreppe stehen, die in den Garten führte. Regentropfen spritzten auf seine nackten Füße. Der Rasen stand bereits einige Zentimeter unter Wasser, auf dem vereinzelte Blumenblüten herumschwammen. Weiße Magnolien, violette Orchideen und weißgelber Jasmin.

Der Falke ging ins Haus zurück, holte ein Handtuch aus dem Badezimmer und stelzte über den Rasen zum Auto, das in der asphaltierten Zufahrt parkte. Es dauerte keine drei Sekunden, bis ihm das Hemd klatschnass am Leib klebte. Den Kopf hielt er geneigt, den Blick auf die nackten Füße gerichtet, damit seine Brillengläser möglichst wenig Regen abbekamen.

Der silberne Lack des Dacia glitzerte in der Nässe. Das Fenster auf der Fahrerseite stand einen Spalt breit offen.

Der Falke angelte den Wagenschlüssel aus der Hosentasche, öffnete die Tür und wischte den Sitz notdürftig mit dem Handtuch trocken, bevor er hastig hinter das Steuer kletterte. Er startete den Motor, schloss das Fenster und fuhr unter das Schutzdach der offenen Garage.

Wieder auf der Veranda warf er einen Blick durch das verwaschene Grün der Bananenstauden und Kokospalmen hinüber zum Klong. Doch weder der Kanal, noch der Holzsteg, an dem das Ruderboot mit dem Außenbordmotor lag, waren genau zu erkennen. Der Wasserschleier erlaubte nicht mehr als zwanzig Meter freie Sicht. Er war jedoch sicher, dass er die Plane über dem offenen Rumpf festgezurrt hatte. Das Boot würde trotzdem voll Wasser laufen, aber sicher nicht absaufen.

Er begab sich wieder in seine angemietete und im Voraus bezahlte Bleibe. Er hatte das kleine Teak-Haus mit Bedacht ausgewählt. Es lag in einem Randbezirk Bangkoks und war sowohl ans Straßennetz, als auch an das weit verästelte Kanalsystem der Metropole angeschlossen. Zwei Zugänge. Zwei Fluchtwege. Die wenigen Nachbarn hielten freundlichen Abstand. Nur ihre Kinder planschten bei gutem Wetter im Kanal, und Touristen verirrten sich erst recht nicht in diese abgelegene Gegend.

Nachdem der Falke seine durchnässte Kleidung gewechselt hatte, machte er sich wieder an die Überarbeitung der fünften Epistel. Als er sie schließlich in eine akzeptable Endfassung gebracht hatte, aß er ein Sandwich und legte sich zur Siesta hin.

Die Mittagsruhe war ihm heilig.

Nachts schlief er tief und fest. Schlaf war wichtig für ihn. Er war die Quelle seiner Gesundheit und seines Wohlbefindens. Normalerweise schlief er acht Stunden. Es hätte daher nicht der täglichen Siesta bedurft.

Aber die Siesta war ein Muss.

Die zwei bis drei Stunden am Nachmittag waren für ihn nicht mit einem Mittagsschlaf verbunden, sondern die Zeit, in der ihn die Vorstellungskraft einholte.

Das Erbe seiner Mutter.

39

„Ein silbergrauer Dacia …?", vergewisserte sich Tony Rojana.

Farang nickte.

„Sind das nicht die Blechbüchsen, die in Rumänien zusammengeschraubt werden?"

„Genau. Von Renault produziert."

„Ich weiß nicht, ob das eine heiße Spur ist", brummte Tony missmutig. „Wir reden über Händler für Neuwagen und Gebrauchte, Zulassungen, Besitzer, Vermieter und so weiter. Wenn Khun Mongkon der Polizei davon erzählt hätte und die darauf angesprungen wäre, hätte sich deren Apparat daran abgearbeitet. Aber wir …?"

Das doppelte Krachen einer Flinte machte dem Dialog ein Ende.

Farang und Tony musterten den Himmel.

Die Schrotkörner verfehlten eine kleine silber glänzende

Scheibe, die in einem weiten Bogen durch die Luft flog, bevor sie unbeschadet zu Boden trudelte.

Bobby Quinn lud nach, und bedeutete Sompong, der Mädchen für alles im Junggesellenhaushalt des Amerikaners spielte, den nächsten Titel anzusagen.

„*Waltz for Debby*", meldete der junge Thai. „Bill Evans Trio."

„Okay", rief Bobby.

„Eine Schande", sagte Tony zu Farang, während sie den beiden zusahen. „So geht man nicht mit gutem Jazz um."

Während Bobby die Flinte wieder in Anschlag brachte, schleuderte Sompong den Tontaubenersatz mit sorgsam entwickelter Wurftechnik in die Luft. Der Thai hatte etwas von einem Golfer, der zum Schlag ausholte und dabei ein weit entferntes Ziel anpeilte. Die CD stieg wie ein Frisbee in den Himmel. Die Flinte krachte zweimal, und der Tonträger zersplitterte.

„Bravo", rief Sompong.

Er wusste, was er dem Hausherrn schuldig war. Die Idee mit den CDs war dem Amerikaner gekommen, nachdem er seine Musiksammlung auf Festplatte gerippt hatte. Aber ohne seine siamesische „Wurfmaschine" wäre das Ganze nicht umsetzbar gewesen. Inzwischen waren sie ein eingespieltes Team. Pop und Soul hatten sie bereits erledigt. Im Moment lag Jazz an. Klassik, Rock, Blues und Country standen noch aus.

Sompong holte die nächste CD aus dem randvoll gefüllten Umzugskarton, der neben ihm auf einem alten Gartenstuhl stand und rief: „*Kind of Blue* – Miles Davis."

„Halt", ging Tony Rojana dazwischen. „Miles geht gar nicht!"

Sompong zögerte und sah Bobby fragend an.

„Schon gut", lenkte Bobby ein und bedachte Tony mit einem breiten Grinsen. „Schenk ich dir."

„*The Moment*", fuhr Sompong unbeirrt fort. „Kenny G."

Bobby grinste Tony erneut an. „Ist das okay …?"

„Seichter Kram interessiert mich nicht", sagte Tony. „Dass du so etwas überhaupt gekauft hast, musst du mit dir selbst ausmachen."

Bobby nickte Sompong zu.

Der Thai warf, und der Amerikaner traf.

„Das reicht jetzt aber", ordnete Tony Rojana an.

„Ist ja schon gut", sagte Bobby.

Er übergab Sompong die doppelläufige Flinte und die Schachtel mit den Schrotpatronen.

Das Geschehen war Farang ein stilles Lächeln wert. Die Marotte mit dem Tontaubenschießen hatte sich Bobby in den Jahren zugelegt, die er Admiral Yod als Bodyguard gedient hatte. Zunächst war ihm dabei lediglich die Funktion zugekommen, die Sompong heutzutage ausfüllte. Damals ging es allerdings noch um echte Tontauben. Bobby bediente die Wurfmaschine, und der Admiral schoss – bis er dem Amerikaner eines Tages eine teure Profiflinte zum Geburtstag schenkte. Von da an lieferten sich die beiden endlose Duelle. Schauplatz war das Achterdeck der *Royal Bismarck*, wie der Admiral seine luxuriöse Motorjacht getauft hatte, die meist vor Pattaya ankerte und auf der er den Großteil seines Ruhestandes verbrachte. Auch General Watana hatte sich oft und gerne an Bord begeben, denn der Admiral und er waren beste Freunde gewesen.

Inzwischen lag Bobbys privater Schießplatz auf dem Festland. Es handelte sich um den großzügigen Garten des kleinen Flachbaus, in dem ihm der Admiral Wohnrecht auf Lebenszeit eingeräumt hatte. Der Alte war seit Jahren tot, aber seine Nichte, die die eigentliche Erbin war und zurückgezogen in Chiang Mai lebte, hielt sich an die Abmachung. Das abgelegene Grundstück war von dicht bewachsenem Brachland umgeben. So hatte Bobby freies Schussfeld, und es gab weit und breit niemanden, der sich über die gelegentliche Ballerei beschwerte.

Die klimatischen Bedingungen auf der Jacht waren allerdings deutlich besser gewesen. Meist hatte Sonnenschein geherrscht, und die Hitze war durch eine frische Meeresbrise entschärft worden. Selbst Regengüsse hatte man wie eine erfrischende Dusche empfunden. Auf dem Grundstück ging es eher wie in einer Waschküche zu. Die Luft roch nach sumpfiger Erde, und in der Regenzeit drohte der bleigraue Himmel stets mit dem nächsten Wolkenbruch.

„Mich wundert, dass er noch nicht stocktaub ist", sagte Tony zu Farang, da Bobby bei dem Thema nur noch abwinkte. „Ein Schuss aus einer Schrotflinte in einem Meter Entfernung kann lauter als hundertvierzig Dezibel sein."

„Und der Grenzwert für schädlichen Lärm liegt bei knapp neunzig", ergänzte Bobby und grinste Farang zu.

„Mach dich nur lustig über mich", knurrte Tony. „Du wirst noch wie Ronald Reagan enden."

Bevor Farang fragen konnte, was der Präsident damit zu tun hatte, lieferte Bobby auch dazu die Fakten.

„Als er noch Schauspieler war, hat jemand beim Dreh ein Gewehr neben seinem rechten Ohr abgefeuert. Deshalb war er schwerhörig."

„Du siehst: Unser Freund weiß alles", sagte Tony zu Farang und musterte Bobby mit ernster Miene. „Aber er ist unbelehrbar. Er sollte wenigstens Ohrenschützer tragen."

„Im Tunnel habe ich auch ohne Kopfhörer geballert."

Damit beendete Bobby das Thema.

„Ich habe noch mal über unseren Falken nachgedacht", sagte er mehr zu sich selbst und ließ ein bedeutungsvolles Schweigen folgen.

„Und?", fragte Farang.

„Mein Gefühl sagt mir, dass diese Legende von Phaulkon nur eine Finte ist, die vom Wesentlichen ablenken soll."

„Du und Gefühle", ätzte Tony.

„Du kannst es auch Instinkt nennen, wenn dir das besser gefällt", konterte Bobby. „Mein Alarmsystem meldet mir jedenfalls, dass er uns alle verarscht."

„Sehr fundierte Argumentation."

Tony unterstrich seine Wertung mit einem tiefen Seufzer, aber Bobby ließ nicht locker.

„Er legt eine falsche Spur. Das Einzige, was er ernst nimmt, ist, seine Opfer zu erledigen. Den Grund dafür kennen wir nicht. Wir müssen mehr über die Opfer in Erfahrung bringen."

„Aber wir haben doch eine Menge Informationen über

sie", beharrte Tony. „Von ihren beruflichen Aktivitäten bis zu den Familienverhältnissen."

„Das ist richtig", gab Bobby zu. „Aber das Einzige, was die Opfer wirklich gemeinsam haben, ist Deutschland. Für den Falken müssen sie ganz spezielle Deutsche sein. Warum? Das ist die Frage! Und so lange wir die Antwort darauf nicht haben, können wir keine Schlüsse daraus ziehen, die helfen, ihm auf die Spur zu kommen und ihn zu stoppen."

Und noch bevor sich Tony erneut äußern konnte, rundete Bobby seine Ausführungen mit einer Prise Sarkasmus ab.

„Alles was wir bislang haben, ist ein Geisterfahrer in einem silbergrauen Auto!"

Doch so einfach ließ Tony seine bisher geleistete Arbeit nicht für umsonst erklären.

„Ich darf an die Parallelen erinnern, die sich in der Feinanalyse zwischen den Geschehnissen um Phaulkon und den Lebensläufen der jeweiligen Mordopfer ergeben haben."

Bobby blieb unbeeindruckt. Er antwortete mit einem Schulterzucken und folgte Sompong zum Haus.

Farang enthielt sich der Stimme. Er hatte das Gefühl, nicht vom Fleck zu kommen. Fast schien es ihm erfolgversprechender, willkürlich durch Bangkok zu driften, bis der ominöse Dacia Duster seinen Weg kreuzte. Im Moment blieb ihm nur die Gewissheit, dass die größte Tugend des Jägers nicht selten die Geduld war.

„Eigentlich sind wir nur vorbeigekommen, um dich abzuholen", rief Tony hinter Bobby her. „Und nicht, um dir beim Herumballern zuzuschauen. Wir müssen zur Arbeit. Die Bar wartet."

„Bin gleich soweit", gab Bobby zurück, ohne über die Schulter zu sehen.

Farang folgte Tony zum Wagen, der in den Schlammpfützen des Zufahrtsweges parkte. Tony fuhr immer noch Toyota. Es war zwar nicht mehr das alte Schlachtschiff, mit dem er in den guten alten Tagen zum Kampfgeschehen an der Nachrichtenfront gekreuzt war, aber der Marke war er immer treu geblieben. Nur das jeweilige Modell hatte sich seiner altersbedingten Bequemlichkeit angepasst. Er kutschierte jetzt in einem luxuriösen Lexus NX durch die Gegend.

„Warum sollte sich der Falke die ganze Mühe mit den Episteln machen, wenn sie nichts bedeuten?", fragte Tony.

„Ich weiß es nicht", antwortete Farang.

Erste Regentropfen kündigten den nächsten Schauer an. Sie stiegen ein, und Tony nahm die Klimaanlage in Betrieb, während sie auf Bobby warteten.

„Ich brauche Urlaub von dieser Stadt", stellte Tony mit einem Stöhnen fest. „Und zwar dringend. Ich möchte mal wieder das richtige Thailand sehen, das ländliche."

Farang lachte. „Ich hoffe, du erinnerst dich noch wie so etwas aussieht."

„Darauf kannst du wetten. Deshalb vermisse ich es ja so", sagte Tony und fügte verträumt hinzu: „Hellgrüne geflutete Reisfelder, umgrenzt von Palmen, deren Fächer sich träge im schwachen Wind bewegen. Wuchtige Wasserbüffel, die bis zum Bauch im Wasser stehen, während entlang der Landstraße Kokosnüsse, Ananas, Durian, Lychees und Mangos verkauft werden. Ab und zu ein prunkvoller Tempel, dessen Dächer mit unzähligen kleinen Spiegeln verziert sind, die in der Sonne funkeln. Dazu Mönche mit kahlen Schädeln, in safrangelbe Roben gehüllt, die mit ihren Bettelschalen umherwandern …"

Er verstummte andächtig.

„Du hättest Reiseberichte schreiben sollen."

„War auch immer mein Traum." Tony seufzte. „Aber stattdessen habe ich mich ums Großstadtverbrechen gekümmert."

„War auch wichtig und gut so."

„Aber nicht für die Seele."

„Dann musst du mich einfach mal in meinem Dorf besuchen. Da bekommst du das alles geboten."

„Vielleicht sollte ich das wirklich tun."

„Sag ich doch."

„Abgemacht?"

„Beschlossen und besiegelt!"

„Danke!"

„Jetzt werd bloß nicht sentimental."

40

Wenn Bobby Quinn wollte, konnte er den perfekten Gastwirt geben.

Während Tony Rojana im Büro der Buchhaltung nachging, hielt der Amerikaner zusammen mit einem der einheimischen Barkeeper die Stellung hinter dem Tresen und kümmerte sich um diejenigen Gäste, denen nach Small Talk war.

Farang hatte es sich auf einem Barhocker mit Rückenlehne bequem gemacht und schaute Bobbys verschärften Anstrengungen amüsiert zu. Zwischendurch verlor sich sein Blick auf den Bildschirmen zwischen Fußball und Boxkämpfen. Doch die Sportereignisse fesselten ihn auf Dauer nicht, und so bekam er mit, dass Bobby und der Barkeeper plötzlich wie auf Knopfdruck zum Eingang sahen.

Farang schaute über die Schulter, um der Ursache auf den Grund zu gehen.

Eine Dame hatte die *Darling Bar* betreten.

Das war in der Tat ein seltenes Ereignis. Zudem schien sie sich keinesfalls verirrt zu haben, denn sie winkte ihm im Näherkommen zu. Verblüfft stellte er fest, dass es sich um Thea Tsavakis handelte. Sie trug flache Sandalen, verblichene Jeans und eine hellblaue Seidenweste über einer weißen Bluse. Während er aus dem Augenwinkel Bobbys breites Grinsen wahrnahm, rutschte er vom Hocker, begrüßte die Griechin wortlos, aber mit einer leichten Verbeugung, und bot ihr mit einer Geste den freien Barhocker neben dem seinen an.

Sie nahm Platz, winkte dem Barkeeper und bestellte einen Gin Tonic.

„Frau Tsavakis ... was für eine Überraschung", sagte Farang schließlich. „Woher wissen Sie, dass ich hier verkehre?"

„Sagen Sie ruhig Thea." Sie musterte ihn mit spöttischer Miene. „Haben Sie Khun Mongkon nicht eingeladen, gelegentlich auf ein Bier vorbeizukommen?"

„Sie haben ihn also ins Kreuzverhör genommen."

„So würde ich es nicht nennen. Wir haben uns unterhalten. Immerhin hat er in Ioannis Karpathakis einen Fürsprecher an der Botschaft verloren. Aber da gute Fahrer rar sind, habe ich ihm angeboten, sich in Zukunft etwas mehr an mich zu halten – auch wenn ich nicht im Visa-Handel tätig bin und Unzucht mit Abhängigen treibe."

Farang lächelte und schwieg.

„Aber deshalb bin ich nicht hier", sagte sie und wartete ab, bis der Barkeeper ihren Drink serviert hatte.

Farang nahm sein Bierglas und stieß mit ihr an.

Thea sah ihm fest in die Augen und machte dabei ein sehr ernstes Gesicht.

„Was ich Ihnen jetzt erzähle, bleibt unter uns", sagte sie. „Ich bin nicht in offizieller Funktion hier."

Es klang wie eine Drohung. Er nickte, und sie kam gleich zur Sache.

„Wir haben uns natürlich bereits vor dem Mord an unserem Kollegen näher für die sogenannten Epistelmorde interessiert. Immerhin waren die Briefe in Griechisch abgefasst und beschäftigten sich mit einem legendären Griechen aus der siamesischen Geschichte. Aber da die Opfer bis dahin alle Deutsche waren und es keinen konkreten Beweis dafür gab und gibt, dass der Täter Grieche sein könnte …"

Sie trank einen Schluck.

„Der einzige, der so etwas wie einen Verdacht hegte, war Ioannis Karpathakis. Ich glaube, es war nach dem zweiten Mord, als er das Thema in einer der wöchentlichen Botschaftsrunden aufbrachte und seine Ansicht dazu vortrug. Allerdings ohne großen Erfolg. Wir hielten es alle für seinen persönlichen Spleen. Ich gebe zu, ich habe mich besonders kritisch geäußert. Aber auch der Herr Botschafter sprang nicht darauf an. Ioannis hatte wegen der Gerüchte um seine Visaerteilung sowieso keine guten Karten."

„Und was war sein Spleen?"

„Er war überzeugt, dass die hiesige Mordserie im Zusammenhang mit einer anderen steht, die vor nicht allzu langer Zeit in Griechenland stattfand. In der Sitzung kam er gar nicht dazu, es weiter zu erläutern. Aber da ich mich wohl seiner Meinung nach besonders über ihn mokiert hatte, stürmte er kurz nach dem Treffen in mein Büro, knallte mir seine gesammelten Unterlagen auf den Schreibtisch und blaffte mich an, ich solle das gefälligst lesen, bevor ich unqualifiziert urteile."

Thea trank erneut einen Schluck, und Farang wartete geduldig ab, bis sie weitere Auskünfte gab.

Demnach gab es in Griechenland drei Opfer. Ebenfalls Deutsche. Sie wurden erschossen und dann demonstrativ aufgehängt. Der Fall sorgte in Griechenland wie Deutschland eine Zeit lang für Aufsehen. Es sah aus, als hätten alle Opfer – persönlich oder über ihre Vorfahren – etwas mit den Kriegsverbrechen der Deutschen während der Besatzungszeit im Zweiten Weltkrieg zu tun gehabt. Die Morde kamen zum denkbar ungünstigsten Zeitpunkt. Griechenland befand sich bereits mitten in der Finanzkrise und Berlin und Brüssel machten schon deshalb mächtig Druck auf Athen. Was die Bedeutung der Morde anging, wurde auf beiden Seiten kräftig geheuchelt. Das Ganze passte nicht ins übergeordnete Politikgeschäft. Man versuchte die Angelegenheit herunterzuspielen. Aber es wurde natürlich sowohl in Berlin, als auch in Athen gezündelt. Nicht nur in der Presse, auch in den Behörden. Die Opfer wurden vorschnell dem Nazispektrum zugeordnet und ihre Hinrichtung als eine Art Wiedergutmachung hingestellt.

Es gab Verantwortliche auf griechischer Seite, die nicht besonders scharf darauf waren, den Täter zu fangen, da er späte Rache an den Nazis nahm. In ihren Augen war das gut fürs nationale Selbstbewusstsein. Auf deutscher Seite nahmen einige der Herrschaften die Sache nicht so wichtig, um dem leidigen Thema „Deutsche Kriegsverbrechen und Entschädigungen" nicht ungewollt neue Nahrung zu geben.

Aber letztendlich gab es natürlich so etwas wie juristische Gesetze und Regeln, die irgendwann griffen. Als sich die griechischen Behörden schließlich – mit unvermeidbarer deutscher Unterstützung – aufrafften, der Sache ernsthafter nachzugehen, fand die Mordserie ein plötzliches Ende, und der Täter blieb unerkannt.

„Und warum war ausgerechnet Karpathakis so sehr an der Geschichte interessiert?", wollte Farang wissen.

„Er behauptete, er habe wahrscheinlich schon damals auf der Liste des Täters gestanden, sei aber nicht mehr auf Posten im Außenministerium gewesen, sondern nach Thailand versetzt worden. Er war überzeugt, dass es sich um den selben Täter handelte, und es nur eine Frage der Zeit wäre, bis er erneut an der Reihe sei."

„Womit er ja Recht hatte."

Thea nickte.

„Aber warum war er neben den Deutschen der einzige Grieche, der liquidiert wurde?"

„Weil sein Vater in prominenter Position mit den deutschen Besatzern kollaboriert hat."

Farang schwieg nachdenklich.

„Da ist noch etwas, was Sie wissen sollten", sagte Thea.

Er sah sie erwartungsvoll an.

„In den Unterlagen befand sich eine handschriftliche Notiz von Ioannis zu einem gewissen Walfried Lahnstein, ein ehemaliger Berufssoldat der deutschen Bundeswehr, der als Pensionär in Pattaya lebt. Neben Lahnsteins Adresse stand doppelt unterstrichen: Baldmöglichst kontaktieren! In seinem Terminkalender stand übermorgen um achtzehn Uhr: Lahnstein. Ich habe Khun Mongkon gefragt, ob er ihn schon einmal dorthin gefahren habe, aber er verneinte. Er sagte jedoch, Khun Ioannis habe erwähnt, dass er in den nächsten Tagen dorthin müsse."

Sie zog einen zusammengefalteten Zettel aus der Westentasche.

„Ich habe Ihnen Name und Anschrift aufgeschrieben."

„Telefonnummer?"

„War keine notiert."

Farang steckte den Zettel in die Hemdtasche und bestellte sich ein frisches Bier. Thea verzichtete auf Nachschub.

„Warum haben Sie Karpathakis nicht unterstützt, nachdem Sie seine Unterlagen gelesen hatten?"

Sie kämmte sich mit den Fingern durch die dichten schwarzen Haare, bevor sie antwortete.

„Nun … ich fand die Sache schon einleuchtend. Zumindest teilweise. Aber ich wollte mich dafür nicht zu weit aus dem Fenster lehnen. Vor allem bei der Haltung, die der Botschafter an den Tag legte. Ich habe einen fest umrissenen Job zu machen ... und zu verlieren. Und so sehr, dass ich etwas dafür riskiert hätte, hat mich die Angelegenheit dann auch nicht interessiert. Vielleicht war mir Ioannis auch nicht sympathisch genug."

Ihre blauen Augen waren in der schummrigen Beleuchtung dunkelviolett, wie Farang feststellte.

„Aber nun ist Karpathakis selbst Opfer geworden", sagte er.

„So ist es."

„Und nachdem ein echter Grieche umgekommen ist, wird der Botschafter schon ein wenig Interesse zeigen müssen", sagte Farang sarkastisch.

Sie lächelte.

„Das tut er schon. Und deshalb habe ich ihn darüber informiert, dass die maßgeblichen Thai-Verantwortlichen in dieser delikaten Angelegenheit wohl inoffiziell ganz auf *Sie* setzen."

Das war Farang ein leises Lachen wert.

Thea blieb unbeeindruckt.

„Ich soll Ihnen mitteilen, dass auch wir an einer schnellen und dezenten Lösung interessiert sind."

Sie trank einen Schluck, bevor sie weitersprach.

„Das habe ich natürlich nie gesagt. Und Sie haben es nie gehört!"

Farang lächelte amüsiert.

„Hat Imelda Watana ebenfalls mit dem Botschafter gesprochen?"

„Ich weiß nicht, was Sie meinen."

„Schon gut." Farang dachte eine Weile nach, bevor er wieder den Mund aufmachte. „Warum erzählen Sie mir das alles erst jetzt – im zweiten Anlauf?"

„Weil ich bei unserem ersten Treffen noch keine klare Meinung über Sie hatte."

„Und jetzt haben Sie eine."

Sie setzte die Brille ab und nahm für einen Augenblick ein Bügelende des schwarzen Horngestells zwischen die Lippen, bevor sie antwortete.

„So ist es."

Farang verzichtete auf nähere Auskünfte über ihre Beweggründe.

Sie lutschte wieder an ihrem Brillenbügel.

„Alles in Ordnung hier …?", dröhnte Bobby Quinn dazwischen und beugte sich dabei so weit über den Tresen, dass er möglichst viel von Farangs Gesprächspartnerin begutachten konnte.

„Alles bestens", sagte Farang.

Es war immer wieder beeindruckend, mit welcher Instinktlosigkeit der Amerikaner sich den falschen Zeitpunkt aussuchte, wenn es um Zwischenmenschliches ging. Als Krieger war sein Timing besser.

„Das ist mein Freund Bobby Quinn. Einer der beiden Hausherren", sagte Farang zu Thea.

„Freut mich, Bobby", sagte sie und stellte sich gleich selbst vor. „Ich bin Thea."

Bobby grinste einnehmend. „Und ebenfalls mit meinem Kameraden befreundet, wie ich annehme."

„So weit sind wir noch nicht", beschied ihm Thea mit einem kontrollierten Lächeln.

„Dann will ich der weiteren Annäherung nicht im Weg stehen."

Er zwinkerte Farang zu und widmete sich dem Geschäft.

Thea setzte ihre Brille wieder auf und nutzte die Gelegenheit, vom Barhocker zu steigen und sich zu verabschieden. Bevor sie ging, gab sie Farang ihre Visitenkarte.

„Auf der Rückseite habe ich meine Mobilnummer notiert."

Ihr Lächeln war mehr als freundlich.

„Falls Sie mich noch brauchen", sagte sie.

„Das kann gut sein", antwortete Farang. „Sie werden von Treffen zu Treffen wertvoller."

41

Nachdem die letzten Gäste gegangen waren, saßen Farang, Bobby und Tony noch auf einen Drink zusammen, während der Barkeeper klar Schiff machte und sich verabschiedete.

„Aber wieso hat er sich nach Griechenland ausgerechnet Thailand ausgesucht, um alte Rechnungen mit den Nazis zu begleichen?" Bobby schüttelte den Kopf. „Nur weil dieser Botschaftsgrieche nach Bangkok versetzt worden ist …?"

„Keine Ahnung", sagte Farang.

„Und dann mutiert er auch noch vom Henker zum Scharfrichter …", resonierte Bobby weiter.

„Jedenfalls wissen wir jetzt, was die Opfer miteinander verbindet", stellte Tony fest. „Deutsche Kriegsverbrechen. Auch, wenn sie sie gar nicht persönlich begangen haben."

Er schaute triumphierend in die Runde.

„Ich habe ganz richtig vermutet, dass der Schlüssel zum Motiv des Falken im Privatleben der Opfer zu finden ist. Familienhistorie! Ich bin sicher, wenn man dem nachgeht, kommen auch bei den Deutschen, die hier getötet wurden, Bezüge zu dieser Weltkriegsgeschichte ans Tageslicht."

„Das Ganze ist doch kein Forschungsauftrag, Tony." Bobby war sichtlich genervt. „Hier soll jemand schnell und schmerzlos aus dem Verkehr gezogen werden."

„Bobby hat Recht." Farang sah Tony mit einem Schulterzucken an. „Mir bleibt keine Zeit für weitere Denksportaufgaben. Morgen werde ich mir diesen Lahnstein vornehmen."

Tony atmete tief durch.

„Was heißt hier Denksportaufgaben?"

Er winkte ab und klopfte Farang auf die Schulter.

„Na ja, wie dem auch sei. Schieß aber bitte nicht den Falschen über den Haufen!"

42

Früh am Morgen packte der Falke seine Sachen schon einmal provisorisch zusammen.

Da er das Häuschen komplett möbliert und mit allem Haushaltszubehör vom Geschirr bis zum Handtuch angemietet hatte, beschränkte sich sein Umzugsgut auf den

Inhalt seines Rucksacks und einer Reisetasche. Mit diesem kleinen Kampfgepäck, wie er es gerne nannte, war er nun schon eine ganze Weile unterwegs.

Sein heutiger Tag war klar gegliedert.

Bargeldversorgung.

Siesta.

Abschließende Aktion in Pattaya.

Geordneter Rückzug aus seiner Bleibe und endgültige Abreise.

43

Trotz der Nudelsuppe, die er zum Frühstück gegessen hatte, verspürte Tony Rojana erneut Hunger.

Er nahm sich vor, nach den Einkäufen ein zweites Frühstück in Chinatown einzulegen. Vorausgesetzt, er traf dort noch im Laufe dieses Vormittags ein. Im Moment stand der Lexus wie festzementiert in einem mehrspurigen Stau. Natürlich war es glatter Irrsinn wegen eines Vogelkäfigs und einer Gartenschaufel einfach mal so nach Sampeng zu fahren. Und dann noch mit dem Auto.

Aber weder der neue Käfig für den Kanarienvogel, noch die Schaufel für seine Aktivitäten als Hobbygärtner, waren ausschlaggebend für die Aktion gewesen, sondern die Halskette seiner Angetrauten. Seine Frau hatte ihn bereits häufiger gebeten, das Schmuckstück auf seinen Wert schätzen zu lassen. Die Großmutter, die es ihr vererbt hatte, war schon lange tot. Und seit auch ihre Mutter gestorben war, bestand kein zwingender Grund mehr, es gelegentlich zu tragen, um dem Andenken der Familie Genüge zu tun. Da das gute Stück aus hochkarätigem Gold und einigen Edelsteinen bestand, konnte man es genau so gut zu Geld machen, um etwas Sinnvolles für den Haushalt anzuschaffen. Er wusste den Pragmatismus seiner Gattin durchaus zu schätzen. Der tägliche Blick auf die neue Espressomaschine als Gedenkminute an die Vorfahren.

Da er nur einen Laden in Bangkok kannte, in dem man – vom Vogelkäfig über die Gartenschaufel bis zur Juwelierexpertise – alles auf einmal erledigen konnte, war der Weg nach Chinatown unausweichlich. Der legendäre Gemischtwarenladen der Zwillingsbrüder Jack und John Liaw, deren weitverzweigte Geschäftsaktivitäten einem Teil der Kundschaft ausreichend dubios erschienen, um die nötige Verschwiegenheit zu garantieren, bot auch dem einfachen Verbraucher, der nicht auf die Grauzone zwischen Legalität und Vergehen angewiesen war, das passende Warensortiment.

Schon in seinen Zeiten als Polizeireporter war der Laden der Brüder Liaw so etwas wie eine sehr dezente und nie versiegende Nachrichtenquelle für Insider gewesen. Selbstverständlich war er das auch heute noch, auch wenn das für einen Barbesitzer und Hausmann nur noch in seltenen Fällen wichtig war.

Irgendwo in weiter Ferne voraus mussten einige Ampeln auf grün gesprungen sein, denn der Verkehrsstrom setzte sich wie in Zeitlupe in Bewegung. Wasser, das schneller versickerte, als es floss. Nur eine Minute später stand der

Wagen wieder wie festgeklebt auf dem Asphalt, und Rojana regelte die Lautstärke der CD etwas höher, um Marc Anthony nicht zu übertönen, wenn er voller Inbrunst mitsang. *Contra la Corriente* war einer seiner Lieblingstitel.

Im Auto hört er keinen Jazz. Nur zu Hause. Und dann auch meist von Vinylscheiben, die sich auf einem schweren Plattenteller drehten und von einem Tonkopf mit kostbarer Nadel abgetastet wurden. Vom speziellen Sound der wuchtigen Lautsprecherboxen ganz zu schweigen. Wenn er im Wagen unterwegs war, pflegte Tony Rojana jedoch seine puerto-ricanischen Wurzeln. Es musste keinesfalls nur unverfälschter Rumba sein. Alles Latinoartige war recht. Frania Allstars, Marc Anthony, Carlos Santana, Luis Miguel, Gloria Estefan. Oft verausgabte er sich dabei bis zur musikalischen Erschöpfung, denn er grölte immer laut mit, auch wenn sein Spanisch sehr zu wünschen übrig ließ.

Zwar hatte er versucht, die Muttersprache seines Vaters zu lernen, war jedoch weitestgehend daran gescheitert. Insgeheim beneidete er Farang um die guten Deutschkenntnisse, die der sich, trotz der tiefen Abneigung zu seinem Erzeuger, angeeignet hatte. Natürlich hatte es ihm geholfen, ab und zu in Deutschland gewesen zu sein, während Tony Rojana die USA – geschweige denn Puerto Rico – nie besucht hatte. Jederzeit auf die nordamerikanische Umgangssprache Englisch zurückgreifen zu können, wirkte sich zudem als motivationshemmend aus. Aber das sollte natürlich alles keine Entschuldigung sein. Als halber Latino hätte er sich einfach mehr anstrengen müssen.

Als er Chinatown schließlich doch noch erreichte und

nicht weit vom Laden der Brüder Liaw eine Lücke am Randstein fand, die für seinen Wagen infrage kam, erweiterte er den Parkplatz um den fehlenden Meter, indem er einen Stapel Obstkisten umfuhr. Die Proteste, die er sich damit einhandelte, ertrug er gelassen.

Nicht wenige der Geschäftsleute kannten den legendären Tony Rojana noch aus Zeiten, in denen sein Wagen das reinste Waffenarsenal gewesen war und pflegten insgeheim die Ansicht, es müsse immer noch so sein.

Er ließ sie in dem Glauben.

44

Vor dem Eingang, über dem das uralte Firmenschild mit dem verwitterten roten Schriftzug *LIAW & LIAW & PARTNERS* hing, parkte ein silbergrauer Dacia Duster.

Tony Rojana musterte den Wagen wie ein überraschend aufgetauchtes UFO, verkniff sich jedoch eine nähere Inspektion des Gefährts. Falls es sich tatsächlich um die sprichwörtliche Stecknadel im Heuhaufen handelte, war es klüger, keine unnötige Aufmerksamkeit zu erregen, denn der Fahrer konnte jeden Moment auftauchen. Er betrat das Geschäft und vergewisserte sich dabei, dass der Wagen auch vom nahen Verkaufstisch aus noch zu sehen war. Die Eingangstür stand weit offen. Klimaanlagen waren hier out, Deckenventilatoren in.

Hinter der Kasse stand Jack Liaw in seinem üblichen Outfit. Schwarze Hose mit scharfer Bügelfalte. Dazu weißes

Hemd mit langen Ärmeln, die er bis zur Mitte des Unterarms hochgekrempelt hatte. Die schwarzen Schnürschuhe blieben Tonys Blick verborgen, sie waren jedoch garantiert blitzsauber.

„Verkauft ihr jetzt auch noch rumänische Autos?", rief er Jack zur Begrüßung zu.

Nicht, dass es eine Überraschung gewesen wäre. Bei den im Firmenschild ausgewiesenen Partnern handelte es sich um weitere Mitglieder des Clans, die in Hongkong, London und sonst wo operierten und denen keine Branche fremd war.

Das erfreute Lächeln, das der Chinese für den Besucher parat hatte, überzog sein vom Alter zerknittertes Gesicht mit zusätzlichen Falten. Nur die blank polierte Glatze war spiegelglatt.

„Der gehört einem Kunden", sagte er.

Tony sah sich im vorderen Teil des Ladens um, konnte jedoch niemanden entdecken. Der Rest der Räumlichkeiten glich einer vollgepackten Lagerhalle und verlor sich in der unübersichtlichen Unendlichkeit.

„Und wo ist er?"

„Bei John."

Jack deutete auf eine Tür, hinter der sich, wie Tony wusste, das Büro befand.

„Finanzgeschäfte?"

Jack nickte.

„Was ist das für ein Kunde?"

„Ein junger Mann."

Tony wusste: Jung konnte bei einem Achtzigjährigen

wie Jack alles bedeuten. Alt fing für einen wie ihn erst mit siebzig an.

„Wie alt?"

„Ende dreißig, Anfang vierzig."

„Ein Einheimischer?"

„Nein. Vermutlich Europäer."

Jack lächelte milde.

„Wie du nur zu gut weißt, erheben wir keine persönlichen Daten bei solchen Geschäften. Sein Englisch ist nicht amerikanisch, aber ansonsten so akzentfrei, dass es keinen Rückschluss zulässt."

„Irgendwelche Besonderheiten?"

„Er trägt eine randlose Brille."

Tony wusste, warum Jack schmunzelte. Der Chinese kannte das Spiel. Es war wie in den guten alten Tagen, in denen ein gewisser Tony Rojana für einer seiner berüchtigten Reportagen recherchierte.

„Wenn du ein wenig wartest, wirst du ihn zu Gesicht bekommen. Dann kannst du dir selbst ein Bild machen."

Rojana nickte.

Jack setzte sich in den Sessel, der hinter dem Ladentisch für ihn bereitstand. Lange stehen war nicht mehr sein Ding.

„Bist du wegen unserer Kundschaft hier?", fragte er spöttisch. „Oder wolltest du was kaufen?"

Rojana beschloss Vogelkäfig, Gartenschaufel und Halskette fürs Erste zurückzustellen und schlenderte zu den nächsten Regalen.

„Ich sehe mich erst mal ein wenig um."

„Lass dir ruhig Zeit."

Damit widmete sich Jack einem Bündel Rechnungen.

Es dauerte einige Minuten, bis die Tür zum Hinterzimmer geöffnet wurde und der ominöse Kunde, gefolgt von John Liaw, im Laden erschien. Rojana zog sich noch etwas tiefer zwischen die Regale zurück und tat so, als suche er etwas Bestimmtes, ohne den Mann aus den Augen zu verlieren und ihn dabei zu taxieren.

Etwa ein Meter neunzig. Um die achtzig Kilo. Schlank und sehnig. Hageres und glatt rasiertes Gesicht mit leichter Hakennase und scharfem Nasenrücken. Wenn es sich tatsächlich um den Falken handelte, dann war das sein Schnabel. Die randlose Brille war auf die Entfernung kaum wahrzunehmen, die Augenfarbe nicht zu erkennen. Er trug ein olivgrünes Polohemd über den beigen Chinos und bequeme Mokassins an den nackten Füßen.

John Liaw verabschiedete seinen Kunden höflich und blieb neben Jack hinter der Kasse stehen. Das Einzige, was John von seinem Zwillingsbruder unterschied, waren die dichten weißen Haare und die sportliche Kleidung. Weißes Tennishemd, schwarze Jeans, weiße Sneaker.

Bevor der Kunde den Laden verließ, wandte er sich noch einmal an die beiden Chinesen.

„Kann ich meinen Wagen noch einen Augenblick vor der Tür stehen lassen? Ich muss nur etwas um die Ecke besorgen. Dauert nicht lange." Sein Lächeln warb um Verständnis. „Sie wissen ja wie schwer es ist, in dieser Gegend überhaupt einen Parkplatz zu finden."

„Das dürfte kein Problem sein", sagte Jack.

Nachdem der Kunde den Laden verlassen hatte, begrüßte Tony Rojana John Liaw und befragte auch ihn.

„Hast du Gold an ihn verkauft?"

„Nein. Ich habe welches von *ihm* gekauft."

„Viel?"

„Einen kleinen Barren. Eine Unze."

Rojana nickte.

„Er scheint mehr davon zu haben", fuhr John fort. „Er war schon zweimal hier. Er wollte immer Cash dafür. US-Dollar. Diesmal wollte er allerdings die Hälfte in Euro."

„Interessant", sagte Rojana.

Menschen, die auf Gold vertrauten, waren Zweifler. Sie hatten kein Vertrauen in die Institutionen dieser Welt. Und da selbst ein Einkilobarren nicht größer als ein Smartphone war, schränkten Lagerung und Transport nicht unbedingt die Mobilität ein.

„Bist du hinter ihm her?", fragte John. „Ich dachte, du hast Schluss gemacht mit dem Job."

„Hab ich auch. Aber sein Wagen fiel mir auf."

Die beiden Chinesen wussten, was sich gehörte, und fragten nicht weiter nach.

Rojana bedankte und verabschiedete sich und ging zu seinem Lexus, der nur zwanzig Meter vor dem Dacia geparkt war. Er setzte sich hinters Steuer, behielt den silbergrauen Wagen im Innenspiegel im Blick, und hatte ausreichend Zeit sich auszumalen wie seine Frau auf die Fehlanzeige in Sachen Halskette reagieren würde.

Es dauert zwanzig Minuten, bis der Fahrer des Dacia wieder auftauchte. Er warf eine Einkaufstüte auf den Rücksitz, stieg ein und fädelte sich vorsichtig in den dichten Verkehr ein. Sekunden später folgte Rojana ihm im sicheren Abstand – was bei dem Verkehrschaos ein echtes Kunststück war.

45

Farang fuhr den Mietwagen auf den Hof des Gebäudes, in dem der Deutsche wohnen musste, trug es doch weithin sichtbar die Hausnummer der Adresse, die Thea ihm gegeben hatte.

Nach einer Ehrenrunde fand er einen freien Parkplatz für Besucher. Er fühlte sich ausgeruht und frisch und war mittlerweile fest davon überzeugt, dass er das Ausbleiben der lästigen Träume und den gesunden Schlaf tatsächlich der Annahme des aktuellen Auftrags zu verdanken hatte.

Noch bevor er Motor und Klimaanlage abstellen konnte, meldete sich sein Telefon mit dem Rufton, der ihm langsam aber sicher auf den Nerv ging. In Zeiten, in denen er kaum einen Anruf bekam, war die Idee ganz originell gewesen. Aber auch hier galt die altbekannte Weisheit: Die Dosis macht das Gift!

Die Kostprobe der deutschen Nationalhymne, die der Chor hingebungsvoll anstimmte, musste er erneut in voller Länge ertragen. Die nachfolgende Empfehlung zu den Risiken und Nebenwirkungen konnte er gerade noch rechtzeitig abwürgen und sich melden.

„Du wirst es nicht glauben", sagte Tony Rojana bedeutungsvoll.

„Was?"

„Ich fahre hinter einem silbergrauen Dacia Duster her."

„Hoffentlich ist es auch der richtige."

„Das ist nicht auszuschließen."

Tony berichtete über die Finanztransaktion des Fahrers in Chinatown und lieferte Farang eine detaillierte Personenbeschreibung, ohne den Hinweis auf den Schnabel zu vergessen.

„Ich kann natürlich nicht garantieren, dass es sich tatsächlich um den Falken handelt", fügte er hinzu. „Obwohl die Art und Weise der Bargeldversorgung nicht gerade dagegen spricht."

„Dann bleib erst mal dran", sagte Farang. „Ich bin gerade in Pattaya angekommen, um diesem Lahnstein einen Besuch abzustatten."

„Ich werde mein Bestes geben, um weiter silbergrau zu sehen", sagte Tony, „aber in diesem Verkehrschaos weiß man nie."

Farang wünschte ihm viel Glück, und Tony versprach, sich zu melden, sobald es etwas Neues gab. Dann trennte er die Verbindung.

Farang stellte alles was Treibstoff fraß ab, stieg aus dem wohltemperierten Wageninneren, und tauchte ein in die suppige Hitze.

Das gläserne Portal des dreistöckigen Gebäudes erinnerte an den Eingang zu einem Mittelklassehotel. Es ließ einem die Wahl zwischen zwei großflügeligen Türen und einer Drehtür. Die Anlage firmierte unter *HOME SWEET HOME – Healthy and convenient – A DOCTORS PARK COMPANY*, was Farang an die Risiken und Nebenwirkungen und die Empfehlung in Sachen Arzt und Apotheker erinnerte.

Er vermied die Drehtür, betrat die Empfangshalle und nahm Kurs auf den jungen Rezeptionisten, der ihm beflissen entgegenlächelte.

46

Der Verkehrsgott blieb Tony Rojana weiter gewogen.

Immer wenn es kritisch wurde, befingerte er die Amulette auf seiner Brust, um Lord Buddha gnädig zu stimmen. Und so schaffte er es, trotz aller Widrigkeiten auf dem Weg durch die Innenstadt und weiter hinaus in die Randbezirke Bangkoks, im Windschatten des dubiosen silbergrauen Wagens zu bleiben.

Je weiter sie in die Peripherie vordrangen, desto bekannter kam Tony die Gegend vor. Es war zwar eine ganze Weile her, aber er war schon einmal hier gewesen. Spätestens, als der Kanal zu sehen war und der Dacia in die schmale Stichstraße einbog, wusste er, dass es sich um eine Sackgasse handelte und wohin sie führte. Und als auch die wenigen Nachbarhäuser alle hinter ihnen lagen und nur noch ein Ziel übrig blieb, fühlte Tony sich bestätigt, ging etwas vom Gas und ließ den Abstand zum vorausfahrenden Wagen vorsichtshalber noch größer werden.

Er kannte das kleine Teak-Haus, das der Mann im grauen Wagen ansteuerte. Es gehörte der ehemaligen Geliebten eines längst verblichenen Offiziers der thailändischen Armee.

Es war fast zwanzig Jahre her, dass er hier gewesen war, um dem Oberst, der das Häuschen hatte bauen lassen, einige unangenehme Fragen zu den Schmuggelaktivitäten des Militärs zu stellen, in die er – wie sich später bewahrheitete – verwickelt war. Der Oberst hatte das Domizil für seine dreißig Jahre jüngere Gespielin luxuriös einrichten lassen und es als Liebesnest benutzt. Deshalb hatte er bei Erwerb des Grundstücks auf Abgelegenheit und mangelnde Öffentlichkeit gesetzt.

Nachdem ihr Liebhaber das Zeitliche gesegnet hatte, residierte die Dame in einem Luxusappartment in Downtown Bangkok. So viel Tony wusste, hatte sie ihr ehemaliges Liebesnest zunächst über einen Callgirlring vermietet, tat dies jedoch inzwischen über eine seriöse und renommierte Immobilien-Agentur. Das konnte sich noch als hilfreich herausstellen, wenn sich die Identität des derzeitigen Mieters nicht anders klären ließ.

Tony Rojana nutzte die letzte Möglichkeit nicht als Verfolger oder gar Besucher identifiziert zu werden und bog auf das verwilderte Gelände eines ehemaligen Ruderklubs ein, das direkt am Kanal lag. Am Ufer befanden sich die Reste eines alten Bootshauses. Es war nicht mehr als ein riesiges Dach, das auf hölzernen Stelzen stand und dessen Außenwände einmal aus Plastikplanen bestanden hatten, von denen nur noch einige Fetzen vorhanden waren. Das Grundstück, auf dem die wackelige Ruine stand, war von niederem und höherem Grünzeug überwuchert. Nur ein ausrangierter Bootsanhänger rostete still vor sich hin.

Tony fuhr unter das Dach. Auch von hier konnte er die

Stichstraße gut einsehen und blieb dabei durch die grüne Wildnis ausreichend getarnt. Er stieg aus und lief zu Fuß die Straße entlang, immer auf Deckung bedacht, bis er das kleine Haus im Blick hatte. Der silbergraue Dacia Duster parkte in der Zufahrt.

Das also war das Refugium des Verdächtigen. Ob er es alleine bewohnte, war ungewiss. Aber wenn es sich tatsächlich um den Falken handelte, bestand kein Zweifel daran, dass er Wert auf Anonymität legte. Wenn er die Gesellschaft von Frauen suchte, konnte er sie in der Stadt finden.

Der nächste Regenguss kündigte sich mit ersten Tropfen an, und Tony Rojana eilte zu seinem Wagen zurück, um Farang anzurufen.

47

Farang hatte sich ordentlich beim Empfang angemeldet.

Herr Meier wünschte Herrn Lahnstein zu sprechen.

Der junge Thai hatte daraufhin zum Telefon gegriffen und den Wunsch weitergegeben. Herr Lahnstein ließ daraufhin mitteilen, er habe noch einen Termin mit dem medizinischen Personal des Hauses und stünde leider erst in einer Stunde zur Verfügung.

Farang war nichts anderes übriggeblieben, als zuzustimmen. Er saß um die Ecke in einem Coffeeshop, um die Zeit totzuschlagen und den niedergehenden Platzregen auszusitzen, als die germanische Nationalhymne erneut erklang.

„Ich befinde mich jetzt vor der Höhle des Löwen. Um nicht zu sagen: Am Horst des Raubvogels", sagte Tony.

„Und?"

Tony setzte Farang ins Bild, bis dieser die Lage in Pattaya durchgab.

„Ich bin noch nicht zu diesem Lahnstein vorgedrungen. Er ist erst in zehn Minuten ansprechbar. Vermutlich lässt er sich noch *massieren*."

So, wie Farang das Wort massieren betonte, konnte es alles Mögliche bedeuten.

„Ich schlage vor, ich halte hier die Stellung und warte, wie die Dinge sich entwickeln," sagte Tony. „Und du kümmerst dich erst mal um diesen Deutschen. Könnte ja sein, das er auf der Liste des Falken steht. Dann sind wir beide am Mann."

„Abgemacht", sagte Farang.

„Ich melde mich wieder", beendete Tony das Gespräch.

Farang zahlte, wartete ab, bis die Regenzeit ihren feuchten Nachschub ausgeschüttet hatte, und kurvte durch die Pfützen auf dem Gehsteig zurück zum *HOME SWEET HOME*. Der junge Mann hinter dem Empfangstisch sah auf die Uhr, lächelte höflich, und bestätigte damit, dass die Stunde um war.

„Zweiter Stock, Apartment 9", sagte er und deutete zum Aufzug.

Farang nickte ihm zu und nahm die Treppe.

Als er den Flur im zweiten Stockwerk betrat, zog eine junge Thai die Tür zu Nummer 9 ins Schloss. Sie trug die elegante Uniform einer privaten Krankenschwester und begrüßte Farang höflich, bevor sie ihren Servicewagen zum nächsten Apartment schob.

Er musste zugeben, dass der Auftritt auf professionelle Gesundheitsversorgung hindeutete. Während er auf den Klingelknopf drückte, musterte er die verschnörkelte Ziffer auf der Tür. Walfried Lahnstein konnte in seiner Wohnung nicht viel passieren, denn die 9 war die buddhistische Glückszahl.

Der Mann, der die Tür öffnete, war eindeutig Deutscher. Um das zu erkennen, musste Farang nicht einmal seinen Instinkt bemühen. Stämmige, mittelgroße Statur bei energisch durchgedrücktem Kreuz. Verpackt in einen pseudomilitärischen Sommeranzug aus grauer Mischfaser, der so schnittig und rechtwinklig geschneidert war, als stamme er aus der Kleiderkammer einer Wachschutzfirma. Die kurzärmelige Jacke mit neutralen Schulterstücken und einer üppigen Anzahl von Funktionstaschen bestückt, die weit mehr als das griffbereite Sortiment von Bleistift, Kugelschreiber, Notizblock und Sonnenbrille hätten aufnehmen können. Darüber blassgraue Augen in einem glatt rasierten und fast faltenlosen Gesicht mit schmalen Lippen über dem Doppelkinn. Die schütteren Haare sorgsam frisiert.

Der Mann stutzte kurz, bis er den deutschen Nachnamen, der ihm gemeldet worden war, mit dem eurasischen Aussehen des Besuchers in Einklang gebracht hatte.

Dann nickte er knapp.

„Lahnstein", bellte er und ließ dem ein sanfteres „Kommen Sie doch rein, Herr Müller" folgen.

„Meier", sagte Farang. „Surasak Meier."

„Pardon", sagte Lahnstein.

Mit dem Händeschütteln, das er Farang antat, hätte er eine Türklinke abbrechen können. Dann baute er sich mit ausgefahrenem Arm in der Diele auf – wie ein Verkehrspolizist, der den Verkehr Richtung Wohnzimmer dirigiert.

Farang trat ein.

Die Einrichtung des Apartments passte zum Bewohner. Gediegen und solide. Keine Extravaganzen. Die Rattangarnitur mit den anthrazitfarbenen Seidenkissen war mit Abstand der exotischste Beitrag zur Ausstattung.

Lahnstein bot dem Gast das Sofa an, nahm selbst in einem Sessel Platz und entschuldigte sich für die einstündige Verzögerung. Der alltägliche medizinische Stress, um die Gesundheit zu erhalten. Blutdruckmessen, Zuckerwerte und so weiter.

„Seien Sie froh, dass Sie noch nicht in dem Alter sind, Herr Meier."

Damit hatte Lahnstein sich einen Pluspunkt verdient. Komplimente, die bestätigten, dass er noch nicht zum alten Eisen gehörte, nahm Farang nicht ungern entgegen.

„Und …" Lahnstein schlug mit den flachen Händen auf die Armlehnen seines Sessels. „Darf man fragen, was Sie zu mir führt, Herr … Meier?"

Bis vor wenigen Minuten hätte Farang darauf noch keine plausible Antwort gehabt. Doch nach Lahnsteins Auftritt und in Anbetracht der Kugelschreiberkollektion kam ihm spontan eine Geschichte in den Sinn, die er für ausreichend glaubhaft hielt.

„Ich wohne im Süden Thailands. In der Nähe von Satun, falls Ihnen das etwas sagt."

Lahnstein schüttelte den Kopf.

„Ist nicht weit von Hat Yai."

Lahnstein nickte.

„Jedenfalls habe ich dort vor einigen Tagen rein zufällig einen Landsmann von Ihnen getroffen. Wir tranken ein paar Bier zusammen und unterhielten uns über Boxen und andere Sachen. War ein netter Abend. Er erzählte mir auch, er sei mal Zeitsoldat gewesen. Als ich erwähnte, ich sei in den nächsten Tagen geschäftlich in Pattaya, trug er mir auf, Ihnen herzliche Grüße von ihm auszurichten und gab mir Ihre Adresse."

„Wie sagten Sie hieß er?"

„Achim."

„Sagt mir nichts." Lahnstein schüttelte den Kopf. „Nachname?"

Auch dazu hatte Farang eine passende Idee.

„George."

Lahnstein grübelte einige Sekunden nach und gab auf.

„Ich kann mich an keinen Achim George erinnern."

„Er trug witzigerweise auch so eine Brille."

Lahnstein zog die Augenbrauen hoch.

„Was für eine Brille?"

„So ein Pilotenmodell wie es Götz George mal in seinen besten Zeiten trug."

„Schimanski", sagte Lahnstein erleichtert und offenbar froh, überhaupt jemanden zu kennen.

Farang nickte eifrig.

„Trotzdem, Achim George …? Hat er erwähnt, in welcher Einheit er gedient hat oder wo er stationiert war? Womöglich kenne ich ihn daher und habe nur den Namen vergessen."

„Leider nicht", sagte Farang.

Er unterstrich seine Hilflosigkeit mit einem Schulterzucken, was Lahnstein zu einem entschuldigenden Lächeln bewegte.

„Mein Gedächtnis ist natürlich auch nicht mehr das Beste, wie ich leider zugeben muss. Sie kennen den Spruch dazu ja."

Diesmal war es an Farang, seine Unwissenheit einzugestehen.

„Im Alzheimer-Express auf dem Weg nach Dementia", gab Lahnstein zum besten.

Farang gönnte ihm ein Schmunzeln, bevor er nachlegte.

„Schade, dass Sie sich nicht mehr an ihn erinnern. Er schien jedenfalls große Stücke auf Sie zu halten. Sozusagen von Soldat zu Soldat."

„Tat er das …?"

Der Gedanke allein, schien Lahnstein zu schmeicheln, und Farang nutze die Gelegenheit, um auf das gerahmte Foto mit dem Orden am schwarz-weiß-roten Band zu deuten, das über dem Schreibtisch an der Wand hing.

„Sind Sie das?"

Lahnstein lächelte nachsichtig.

„Nein. Das ist mein Vater."

Farang stand auf und sah sich das Foto näher an.

Lahnstein blieb sitzen.

„Die Aufnahme zeigt meinen Vater Paul als Oberleutnant der Wehrmacht."

„Und der Orden?"

„Sein Eisernes Kreuz II. Klasse."

„Russland-Feldzug?"

„Gott sei Dank nicht. Das hätte er womöglich nicht überlebt. Er war auf dem Balkan und in Griechenland stationiert. Deshalb habe ich nach dem Krieg auch noch was von ihm gehabt, bevor er eines natürlichen Todes starb."

Farang spürte, dass Lahnstein sich für das Thema erwärmte und gab sich nachdenklich und lernbereit.

„Griechenland ... da denkt man gar nicht dran. Immer nur West- oder Ostfront. Frankreich oder Russland."

Lahnstein nahm die Steilvorlage dankbar auf und bewies sich in der folgenden halben Stunde als stolzer Berichterstatter über die Aktivitäten seines Vaters im Kampf gegen die Partisanen.

48

Der Falke lag im Halbdunkel auf dem Bett und wartete auf die Erinnerungen, die ihm seine verstorbene Mutter hinterlassen hatte.

Leider sah es ganz danach aus, als wollten sie sich diesmal nicht einstellen. Für einen Augenblick verspürte er etwas wie Panik. Doch schon bald hatte er sich wieder im Griff. Das Gedenken ließ lediglich auf sich warten. Er kannte das. Kurz vor seinem Eintreffen in Thailand hatte er es schon einmal erlebt. Es war so qualvoll gewesen, dass ihm die Umstände noch genaustens bewusst waren.

Nicht nur die Siesta war in jenen Tagen unbefriedigend verlaufen, auch die Nächte waren unruhig. Er schlief schlecht und träumte wie im Fieber. Morgens wachte er zermürbt und verschwitzt auf, während der Deckenventilator kühle Luft über seine feuchte Haut fächerte und das klamme Kopfkissen unter seinem Kopf schwer und hart wie ein Stein war. Nach dem Duschen hatte er sich stets mit *Prickling Heat,* einem Mentholpuder, eingestäubt, was jedoch auf Dauer eine Klimaanlage nicht ersetzen konnte.

Seine erste Unterkunft in Thailand war vergleichsweise primitiv gewesen, und die Tage vor Beginn der Regenzeit verliefen zäh. Dunkle Wolken hingen am Himmel, aber es wollte nicht regnen. Den ganzen Tag über war in der Ferne vielversprechender Donner zu vernehmen, der immer wieder aufs Neue den heiß ersehnten Monsunregen versprach. Plötzliche Windböen verstärkten die Illusion. Doch der erhoffte Wolkenbruch blieb aus. Ab und zu fiel ein einzelner schwerer Regentropfen aus dem bleigrauen Gewölk und zerplatzte sinnlos auf ausgetrockneter Erde oder heißem Asphalt. Mehr nicht. Es war eine einzige Hängepartie.

Wer immer auch zuständig sein mochte – Buddha, irgendein Wettergeist oder ein Medizinmann – er hatte in diesen unerträglichen Tagen auf Zeit gespielt. Der Falke hatte noch die gellenden Töne im Ohr, die der Wind dem Bambushain entlockte, und die den Schreien von Seemöwen ähnelten. Und während er diesem Klang nachhing, setzte sich das leise Summen der Klimaanlage wieder durch, und im Hintergrund konnte er leises Geläut hören.

Spätestens als er die Glocken der Ziegen vernahm und sich der Hochsommer seiner Heimat ankündigte, mit kargen Landschaften, trockener Hitze, klarer Helligkeit und kühlendem Nordwind, wurde er wieder von den Erinnerungen seiner Mutter eingeholt, von dem, was ihr als junges Mädchen widerfahren war.

Und nun hörte er auch die helle Flöte des Ziegenhirten, die das sanfte Geläut der Tiere begleitete, als Herde und Hüter das Dorf verließen und in die Berghänge strebten, und der Duft des wilden Thymians, der die Luft schwängerte, stieg ihm in die Nase.

All das geschah an einem sehr frühen und noch angenehm kühlen Morgen eines Augusttages im Jahr 1943, und so konnte er es natürlich nicht selbst erlebt haben, denn damals war er noch nicht auf der Welt gewesen. Es war Avra, seine Mutter, die für ihn gehört, gerochen und gesehen hatte, was sich an jenem Tag zutrug. Lange, sehr lange, musste er sich mit vagen Ahnungen begnügen, denn ihr Schweigen hatte eine Ewigkeit gedauert. Doch eines Tages vertraute sie ihm schließlich an, was passiert war, und sie erzählte es ihm immer wieder – bis er schließlich selbst alles hören, riechen und mit eigenen Augen sehen konnte.

49

Wie so oft hatte sich die Dreizehnjährige mit dem ersten Hahnenschrei aus dem Haus gestohlen, um im nahen Fluss zu baden, bevor das Dorf ganz erwachte.

Es war kurz vor fünf und alles schien friedlich. Die melodischen Töne, mit denen der Hirte lockte, galten lediglich seinen Tieren. Aber wie auch Avra nur allzugut wusste, hatte er die Dorfbewohner erst gestern mit gellenden Pfiffen vor nahender Gefahr gewarnt. Die vier Partisanen, die im Dorf übernachtet und noch gegen Mittag verkatert in der Taverne am Dorfplatz gehockt und heftig miteinander gestritten hatten, waren daraufhin Hals über Kopf geflüchtet und in den bergigen Hängen jenseits des Flusses verschwunden.

Kurz darauf erreichte ein offener Kübelwagen der Deutschen den Ort. Am Steuer saß ein einfacher Soldat, neben ihm ein Offizier. Sie erreichten den Dorfplatz, ohne dort anzuhalten, und schienen den Ort auf ihrer Fahrt lediglich durchqueren zu wollen. Doch als sie die Taverne passierten, machte der Fahrer den Offizier auf etwas aufmerksam. Woraufhin der Wagen unverzüglich auf dem Dorfplatz wendete und mit erhöhter Geschwindigkeit in die Richtung zurückfuhr, aus der er gekommen war.

Die Einwohner machten sich große Sorgen. Was hatte das zu bedeuten? Hatten die Deutschen doch noch mitbekommen wie die Andarten geflüchtet waren? Oder hatten sie die britische Maschinenpistole bemerkt, die einer der Männer beim übereilten Aufbruch neben dem Eingang zur Taverne zurückgelassen hatte? Waren die Wehrmachtssoldaten deswegen unverzüglich umgekehrt, um Meldung zu erstatten? Jeder wusste, was das bedeutet hätte. Jede auch nur vermeintliche Unterstützung der Widerstandskämpfer machte die Zivilisten in den Augen der Besatzer zu deren Handlangern. Ganze Dörfer wurden verwüstet, wenn nur der leiseste Verdacht bestand. Eine einzige Pistole, ein einziges Gewehr, das in einem der Häuser gefunden wurde, reichte, um ganze Familien auszulöschen. Für jeden Wehrmachtssoldaten, den die Partisanen töteten, wurden fünfzig Griechen oder mehr liquidiert, egal ob Widerständler oder Zivilisten.

Wahrhaft genug Grund zur Angst. Die Willkür, mit der die Deutschen in diesen Tagen zu Werke gingen, war kaum zu ertragen. Doch nachdem die Dorfbewohner die verräterische Waffe im nahen Fluss versenkt hatten und im weiteren Verlauf des Tages nichts mehr geschah, hatte der Bürgermeister seine Leute beruhigt, und alle waren wieder ihrem normalen Alltag nachgegangen.

Und so war es auch an jenem darauf folgenden Morgen. Nicht nur Avra und der Ziegenhirte waren schon auf den Beinen. Einige Frauen kamen bereits mit gefüllten Wasserkrügen vom Fluss zurück, und als sie kurz zuvor aus dem Haus geschlüpft war, hatte Avra den Priester bemerkt, der in aller Herrgottsfrühe zur Kirche eilte.

Doch damit hatte die Normalität ein Ende.

Ein dumpfes Brummen mischte sich unter das sanfte Geläut der Herde, bis es die Glocken schließlich übertönte und auch die schrillen Pfiffe, die der Hirte zur Warnung des Dorfes abgab, fast erstickte.

Fünf Militärlastwagen näherten sich der Gemeinde und kamen nach und nach am Ortsrand zum Stehen. Es dauerte eine Weile, bis alle deutschen Soldaten abgestiegen waren. Es waren hundertzwanzig Mann. Eine ganze Kompanie. Feldmarschmäßig ausgerüstet. Sie hatten Granatwerfer und Maschinengewehre dabei. Selbst Maulesel hatten sie mitgebracht.

Noch bevor die ersten Soldaten abstiegen, hatte Avra sich bereits tief zwischen dichtem Gebüsch und den Mauerresten eines lang verlassenen Hauses versteckt. Dorfbewohner, die in der Nähe des Flusses wohnten, hasteten an ihr vorbei, ohne sie zu bemerken. Viele flüchteten in das dichte Schilf am Ufer. Andere verkrochen sich hinter Erdwällen und Feldumzäunungen.

Zunächst schenkte die Feldkantine Kaffee an die Soldaten aus. Dann umstellten die Deutschen das Dorf. Nur die Seite zum Fluss hin ließen sie weitestgehend unbewacht, weil sie das Wasser als natürliche Grenze für ausreichend hielten. Sie bauten ihre Granatwerfer auf und feuerten Sprenggeschosse in den Ort, die zusammen mit Schüssen aus Karabinern und Maschinengewehren den Großteil der Dorfbewohner aus dem Schlaf rissen. Die völlig überraschten Griechen leisteten keinerlei Gegenwehr. Während der Aktion befanden sich weder Partisanen unter ihnen, noch wurde ein einziger Schuss von Zivilisten gegen die deutschen Angreifer abgegeben.

Nach dem Eröffnungsbeschuss marschierten die Wehrmachtssoldaten in die Ortschaft ein und feuerten dabei aus Gewehren und Maschinenpistolen. Vor der Kirche traf der

Oberleutnant, der die Aktion leitete, mit seinen Männern auf den Priester, der sich den Deutschen mit einem Kreuz und der Bibel in der Hand entgegenstellte und friedfertig versuchte, sie von ihrem Vorhaben abzubringen. Der Oberleutnant antwortete mit einem Feuerstoß aus seiner Schmeißer, mit dem er den Geistlichen niedermähte. Anschließend begannen die Deutschen mit der systematischen Säuberung der Ortschaft, die sie willkürlich zu einem Schlupfwinkel des Widerstands erklärt hatten.

Avas Vater wurde vor dem Haus der Familie erschossen, gefolgt von ihren beiden Brüdern und den vier Schwestern. Großmutter, die sich auf die Erde geworfen und darum gefleht hatte, den Sohn und die Enkel zu verschonen, wurde unbarmherzig mit Fußtritten malträtiert und dann ebenfalls getötet. Anschließend warfen die Soldaten Handgranaten ins Haus und zündeten es an. Onkel Apostolis, der sich schützend vor seine beiden Kinder stellte, wurde in den Rücken geschossen, bevor auch die Kinder liquidiert wurden. Stavros, der beste Freund ihres Vaters, wurde zusammen mit seiner achtköpfigen Familie ermordet, bevor sein Haus ebenfalls in Brand gesteckt wurde.

Familie für Familie wurde ausgerottet.

Ortsbewohner, die davonliefen, wurden auf der Flucht erschossen. Viele, die es bereits bis zum Fluss geschafft hatten, ertranken bei der Überquerung, da sie nicht schwimmen konnten. Auf die geübten Schwimmer gaben die Soldaten gezielte Schüsse ab. Trotzdem konnten sich viele der Flüchtenden ans andere Ufer retten. Bewohner, die sich in ihren Häusern versteckten, wurden gnadenlos aufgespürt und liquidiert, bevor ihr Heim abgefackelt wurde. Einige verbrannten lebend in den Gemäuern.

Diejenigen, die aus den Häusern getrieben wurden, versammelte man auf dem Dorfplatz. Dort postierte man in einer Entfernung von fünfzehn Metern ein Maschinengewehr vor ihnen und mähte sie im Dutzend nieder.

Frauen wurden vergewaltigt und dann mit einem Genickschuss erledigt. Einer Schwangeren schlitzte man den Bauch auf und legte ihr das ungeborene Kind in die Arme. Weiblichen Leichen wurden Bierflaschen in die Vagina gesteckt. Nur wenige Monate alten Kindern steckte man mit Benzin getränkte Watte in die kleinen Münder und zündete sie an.

Stunde für Stunde setzten die Deutschen ihre Treibjagd durch das Dorf fort und wüteten vor sich hin, bis es kurz vor Mittag war und die Hitze und der Mangel an Überlebenden sie ermatten ließ. Überall lagen Leichen herum, oft übereinander. Einige der Opfer waren schwer verwundet und lebten noch. Unteroffiziere gingen durch das Dorf und erteilten, begleitet vom nervenden Zirpen der Zikaden, Gnadenschüsse.

Der Großteil der Soldaten hatte sich inzwischen an den Ortsrand zurückgezogen, um im Schatten von Obst- und Olivenbäumen zu rasten. Kurz darauf wurde die Genehmigung erteilt, Beute zu machen. Alles, was von Wert war und den Überfall schadlos überstanden hatte, wurde auf Lastwagen und Maulesel geladen, vom Teppich bis zur Kuh. Juwelen und andere Wertgegenstände verschwanden in den Taschen einzelner Uniformierter.

Gegen ein Uhr servierte die Feldkantine Milchreis und Kompott. Die Soldaten mussten bis zum späten Nachmittag warten, bis die Lastwagen die Beute in das Basislager der Kompanie verbracht hatten. Erst dann wurden sie selbst abtransportiert.

Kurz vor dem Dunkelwerden wagten sich die ersten Überlebenden ins Dorf zurück. Das Grauen, das sie zu Gesicht bekamen, ließ einige ohnmächtig werden. Wie Schatten ihrer selbst liefen die anderen vom Schmerz betäubt von Ruine zu Ruine, von Leiche zu Leiche, immer in der Hoffnung, doch noch eine Angehörige oder einen Angehörigen zu finden, der überlebt hatte. Sie wurden bitter enttäuscht.

Auch Avra hatte niemanden mehr. Alle, die ihr nahe standen, waren tot. Ihre Familie, deren Verwandte und auch die nächsten Bekannten. Selbst ihre gleichaltrigen Freundinnen und Freunde hatte sie verloren.

Am darauffolgenden Morgen beerdigten die Überlebenden die Toten. Männer und Halbwüchsige hackten die ausgedörrte Erde auf und begruben ihre Lieben unter dem Klagen der Frauen. Es herrschte ein unerträglicher Gestank nach verkohltem Fleisch und Verwesung, und Hunde mit blutverdreckten Schnauzen streunten durchs Dorf.

Neben all dem Horror blieben Avra zwei Dinge ganz besonders im Gedächtnis. Die Orangen an den Bäumen vor ihrem Versteck, die noch grün und klein wie Mandarinen waren. Und die weiße Blume, die die Mörder als Abzeichen an ihrer Uniform trugen.

Später lernte sie, dass diese Blume Edelweiß hieß, und die deutschen Soldaten Gebirgsjäger gewesen waren.

50

Natürlich hatte seine Mutter von ihrem Versteck aus nicht alles, was im Dorf geschah, mit eigenen Augen verfolgen können.

Das, was sie mit ansehen musste, war schrecklich genug und wurde nach dem Massaker von anderen überlebenden Zeugen ergänzt. Später wurde es in privaten und offiziellen Dokumenten festgehalten.

Und in Statistiken, die der Falke auswendig kannte.

320 Dorfbewohner waren umgebracht worden.

171 davon waren weiblichen Geschlechts gewesen.

81 Opfer waren Kinder zwischen einem und zehn Jahren.

13 dieser Kinder waren erst ein Jahr alt.

20 Familien wurden komplett ausgelöscht.

Gräueltaten, die nicht etwa von einer Bande gemeingefährlicher Psychopathen begangen worden waren, sondern von einer regulären Truppe, die aus gut ausgebildeten Soldaten bestand, die einer der Eliteeinheiten der Wehrmacht angehörten.

Mutter hatte ihm die Wahrheit in kleinen Dosen verabreicht. Stets zur Mittagsruhe, die in Griechenland von zwei bis fünf Uhr am Nachmittag galt und heilig war. Schon als kleiner Junge hatte er bei ihr gelegen und ihrer sanften Stimme zugehört. Er wusste nicht mehr genau wie alt er gewesen war, als es begann. Vermutlich hatte er anfangs sowieso nicht viel begriffen. Hinzu kam, dass Avra mit Erzählungen aus dem ganz normalen Dorfalltag begonnen hatte, die ihm die Schönheit der Natur und die Güte der

Menschen nahebrachten. Da er selbst in der Stadt aufwuchs, war dies allein eine märchenhafte Welt für ihn.

Und wie in jedem Märchen kam es irgendwann zum Bösen. Es schlich sich in ihre Berichte. Wie ein Gift, dessen Dosis sie unmerklich erhöhte, um es für ihn erträglich zu machen. Er hatte gelernt, zuzuhören und sich selbst zu einem Medium zu machen, das ihre Sicht der Dinge kanalisierte. Sie hatte in ihm einen jungen Verehrer gefunden, der zu ihr aufschaute wie zu einer Heldin, und ihre Geschichten förmlich aufsaugte.

Selbst als junger Mann hatte er weiterhin neben ihr gelegen und ihr zugehört. Avra war auch im fortgeschrittenen Alter noch eine sehr attraktive Frau, und er war stolz auf sie. Als sie schließlich alt und gebrechlich wurde, saß er, so oft er konnte, neben ihrem Bett und hielt ihre Hand, wenn sie zu ihm sprach. Auf diese Weise begingen sie – wann immer möglich – ihre gemeinsame Mittagsandacht.

„Du darfst es nie vergessen", hatte sie ihm eingeimpft. „Nur so können die Opfer in Frieden ruhen."

Sie wurde einundsiebzig Jahre alt.

Er war dreißig, als sie starb.

Erst als er ihr nicht mehr zuhören und all das Leid mit ihr teilen konnte, wurde das Wissen, das sie ihm vererbt hatte, zu einer Last, die er kaum noch schultern konnte und die ihn langsam zu erdrücken schien. Selbst wenn er hätte vergessen wollen, es wäre ihm unmöglich gewesen. Er war nahe daran, sich aufzugeben. Das Einzige, was ihn am Leben hielt, war die feste Entschlossenheit, nicht auch noch selbst den Häschern seiner Vorfahren zum Opfer zu fallen. Bis auf seine Mutter hatten sie alle ausgelöscht. Den späten Triumph, auch ihn schließlich zur Strecke zu bringen, gönnte er den Mördern nicht.

Stattdessen begann er sich näher mit ihnen zu beschäftigen. Das Interesse an ihnen wurde zu seiner Überlebensstrategie. Die Gewissenhaftigkeit, mit der er dabei vorging, verlieh ihm neuen Halt. Nicht nur der Tod war ein Meister aus Deutschland, die Deutschen gerierten sich auch als Weltmeister in dem, was sie Aufarbeiten nannten. Er hatte vor, sie dabei zu übertreffen. Seine neu gefundene Aufgabe stabilisierte ihn. Anstatt von den Erinnerungen verfolgt zu werden, die die Täter ihm mit ihren Gräueltaten aufgebürdet hatten, beschloss er, sie und die ihren zu verfolgen. Er wurde zum Jäger. Er wollte nicht mehr vergessen. Er wollte Rache. Ihr Tod sollte ihn erlösen.

Nach wie vor lag er zur Siesta wach und ließ das Geschehen um die vom Feind begangenen Morde und das seiner eigenen an sich vorbeiziehen. Und mit jeder seiner eigenen Taten wurde es für ihn leichter, die Erinnerung an das Gemetzel im Heimatdorf seiner Mutter zu ertragen.

So hatte er gelernt, sich zu befreien. Was er tat, tat seiner Seele gut. Das passende Wort dafür kam aus dem Griechischen.

Katharsis.

Er stand auf und machte sich zum Einsatz fertig.

Als letztes steckte er die Pistole seiner Mutter ein. Sie hatte sich die Waffe als junge Frau besorgt und stets in der Handtasche mit sich getragen. Für alle Fälle. Es war eine Walter PPK, Kaliber 7,65 Browning.

Der Falke hatte sich den passenden Schalldämpfer dazu besorgt.

51

„Es wird ja so viel Unsinn erzählt", sagte Lahnstein.

Farang nickte.

„Vergessen Sie bitte nicht: Es ging gegen Partisanen. Irreguläre. Da gelten eigene Gesetze."

Farang tat, als wisse er genau Bescheid. Tatsächlich hatte er nur eine vage Ahnung. Er mochte selbst ein illegaler Krieger sein, aber im Krieg war er nie gewesen. Da konnte nur ein Bobby Quinn mithalten. Er hörte dem Deutschen geduldig zu und hoffte, dabei etwas zu erfahren, was für ihn nützlich sein könnte. Dabei gewann er den Eindruck, als fasse Walfried Lahnstein so etwas wie Vertrauen zu ihm, denn je länger er über seinen Wehrmachtsvater sprach, desto leutseliger wurde er. Er schien nicht viele geduldige Zuhörer zu finden, was das Thema anging. Er hatte sogar einen Kaffee gemacht und Gebäck aufgefahren.

„Bei der hinterhältigen Kampfesweise der griechischen Banden war es kein Wunder, dass unseren Leuten ein hartes Vorgehen befohlen wurde", fuhr Lahnstein fort. „Egal, ob das nun im Nachhinein Säuberungs-, Vergeltungsaktion oder gar Massaker genannt wird. Das sind so Schlagwörter. Die Lage erforderte Sondereinsätze, wie ich es nennen würde. Natürlich sind dabei auch Unregelmäßigkeiten vorgekommen. So etwas gibt es in jedem Krieg. Aber das in

Griechenland war ja nicht mal ein regulärer Krieg. Heutzutage wissen alle, was Guerillakrieg heißt, und das Personal wird entsprechend geschult. Nach fünfundvierzig hatten wir Algerien und Vietnam. Das hat reguläre Armeen dazu gezwungen, neue Strategien und Kampftechniken zu entwickeln. Heute wissen wir aufgrund bitterer Erfahrungen, dass ein Partisanenkrieg nicht nur militärische, sondern auch politische Aspekte hat. Solche Kenntnisse hatte die Wehrmacht nicht. Niemand war für eine derartige Aufgabe geschult. Hitler kannte nur militärische Gewalt als Brecheisen."

Farang fühlte sich, als durchlaufe er im Moment selbst eine Schulung.

„Aber wie auch immer", resümierte Lahnstein. „Alles in allem war Griechenland für meinen Vater und seine Kameraden eine Erholung nach dem Einsatz in Serbien und der erfolglosen Jagd nach Tito. Er hat sich oft geradezu begeistert über das Land geäußert. Das Feldlager seiner Einheit befand sich an einem Bach in einem malerischen Gebirgstal. Sie verbrachten dort schöne Sommerwochen. Der Dienstbetrieb spielte sich hauptsächlich im Freien ab. Kleiner Dienstanzug Badehose, wenn Sie wissen, was ich meine. Die Zelte standen im Schatten von Olivenbäumen. Ab und zu fuhren sie mit ihren Lkws zu den Stränden am nahegelegenen Meer. Die meisten Gebirgsjäger waren braun wie die Neger. Ein Einsatz in Südost war für die Soldaten wie ein Urlaub, verglichen mit der eisigen Ostfront. Die Rettung vor dem sicheren Tod. Griechenland rangierte bei den Männern in der Beliebtheit direkt nach Frankreich."

Lahnstein lachte jovial, warf einen Blick auf seine Armbanduhr und schlug sich auf die Oberschenkel, bevor er aufstand.

„Ich hoffe, ich habe Sie nicht gelangweilt."

Farang rappelte sich vom Sofa hoch.

„Keineswegs", sagte er.

Das war ehrlich gemeint, denn es war nun klar, dass Walfried Lahnstein ins Beuteschema des Falken passte. Farang stand vor der Wahl ihn zu warnen, oder ihn als Köder zu benutzen. Er entschied sich für Letzteres.

Die Begegnung hatte länger gedauert als gedacht, und sie hatte sich fast ausschließlich um Lahnstein Senior gedreht. Der Junior hatte sich keine Sekunde für Surasak Meiers deutsche Wurzeln interessiert. Was Farang angesichts mangelnder Begeisterung über seinen eigenen Vater nicht bedauerte.

Lahnstein brachte ihn zur Tür und schüttelte ihm zum Abschied die Hand noch eine Spur brachialer, als bei der Begrüßung.

„Hat mich gefreut", befand er.

„Ganz meinerseits."

„Und dass ich mich nicht mehr an Ihren Bekannten erinnern kann, tut mir wirklich leid."

„Kein Problem."

„Wie hieß er doch gleich?"

„Achim", sagte Farang und überließ Lahnstein seinem Schicksal.

52

Farang war noch dabei, sich von der Nachhilfestunde in Sachen Wehrmacht zu erholen und wollte gerade in seinen Mietwagen einsteigen, als die deutsche Nationalhymne ihn erneut beglückte.

Es war der berühmte Tropfen, der das Fass endgültig zum Überlaufen brachte und ihn den unumstößlichen Entschluss fassen ließ, den Rufton zu wechseln – auch wenn er nichts mehr hasste, als sich mit dem Menü seines Mobiltelefons beschäftigen zu müssen.

Da er sich wieder auf die suppige Außentemperatur eingestellt hatte und es ausnahmsweise nicht regnete, lehnte er sich gegen die Motorhaube und meldete sich.

„Ich bin jetzt wieder hinter ihm her", sagte Tony Rojana. „Im Moment sind wir in Bang Lamung. Es geht wohl nach Pattaya. Womöglich landen wir direkt vor der Haustür dieses Deutschen und der Falke bietet uns eine Originalhinrichtung."

Tony lachte herzhaft.

„Genau da bin ich gerade", sagte Farang.

„Wo?"

„Bin eben aus der Haustür gekommen."

„Dann bleib mal auf Stand-by. Entweder, wir tauchen in absehbarer Zeit tatsächlich dort auf, oder ich melde mich noch mal und sage dir, wo es langgeht."

„Okay."

Farang trennte die Verbindung und kümmerte sich um den Wechsel des Ruftons, bevor er es sich anders überlegen konnte. Er drückte MENÜ und fand unter den Symbolen ein Zahnrad, hinter dem er zu Recht EINSTELLUNGEN vermutete. Darunter fand er TÖNE und dann RUFTON. Die üppige Auswahl überforderte ihn, und so fackelte er nicht lange und legte die dritte Variante fest, die er sich anhörte. Es war das schrille Klingeln eines uralten Festnetztelefons aus den guten alten Zeiten, als man den Hörer noch in die Gabel legte.

Er überzeugte sich noch einmal, ob alles funktionierte und die deutsche Nationalhymne tatsächlich verstummt war. Dem war so, und er war froh, die Herausforderung ohne Tonys Hilfe bewältigt zu haben.

Bevor er sich darüber klar werden musste, ob er sich weiter im Dampfbad die Füße vertreten oder bei laufender Klimaanlage in den Wagen setzen sollte, nahm Lahnstein ihm die Entscheidung ab. Er kam aus der Drehtür, ließ den Parkplatz links liegen und ging zu Fuß in Richtung Beach Road. Er trug seine Sonnenbrille, hatte das gekrümmte Griffstück eines großen Regenschirms in der rechten Hand und benutzte den zusammengerollten Schirm mit weit ausholender Armbewegung als Spazierstock.

Farang öffnete die Beifahrertür und das Handschuhfach, nahm das Schulterholster mit seiner belgischen Geliebten und wickelte es in den schwarzen Blouson, der auf dem Beifahrersitz lag. Lahnstein einen unbewaffneten Besuch abzustatten, war eine Sache, ihm mit unbekanntem Ziel zu folgen, während der Falke womöglich im Anflug war, eine andere. Farang knotete die Jackenarme locker zusammen und packte das Bündel mit der linken Hand. Dann schlug er mit der rechten die Tür ins Schloss, betätigte die Fernbedienung, und folgte Lahnstein in angemessenem Abstand.

Sobald der dichte Autoverkehr ihm eine Chance bot, überquerte Lahnstein die breite Straße, die am Meer entlangführte, und ging zügig auf der Seeseite in nördliche Richtung. Farang verzichtete darauf, die Straßenseite zu wechseln und nutzte die vorbeifahrenden Fahrzeuge als willkommene Deckung, ohne den Deutschen aus den Augen zu verlieren. Erst als dieser hinunter zum Strand und von dort aus weiter nach Norden wanderte, sah Farang sich gezwungen, mit eleganten Meidbewegungen, die eines Toreros würdig gewesen wären, auf die andere Seite zu wechseln.

Je weiter der Strand vom Zentrum entfernt lag, desto unübersichtlicher wurde der dicht besiedelte Uferstreifen. Viele Ferienanlagen standen während der Regenzeit leer und die dazugehörigen Strandabschnitte waren verlassen. Zwischen den erschlossenen Grundstücken lag Brachland. Schrottreife Boote in Behelfswerften, verlassene Kleingewerbebetriebe in Holzschuppen sowie einfache Wochenendhäuser unter Palmen boten dem Verfolger Schutz. Sie machten es aber auch schwerer, den Verfolgten nicht aus den Augen zu verlieren.

Um auf der sicheren Seite zu sein, war Farang im Begriff, den Abstand zu Lahnstein zu verkürzen, als dieser ein heruntergekommenes Ferienhaus ansteuerte und im Näherkommen einem Thai zuwinkte, der in einem Rollstuhl vor seiner Bleibe saß. Im selben Augenblick pfeilte der schwarze Labrador, der neben dem Behinderten gehockt hatte, auf Lahnstein zu und sprang freudig bellend an ihm hoch.

Farang blieb hinter einem Bootsrumpf, der unter einigen Palmen aufgebockt war, in Deckung und wartete ab. Er nutzte die Gelegenheit, um das Schnellziehholster anzulegen, die Waffe einsatzbereit zu machen und den Blouson überzuziehen. Dabei sah er wie der Deutsche dem etwa gleichaltrigen Thai die Hand schüttelte und ein paar Worte mit ihm wechselte, während der Hund beide schwanzwedelnd umkurvte.

Das leise aber durchdringende Klingeln, mit dem sich sein Telefon meldete, irritierte Farang für einige Sekunden.

Beim zweiten Klingeln meldete er sich.

„Das wird wohl nichts mit dem Treffen vor der Wohnanlage", sagte Tony Rojana. „Wir sind jetzt in Na Klua. Er hat in Strandnähe geparkt und sich zu Fuß zum Meer aufgemacht. Ich hab ihn noch im Blick. Er läuft am Beach entlang Richtung Pattaya."

„Wo etwa?"

Tony versuchte, seinen Standort möglichst exakt zu beschreiben. Da er aus Bangkok gekommen war, also aus Norden, schätzte Farang, dass maximal drei Kilometer Strand zwischen ihnen lagen auf dem sich Lahnstein und der Falke befanden.

„Am besten bleibst du in der Nähe seines Wagens, falls er mir durch die Lappen geht", sagte Farang.

„Er hat übrigens einen gelben Anorak an und trägt einen Köcher am Riemen über der Schulter."

„Einen Köcher ...?"

„Na so eine Lederröhre, in der man ein Stativ transportiert. Ich nehme an, er hat sein Scharfrichterschwert in der Büchse und hoffe, du hast deine Belgierin dabei."

„Ich bin in weiblicher Begleitung", sagte Farang.

53

Kurz nachdem der Falke die Straße verlassen hatte, traf er auf seinem Weg über den Strand auf eine Gruppe Jugendlicher, die Fußball spielte.

Einige schienen bereits die Lust verloren zu haben und befanden sich im Abmarsch. Die anderen folgten ihnen nach und nach in Richtung Straße. Der letzte der Jungs winkte ihm freundlich lächelnd zu und schlug einen Steilpass, den der Falke mühelos erlief und in hohem Bogen zurückflankte. Der junge Thai lachte, klemmte sich den Ball unter den Arm und lief hinter den anderen her.

Der Falke wanderte weiter über den Sand und hielt Kurs auf die Stelle, die er nach sorgfältigen Sondierungen als gut geeignet für sein Vorhaben ansah. Sie lag knapp dreihundert Meter vor einer mit Palmen bestandenen Landzunge, deren wuchtige Felsformationen bis weit ins Meer ragten und den Blick auf den nächsten Strandabschnitt versperrten.

Walfried Lahnstein war ein Mann, der auch im Privaten seiner Routine nachging. Wahrscheinlich die Folge seiner Militärlaufbahn. Einmal die Woche begab er sich in einen Pub, um mit Freunden Darts zu spielen. Einer dieser

Freunde war der Rollstuhlfahrer. Und zweimal die Woche zeigte Lahnstein seine soziale Ader und führte den Hund des Thai spazieren. Immer an den selben Tagen. Immer zur selben Uhrzeit. Dabei nahm er stets die selbe Route. Hin und zurück etwa eine Stunde. Und er war dabei – bis auf den Hund – immer allein.

An den Strandbereich, der vor dem Falken lag, verirrte sich um diese Jahreszeit kaum jemand. Im Juni startete die heiße Regenzeit, die Temperaturen von fünfundzwanzig bis fünfunddreißig Grad Celsius bei neunzig Prozent Luftfeuchtigkeit brachte. Nicht die bevorzugte Urlaubszeit für den Durchschnittstouristen. Und die Anwohner, die sich in einer der wenigen Unterkünfte aufhielten oder im Freien an einem Boot bastelten, waren an besagter Stelle außer Sicht- und Hörweite. Hilferufe oder Schüsse würden zudem von Brandung und Schalldämpfer entschärft werden.

Bei der besagten Stelle handelte es sich um das vor vielen Jahren gestrandete Wrack eines Frachters, das tief im Sand eingesunken vor sich hinrostete. Das Wrack war Ziel und Wendepunkt der Tour, die der Deutsche mit dem Hund unternahm. Bei jeder Gelegenheit umkurvte er die Überreste des Schiffes aufs Neue und beäugte sie, als inspiziere er sie zum ersten Mal. Dabei starrte er zur Brücke hoch und vermittelte den Eindruck, trotz der hohen Bordwand hinaufklettern zu wollen, um das Steuer zu übernehmen. Der Hund hatte sich inzwischen angewöhnt, an einer Lieblingsstelle gegen die Bordwand zu pinkeln.

Als der Falke das Wrack erreichte, war er mit seinem Timing zufrieden. Noch waren Herr und Hund nicht zu sehen. Er hielt sich hinter dem rotbraun korrodierten Rumpf bereit, und es dauerte nicht lange, bis Lahnstein zwischen den Felsen der Landspitze auftauchte, und das freudige Bellen des Labradors durch das Rauschen der auslaufenden Wellen zu hören war.

Schade um den Hund.

Nicht, dass er fürchtete, von dem Tier angegriffen zu werden, aber der treue Gefährte konnte für unnötige Aufmerksamkeit sorgen. Die war zwar durchaus erwünscht – schon allein wegen der Arbeit, die er sich mit der Epistel gemacht hatte – aber bitte nicht zu früh, sonst konnte es riskant werden. Alles sollte geordnet ablaufen.

Erst ein Schuss für den Hund.

Dann die Vergeltung.

Ein Schuss für den Deutschen.

Danach die Arbeit mit der Klinge zum Gedenken an die Enthauptung des legendären Griechen und als Sühne für aufgeschlitzte Frauenbäuche.

Späte Gerechtigkeit, nachdem die Mühlen der Justiz sich in Zeitlupe gedreht und speziell die deutsche letztendlich ein Auge zugedrückt hatte. Bereits im Nürnberger Nachfolgeprozess waren aufgrund von Zeugenaussagen drei der verantwortlichen Offiziere in die Fahndungsliste der Alliierten Kommission für Kriegsverbrechen in London aufgenommen worden, darunter auch Paul Lahnstein. Ende 1947 befasste sich dann ein Gericht in Athen mit dem Massaker und ordnete die Festnahme der Angeklagten an. Es dauerte fünf Jahre, bis das griechische Nationalbüro für Kriegsverbrechen beim Staatsanwalt am Landgericht in Bonn die Strafverfolgung der Gesuchten veranlasste. Punkte der Anklage waren unter anderem: Massenhinrichtungen, Brandstiftung und Plünderung von Häusern sowie Festnahme und Folterung von Zivilisten.

Das war im Herbst 1952.

Danach hatte es erneut fünf Jahre gedauert, bis Aussageprotokolle und Dokumente übersetzt waren und das Verfahren an die Staatsanwaltschaft beim Landgericht München übergeben wurde, wo Lahnstein Senior 1957 lebte. Seine beiden mitangeklagten Kameraden waren für die deutsche Justiz nicht mehr greifbar. Einer galt seit Ende 1944 im Krieg auf dem Balkan als verschollen und war später für tot erklärt worden. Der andere war österreichischer Staatsbürger.

Blieb also nur Paul Lahnstein übrig, dem es gelang, mit Hilfe von Zeugenaussagen treuer Kameraden nachzuweisen, dass er zum fraglichen Zeitpunkt gar nicht in der Nähe des Tatorts stationiert gewesen war. Woraufhin das Verfahren gegen ihn im Frühjahr 1959 eingestellt wurde.

Und dies war nicht nur im Fall Paul Lahnstein so, und nicht nur im Hinblick auf die beteiligten Offiziere. Auch Rangniedrigere waren der Justiz nach endlosen Ermittlungen vom Haken gesprungen.

Grund genug für den Falken, kurzen Prozess zu machen. Er streifte die Gummihandschuhe über und nahm die Walther aus der Tasche seiner Anglerweste, die er unter dem Anorak trug. Er bestückte die Pistole mit dem Schalldämpfer und entsicherte sie. Dann holte er das Schwert aus dem Lederbehälter und zog die Klinge aus der Scheide.

54

Noch während Farang mit Tony telefonierte, hatte der Mann im Rollstuhl Lahnstein eine Hundeleine übergeben.

Kurz danach war er mit seinem Elektrogefährt über eine Blechrampe in seine Behausung gefahren. Als Farang daraufhin seine Deckung hinter dem Bootsrumpf aufgab, waren der Deutsche und der freilaufende Labrador bereits weiter nach Norden unterwegs und verschwanden hinter einer palmenbewachsenen Landzunge, die wie ein kleines Kap ins Meer ragte. Ihre Felsformationen bildeten eine natürliche Barriere, die Farang die Sicht auf den dahinter liegenden Strandverlauf versperrte.

Er hielt sich etwas näher zu den auslaufenden Wellen und schaute dabei aufs Meer hinaus. Ab und zu bückte er sich im Weitergehen, um den muschelsuchenden Strandläufer zu geben. Falls der Thai aus dem Fenster schaute und sich später noch an ihn erinnerte, sollte die Personenbeschreibung möglichst vage ausfallen, wenn er befragt wurde.

In ausreichender Entfernung zum möglichen Zeugen verschärfte Farang sein Tempo, um die Felsen zu erreichen und Lahnstein wieder in den Blick zu bekommen. Seit Übergabe des Hundes war es schwieriger geworden, den richtigen Abstand zu wahren, ohne ungewollt die Aufmerksamkeit des Vierbeiners zu erregen.

55

Ohne Zeit zu verlieren, hatte der Falke alles nach Plan erledigt.

Bevor er aus dem Schatten des Wracks trat und sich auf den Rückweg machte, vergewisserte er sich, ob die Luft rein war. In der Richtung, aus der er gekommen war, war weit und breit niemand zu sehen. Doch in der Gegenrichtung tauchte eine Gestalt zwischen den Felsen auf. Sie blieb kurz stehen und schaute zum Wrack herüber. So weit auf die Entfernung zu erkennen war, schien es sich um einen Mann im mittleren Alter zu handeln, der eine schwarze Windjacke trug.

Der Falke machte sich auf den Rückweg und tat so, als habe er den Mann nicht bemerkt. So lange auch er nur durch die ungefähre Körpergröße und die Farbe seines Anoraks auffiel, war alles noch im grünen Bereich. Selbst wenn der Mann sich das Wrack genauer ansehen und frühzeitig Alarm schlagen sollte.

56

Sobald Farang den weiteren Strandverlauf einsehen konnte, verharrte er einen Augenblick.

Etwa zwei- bis dreihundert Meter voraus lagen die Überreste eines Frachters auf dem Trockenen. Sie glichen einem Fossil, das sich vom Meeresgrund ans Ufer verirrt und das Maul tief in den Sand gegraben hatte.

Von Lahnstein und dem Labrador war nichts zu sehen. Auch vom Falken keine Spur.

Doch dann trat ein Mann hinter dem Wrack hervor. Er wandte Farang den Rücken zu und ging, ohne sich umzusehen, in nördliche Richtung davon. Er trug einen gelben Anorak und hatte den Lederköcher bei sich, den Tony erwähnt hatte.

Farang setzte sich wieder in Bewegung.

So lange der Falke nicht losrannte, hatte er nicht vor, den Verfolger zu geben. Ein Schuss war auf die Entfernung sinnlos, und auf ein Laufduell im Sand mit unsicherem Ausgang, war er nicht scharf. So lange er als flott ausschreitender Strandwanderer durchkam, brannte nichts an.

57

Der Falke zwang sich, zügig voranzukommen, aber nicht zu laufen, um keinen unnötigen Verdacht zu erregen.

Als er auf diese Weise einige hundert Meter hinter sich gebracht hatte, riskierte er einen Blick über die Schulter, um Herr der Lage zu bleiben. Der Mann in der Windjacke hatte das Wrack erreicht. Blieb abzuwarten, wie er sich verhielt. Wenn er ein Mobiltelefon dabei hatte, was sehr wahrscheinlich war, würde er wohl die Polizei rufen und in der Nähe des Wracks bleiben. Das war in Ordnung.

Alles viel zu früh, aber solange der Mann nicht versuchte, ihm zu folgen, kein Problem.

58

Lahnsteins Kopf hatte ein Einschussloch in der Stirn, lag in Brusthöhe neben dem enthaupteten Körper, und diente als Briefbeschwerer für die Epistel.

Der Kopf war in einen Klarsichtplastikbeutel verpackt. Der Brief steckte in einer Klarsichthülle. Regenschirm und Hundeleine befanden sich neben den ausgestreckten Beinen. Die Sonnenbrille war mit zusammengefalteten Bügeln auf dem Bauch deponiert. Alles in allem das Werk eines akkuraten Systematikers. Der Labrador lag etwas abseits, direkt an der Bordwand, die er offenbar noch angepinkelt hatte, bevor es ihn erwischte.

All das registrierte Farang wie im Zeitraffer. Dabei blieb sein Blick länger als gewollt an Bleistift, Kugelschreiber und Notizblock hängen, die aus der Brusttasche des Enthaupteten ragten.

Er mahnte sich zur Eile.

Es ging um den Falken!

Hier gab es nichts mehr zu tun – außer die Epistel an sich zu nehmen. Dank des zugeknoteten Plastikbeutels blieb Farang der Griff in die schütteren Haare erspart. Lahnsteins Schädel war leichter als gedacht. Behutsam setzte er ihn wieder im Sand ab.

Als er sich aufmachte, war der Falke bereits außer Sichtweite. Die Fußspuren, die er hinterlassen hatte, waren jedoch noch gut zu erkennen. Farang blieb nichts anderes übrig, als ihnen zu folgen – und zwar im Laufschritt. Er quälte sich, so gut er konnte. Gute Beinarbeit beim Boxen war eine Sache. Kondition für einen Mittelstreckenlauf eine andere.

Sobald er die Stelle erreichte, an der diverse Fußspuren den Sand geradezu zerpflügt hatten, war er dankbar, Grund für eine Pause zu haben. Er blieb stehen, rang nach Luft und sah sich um. Er wusste nicht genau, welche Aktivität hier stattgefunden hatte. Der Strand sah jedenfalls wie ein verlassenes Sportfeld aus. Nicht nur eine, sondern mehrere Spuren führten von hier sowohl weiter am Meer entlang, als auch durch Felsen und Grünzeug zu den naheliegenden Straßen des Wohngebiets.

Farang sortierte seine Optionen.

Der Falke konnte die eine oder die andere Richtung eingeschlagen haben. Wenn er Lunte gerochen hatte und direkt hier zwischen den nahen Häusern untergetaucht war, bestand kaum eine Chance, ihn zu finden. Da er jedoch weiter nördlich geparkt hatte, war zu hoffen, dass er sich sicher fühlte und im Schutz des Uferbuschwerks zu seinem Wagen zurückkehrte. Außerdem befand sich Tony dort. Dem Falken noch nahe genug zu kommen, um einen gezielten Schuss auf ihn abzugeben, war illusorisch. Aber mit etwas Glück konnten sie sich mit dem Lexus im Windschatten des Dacia halten.

59

Der Falke betrachtete den Dacia als verbrannt.

Nachdem der Mann in der schwarzen Windjacke sich an seine Fersen geheftet hatte, kam der Wagen als Fluchtvehikel nicht mehr in Frage. Auch wenn er ihn mit Sicherheit erreicht hätte, bevor sein Verfolger eintraf, wäre klar gewesen, womit er unterwegs war. Es gab andere Möglichkeiten, sich fortzubewegen, die dem Verfolger nicht in die Hände spielten. Er konnte froh sein, dass er nicht einfach stur zu seinem Wagen zurückgelaufen war. Stattdessen hatte er dort, wo die Kids Ball gespielt hatten und ihm selbst noch kurz zuvor eine gute Flanke gelungen war, eine Denkpause eingelegt. Im Schutz der Felsen und des anrainenden Buschwerks hatte er das Wrack beobachtet, bis klar war, woher der Wind wehte.

Der ungebetene Zeuge blieb ihm auf den Fersen.

Der Falke ließ die dritte Seitenstraße hinter sich und erreichte die Hauptstraße. Es dauerte nicht lange, bis er ein Taxi fand, und sich auf den Rückweg nach Bangkok machte. Auf dem Rücksitz hatte er genug Zeit, sich Gedanken zu machen. Er putzte seine Brille und dachte nach.

Wer zum Teufel war der Typ?

Und wo war ihm ein Fehler unterlaufen, der ihn auf seine Spur gebracht hatte?

Im Moment hatte der Falke keine Antworten darauf. Stattdessen beschlich ihn das Gefühl, durch eine Unachtsamkeit eine vakuumdichte Verpackung beschädigt zu haben.

Blieb zu hoffen, dass es unbestraft blieb.

60

„Keine Spur von ihm bislang", sagte Tony Rojana. „Aber dich kann ich jetzt sehen."

„Mist!"

Damit beendete Farang das Telefonat und legte den Rest der Strecke zum Lexus zurück. Tony war inzwischen ausgestiegen und erwartete ihn.

„Er hat mich wohl gesehen und sich rechtzeitig in die Büsche geschlagen", sagte Farang. „Wahrscheinlich ist er über alle Berge."

Dann berichtete er kurz über Lahnsteins Schicksal.

„Lass uns zum Nest des Falken fahren, so lange er sich dort noch sicher fühlt", sagte Tony. „Mich scheint er jedenfalls noch nicht auf dem Radar zu haben."

„Wir müssen noch meinen Wagen holen, bevor die Meute in Lahnsteins Alterssitz einfällt."

Farang stieg in den Lexus ein.

Tony nickte, ging zum Wagen des Falken und machte sich an einem der Vorderreifen zu schaffen.

„Ich hab ihm einen Platten verpasst", sagte er, als er sich hinters Steuer setzte und losfuhr. „Für den Fall, dass er sich doch noch in der Gegend rumtreibt und abwartet, bis die Luft rein ist."

Farang schwieg.

„Hab mir für alle Fälle mal das Kennzeichen notiert", fuhr Tony fort, „aber da mache ich mir keine große Hoffnung. Gegen Cash bekommst du in Chinatown alles. Der macht keine groben Fehler."

Farang nickte und zeigte die Klarsichthülle mit der Epistel vor.

„Ich habe schon mal die Korrespondenz sichergestellt."

Tony ließ ihm ein Grinsen zukommen.

„Dann lies mal vor!"

„In Griechisch ...?"

„Sorry ... wir brauchen wohl jemanden, der uns das übersetzt."

„Ich hab da schon eine Idee."

Da Farang nicht deutlicher wurde, ließ Tony es auf sich beruhen und wechselte das Thema.

„Ich hab Bobby angerufen und seelisch darauf vorbereitet, dass er heute zur Abwechslung mal alleine für die Bar zuständig ist."

„Danke."

Tony hatte noch die CD mit Marc Anthony im Player und setzte das Programm mit *No Me Conoces* fort.

„Stört dich doch nicht?"

Farang schüttelte den Kopf.

„Aber die Klimaanlage kannst du etwas runterregeln. Ich bin nass geschwitzt."

Tony kam der Bitte nach, und da sich der nächste Wolkenbruch entlud, schaltete er gleich die Scheibenwischer ein.

„Als er zum Strand runter ist, habe ich für alle Fälle ein paar Aufnahmen mit dem Teleobjektiv von ihm gemacht", sagte er. „Damit du ihn auch wiedererkennst, wenn er dir beim nächsten Mal begegnet und ich nicht dabei bin. Er wird nicht immer mit gelbem Anorak und Lederköcher rumlaufen, um sich auszuweisen."

Farang bedankte sich mit einem Nicken.

„Das größte Problem, das wir jetzt haben, ist der scheiß Verkehr", sagte Tony.

„Das hat unser Vogel auch", antwortete Farang.

61

Der Falke kannte sich bestens im Labyrinth der Wasserwege Bangkoks aus.

Bei der ersten Gelegenheit zahlte er den Taxifahrer aus und heuerte ein Speed-Boat an, das ihn in Rekordzeit an seinen heimischen Steg brachte. Normalerweise hätte er weder einen Chauffeur noch einen Bootsführer bis vor die Haustür seines Unterschlupfs fahren lassen. Doch seine Mission in Thailand war erfüllt, und er hatte so oder so vorgehabt, aufzubrechen. Den Verzicht auf den Dacia konnte er verkraften. Er hatte noch sein Boot, um die erste Etappe des geordneten Rückzugs hinter sich zu bringen.

Während das Speed-Boat davondonnerte, musterte er das Haus und die Zufahrt. Es war nichts Auffälliges zu sehen. Wieso auch? Der Auftritt des Windjackenträgers hatte nicht nach einer gezielten und breit angelegten Aktion ausgesehen. Sie hatten nichts gegen ihn in der Hand. Keine Fingerabdrücke, keine Zeugen, und in einer internationalen Fahndungsliste stand er auch nicht.

Und doch musste es einen Grund geben, warum jemand ausgerechnet zu diesem Zeitpunkt das Wrack aufgesucht hatte – und ihm dann auch noch nachgerannt war. Dieser Jemand musste Lahnstein gefolgt sein.

Der Deutsche war das Loch in der Vakuumhülle.

Vielleicht auch nicht.

Es gab auch so etwas wie unbeteiligte Zeugen mit Zivilcourage.

Grübeln half nicht. Es gab keinen Grund, den sorgfältig geplanten Abgang zu überhasten. Er befreite das Boot von der Regenplane, überzeugte sich, dass der Außenbordmotor ansprang und stellte ihn wieder ab. Den Behälter mit dem Daab ließ er im Boot, die Walther hielt er schussbereit neben dem Oberschenkel, als er zum Haus ging. Er machte noch einen Abstecher in die Zufahrt und warf einen Blick die Zufahrtsstraße hinunter.

Nichts.

Im Haus warteten ebenfalls keine Überraschungen auf ihn, und er nahm eine Dusche. Da er bereits am frühen Morgen das Wichtigste zusammengepackt hatte, gab es keinen Grund, sich noch lange in seiner Bleibe aufzuhalten. Wehmütig sah er sich noch einmal um. Er hatte sein kleines Refugium schätzen gelernt. Für ihn war es eine Art Kloster gewesen, in dessen Schutz er sich wie ein Mönch zurückziehen konnte. Hier hatte er seine Episteln verfasst.

Bevor er endgültig aufbrach, nahm er noch die fünf kleinen Goldbarren, die ihm geblieben waren, aus dem Versteck im Schlafzimmer. Jeder eine Unze schwer und je nachdem um die tausend Euro wert. Wobei *schwer* das falsche Wort war. Sie waren leicht und klein. Das machte sie so nützlich. Man musste nicht Grieche sein und die Finanzkrise am eigenen Leib erlebt haben, um zu dieser Erkenntnis zu kommen. Es gab noch andere praktische Erwägungen, sich auf diese Art zu finanzieren. Auch in diesem Punkt hatte er das Erbe seiner Mutter angetreten. Sie wusste, was harte Zeiten waren und wie man sich organisierte, um zu überleben. Sie hatte ihm eine kleine Sammlung der Goldstücke überlassen, und er hatte wann immer es ihm möglich war, neue dazugekauft. Es waren nicht viele gewesen, aber bislang war er gut damit gefahren. Schon die alten Ägypter hatten Gold den „Atem der Götter" genannt.

Er verließ das Haus, schloss ab und legte den Schlüssel unter die Verandatreppe, wie er es mit seinem Mittelsmann verabredet hatte. Er nahm Rucksack und Reisetasche, ging zum Boot und warf den Außenborder an. Nachdem er die Leinen losgemacht hatte, fuhr er gemächlich auf den Klong hinaus und nahm Kurs auf die Innenstadt. Es war an der Zeit, wieder in der Menge unterzutauchen.

Als der Falke die Mitte des Kanals erreichte, versenkte er das Schwert im Wasser und wenig später warf er auch den Lederköcher über Bord.

62

Der Lexus bog von der Stichstraße ab und fuhr im einsetzenden Zwielicht unter das Dach des ehemaligen Bootshauses.

Farang folgte ihm auf das Brachland und parkte neben Tonys Wagen. Er war froh ihn nicht verloren zu haben.

Der Übergang von Tageslicht zur Dunkelheit war in diesen Breiten kurz. Aber nicht nur wegen der einbrechenden Dämmerung und der für ihn unbekannten Gegend hatte Farang Mühe gehabt, den Leithammel nicht aus den Augen zu verlieren. Tony fuhr wie ein Henker. Wann immer sich eine Gelegenheit bot, die im Stau vergeudete Zeit wieder gut zu machen, bekam er den Bleifuß.

Farang stieg aus, ging zur Fahrerseite des Lexus und wartete darauf, dass Tony ausstieg. Der legte jedoch nur den Gurt ab und öffnete höflichkeitshalber die Tür. Im Sitzen angelte er nach etwas, das sich unter seinem Sitz befand. Bei Tonys Größe und Körperfülle war das kein leichtes Unterfangen. Als er kurz darauf einen Verbandskasten in der Hand hielt, machte sich Farang schon Sorgen. Doch Tony präsentierte ihm das Plastikköfferchen mit dem roten Kreuz mit einem verschmitzten Lächeln.

„Die offizielle Version befindet sich im Kofferraum", sagte er. „Für Verkehrskontrollen und Erste Hilfe. Der hier ist für spezielle Notfälle."

Er nahm den Verbandskasten auf den Schoß, öffnete ihn und entnahm ihm eine 45er Colt.

Farang enthielt sich eines Kommentars. Früher hatte Tony Revolver bevorzugt. Aber eine Halbautomatik vom Kaliber 11,4 Millimeter war auch nicht zu verachten. Angeblich konnte man damit Wasserbüffel umlegen.

Tony stieg aus, steckte die Pistole über dem Gesäß in den Hosenbund und grinste Farang an.

„Es ist ja inzwischen allgemein bekannt, dass mein Kofferraum kein Waffenlager mehr ist."

Trotzdem öffnete er ihn. Aber nur, um eine Stablampe und ein Stemmeisen an sich zu nehmen.

„Meinst du nicht, die Pistole reicht?", fragte Farang mit Blick auf das Stemmeisen.

„Und wenn er nicht zu Hause ist? Soll ich die Haustür aufschießen?"

Wo Tony recht hatte, da hatte er recht.

Sie liefen die Straße entlang, bis sie das Nest des Falken im Blick hatten. Es war fast dunkel, aber in den Fenstern des kleinen Hauses war kein Licht zu sehen. Nur die Außenbeleuchtung brannte schwach und tapfer. Wahrscheinlich Dank eines Sensors. Der offene Garagenplatz war verwaist. Vorsichtig pirschten sie sich auf das Grundstück und bis auf die Veranda. Sie postierten sich mit gezogenen Waffen beiderseits der Haustür.

„Wir wollen höflich bleiben", flüsterte Tony.

Er schlug zweimal mit der geballten Faust gegen die Tür und wurde lauter.

„Jemand zu Hause …?"

Keine Reaktion.

Tony exerzierte das Ganze noch einmal durch.

Ohne Erfolg.

Er setzte das Stemmeisen an und brach die Tür auf, als sei er auf Einbrüche spezialisiert. Auch daraufhin tat sich nichts im Inneren des Häuschens.

Gebückt tastete Farang nach dem Lichtschalter und knipste die Dielenlampe an. Trotz der Festbeleuchtung eröffnete niemand das Feuer, und so konnten sie sich mit der gebotenen Vorsicht davon überzeugen, dass der Vogel ausgeflogen war. Sie durchsuchten, was zu durchsuchen war und fanden nichts.

„Der kommt nicht mehr zurück", sagte Tony.

Farang nickte.

Sein Blick fiel auf ein Longdrinkglas, das im Küchenregal stand und dessen Dekor seine Aufmerksamkeit erregte.

Er sah es sich genauer an.

Eine kleine dicke Witzfigur riss die Arme hoch und streckte wie im Triumph beide Zeigefinger aus. Die Figur war rot und hatte blaue Haare. Neben ihr war eine große blaue Eins zu sehen. Neben der Zahl standen Wörter in griechischen Buchstaben. Vermutlich Reklamesprüche.

„Japanische oder britische Mieter lassen so etwas wohl eher nicht zurück", sagte Farang und gab das Glas an Tony weiter.

Tony sah es sich an und ließ ein zustimmendes Brummen hören.

„Sieht nach einem Souvenir aus", sagte er. „Wahrscheinlich in einer Taverne geklaut. Den Text sollten wir ebenfalls übersetzen lassen. Oft sind es die unterschätzten Kleinigkeiten, die Licht in die Sache bringen."

Farang steckte das Glas in die Innentasche seines Blousons. Sie schalteten die Beleuchtung aus, klemmten die Haustür notdürftig zu und blieben einen Augenblick auf der Veranda stehen.

Jenseits des Kanals warf die Metropole schwaches Licht in den wolkenverhangenen Himmel. Im Schein der Stablampe begaben sie sich zum Ufer und inspizierten den leeren Holzsteg.

„Ich wette, er ist mit einem Boot davongeschippert", sagte Tony.

63

„Das ist alles, was ihr zu bieten habt?"

Bobby Quinn nahm das Glas von Farang entgegen, hielt es hoch und sah es sich genauer an. Das Ganze hatte etwas von Eulen nach Athen tragen. Ein Glas für Longdrinks war in einer Bar nichts besonderes. Es sei denn, es kam aus besagter Stadt.

„Griechisch", gab Bobby seine Expertise ab.

„Ach, tatsächlich …?", lästerte Tony.

Sie saßen auf einen späten Drink in der *Darling Bar*. Noch war nicht Feierabend, und Bobby legte zu Tonys Verdruss den Habitus eines Unternehmers an den Tag, der in Abwesenheit seines Partners den dreifachen Umsatz erzielte.

Farang legte die Klarsichthülle mit der Epistel auf den Tresen.

„Das haben wir auch noch zu bieten."

Bobby beäugte die fremdsprachige Botschaft mit der Intensität eines Schmetterlingssammlers.

„Schon besser", gab er zu und stellte kritisch fest: „Das muss aber erst mal übersetzt werden."

„Was du nicht sagst …?", ätzte Tony.

„Ich setze da ganz auf die inoffizielle Hilfe der Griechischen Botschaft", sagte Farang.

Bobby konnte sich das Grinsen nicht verkneifen.

„Pass auf, dass du dir dabei nichts einklemmst", riet Tony dem Eurasier.

„Er ist euch also durch die Lappen gegangen."

Bobby tat so, als sei das nur passiert, weil er nicht dabei gewesen war.

„Und dieser Deutsche ist auch tot", setzte er noch drauf.

Tony schlug mit der flachen Hand auf den Tresen.

„Jetzt krieg dich mal wieder ein mit deinem Genörgel."

Bobby lächelte zufrieden.

Tony sammelte sich, sah Farang fest entschlossen an und sagte: „Du kümmerst dich morgen gleich als erstes um die Übersetzung, und ich mich um die Immobilienagentur."

Farang nickte.

Bobby tat beleidigt.

„Und ich …?"

„Du schmeißt den Laden hier einfach weiter", ordnete Tony an. „Das kannst du doch so gut."

64

Thea Tsavakis musterte das dicke Witzfigürchen mit den blauen Haaren, das mit hochgerissenen Armen und ausgestreckten Zeigefingern auf den Slogan neben sich aufmerksam machte.

Neben der Figur stand eine große *1* in Blau.

Über der Zahl stand *σπανός*.

Darunter *και μοναδικός*.

„Das hier bedeutet so viel wie: *Spanós ist die Nummer eins und einzigartig*", sagte sie zu Farang.

Sie drehte das Glas herum und inspizierte, was auf der anderen Seite zu lesen war.

ΓΙΑΤΙ

ΤΑ

ΔΩΔΕΚΑΝΗΣΑ

ΕΙΝΑΙ

Ο

ΤΟΠΟΣ ΜΑΣ

„Und hier steht: *Weil der Dodekanes unsere Heimat ist.*"

Farang hatte nicht den Eindruck, dass die Übersetzung ihn in der Sache weiterbrachte und machte ein entsprechendes Gesicht.

„Spanós ist eine Supermarktkette mit Hauptsitz auf Rhodos in der Präfektur Dodekanes, einer Inselgruppe im Südosten der griechischen Ägäis, zu der auch Kos, Kalymnos und Patmos gehören. Dodekanes bedeutet: Zwölf Inseln."

Farang schwieg ratlos.

„Vielleicht kommt der Gesuchte aus der Gegend", sagte Thea aufmunternd.

„Vielleicht."

„Warum sollte er sonst ein derartiges Andenken mit sich herumschleppen? Entweder ist er Lokalpatriot, oder er war da mal und verbindet gute Erinnerungen mit der Gegend."

„Oder einem der Supermärkte", sagte Farang sarkastisch.

Thea blieb gelassen. „Ganz recht."

„Und welche der zwölf Inseln kommt dafür infrage?"
„Ich bin keine Hellseherin."

Thea stellte das Glas auf den Nachttisch und widmete sich dem, was sie sich als Gegenleistung für ihre Übersetzungskünste ausbedungen hatte.

Farang hatte sie gegen Mitternacht angerufen und beim feuchtfröhlichen Ausklang eines Empfangs in der nahegelegenen Residenz eines skandinavischen Botschafters erwischt. Sie hatte seine Entschuldigungen für die späte Störung und die Erklärungsversuche für die Dringlichkeit der Angelegenheit kurzerhand abgewürgt und war wenig später in seinem Hotel aufgetaucht, genauer gesagt: in seiner Juniorsuite.

Inzwischen war es gegen zwei Uhr, und sie war noch nicht müde.

65

Der Falke verbrachte die Nacht in einem Mittelklassehotel in der Nähe des Hauptbahnhofs Hua Lamphong.

Er hatte vergessen, die Vorhänge zuzuziehen, und so tauchte das Licht der Neonreklamen sein Gesicht im steten Rhythmus in Grün, Rot und Blau. Es störte ihn nicht. Er schlief fest und traumlos. Bevor er sich hingelegt hatte, war er in Gedanken noch einmal alles durchgegangen und zu dem Schluss gelangt, dass es keinen Grund gab, von seinen Plänen abzuweichen.

Am frühen Morgen traf er sich in Chinatown mit dem

Mittelsmann, der ihm bereits bei der anonymen Anmietung von Haus und Wagen behilflich gewesen war. Diesmal gab er eine internationale Expresskuriersendung mit sauberen Begleitpapieren in Auftrag. Das Ganze kostete ihn mehr, als er eingeplant hatte. Es beunruhigte ihn jedoch nicht weiter, denn er wusste, wo er seine Barreserven wieder aufstocken konnte.

66

EPISTEL FÜNF
in der ich Euch berichte:

Im Mai 1688 führt das Misstrauen und der Hass, den die hohen Beamten am Königshof von Ayutthaya seit langem gegen Phaulkon pflegen, zu einer Verschwörung.

König Narai ist schwer erkrankt und verliert die Kontrolle über das Geschehen am Hof. Man verbreitet das Gerücht, im Falle seines Ablebens habe der Grieche vor, mit Hilfe des königlichen Schwiegersohns und unterstützt durch die Franzosen, die Macht an sich zu reißen.

Der Mann, der die Feinde Phaulkons anführt, ist Phra Phetracha. Der General hat das Kommando über die königlichen Elefanten. Er lockt den Griechen in den Palast, weil der König angeblich nach ihm gerufen hat. Dort schnappt die Falle zu. Die Leibwächter Phaulkons werden entwaffnet. Er selbst wird in eine Zelle eingesperrt, in der man ihn zwei Wochen lang foltert.

Zwei Tage nach der Verhaftung des Griechen ordnet Phra Phetracha gegen den Willen des Königs an, Narais Schwiegersohn zu enthaupten. Den Kopf des Hingerichteten lässt er Phaulkon vor die Füße werfen.

„Da hast du deinen König!", höhnt der neue Machthaber.

Nur wenig später, am 5. Juni, 1688 wird auch der Kopf des Griechen fallen.

Er ist nur 41 Jahre alt.

Nach dem Tod Phaulkons werden die beiden Brüder des Königs in rote Samtsäcke gesteckt und mit Knüppeln aus Sandelholz erschlagen, um das Vergießen königlichen Blutes zu vermeiden. König Narai stirbt bald darauf am 11. Juli 1688.

Damit erlangt Phra Phetracha endgültig die Herrschaft in Ayutthaya.

So geschehen im Jahr 1688 in Siam.

Der Falke

67

„Ich will gar nicht erst fragen, wie du so schnell an die Übersetzung gekommen bist", sagte Tony Rojana.

Farang schenkte sich die Antwort.

„Nachtarbeit!", stellte Bobby Quinn vieldeutig fest.

„Wie dem auch sei. Damit schließt sich der Kreis der Berichterstattung", kommentierte Tony den Inhalt des Textes, den Thea beim Frühstück für Farang übertragen hatte.

Bobby war ausnahmsweise der selben Meinung.

„Von der Hinrichtung über die wichtigsten Stationen im Leben des Griechen bis zurück zu seiner Hinrichtung. Für mich sieht das so aus, als hätte der Falke seine Serie damit beendet."

„Könnte gut sein", sagte Farang.

Er hatte zur Lagebesprechung gebeten. Diesmal fand das Treffen in der Lobby seiner Herberge statt. Zwar war Thea bereits vor zwei Stunden gegangen, aber das Zimmermädchen war noch nicht durch, und ihm war keinesfalls daran gelegen, seinen beiden Freunden ungewollt Indizien für den Verlauf der Nacht zu liefern.

„Thema eins ist diesmal Kommando und Verantwortung."

Damit rief Tony die übliche Analyseroutine auf.

„Es geht um befehlshabende Offiziere, den General in Ayutthaya und Walfried Lahnstein, beziehungsweise seinen Vater."

Mit einem Blick forderte er den Eurasier auf, das zweite Thema beizusteuern.

„Hinrichtung der Nachkommen, die als Thronnachfolger infrage kommen", sagte Farang. „Auslöschung einer ganzen Familie oder Dynastie."

„Auslöschung einer Familie", wiederholte Bobby. „Das ist der Kern des Ganzen. Egal welches Brimborium er drum herum macht. Der Mann schreibt seinen eigenen Roman. In Worten und Taten. Und er ist nicht daran interessiert, ob es ein Bestseller wird. Man könnte es auch ein persönliches Tagebuch oder eine Art Buchhaltung nennen."

„Du scheinst ja Sympathien für ihn zu hegen."

Tony machte keinen Hehl aus seinem Argwohn, aber Bobby blieb ruhig.

„So weit würde ich nicht gehen. Was seine Motivation angeht, habe ich ein gewisses Verständnis. Aber was die Aktion angeht eher nicht. Ich war G.I., und ich kenne die Gesetze, die im bewaffneten Kampf gelten: Notwendigkeit, Unterscheidung und Verhältnismäßigkeit heißen die drei Regeln."

„Und was ist mit der Motivation?", hakte Tony nach.

„Was verbindet die Deutschen mit den Griechen? Unter anderem die Massaker, die deutsche Soldaten in Griechenland begangen haben. Wie dir nicht entgangen sein wird, habe ich mich erst vor kurzem mit unseren eigenen Kriegsverbrechen in Vietnam beschäftigt. Bevor wir Amerikaner die Krauts mit dem Ende des Zweiten Weltkriegs aus dem Verkehr gezogen haben, waren sie die Champions in dieser Disziplin."

Er räusperte sich, bevor er fortfuhr.

„Es gibt allerdings einen entscheidenden Unterschied: Die US-Massaker wurden nicht von höchster Stelle befohlen und über die Befehlskette weitergegeben."

„Da hast du aber gerade noch die Kurve gekriegt", brummte Tony.

Farang hatte genau zugehört und hielt den Mund.

„Die Vergangenheit ist niemals tot", stellte Bobby fest. „Sie ist nicht mal Vergangenheit."

„Das hast du aber schön formuliert", servierte Tony mit mildem Sarkasmus.

Bobby grinste. „William Faulkner."

„Ich fürchte, mit hehren Motiven wird sich meine Auftraggeberin nicht zufrieden geben", meldete sich Farang wieder zu Wort.

„So wie ich das sehe, bist du arbeitslos", sagte Bobby. „Das war der letzte Mord."

„So lange er im Land ist, gibt es dafür keine Garantie", sagte Farang. „Wir wissen doch nicht einmal, warum er seinen Rachefeldzug ausgerechnet in Thailand durchzieht."

Er sah Tony an.

„Schon was in der Presse?"

„Bislang noch nichts. Entweder haben sie den Deutschen noch nicht gefunden oder sie halten sich noch bedeckt."

Farang bezweifelte, dass der Mann im Rollstuhl noch immer geduldig auf die Rückkehr seines Hundes wartete und das Personal der Seniorenresidenz Lahnstein nicht ebenfalls vermisste.

„Was ist mit der Immobilienagentur?"

„Fehlanzeige", sagte Tony mürrisch. „Er hat das alles über einen Mittelsmann aus Chinatown abwickeln lassen, dem nachzuspüren keinen Sinn macht. Die selbe Nummer, die ich schon bei seinem Wagen vermutet habe."

„Was ist mit Imelda?"

Bobbys Frage war Farang ein Achselzucken wert.

„Sie hat sich noch nicht gemeldet, um mir das nächste Opfer vorzurechnen, das ich auf dem Gewissen habe."

68

Am Nachmittag bestieg der Falke den Nachtzug nach Butterworth.

Kurz bevor er das Hotel verließ, hatte er zum letzten Mal die Fernsehnachrichten gecheckt. Noch schien es keine Meldungen zum Tod des Deutschen zu geben. Wahrscheinlich brüteten die Behörden mal wieder über ihrer Version der Dinge, mit der sie vor die Presse zu treten gedachten. Ob der Mann, den er abgeschüttelt hatte, einer der ihren war oder nur ein hartnäckiger Zeuge mit Zivilcourage, war letztendlich ziemlich egal.

Der Falke fand das gebuchte Schlafwagenabteil der Zweiten Klasse und grüßte die Mitreisenden höflich. Noch waren die Betten zu gepolsterten Sitzbänken zusammengeklappt. Gut tausend Kilometer lagen vor ihm. Es würde knapp vierundzwanzig Stunden dauern, bis er sie hinter sich gebracht hatte. Es war eine lange Reise, aber der damit verbundene Grenzübertritt hatte seine Vorteile.

Auch wenn der Falke sich so gut wie sicher war, nach wie vor ein Unbekannter für die Ermittler zu sein, galt es, die Personenkontrollen größerer Flughäfen zu vermeiden. Zumindest in dem Land, in dem er fünf Leichen zurückließ.

69

„Als man den Mann in Pattaya fand, haben *wir alle* gehofft, du hättest den Epistelschreiber aus dem Verkehr gezogen", eröffnete Imelda das Telefonat.

Es war ein Anruf, auf den Farang gerne verzichtet hätte. Mit „wir alle" legte Imelda die Latte ziemlich hoch. Sie tat so, als habe er die Hoffnung der kompletten Regierung enttäuscht und nicht nur ihr Brüderchen – und natürlich sie selbst.

„War auch knapp", sagte er.

„Knapp …", höhnte sie. „Was soll das bedeuten?"

„Dass ich ihm auf der Spur bin."

„Das reicht nicht."

„Wäre es dir lieber, wenn ich ihm noch nicht so dicht auf der Pelle säße?"

„Mir wäre lieber, er wäre tot!"

„Mir auch."

„Und?"

„Ich arbeite dran."

„Das ist ja wohl das Mindeste."

Damit trennte sie die Verbindung.

Farang lächelte still vor sich hin. Wenn Imelda gehofft hatte, er würde die Nerven verlieren, war sie schief gewickelt.

Er ging zum Fenster und starrte in den Monsunregen, der die schwammigen Konturen der Metropole in einem Meer aus bunten Lichtern zerfließen ließ.

Wo zum Teufel war der Falke?

Vielleicht schon über alle Berge.

Und womöglich gar nicht mehr in Thailand.

Wenn dem so war, würde es hierzulande keine weiteren Epistelmorde mehr geben. Der Druck auf Imeldas kleinen Bruder würde nachlassen, und sein politisches Überleben wäre damit so gut wie sicher. Und Bobby würde Recht behalten, denn Farang wäre seinen Auftrag los.

Aber so lange es keinen Beweis für den Verbleib des Falken gab, war das alles Wunschdenken. Wenn der Teufel es wollte, baute er sich ein neues Nest in Chiang Mai oder auf Phuket und erledigte seine Beute von dort aus.

Was also tun? Den Frust in der *Darling Bar* ertränken? Sich von Thea trösten lassen? Oder einfach nur schlafen und fit in den neuen Tag starten?

Mit einem Gähnen entschied sich Farang für die letzte Variante.

70

An der Grenze zu Malaysia musste der Falke mit den anderen Passagieren den Zug verlassen.

Bislang war die Reise ruhig und angenehm verlaufen. Bei Tageslicht bot die Eisenbahnstrecke Ausblick auf beeindruckende Landschaften, und in der Nacht hatte er gut geschlafen. Zwar war es im Schlafwagen sehr kühl, aber da er in einem der unteren Betten lag, boten das Bett über ihm, seine Zudecke und der Vorhang vor seinem Lager genügend Schutz gegen die Klimaanlage. Der Vorhang hatte sogar etwas Heimeliges, denn er erinnerte ihn an die türkisfarbene Lieblingsbluse seiner Mutter.

Als er nach all den Stunden ausstieg, verspürte der Falke eine leichte Anspannung, doch die Einreiseformalitäten stellten sich als harmlos heraus. Die Grenzhüter beider Länder saßen im selben Gebäude, und so musste er nur eine kleine Runde drehen, um sich die beiden Stempel im Pass abzuholen. Danach stieg er wieder in den Zug und wartete, bis auch der letzte Passagier zur Weiterreise an Bord war.

Alles in allem hatte der Aufenthalt nicht einmal eine halbe Stunde gedauert.

71

Zum Frühstück servierten die Medien Farang die Berichterstattung über Lahnsteins Ermordung auf allen Kanälen und in allen Tageszeitungen.

Die Behörden hatten die Pressekonferenz dazu genutzt, das Fehlen der üblichen Epistel als einen Hoffnungsschimmer auszugeben, der für das Ende der Mordserie sprach. Farang deutete es als den verzweifelten Versuch, so etwas wie Optimismus zu verbreiten. Imeldas Brüderchen stand das Wasser nicht nur bis zum Hals, es stand ihm inzwischen bis zur Unterlippe. Aber die Journaille griff die Steilvorlage dankbar auf und spekulierte haltlos vor sich hin.

Den Großteil des Tages verbrachte Farang damit, dem Mittelsmann oder den Mittelsmännern auf die Spur zu kommen, die den Falken bei der Anmietung von Haus und Wagen vertreten hatten. Nachdem er Mietwagenfirma und Immobilienagentur aufgesucht und einige zusätzliche Telefonate geführt hatte, musste er sich eingestehen, dass Tonys Vorarbeit und dessen negativem Befund nichts hinzuzufügen war.

Selbst die Drinks zur Happy Hour in der *Darling Bar* und Thea, die am späten Abend bei ihm im Hotel vorbeischaute, konnten Farang nicht von dem Gefühl befreien, in einer Sackgasse zu stecken.

72

Tony Rojana mochte es gar nicht, beim Frühstück gestört zu werden. Als es klingelte und summte, griff er trotzdem zum Mobiltelefon, das neben der Suppenschüssel lag.

Der Anrufer war John Liaw.

Und da ihn der Chinese niemals ohne triftigen Grund zu so früher Stunde belästigen würde, begrüßte Tony ihn betont freundlich und tat so, als gehöre es zur bestens gepflegten Routine, über der Frühstückssuppe mit ihm über wichtige Neuigkeiten zu parlieren.

Nachdem sich John höflich nach Tonys Befinden und dem seiner Familie erkundigt hatte, kam er zur Sache.

„Ich habe da etwas für dich."

„Worum geht es?"

„Du erinnerst dich an den Kunden, der dich so speziell interessiert hat?"

Tony spitzte die Ohren.

„Natürlich!"

„Ich habe gestern Abend einen Anruf aus Georgetown erhalten."

„Penang …?"

„Von meinem Cousin. Er führt unsere dortige Filiale. Er wollte sich rückversichern, da besagter Kunde ihm einen kleinen Goldbarren verkaufen wollte und sich dabei auf meinen Bruder und mich berief."

„Interessant."

„Das dachte ich mir."

„Warum hast du mir nicht gleich gesagt, dass er auf dem Sprung nach Penang war und ihr ihm eure Filiale ans Herz gelegt habt?"

„Wir wussten nicht, dass er dorthin wollte und haben ihm aus diesem Grund auch unsere Dependance nicht empfehlen können."

„Aber …"

„Wahrscheinlich hat er die Anschrift von unserer Visitenkarte, die auch Georgetown und Hongkong erwähnt. Oder er hat unsere Website besucht."

„Verstehe."

„Er hat auch gleich ein Ticket gebucht", sagte John als käme er nun zum Höhepunkt seiner Informationsofferte.

„Bei deinem Vetter?"

„Hier in Bangkok rechnet sich das nicht. Aber da unten haben wir auch ein Reisebüro im Angebot der Firma."

„Wohin?"

„Athen! Mit einem Anschlussflug nach Leros mit *Olympic Air*."

„Wohin …?"
„Leros. Griechische Ägäis."
„Für wann?"
„Heute Morgen in aller Frühe mit *Qatar Airways*."
„Wann genau?"
„Fünf Uhr fünfzig."
Tony schenkte sich den Blick auf die Uhr.
Der Vogel war abgeflogen.

ZWEITER TEIL

HELLAS
Vergangenheit ist nie zu Ende

73

Der Falke erwiderte das Lächeln der Flugbegleiterin, bevor er in den blassblauen Himmel jenseits des Kabinenfensters schaute und seine Lage überdachte.

Alles war in Ordnung.

Er kehrte zu unerledigten Geschäften zurück. Und während er sich mit jeder Flugmeile von Südostasien entfernte, erinnerte er sich an die jahrelange Vorbereitung auf seine Mission und den seltsamen Umstand, der ihn bei ihrer Verwirklichung für einige Monate nach Thailand verschlagen hatte – ganz im Sinne des asiatischen Sprichworts: Wenn im Zweifel, mach einen Umweg.

Es war nicht einmal ein Jahr vergangen, seit er auf Leros vor einer Taverne am Hafen von Pandeli gesessen hatte. Es war kurz vor Sonnenuntergang. Ein leichter Meltemi linderte die Hitze, die noch über Strand und Wasser stand, und im Osten verfärbte sich der Himmel rosarot. An den Nebentischen debattierte ein halbes Dutzend Fischer in gesunder griechischer Lautstärke über die Auswüchse des Brüsseler Spardiktats und die Lakaien in Athen, die es umsetzten. So manches Glas Bier oder Tsipouro trug zur Heftigkeit der Auseinandersetzungen bei, und ab und zu sprang einer der Männer auf, winkte genervt ab und machte Anstalten, aus Protest zu gehen. Nur um sich umgehend wieder hinzusetzen, die Stimme erneut zu ölen und weiterzustreiten. Es waren junge und alte Fischer. Alle wettergegerbt. Alle von der Härte der Arbeit gezeichnet. Jedoch mit klaren Augen, festem Blick und einem erfrischenden

Lachen, wenn es Grund dazu gab. Sie waren dem Leben zugewandt, so viel es ihnen auch abverlangen mochte.

Er selbst hatte sich eher ausgelaugt und unschlüssig gefühlt. Seit Tagen rang er um eine Entscheidung. Bislang ohne Erfolg. Was Griechenland anging, hatte er das Gefühl in einer Falle zu sitzen, die bald zuschnappen konnte. Und obwohl Leros klein und überschaubar war, hatte er das Vorhaben, das ihn auf die Insel geführt hatte, noch nicht umsetzen können. Noch hatte er keine Beute gemacht. Selbst wenn die Polizei noch nicht zu wissen schien, nach wem sie zu suchen hatte, war es gut möglich, dass man ihm bald auf die Spur kam. Und wenn dem so war, war es an der Zeit, Hellas fürs erste zu verlassen. Er musste sich bewegen.

Aber wohin?

Seine Gedanken drehten sich im Kreis, und der Alkohol verhalf auch nicht zur Klarheit. Trotzdem bestellte er sich noch ein Mythos. Während er das kühle Bier in kleinen Schlucken trank, fragte er sich, ob seine Mission tatsächlich schon zu Ende war. Nach all der Arbeit, die er investiert hatte. Wie ein Besessener hatte er ermittelt, was aus den Beteiligten der Mördereinheit geworden war.

Welche der Täter lebten noch?

Wie viele derer, die er „Originale" nannte, waren für seinen Rachefeldzug überhaupt noch relevant? Wer von ihnen hatte Söhne, die er als „Stammhalter" bezeichnete, und Enkel, die er als „Abkömmlinge" klassifizierte.

Natürlich hätte er auch Töchter und Enkelinnen verfolgen können, aber er hatte nicht vor, die Bestialität der

Kriegsverbrecher nachzuahmen und sich an Frauen und Kindern schadlos zu halten. Er erstellte eine Liste und strebte eine Quote an, die für ihn zu bewältigen war. Verglichen mit den Quoten der Deutschen, war sie geradezu harmlos.

Am liebsten wäre es ihm gewesen, wenn er sich ausschließlich an die Originale hätte halten können. Aber die waren – bis auf wenige – bereits so gut wie ausgestorben. Also ging es nach dem einfachen Prinzip der Erbsünde auch den Stammhaltern und Abkömmlingen an den Kragen. Alle zusammengenommen waren das:

Fünf in Deutschland.

Drei in Griechenland. Sowie der Enkel eines einheimischen Kollaborateurs.

Einer in der Türkei.

Er beschloss, mit Griechenland und der Türkei anzufangen. Es war auch eine Frage der Kosten. Zudem war es von Vorteil in einem vertrauten Umfeld zu beginnen. Wenn alles gut lief, konnte er immer noch sehen, wie er eine Operation in Deutschland in den Griff bekam. Es war ein hohes Risiko, dort zu agieren. Vor allem, wenn man Deutsche umbrachte. Die vier in Thailand und der eine in Südafrika, die er bei seinen Recherchen ebenfalls aufgespürt hatte, schienen fürs erste unerreichbar.

Zunächst konnte er sich nicht aufraffen, die Strafaktion zu beginnen. Es fehlte ihm die Initialzündung. Doch spätestens, als die Finanzkrise ihren Höhepunkt erreichte und Griechenland in den Würgegriff nahm, fand er zur Tat. Allein die Tatsache, dass sich ein Kontrollgremium wie die sogenannte Troika im Auftrag von Brüssel und Berlin wie die neue Besatzungsmacht aufführte, brachte ihn endgültig in Bewegung.

Die ersten beiden Männer, derer er sich annahm, waren Stammhalter. Einer war Junggeselle und lebte in Artemis, einem Seebad bei Athen, der andere lebte mit Familie in einem wunderbar gelegenen Bergdorf auf dem Peloponnes. Die Hinrichtungsmethode, die er sich für die ersten Vergeltungsaktionen ausgedacht hatte, bestand aus Erschießen und anschließendem Aufhängen. Der Mann in Artemis besaß ein Apartment mit Blick aufs Meer, dessen Balkongeländer einen passablen Galgen abgab. Da er ihn in der späten Nacht liquidierte, wurde die Leiche am Strick erst am nächsten Morgen entdeckt. Der Mann im Bergdorf besaß eine stattliche Villa mit Garten, in dem ein alter Obstbaum den passenden Ast anbot.

Dass die Söhne der Täter sich ausgerechnet in Griechenland niedergelassen hatten, war ihm nur schwer nachvollziehbar. Aber dass ein Originalkriegsverbrecher es wagte, sich in diesem Land aufs Altenteil zu begeben, erschien ihm geradezu pervers. Der Mann lebte auf Leros in der Ägäis. Und deshalb war der Falke jetzt hier. Eigentlich hatte er sich vorher noch den Griechen im Außenministerium vornehmen wollen, doch der Enkel des Kollaborateurs war kurz zuvor überraschend nach Bangkok versetzt worden und somit fürs erste ebenfalls unerreichbar. Das war zu verschmerzen, denn einen Griechen mitten in Athen aufzuhängen, wäre riskant genug gewesen.

Das Pech wollte es jedoch, dass auch der Deutsche auf

Leros zu einem mehrtägigen Ausflug zur Nachbarinsel Patmos aufgebrochen war. Seit drei Tagen wartete er nun schon auf dessen Rückkunft, und der Boden wurde ihm langsam zu heiß unter den Füßen. Die deutschen Behörden machten zweifellos mächtig Druck auf die Athener Stellen. Die waren zwar aus Gründen, die sich aus alten Kriegszeiten und aktueller Finanzkrise speisten, nicht gerade überaktiv, standen aber so oder so schon mit dem Rücken zur Wand. Sein Instinkt riet ihm, die Aktion auf Leros erst einmal aufzuschieben, um sich rechtzeitig aus Hellas abzusetzen. Was gültige Papiere und die Reisekasse anging, war er auf alle Eventualitäten vorbereitet.

Was nun?

Türkei? Deutschland?

Sich so unmittelbar nach den Aktivitäten auf heimischem Boden nach Deutschland, also direkt ins Hoheitsgebiet des Feindes zu begeben, war äußerst riskant. Genauso gut konnte er sich gleich ausliefern.

Blieb die Türkei.

Der Gedanke, am nächsten Mittag die Fähre nach Kos zu nehmen und von dort aus nach Bodrum überzusetzen, begann sich ausgerechnet in jenem Augenblick in seinem Hirn festzusetzen, als die Sonne blutigrot im Westen unterging und die Frau, die ihn wieder auf Kurs bringen sollte, in der Taverne auftauchte.

74

Sie war klein, aber auf eine gut gebaute Weise kräftig.

Der dünne Overall, den sie trug, war hellgrün und bis zum Ellenbogen und Mitte Wade hochgekrempelt. Sie trug Bootsschuhe aus hellem Leder, und ihre strohblonden Haare waren zu einem Pferdeschwanz zusammengebunden. Die Fältchen in ihrem Gesicht hatten weniger mit dem Alter zu tun, als mit einer über die Jahre sonnengegerbten Haut, die das Hellgrau der Augen aufleuchten ließ.

Der Falke schätzte sie auf um die dreißig.

Mit einem gut gelaunten *Jassas* grüßte sie die Fischer und ließ ihm ein freundliches Nicken zukommen, bevor sie sich an den freien Tisch neben ihm setzte.

Die Fischer, die bei ihrem Auftritt andächtig verstummt waren und sie ungeniert taxierten wie einen Fang, den sie gerne gemacht hätten, kamen langsam wieder zu Besinnung und Lautstärke. Der Wirt brachte ihr die Karte, und sie bestellte schon mal ein Bier, bevor sie sich der Auswahl des Essens widmete.

Der Wirt ließ dem Falken ein vielsagendes Zwinkern zukommen und verschwand wieder im Lokal. Kurz darauf wurde die Außenbeleuchtung eingeschaltet, und auch die Laternen im Hafengelände flackerten nach und nach auf.

Um die Blonde nicht ununterbrochen anzustarren, nahm er die Brille ab und putze sie mit einem Hemdzipfel.

„Können Sie was empfehlen?", fragte sie auf Englisch.

Er setzte die Brille auf und sah sie überrascht an. Sie

schien es als Sprachproblem zu deuten und setzte dazu an, in Griechisch zu radebrechen. Doch zu den vielen Dingen, die er seiner Mutter verdankte, gehörte auch eine anständige Bildung und ein gutes Englisch.

„Gegrillter Oktopus oder Rinderfilet", sagte er. „Sie machen das Filet hier wie eine Art Gulasch in einer Weißweinsoße mit frischen Champignons. Hatte ich gestern."

„Hört sich gut an", sagte sie, ohne aus der Speisekarte aufzuschauen. „Und Meeresbewohner habe ich in letzter Zeit genug gegessen."

Als wolle er ihren Worten Glaubwürdigkeit verleihen, trug der Wind eine Prise abgestandenen Fischgeruch aus dem Hafen zu ihnen herüber.

Sie legte die Karte beiseite, sah ihn an und lächelte.

Bevor der Falke etwas sagen konnte, war der Wirt erneut präsent und nahm die Bestellung auf. Er hatte es mal bis nach Hamburg geschafft und versuchte ein paar Brocken Deutsch an die Frau zu bringen. Doch sie sagte ihm, sie sei Dänin, worauf er wieder sein Touristenenglisch bemühte, die Karte unter den Arm klemmte und sich einigen Neuankömmlingen widmete.

„Was halten Sie davon, wenn ich mich zu ihnen setze?"

Ihre Frage überrumpelte den Falken.

Sie zog die Augenbrauen hoch und lächelte abwartend.

„Gute Idee", beeilte er sich zu sagen.

„Sicher …?"

Er nickte energisch, wollte aufstehen und warf dabei beinahe den Stuhl um.

„Bleiben Sie doch bitte sitzen", sagte sie.

Sie brachte ihr Bier mit, setzte sich ihm gegenüber und stieß mit ihm an.

„Ich heiße Jette."

„Leónidas."

Sie roch gut. Ob sie es einem einfachen Toilettenartikel oder einem teuren Parfum verdankte, konnte er nicht beurteilen.

„Bei *dem* Namen müssen Sie Grieche sein."

Er nickte.

„Von hier?"

Er schüttelte den Kopf.

„Geschäftsreise?"

„Kann man so sagen."

Jette verzichtete auf weitere Erkundigungen, und sie saßen sich eine Weile stumm gegenüber. Bevor das Schweigen peinlich wurde, raffte er sich zu einer Frage auf.

„Machen Sie hier Urlaub?"

Sie schüttelte den Kopf.

„Also auch geschäftlich unterwegs."

Noch ein Kopfschütteln, gefolgt von einem schwachen Lächeln.

„Dann gehören Sie wohl zu den Skandinaviern, die hier auf der Insel leben", sagte er.

„Nein, ich bin auf der Durchreise."

„Durchreise …", wiederholte er ratlos.

„Damit", sagte sie und deutete mit ausgestrecktem Arm über seine Schulter.

Er drehte sich um und warf einen Blick über die Bucht, die ruhig in der aufkommenden Dunkelheit lag. Der

Wind hatte sich gelegt, und das glatte Wasser spiegelte alle Lichter, die sich anboten – auch die Bordbeleuchtung und Positionslampen der Segeljachten, die vor Anker lagen. Er begriff, dass sie auf eine der Jachten zeigte.

„Die am weitesten draußen ankert, ist meine."

„Die mit dem dunkelblauen Rumpf?"

„Genau."

Er musterte das Boot noch einige Sekunden, bevor er sein Glas ergriff und mit ihr anstieß.

„Glückwunsch!"

„Danke."

„Bleiben Sie länger?"

„Nein", sagte sie. „Ich bin schon zwei Tage hier und habe mich ein wenig auf der Insel umgeschaut. Aber morgen geht es rüber in die Türkei."

„In die Türkei …", wiederholte er nachdenklich.

Die Frau faszinierte ihn nun noch stärker als zuvor. Und auch das Reden fiel ihm leichter, denn es gab jetzt eine klare Gesprächsgrundlage.

Es wurde ein spannender Abend.

Schon bald stellte sich heraus: Es sollte nicht nur rüber in die Türkei gehen, sondern weiter bis nach Thailand, dem eigentlichen Ziel, das Jette ansteuerte. Zwar hatte sie keine Weltumsegelung geplant, aber bis nach Siam – und dann eventuell weiter bis in die Südsee – wollte sie es schon schaffen.

Thailand!

Auch wenn er sich bereits für das nahe Ziel Türkei erwärmt hatte, musste er die Möglichkeit Thailand geradezu als Omen betrachten. Immerhin hielten sich dort vier Deutsche auf, die er bislang außer Reichweite gewähnt hatte. Hinzu kam, dass es eigentlich um fünf Fälle ging, denn der Abkömmling des Kollaborateurs arbeitete dort an der Griechischen Botschaft.

Diesem umfassenden Angebot aus Südostasien stand in Kleinasien nur ein einziger Deutscher gegenüber. Rein rechnerisch war die Sache klar. Zudem musste er sich auf jeden Fall erst einmal aus Griechenland wegbewegen. Ganz so weit wäre natürlich nicht nötig gewesen. Aber so war das nun mal. Er hatte seine eigene Theorie, was Pläne und Unvorhergesehenes anging. Selbstverständlich stand er auf Planung. Sonst hätte er die Liste nie erarbeiten können. Aber er wusste auch, dass er damit die Verlässlichkeit des Unvorhergesehenen ignorierte. Dinge gelingen nicht nur durch den richtigen Grundriss, sondern auch durch die richtige Haltung. Nur wer die Augen offen für seine Chancen hat, kann sie wahrnehmen. Strategien können blind machen.

Er aber war voll bei Sinnen und hatte Augen und Ohren weit geöffnet. Vom blutigroten Sonnenuntergang bis hin zu ihren Reisezielen. Er witterte seine Chance. Und Chancen favorisierten den vorbereiteten Geist. Man musste sie nicht nur erkennen, sondern auch nutzen können.

Aber wollte er wirklich nach Thailand?

Und würde sie ihn überhaupt mitnehmen?

Noch bevor ihr Essen kam, sprach er sie darauf an, und sie antwortete, sie müsse sich das in Ruhe überlegen. Sein schnödes Motiv, ungebunden und abenteuerlustig zu sein, schien sie dabei nicht weiter in Frage zu stellen. Drei Stunden und ein paar Flaschen Bier später hatte sie es sich überlegt und heuerte ihn als Hilfsmatrosen an. Immer vorausgesetzt, er hatte einen gültigen Reisepass, der nicht in den nächsten Monaten ablief.

Den hatte er.

Nach dem, was sie im Laufe des Abends erzählte, konnte er sich ihre Beweggründe zusammenreimen. Sie war schon eine Weile alleine unterwegs und langweilte sich. Beim Start ihres Törns in Kopenhagen hatte sie einen jungen Mann als Gehilfen an Bord, von dem sie sich jedoch auf Ibiza getrennt hatte.

„Er hat es nicht gebracht", sagte sie spöttisch.

Ihm war nicht klar, ob sie damit die seemännischen Leistungen des jungen Dänen meinte oder etwas anderes. Der Hunger, der kurz in ihren Augen aufglomm, warnte ihn. Dass er selbst absolut nichts vom Segeln verstand, war ebenfalls Grund zur Vorsicht. Trotzdem war er wild entschlossen, das Risiko einzugehen.

„Ich werde es dir beibringen", beruhigte sie ihn.

Er nickte und fand es an der Zeit, das Thema zu wechseln, um die Mehrdeutigkeit ihrer Worte nicht durch eine unbedachte Äußerung zu gefährden und ihnen damit die Verheißung zu nehmen.

„Wieso ist deine Wahl ausgerechnet auf Thailand gefallen?", fragte er.

„Wegen eines Landsmannes von dir."

Für einen Moment befiel ihn Unruhe. Meinte sie etwa jenen Ioannis Karpathakis, den Enkel eines Verräters, der kurz zuvor nach Bangkok versetzt worden war?

„Sagt dir der Name Konstantin Phaulkon etwas?", wollte sie wissen.

Er entspannte sich und schüttelte den Kopf.

„Es handelt sich um eine historische Figur, die mich Zeit meines Lebens fasziniert hat. Schon als Kind hat mir mein Vater von ihr erzählt."

Sie gab ihm einen kurzen Abriss der Geschichte, und er hörte gut zu.

„Ich wollte immer mal nach Ayutthaya und Lopburi", sagte sie schließlich mit einem Seufzer. „Auch wenn dort nur noch Ruinen zu besichtigen sind."

„Jugendträume."

„Ganz richtig."

„Kann ich gut verstehen."

„In meiner Bordbibliothek gibt es ausreichend Lesestoff zu dem Mann. Eigentlich hieß er nicht Phaulkon sondern Gerakis."

„Gerakis …?"

Sollte das noch ein Vorzeichen sein?

„Ja", bekräftigte sie. „Falke."

Er lachte leise.

Sie sah ihn fragend an.

„Ich bin auch ein Greifvogel."

Sie wartete auf eine klarere Antwort.

„Ich heiße Leónidas Tsichlogérakos."

„Und?"

„Tsichlogérako bedeutet Habicht."

Sie lächelte.

„Passt gut zu deiner Nase."

Er nahm die Brille ab, um seinen Schnabel voll zur Geltung zu bringen.

„Meine Augen sind allerdings nicht die besten."

„Das macht nichts", sagte sie. „Wenn du ein Habicht bist, ist das ein Grund mehr, dich mitzunehmen."

75

Am nächsten Morgen hatte er mit Reisetasche und Rucksack auf dem Pier gewartet, während Jette das kleine Schlauchboot mit dem Außenborder auf ihn zusteuerte.

Im Osten stand die Sonne schon wieder hell am blauen Himmel und sorgte für aufkommende Hitze. Ein Großteil der Liegeplätze im Hafen war verwaist, da die meisten Fischer erst gegen Mittag von ihren nächtlichen Fangzügen zurückkehrten. In der Bucht dümpelten die Jachten an Ankerketten und Leinen im nur leicht bewegten Wasser, und einige der Skipper nutzten die frühe Stunde, um im Meer zu schwimmen. Der Strand war leer, denn noch lagen die Touristen in den Betten oder saßen beim Frühstück.

Das Schlauchboot glitt langsam längsseits und Jette begrüßte ihn lächelnd. Sie machte nicht fest, sondern hielt das Dingi lediglich stabil, während er mit seinem kleinen Kampfgepäck an Bord kam. Kaum hatte er sich hingehockt, gab die Dänin Gas.

Es war der Anfang einer langen Seefahrt, und er hatte damals keine Ahnung gehabt, wohin das Ganze führen sollte. Jetzt, an Bord einer Linienmaschine auf dem Rückweg nach Europa, kam dem Falken die Reise mit der Dänin wie ein lange zurückliegendes und äußerst angenehmes Abenteuer vor. Eine Zeit der Erholung, bevor er erneut seiner Pflicht zur Vergeltung nachgekommen war.

Auf der Jacht hatte er alle Bücher über Falken und Habichte gelesen, die in der Bordbibliothek zu finden waren.

The Goshawk von T. H. White.

H is for Hawk von Helen Macdonald.

The Peregrine von J. A. Baker.

Aus Macdonalds Buch hatte er gelernt, dass Habichte so genannte Schrotflinten mit Federn waren. Unter den Raubvogelexperten galten sie als verrückte und schwer zu durchschauende Killer und Unruhestifter, und wenn es nach der Autorin ging, handelte es sich um unheimliche blassäugige Psychopathen.

Besonders angetan hatte es ihm jedoch *For the Love of Siam* von William Warren, ein historischer Roman über Konstantin Phaulkon. Die Lektüre brachte ihn auf die Idee, die weitere Erledigung der Liste mit Hilfe der Episteln in einem neuen Licht erscheinen zu lassen. Auch den Strick durch das Schwert zu ersetzen, war Bestandteil der neuen Legende. Er hatte nach etwas Aussagekräftigem gesucht, das gleichzeitig dazu diente, eine falsche Fährte zu legen. Und, zugegeben, die damit verknüpfte Erinnerung an Jette war ebenfalls ein Grund gewesen. Immerhin verdankte er es ihr, überhaupt von der Geschichte seines Landsmannes erfahren zu haben.

Ihre Wege verliefen zwar getrennt, aber die Dänin war

ihm stets positiv im Gedächtnis geblieben. Manchmal vermisste er sie. Er hatte eine gute Zeit mit ihr verbracht und dabei eine Menge von ihr gelernt. Sie hatten es genossen, durch die Welt zu schippern. Türkei, Zypern, durch den Suezkanal und das Rote Meer. Im Nachhinein erinnerte er sich vor allem an die Pyramiden, an denen sie vorbeigeglitten waren. Jette hatte unbedingt nach Goa gewollt, eine Art Hippienostalgie. Dann weiter nach Sri Lanka und eine erste Begegnung mit Thailand in Phuket. Danach durch die Straße von Malakka in den Golf von Siam. Damit hatten sie das Herz aller Dinge erreicht: die Ufer, an denen auch Phaulkon einst gestrandet war. Piraten und andere unangenehme Zwischenfälle waren ihnen auf ihrer langen Seefahrt erspart geblieben.

Und das Beste war: All dies hatte ihn an sein Ziel gebracht, ohne ihn von seinem Vorhaben abzubringen. Nach all der Zeit an Bord und in fremden Häfen sahen sie sich zum Abschluss noch gemeinsam die Ruinen von Ayutthaya an. Dann segelte Jette weiter und überließ ihn seinem Schicksal, von dessen verpflichtendem Antrieb sie keine Ahnung hatte. Sie hatte nie gefragt, und so musste er nie antworten. Er hätte sowieso gelogen.

Zum Abschied verehrte Jette ihm ein Glas aus ihrer Kombüse. Zur Erinnerung an die Insel, auf der sie sich kennengelernt hatten. Es war ein Werbegeschenk aus einem Supermarkt auf Leros, das unterwegs zu seinem Stammglas geworden war. Er hatte so manchen Cuba Libre daraus getrunken und es nicht übers Herz gebracht, das Glas zu entsorgen, als er seine Zelte in Thailand abbrach. Er hatte es ganz bewusst in Bangkok zurückgelassen, der Endstation ihrer gemeinsamen Reise.

Die Flugbegleiterinnen schoben den Servicewagen ein Stück weiter und kamen in Höhe seiner Sitzreihe zum Stehen. Die mit den blonden Haaren lächelte ihn an und fragte nach seinen Wünschen.

Ein Cuba Libre wäre jetzt nicht schlecht gewesen, aber er beließ es bei einem Bier.

Das passte auch.

Immerhin hatte er die Dänin bei einem Bier kennengelernt.

76

„Schlafmütze", krächzte der Lieblingspapagei des Generals, wetzte sich den Schnabel und trippelte auf seiner Stange hin und her.

Farang sah dem Vogel lächelnd zu und nahm dabei den vertrauten Sound vom nahen Fluss wahr. Das satte Tuckern der Schlepper wurde wie so oft vom hochtourigen Winseln der Schnellboote übertönt. Zu Zeiten des Generals hätte der letzte Wolkenbruch den Garten in einen tropischen Regenwald verwandelt, dessen Blätter vor Nässe troffen und in der heißen Sonne dampften. Aber nachdem Imelda alles saniert hatte, wurden Beton und Kacheln lediglich von großen Wasserpfützen verziert.

Die Tochter des Generals erschien auf der Veranda und begrüßte ihn mit jener förmlichen Höflichkeit, hinter der sich vom herzlichen Willkommen bis zur zornigen Selbstkontrolle alles verbergen konnte.

Farang hatte keinen Zweifel, dass Letzteres die wahrscheinlichere Variante war. Die Narbe unter Imeldas linkem Auge zuckte leicht. Sie trug wieder einen ihrer einfachen Hosenanzüge, diesmal in Signalrot. Dazu schwarze Pumps mit den üblichen Stilettoabsätzen.

Mit einer knappen Geste wies sie ihm einen Platz in einem der Rattansessel an und setzte sich ihm gegenüber.

„Was ist denn so dringend?", wollte sie wissen.

Bevor er antworten konnte, legte sie nach.

„Bislang hattest du ja auch keine Eile!"

Er ließ die Eröffnungssalve über sich ergehen und gönnte sich ein paar Sekunden Schweigen, bevor er antwortete.

„Er hat das Land verlassen."

„Woher weißt du das?"

Er sagte es ihr, und sie dachte eine Weile darüber nach, bevor sie wieder das Wort ergriff.

„Das ändert nichts."

Er sah sie erstaunt an.

„Du hast noch nicht geliefert. Dein Auftrag ist immer noch derselbe", beschied sie ihm. „Bring ihn zu Ende!"

„Es wird keine weiteren Morde in Thailand geben", erinnerte er sie. „Dein Bruder ist aus dem Schneider."

Sie schwieg trotzig.

„Ihr habt jetzt einen Namen, die Flugdaten und seine Zielorte. Auch wenn seine Papiere falsch sind, könnt ihr ihn in Zusammenarbeit mit den Griechen und den Deutschen gezielt suchen."

„Wieso sollten wir es den Europäern überlassen, ihn zu schnappen?", fragte sie.

Farang verweigerte die Antwort.

„Warum sollten wir ihnen die entscheidenden Hinweise liefern?", insistierte sie. „Damit ihnen das gelingt, was meinem Bruder nicht gelungen ist?"

Farang schwieg beharrlich.

„Warum sollten wir sie in die Lage versetzen, ihn zu stellen? Um unseren eigenen Gesichtsverlust zu fördern? Blödsinn!"

Farang atmete tief durch und wartete ab, was sie sonst noch auf Lager hatte.

„Was ist, wenn sie ihn schnappen oder er sich stellt und vor einer Fernsehkamera plappert oder seine Geschichte an eine Zeitung verkauft oder sie selbst ins Internet stellt?"

„Das ist doch eher unwahrscheinlich", meldete er sich wieder zu Wort.

„Aber nicht unmöglich", befand sie. „Mein Bruder muss geschützt werden."

So viel Beharrlichkeit ließ ihn erneut verstummen.

„Das Morden ist vorbei, und nur wenn das Thema nicht wieder hochkommt, wird mein Bruder sich davon erholen. Wenn alles ruhig bleibt, besteht kein Handlungsbedarf, was weitere Ermittlungen angeht. Es sind Deutsche und ein Grieche, die umgebracht wurden … und keine Thai."

„Vergiss die Thai des Griechen nicht."

Imelda zuckte die Schultern, als handele es sich bei der Frau um einen unwichtigen Kollateralschaden, und versuchte es mit einer subtilen Drohung.

„Wir haben dir nicht nur die Informationen der Polizei zur Verfügung gestellt, wir halten dir auch die Polizei vom Hals, so lange du für uns tätig bist. Deine Rolle beim letzten Mord in Pattaya könnte noch die eine oder andere Frage aufwerfen. Schließlich hast du das Opfer kurz vor seinem Tod noch besucht und dich danach am Strand rumgetrieben."

Als er die Anmerkung einfach aussaß, griff sie zum letzten Mittel.

„Wenn du noch Bedenkzeit brauchen solltest: Im Garten steht ein Geisterhäuschen. Du kannst gerne hingehen und ein Zwiegespräch mit meinem Vater führen, um dir über deine Verantwortung klar zu werden."

Er lauschte dem Tuckern der Schlepper, das vom nahen Fluss herübertönte. Es hatte etwas Beruhigendes.

„Nicht nötig." Er atmete tief durch. „Gibt es sonst noch etwas, was ich wissen sollte?"

Dass er sich in sein Schicksal ergab, war ihr ein schwaches Lächeln wert.

„Es gab da einen Kontakt zwischen dem Deutschen in Pattaya und einem anderen in Griechenland. Sie standen wohl im Briefverkehr miteinander."

Damit händigte sie ihm den obligaten USB-Stick aus.

77

„Wir können froh sein, dass die beiden nicht per E-Mail kommuniziert haben", sagte Tony Rojana.

Farang und Bobby Quinn sahen zu wie Tony das gescannte Material einspielte. Erst ein Kuvert. Die Vorderseite zeigte die bekannte Postanschrift Lahnsteins, griechische Briefmarken und einen blauen Luftpostaufkleber. Auf der Rückseite war ein Aufkleber mit dem Absender zu sehen.

Alois Kesselschmied
Pandeli
GR 85400 Leros

Es handelte sich um fünf Briefe. Sie waren nie länger als zwei Seiten und im Laufe der letzten beiden Jahre geschrieben und verschickt worden. Der letzte war einen Monat alt. Die Unterschriften und alle zugehörigen Kuverts hatten den selben Absender. Diesmal brauchte Farang keine Übersetzung. Auch eine unleserliche Handschrift blieb ihm erspart, denn die Briefe waren getippt – und auch das nicht engzeilig. Während Tony sich auf die Toilette entschuldigte und Bobby sich ein Mineralwasser aus der Minibar der Juniorsuite besorgte, las er die Briefe in Ruhe durch.

„Und …?", fragte Tony, als er zurückkam.

„Nichts Weltbewegendes. Wir kennen zwar Lahnsteins Briefe nicht, aber es sieht ganz danach aus, als tauschten sich zwei Pensionäre über die Vor- und Nachteile des jeweiligen Klimas und ihre Aktivitäten im Ruhestand aus. Lahnstein muss wohl erwähnt haben, dass er regelmäßig Darts spielt, und dieser Kesselschmied schreibt, er spiele zweimal die Woche Boules."

„Und zum Krieg?", fragte Bobby.

„Man kann durch die eine oder andere Bemerkung herauslesen, dass Kesselschmied wohl gemeinsam mit Lahnsteins Vater in Griechenland stationiert war. Sonst nichts Konkretes. Mehr respektvolle Floskeln wie *Ihr Herr Vater*. Lahnstein junior und Kesselschmied müssen sich wohl mal bei einem Geburtstag von Lahnstein senior kennengelernt haben, und nach dessen Tod in Kontakt geblieben sein."

„Wie alt ist der letzte Brief?", fragte Tony.

„Vier Wochen", sagte Farang.

„Dann lebt dieser Kesselschmied noch."

Farang nickte zustimmend.

Bobby grinste. „Sieht ganz danach aus, als habe der Vogel sein nächstes Opfer im Visier."

„Dazu muss man kein Hellseher sein", brummte Tony.

Bobby ignorierte ihn und sah Farang an.

„Wann fliegst du?"

78

Den Zwischenstopp in Athen nutzte der Falke, um das Grab aufzusuchen, das die Dänin ihm ans Herz gelegt hatte.

Er nahm die Metro bis zur Haltestelle Akropolis und wanderte von dort bis zum Haupteingang des Ersten Athener Friedhofs. Im Gegensatz zum monoton flachen und nicht gerade fußgängerfreundlichen Bangkok war das hügelige Athen mit seinem überschaubaren Chaos einen längeren Fußmarsch wert. Schon wegen des Klimas. Es war heiß, aber trocken, und ein leichter Wind strich durch die Straßen.

Da kein Lageplan, geschweige denn ein Friedhofsregister ausgehängt war, konsultierte der Falke den Posten am Haupteingang des Gottesackers. Immerhin konnte der Mann ihm sagen, wo die kleine protestantische Abteilung sich innerhalb der orthodoxen Übermacht versteckte. Doch auch dort dauerte es eine Weile, bis er – Dank Jettes Beschreibung – vor dem Grab des legendären Schriftstellers stand.

Mit *The Goshawk* hatte der Autor das ultimative Habichtbuch geschrieben. Und da er im Hafen von Piräus an Bord eines Schiffes an einem Herzinfarkt verstorben war, hatte er in Attika die letzte Ruhe gefunden. Kein schlechtes Los, verglichen mit dem enthaupteten Phaulkon, der nur notdürftig verscharrt den Hunden zum Fraß überlassen worden war.

Die auf der Grabplatte festzementierte Marmorvase, die Jette erwähnt hatte, war nicht mehr vorhanden. Und so legte er den Blumenstrauß, den er wie versprochen besorgt hatte, auf dem verwitterten Marmor ab und las dabei, was am Kopfende des Steins eingraviert war.

T. H. WHITE
1906–1964
AUTHOR
WHO
FROM A TROUBLED HEART
DELIGHTED OTHERS
LOVING AND PRAISING
THIS LIFE

Am Fußende stand:

> TERENCE HANBURY WHITE
> DIED AT PIRAEUS
> 17 JANUARY 1964

Da ihm nicht nach beten war, warf der Falke einen Blick in den Himmel, als erwarte er dort einen Artgenossen zu sehen, der über dem Friedhof schwebte, um für den Dichter Wache zu halten.

Auf dem Rückweg durch die Reihen einfacher und protziger Ruhestätten musste er an seine Mutter denken, deren Knochen schon lange im Beinhaus eines bescheideneren Friedhofs lagen. Wie die meisten seiner Landsleute hatte er sich eine dauerhafte Ruhestätte für Avra nicht leisten können. Grund und Boden war ein kostbares Spekulationsobjekt, und die Geschäftemacherei, was die ewige Ruhe anging, kannte keine Gnade. Die wenigen noch verfügbaren Dauergrabstätten waren unerschwinglich teuer, und so blieb einem nichts anderes übrig, als einen der wenigen Liegeplätze zu mieten, die nach kurzer Liegefrist recycelt wurden. Nur drei Jahre später waren die Leichenreste seiner Mutter exhumiert worden. Nachdem er die traditionellen Waschungen der Gebeine hatte vornehmen lassen, waren sie in einem schuhkartongroßen Metallbehälter verstaut worden und lagerten nun gegen Gebühr in einem Knochenhaus.

Die Prozedur hatte nicht dazu beigetragen, den Falken für Staat und Kirche einzunehmen. Das Gangstertum der

Behörden konnte ihn kaum überraschen. Aber die Scheinheiligkeit der Popen, die als schwerreiche Großgrundbesitzer nicht einmal den Anstand besaßen, für angemessene Gottesäcker zu sorgen, und zu allem Überfluss auch noch Einäscherungen zur Sünde erklärten, ekelte ihn geradezu an.

Als er den Zentralfriedhof verließ, sah sich der Falke erneut darin bestätigt, dass eine Trennung von Staat und Kirche seit Langem überfällig war.

79

Die rund vierzehn Stunden, die der Flug über Istanbul nach Athen dauerte, verbrachte Farang meist in einem unbefriedigenden Dösen.

Die Maschine der *Turkish Airlines* hatte Bangkok am späten Abend verlassen und war ausgebucht. Sein letzter Langstreckenflug lag schon eine ganze Weile zurück, und der Flair, der einmal mit dieser Art des Reisens verbunden war, schien sich weitestgehend verflüchtigt zu haben. Das Besondere mit einem Jet zu fliegen und die damit verbundene Aufregung und Exotik – das alles war dahin. Heutzutage schien es nur noch um endlose Sicherheitsrituale und seelenlosen Fleischtransport von einem Ort zum anderen zu gehen – und vor allem darum, ob man sein Telefon und sonstige elektronische Geräte benutzen durfte.

Er hatte jedoch nicht vor, sich aus der Ruhe bringen zu lassen und gedachte, den widrigen Umständen zu trotzen. Er war gespannt auf Griechenland. Thea hatte ihn so gut es ging zu ihrem Heimatland gebrieft. So wusste er inzwischen, dass die Region Dodekanes aus weit mehr als zwölf Inseln bestand und Leros zu den achtzehn dauerhaft bewohnten gehörte und nicht weit von der türkischen Küste entfernt war.

80

Nachdem er den Zentralfriedhof hinter sich gelassen hatte, fuhr der Falke mit der Metro zurück ins Zentrum.

Am Omonia-Platz stieg er aus, kaufte einen frischen Strauß Blumen und machte sich zu Fuß auf den Weg zu einer Adresse im Stadtteil Exarchia. Unterwegs stattete er dem Denkmal, das man für Kostas Perrikos errichtet hatte, einen Besuch ab. Es lag in einer Fußgängerzone an der Ecke der Straßen Patission und Gladstonos. Die Bronzebüste, die auf einem weißen Marmorsockel ruhte, zeigte den Offizier der Luftwaffe und Widerstandskämpfer in Uniform und mit Schirmmütze.

Der Falke legte die Blumen am Fuße des Mahnmals ab. Er wusste, dass es seiner Mutter gefallen hätte. Während der Besetzung durch die Deutschen hatte Perrikos die Panhellenische Union der kämpfenden Jugend gegründet. Unter seiner Führung verübte die Vereinigung im September 1942 einen Sprengstoffanschlag. Die vierzehn Kilogramm Dynamit galten dem Athener Büro einer griechischen Naziorganisation, die rechtslastige Offiziere und einfache Soldaten als Freiwillige für eine griechische

Einheit der Waffen-SS rekrutierten, die an der deutschen Ostfront kämpfen sollte. Bei dem Anschlag kamen etwa vierzig deutsche Offiziere und fast dreißig griechische Faschisten um. Im darauffolgenden November waren Kostas Perrikos und einige seiner Mitstreiter verhaftet worden. Anfang Februar 1943 hatte man sie auf dem Schießstand von Kesariani hingerichtet.

Der Falke ließ das Denkmal hinter sich und setzte seinen Weg durch die Fußgängerzone fort.

Zehn Minuten später stand er vor einem heruntergekommenen Altbau, dessen Front mehr nackte Ziegelsteine als Putz zu bieten hatte. Wie das verwaschene Graffiti zeigte, waren die Rollläden vor den Fenstern im Erdgeschoss nicht erst seit gestern geschlossen. Einige der Blechbarrieren hingen schief in den verrosteten Führungen. Die Fenster im ersten Stock waren vergleichsweise nackt. Bis auf die gusseisernen Balkongeländer waren die Wohnungen ungeschützt. Noch waren die Scheiben intakt, ließen jedoch mangels Vorhänge den ungeschützten Blick in gähnende Leere oder abgestellte Sperrmöbelsammlungen zu. An der verwitterten Balustrade, die sich direkt über der Haustür befand, hing ein handgemaltes Schild mit einer zehnstelligen Telefonnummer, das die Ruine zum Verkauf anbot. Die Eingangstür, deren Holzfüllung an mehreren Stellen zerborsten war, hing schief in den Angeln und stand einladend offen.

Der Falke schob sich an dem überfüllten Müllcontainer vorbei, der den Zugang nahezu blockierte, und betrat das halbdunkle Treppenhaus. Selbst wenn er einen Lichtschalter gefunden hätte, wäre vermutlich nur mit anhaltender Dunkelheit zu rechnen gewesen oder gar mit einem Kurzschluss, was auf das selbe hinauslief.

Die Wohnung im oberen Stockwerk, die er kurz darauf betrat, hatte Blick in den Hinterhof und war ihm wohlbekannt. Sie gehörte Savvas, einem Altlinken, der sich bereits seit seinen jungen Tagen mit „Ausrüstungsfragen" beschäftigte. Bei ihm hatte der Falke den passenden Schalldämpfer für die Walther seiner Mutter erstanden.

Savvas, ein spindeldürrer Pferdeschwanzträger, begrüßte den Besucher herzlich. Er scheuchte die beiden Katzen weg, bot ihm den Sessel unter dem riesigen Poster von Mikis Theodorakis – mit Blick auf ein ebenso großes von Giannis Ritsos – an und verschwand in der Küche.

Während er Auge in Auge mit dem großen Dichter wartete, gab sich der Falke nostalgischen Gedanken hin. Seine Mutter hatte ihre Pistole bei niemand anderem als Savvas' Vater erstanden. Noch Jahrzehnte nach den Vorfällen in ihrem Heimatdorf erlitt sie Angstzustände, wenn sie einem Deutschen begegnete – was in einer Großstadt nie ganz zu vermeiden war. Sie hatte sich in Athen mit Gelegenheitsjobs durchgeschlagen und spät geheiratet. Sein Vater arbeitete als Bibliothekar. Ein in sich verkapselter Mann, der schwer zugänglich war – auch wenn sein Lieblingsmotto für Krisenfälle lautete: „Bleib ruhig und frage einen Bibliothekar!" Mutter war es nicht schwer gefallen, ihr Geheimnis vor ihm zu bewahren. Schon bald nach der Geburt des Sohnes hatten sich seine Eltern getrennt. Vater war nach Deutschland gegangen. Ausgerechnet nach Deutschland!

Er hatte den Kontakt zu ihm abgebrochen und wusste nicht einmal, ob der Mann noch lebte.

Savvas tauchte mit einer Flasche Tsipouro und zwei Gläsern auf und schenkte ein. Nachdem das erste Glas gelehrt war, verschwand er erneut in der Küche, kam mit einem Päckchen zurück und händigte es dem Falken aus.

„Originalverpackt. So wie es angekommen ist."

„Danke", sagte der Falke. „Was schulde ich dir?"

„Nichts. Du hast ja nichts bei mir bestellt, sondern mich nur als Briefkasten benutzt."

„Ich hätte nicht gewusst, wohin sonst damit."

Savvas winkte ab, schenkte noch einen ein und seufzte.

„Nach Bangkok würde ich auch gerne mal reisen …"

Der Falke lachte leise.

„Du jammerst doch schon, wenn es in Athen schwül wird. Das thailändische Klima wäre nichts für dich. Die Feuchte, die die Tropen bieten, vergewaltigt dich regelrecht."

„Wieder ein Traum dahin."

Savvas deutete auf das Päckchen.

„Darf man wissen, was es ist?"

„Die Walther und der Schalldämpfer, den du mir mal besorgt hast."

„Muss ein internationaler Spezialkurier sein, der so etwas ohne Probleme erledigt."

Der Falke nickte.

„Ich habe noch eine Bitte", sagte er.

„Schieß los."

„Jetzt wo die Sendung im Lande ist, wäre ich dir dankbar, wenn du sie mit einem hiesigen Kurierdienst für mich weiterschicken würdest."

„Wohin?"

„Apartments Alfa, Vromolithos, Leros. Auf meinen Namen."

„Dodekanes …?"

„Richtig. Hier … ich habe es dir aufgeschrieben.

Der Falke reichte ihm einen Zettel.

„Das kostet aber", sagte Savvas und schenkte noch eine Runde ein.

„Das hoffe ich doch." Der Falke lächelte. „Man kommt sich ja sonst wie ein Schnorrer vor."

„Da du dein Werkzeug nicht gleich selber mitnimmst, fliegst du wohl."

„So ist es", sagte der Falke und nippte an seinem Tsipouro. „Morgen früh mit *Olympic.*"

„Warum hast du es nicht gleich nach Leros geschickt?"

„Zu unsicher."

Der Falke nahm die Brille ab, putzte sie flüchtig und lächelte Savvas an, bevor er sie wieder aufsetzte.

„Und im Falle, dass hier nichts angekommen wäre, hättest du mir noch rechtzeitig Ersatz beschaffen können.

„Da ist mir wohl ein Geschäft entgangen."

Savvas seufzte erneut, gönnte sich noch einen Tsipouro und deutete auf die Poster von Ritsos und Theodorakis.

„Unsere Ikonen waren auch mal zu Besuch auf Leros."

Der Falke nickte. Er kannte die Geschichte.

„Pass auf, dass man dich auf dem Eiland der Verbannten nicht auch einlocht."

„Ich bin weder ein Fall für die Psychiatrie noch ein politisch Verfolgter."

„Kann man beides schneller werden, als man denkt", sagte Savvas. „Fahr mal nach Partheni, wo die beiden unter der Junta einsaßen, und zünde in der Kapelle Kerzen für sie an."

„Mikis lebt noch", warf der Falke ein.

„Er kann es aber dringend gebrauchen."

Savvas warf einen besorgten Blick auf das Poster des Musikers und prostete dem großen Meister zu.

„Musikalisch habe ich nicht viel auszusetzen. Aber was er in letzter Zeit so redet …"

81

Als Farang am späten Morgen in Athen landete, kam er erneut zu dem Schluss, dass ein Flugzeug nichts anderes als ein sehr schnelles Dreirad war – ein Tucktuck mit Düsen.

Er nahm ein Taxi zum Hotel in Piräus und legte sich für einige Stunden aufs Ohr. Am Abend suchte er ein Thai-Restaurant auf, in dem man ihm mit der Essensrechnung das Päckchen aushändigte, dessen Zustellung Tony Rojana und die Brüder Liaw für ihn organisiert hatten.

Im Hotelzimmer überprüfte er die Lieferung. Es war die bestellte Pistole mit Schulterhalfter. Dazu ein Reservemagazin. Beide Magazine waren mit 9-Millimeter-Munition bestückt. Liaw & Liaw & Partners hatten zwar keine eigene Filiale in Athen, verfügten jedoch über beste Geschäftsbeziehungen im nahegelegenen Hafen. Da er seine belgische Geliebte nicht problemlos nach Griechenland und zurück tragen konnte, gab er sich ausnahmsweise mit einer Beretta vom hiesigen Markt zufrieden, die er auch gleich vor Ort entsorgen konnte.

Auch in Piräus schlief er traumlos. Was einen gesunden Schlaf anging, mochte es gar nicht so schlecht sein, doch noch unter Vertrag zu stehen.

Am nächsten Tag trat er die Weiterreise in die Ägäis an und begab sich zu diesem Zweck an Bord einer Fähre der Blue Star Linie. Die Überfahrt sollte an die elf Stunden dauern. Fünfzig Minuten Flug mit einer Turboprop wäre die Alternative gewesen, verbot sich jedoch von selbst, nachdem er wieder aufgerüstet hatte.

82

Was eine imposante Erscheinung anging, war sich Alois Kesselschmied stets klar darüber, kein Hermann-Göring-Material zu sein.

Nicht, dass Göring mit einem Meter achtundsiebzig außergewöhnlich groß gewesen wäre. Sein voluminöser Auftritt hatte sich ja vor allem aus Übergewicht gespeist. Aber Kesselschmied brachte es auch ohne Fettüberschüsse nicht auf etwas wie Durchschnittsgröße. Und in den wenigen Minuten seines Lebens, in denen er ganz ehrlich zu sich selbst war, gestand er sich sogar ein, eher zu den Zwergen zu zählen. Ganz so schlimm war es natürlich nicht. Aber klein war er. Das stand fest. Andererseits: Was bedeutete das schon? Napoleon war körperlich auch keine Übergröße gewesen. Und um im eigenen Lager zu bleiben: Was war mit Goebbels? Auch ein Kurzer. Gerade mal eins fünfundsechzig groß. Zudem verkrüppelt. Gut, heutzutage hieß das behindert. Alles Heuchelei. Kesselschmied war nur zu bewusst, gelegentlich Liliputaner geschimpft zu werden. Natürlich hinter seinem Rücken. Auge in Auge traute sich das keiner. Aber wäre ihm *kleinwüchsiger Mensch* lieber gewesen? Alles Blödsinn. Eins war sicher: Er, Alois Kesselschmied, war kein Betroffenheitskasper und gehörte erst recht nicht zur demokratischen Minderheiten- und Behindertenfraktion. Was das politisch Korrekte anging, war für ihn mit *Mein Kampf* alles angemessen eingeordnet worden. Einmal und für immer. Da konnte die liberal besoffene Mischpoke plappern und twittern, was sie wollte.

Nach dem Krieg hatte er sich frühzeitig an die neue Lage angepasst und häufiger als ihm lieb war, den Mund gehalten. Was die Gedanken anging, so waren sie bekanntlich frei. Und was Größe betraf, so musste sie sich nicht notwendigerweise aufs Physische stützen. Geistig gesehen hatte er sich noch jedem überlegen gefühlt, der sich ihm in den Weg stellte. Von denjenigen, die vorsichtshalber gleich einen Bogen um ihn machten, ganz zu schweigen. Zugegeben, dem Führer war er nie persönlich begegnet. Insofern war er nicht ans Limit gestoßen. Aber sonst? Spätestens als junger Mann und mit Eintritt in die Wehrmacht, war ihm klar geworden, dass er lieber Kommandos gab, als sie zu befolgen. Auch wenn Letzteres in der Armee leider dazu gehörte, wenn man es zum Befehlshaber bringen wollte.

Inzwischen war er fünfundneunzig Jahre alt, bereits seit langem Finanzbeamter im Ruhestand und wollte genau das haben: seine Ruhe! Was ihm meistens auch gelang. Deshalb spielte er Boules. Ruhige Angelegenheit, aber mit Stahlkugeln. Inzwischen nannten die Mitspieler ihn respektvoll den Bomber oder einfach nur Stuka. Wer immer seine Kugel zu nahe ans Schweinchen brachte, musste damit rechnen, mit einem jener berüchtigten hohen Bogenwürfe, die er gerne als letztes Mittel einsetzte, auf Distanz gebracht zu werden.

Aber soweit war es heute Vormittag noch nicht.

Nachdem er sich vergewissert hatte, dass – ihn eingeschlossen – zwölf Personen auf dem staubigen Spielfeld in Agia Marina angetreten waren, traf Kesselschmied mit befehlsgewohnter, wenn auch recht heller, Stimme seine Anordnung. Immerhin war er Präsident des Klubs.

„Drei gegen drei! Drei gegen drei!"

Da es sich um einen internationalen Klub handelte und er das einzige deutsche Mitglied war, orientierte er sich umgangssprachlich mehr an Feldmarschall Montgomery als an Rommel. Alle Beteiligten hatten sich inzwischen an sein sperriges Englisch gewöhnt, und die neun Männer und drei Frauen nahmen ihre Kugeln und begaben sich zu der Linie, die Kesselschmied mit einem abgebrochenen Stück Ast quer über den Platz in den Staub gezogen hatte. Nachdem alle in Reihe angetreten waren, schmiss er sein Schweinchen ins Feld und rief: „Eins, zwei, drei."

Bei drei warfen alle ihre Metallkugel, bestrebt, dem rosa Holzkügelchen möglichst nahe zu kommen. Dann begaben sie sich zum Ziel, um das Ergebnis zu betrachten, aufgrund dessen Kesselschmied die Teams festlegte.

„Spielen wir nun mit zwei oder drei Kugeln?", fragte Lasse.

Kesselschmied musterte den Schweden ungnädig.

„Ich wiederhole mich ungern. Aber die Dreierteams spielen mit je zwei Kugeln, die Zweier mit drei. Das macht sechs Kugeln pro Team."

Lasse grinste entschuldigend.

„Ich kann es mir einfach nicht merken."

„Sonst würdest du ja nicht fragen", beschied ihm sein Präsident ungnädig, deutete zu einer Stelle des Platzes und sagte zu niemandem bestimmten: „Die Ziegenscheiße muss noch weg."

Lasse schnappte sich eifrig einen der vertrockneten Olivenzweige, die am Rande des Spielfelds herumlagen, und kehrte den Mist zur Seite.

„Es sind übrigens Schafe", sagte Lena zu Kesselschmied.

„Wie bitte …?", knurrte er.

Er war es nicht gewohnt, korrigiert zu werden. Erst recht nicht von einer aus dem Leim gegangenen Finnin, die er als Lesbe im Verdacht hatte und die regelmäßig zu den Siegern zählte.

Lena deutete auf die Herde unter den Olivenbäumen des Terrassenfeldes, das über dem staubigen Platz lag. Die Tiere knabberten an vertrocknetem Gestrüpp und waren die einzigen Zuschauer, die der Klub hatte.

„Das sind keine Ziegen", bekräftigte sie.

Lenas Pädagogenlächeln war für einen Mann von Kesselschmieds Format nur schwer zu ertragen.

„So lange es keine Esel sind …", brummte er und ging auf Distanz.

„Du brauchst gar nicht so weit wegzulaufen", rief Lena ihm nach. „Wir spielen gegeneinander."

Er schaute sie überrascht an.

Sie lächelte erneut.

„Hast du eben höchstpersönlich festgelegt."

Kesselschmied schüttelte den Kopf.

Er und weglaufen? Wie kam die Frau auf diese abstruse Idee? Es musste an seinen Augen liegen. Sie waren nicht arisch blau, sondern einfach nur braun. Immerhin die Farbe der politischen Bewegung, der er gedient hatte. Aber wenn er sich nicht um einen energischen Gesichtsausdruck bemühte, neigte er zu einem treuen Hundeblick. Das musste die Finnin ermuntert haben.

Das Spiel nahm seinen Lauf. Nach drei Partien stand Kesselschmieds Team als Tagessieger fest. Bereits im ersten Durchgang hatte er Revanche an Lena nehmen können. Alles in allem war er also bester Laune, als sein Trupp aus Skandinaviern und Engländern zum Klublokal *Café Remezzo* in Agia Marina spazierte. Die Tragetaschen mit den Kugeln wurden in einer Ecke hinter dem Tresen deponiert, bevor man seine Halbliterflasche Bier zum Vorzugspreis von zwei Euro – den Kesselschmied mit dem Wirt ausgehandelt hatte – in Empfang nahm und die Tische unter den Sonnenschirmen an der Promenade zur geselligen Runde zusammenschob.

Bevor er sich ins Gespräch einließ, trug Alois Kesselschmied alle Daten zu den heutigen Partien in das Logbuch ein, das er mit verlässlicher Akribie führte. Dann hob er sein Bierglas und brachte einen Toast auf das Siegerteam aus. Das war als Präsident sein verbrieftes Recht – auch wenn er selbst zu den Siegern gehörte. Nur den Internetauftritt des Klubs hatte er an Lasse delegiert. Auch heute hatte der Schwede unmittelbar nach der entscheidenden Partie eine Aufnahme des siegreichen Teams gemacht, um das Foto zusammen mit einem kurzen Spielbericht und den Ergebnissen online präsentieren zu können.

Das ganze virtuelle Selbstdarstellungsgedöns ging Kesselschmied eher auf den Nerv. Er zog es vor, sich auf das Ballistische zu konzentrieren.

Er warf einen kurzen Blick auf das Edelweißmotiv des Siegelrings, den er an der Rechten trug wie andere Deutsche ihren Ehering, und ergriff das Wort, um sich der herrschenden Geselligkeit nicht zu verweigern.

83

Hätte er den Deutschen ohne Konsequenzen in aller Öffentlichkeit erschießen können, wäre jetzt die beste Gelegenheit dazu gewesen.

Der Falke saß an einem der Tische des *Café Remezzo*, die nicht von den Mitgliedern des Boules Klubs okkupiert waren, und trank einen Frappé. Bereits kurz nach der Landung auf Leros hatte er Kesselschmieds Spur wieder aufgenommen. Das Original wohnte immer noch in Pandeli, war nach wie vor quicklebendig und rüstig und seit dem letzten Mal auch nicht sichtbar gealtert. Blieb zu hoffen, dass der Mann nicht wieder von heute auf morgen zu einem Ausflug nach Patmos oder einer anderen Insel aufbrach. Aber da dem Falken dieses Mal der Boden nicht unter den Füßen brannte, wäre es auch kein Problem gewesen, dem Deutschen auf einer solchen Exkursion einfach zu folgen.

Besser war es jedoch, die Gewohnheiten des alten Mannes in seinem vertrauten Umfeld zu sondieren und zu einem Aktionsplan zu kommen, der ein effizientes und ungestörtes Vorgehen garantierte. Meist ergab sich spätestens nach einer Woche ein klares Verhaltensmuster. Das zeigte die Erfahrung, die der Falke bei der Durchführung der bisherigen Strafaktionen gemacht hatte.

Insofern hatte er nichts dagegen, zu eben diesem Zweck im Café zu sitzen. Es war einer jener schönen Sommertage wie sie typisch für die Ägäis waren. Ein helles Licht brachte die weiß getünchten Häuser zum Leuchten und ließ die Blätter der Olivenbäume silbrig glitzern. Das Meer draußen in der Bucht war von einem beruhigend tiefen Blau und nur leicht bewegt, und das Wasser im Hafen, das die Bäuche der Fischkutter umschmeichelte, war glasklar und schimmerte türkisfarben. Über allem strahlte ein hellblauer und absolut wolkenloser Himmel. Es war sehr heiß, aber ein steter Nordwind brachte angenehme Kühle und Trockenheit mit sich, die der Sonne Paroli boten. Alles in allem war es das angenehme und gesunde Gegenprogramm zum feuchtheißen Klima Thailands, das er nicht sonderlich vermisste.

Kesselschmied erhob sich und verschwand im Café. Da er sich nicht groß verabschiedete, suchte er vermutlich die Toilette auf. Der Falke behielt vorsichtshalber den Eingang des Lokals im Blick. Kurz darauf tauchte der Deutsche wieder auf. Er hatte die Boule-Tragetasche dabei und kehrte zu seinem Platz zurück. Anschließend beteiligte er sich kaum noch an den Gesprächen der anderen Klubmitglieder, sondern widmete sich seinen drei Kugeln. Sorgfältig schabte er mit der Klinge eines Taschenmessers die zerfetzten Reste des Isolierbandes ab, das die silbrige Metalloberfläche mit einem blauen Ring markierte. Dann säuberte er die Kugeln mit einem feuchten Toilettentuch von Klebstoffresten, bevor er frisches Band auftrug und jeden der drei blauen Plastikstreifen mit den Fingerkuppen gewissenhaft auf der glatten Metalloberfläche festdrückte. All dies tat Alois Kesselschmied mit der Akkuratesse, mit der er wohl auch eine Waffe gereinigt hätte.

Gebannt folgte der Falke jeder Handbewegung des Deutschen, bis dieser sich wieder ganz seinen Mitspielern widmete. Da es so aussah, als habe Kesselschmied es sich für längere Zeit bequem gemacht, beschloss der Falke die Mußezeit zu nutzen. Er nahm Notizblock und Stift aus seinem Rucksack, um vorsorglich den fälligen Begleittext zur anstehenden Aktion zu entwerfen.

Nach kurzem Nachdenken kam er zu dem Schluss, dass es sich anlässlich der Rückkehr in die Heimat anbot, auf die Anfänge des großen Griechen zurückzugreifen. War der Mann nicht auch irgendwann gen Osten gesegelt? Jedenfalls handelte es sich um ein Detail aus dem Leben seines legendären Landsmannes, das er in Thailand noch nicht angesprochen hatte.

Doch für einen Moment zögerte er.

Hatte er überhaupt vor, den siamesischen Ritus des Schwertes erneut aufzugreifen? Bislang hatte er sich, ganz seinem Instinkt folgend, nur um die Pistole gekümmert. Und die Variante mit dem Strick auf heimatlichem Terrain erneut zu strapazieren, schien ihm sowieso nicht ratsam. Vielleicht sollte er es tatsächlich bei der Walther belassen. Aber warum dann noch ein Brief zu Phaulkon? Als Henker hatte er auch keinen Beipackzettel abgeliefert.

Doch je genauer er darüber nachdachte, umso klarer wurde ihm, dass die Episteln auch einen therapeutischen Wert für ihn hatten. Es ging nicht nur um eine falsche Fährte für seine Häscher. Wenn es darum ging, jemanden abzulenken, so war damit wohl in erster Linie er selbst gemeint, denn indem er sich so intensiv mit dem Schicksal des siamesischen Griechen beschäftigte, gelang es ihm für eine Weile sein eigenes Unheil zu verdrängen.

Nach den erlebten Gräueltaten war das Leben seiner Mutter ein für alle Male ruiniert gewesen. Trotz tapferer Haltung hatte sie sich stets durch ihre Existenz gequält. Nie war sie ihre Beklemmungen und Ängste losgeworden. Immer wieder hatten sie Albträume heimgesucht. Die Pistole hatte sie sich nicht nur zur Selbstverteidigung besorgt. Auch Selbstmord war ein Notausgang für sie gewesen. Dass sie ihn nicht genommen hatte, war einem einzigen Zeugen zu verdanken: ihrem Sohn. Ihm hatte sie alles gebeichtet. Auf ihn hatte sie alles übertragen. Behutsam, aber letztendlich doch mit ganzer Last und voller Wucht. Mit der Siesta hatte sie ein Ritual gefunden, mit dem sie den willkürlichen Überfällen der Albträume zuvorkam, indem sie das grauenhafte Geschehen selbst in Rückblenden abrief und bewusst durchlebte. Zunächst hatte dieses Ritual nur ihr selbst geholfen. Später half es auch ihm.

Seine Mutter hatten immer Gewissensbisse gequält. Sie warf sich vor, dem Geschehen in ihrem Heimatdorf tatenlos zugesehen und nichts getan zu haben, um den Opfern zu helfen. Aber was um Gottes Willen hätte sie tun sollen? Sie war damals ein junges Mädchen gewesen, fast noch ein Kind. Was Revanche anging, so war dies zur Aufgabe ihres Sohnes geworden. Rache war für ihn das späte Ventil für jahrelang unterdrückten Zorn, immer wiederkehrenden Terror im Hirn und damit verbundener Hilflosigkeit und Demütigung. Es war der einzige für ihn gangbare Ausweg aus dem bedrückenden Gefühl, Erinnerungen ausgeliefert zu sein, die einem andere aufgezwungen hatten. Jeder Akt der Vergeltung hatte etwas Reinigendes. Es war pures Adrenalin, das die Depressionen in Schach hielt, die das Nichtstun mit sich brachte.

Das Paradoxe daran war, dass die Sucht nach Vergeltung ihn auf eigentümliche Art und Weise an die Täter und ihre Brut kettete. Der Glaube an die Linderung seiner Qualen durch das Leid, das er ihnen zufügte, war wie eine Droge, die ihn am Leben hielt.

Aber vielleicht hatte er Glück.

Vielleicht war sein Durst mit der Hinrichtung Alois Kesselschmieds gestillt.

Vielleicht.

Immerhin handelte es sich um ein Original.

Allein die Tatsache, den Mörder nur wenige Schritte entfernt zu sehen und es kalten Blutes ertragen zu können, gab Hoffnung. Er war wie immer auf einem guten Weg. So lange er bedacht plante und handelte war alles in Ordnung.

Und deshalb schrieb er auch weiterhin Episteln.

Ein Entwurf konnte nicht schaden. Ob er ihn letztendlich nutzte oder nicht. Womöglich war der Text nicht nur für ihn selbst als Ablenkung tauglich, sondern auch für die Öffentlichkeit.

84

EPISTEL SECHS
in der ich Euch berichte:

Im Jahr 1660 verlässt Phaulkon seine griechische Heimatinsel Kefalonia, um der strengen Zucht seines Vaters, einem einfachen Tavernen-Wirt, zu entgehen.

Er ist 13 Jahre alt und heuert als Kajütenjunge auf einem englischen Handelsschiff an. Auf diese Weise gelangt er nach London, von wo aus er jahrelang auf Schiffen der East India Company arbeitet. Bereits nach kurzer Zeit spricht er fließend Englisch.

1669 heuert er auf der Phoenix an, einem Schiff unter Kapitän George White, der zusammen mit seinem Bruder Samuel eigene Geschäfte in Südostasien im Auge hat. Die dubiosen

Brüder White arbeiten mal mit der Ostindischen Kompanie, mal gegen sie. Mit schnell erworbenen Fachkenntnissen und seinen vielfach bewiesenen Fähigkeiten wird Phaulkon zunehmend in diese Handelsaktivitäten und die damit verbundenen Konflikte verwickelt.

Im Jahr 1675 kommt er zum ersten Mal nach Ayutthaya. Schnell erkennt er die großen Möglichkeiten, die sich hier für ihn auftun. Auch er hat vor, unabhängiger zu agieren. Schon bald werden die East India Company sowie die Brüder White seinen zunehmenden Einfluss am Königshof und seine Nähe zu den Franzosen mit großem Misstrauen verfolgen und den offenen Konflikt mit ihm suchen.

An Feinden hat es Phaulkon nie gemangelt.

So geschehen in den Jahren 1660 bis 1675.

Der Falke

85

Farangs Auftrag lautete nicht, dem Deutschen das Leben zu retten, sondern es dem Griechen zu nehmen.

Insofern konnte es ihm egal sein, welchen der beiden Männer er zuerst fand. Sollte er sie durch Zufall zu Gesicht bekommen, war die Wahrscheinlichkeit den Falken dabei zu erkennen die größere. Er war ihm zwar am Strand von Pattaya nicht nahe genug gekommen, konnte sich jedoch auf eine exakte Personenbeschreibung stützen. Immerhin hatte Tony den Griechen im Laden der Brüder Liaw persönlich zu Gesicht bekommen und zudem später in Pattaya heimlich Fotos von ihm gemacht, als er aus dem Dacia gestiegen und zum Wrack marschiert war. Dass der Falke hingegen Farang erkennen würde, war sehr unwahrscheinlich. Aufgrund der Distanz, die zwischen ihnen gelegen hatte, konnte ihm allenfalls der schwarze Blouson im Gedächtnis geblieben sein. Und der befand sich erst gar nicht in Farangs Gepäck.

Was den Deutschen anging, so wusste Farang nicht, wie der Mann aussah. Dafür hatte er die Anschrift, die im Absender der Briefe angegeben war. Leider bestand sie nur aus der Ortschaft Pandeli, da es offenbar nicht üblich war, Straßennamen oder gar Hausnummern anzugeben – wenn es sie denn überhaupt gab.

Die Überfahrt nach Leros verlief eher lang als unterhaltsam. Die Fähre war nicht viel mehr als ein schwimmendes Parkhaus mit Kabinen und Reihen von Flugzeugsitzen unter zahlreichen Bildschirmen. Ansonsten hatte das Schiff etwas von einem Rummelplatz mit diversen Snackbars und Restaurants. Nachdem er von Bord gegangen war, stieg er im *Crithoni's Paradise Hotel* ab, das Thea empfohlen hatte. Mit vier Sternen war es das beste Haus am Platz und bot ihm größtmögliche Distanz zu Personal und Gästen. Unter den zahlreichen Geschäftsreisenden und Touristen fiel ein Eurasier nicht weiter auf. Umso mehr, da der Pool mit seiner Freiluftbar so gut wie rund um die Uhr von einer Reisegruppe aus Südkorea umlagert war.

Die erste Erkundungsfahrt per Taxi gab Farang ein Gefühl für die Entfernungen auf der Insel. Auf Leros lebten rund achttausend Menschen, die man als Einheimische bezeichnen konnte. Die Fahrzeiten zwischen den größeren Ortschaften beschränkten sich auf jeweils rund zehn Minuten. Schon bald kamen ihm erste Zweifel, ob ein Auto die beste Lösung war, um sich auf den kurvigen Straßen und in den engen Gassen fortzubewegen – vor allem als Ortsunkundiger. Bangkok war sicherlich ein hartes Pflaster, was den alltäglichen Kampf im Verkehrschaos anging. Aber die dort erworbenen Überlebensstrategien halfen hier nicht weiter. Auf der Rückfahrt zum Hotel sah er einen Laden, vor dem ein Dutzend Motorroller und einige Motorräder geparkt waren. Das Firmenschild verkündete: *Put something nice between your legs.* Und so mietete er kurz darauf an der Rezeption seines Quartiers eine Vespa an. Einem Vietnamesen, sagte er sich, wäre diese Lösung sofort eingefallen.

Bei der ersten Probefahrt mit dem Motorroller besorgte er sich ein weites T-Shirt, eine Baseballkappe und Cargo-Shorts aus robustem Drillich. Alles bunt genug, um als Tourist durchzugehen, aber ohne auffälliges Motiv oder Logo, das man sich leicht hätte merken können. An Flipflops war er sowieso gewöhnt. Die Beretta trug er am Oberschenkel in der rechten Außentasche der Shorts, das Reservemagazin in der linken. Ein Ledergürtel sorgte dafür, dass ihm die Hose nicht in die Kniekehlen rutschte. Alles in allem war er recht zufrieden mit seiner Aufmachung. Kein Mensch auf der Insel trug um diese Jahreszeit eine Jacke, die ein Schulterhalfter hätte kaschieren können.

Da er nicht darauf setzte, dem Falken rein zufällig über den Weg zu laufen, machte er sich auf die Suche nach Kesselschmieds Domizil. Er fuhr nach Pandeli und zog dort behutsam erste Erkundigungen ein. Bei Bedarf gedachte er, sich als Reporter auszugeben und sich dabei auf Tonys altes Blatt zu berufen. Deutsche gab es offenbar einige auf der Insel, nicht nur Kurzzeittouristen. Aber aufgrund des fortgeschrittenen Alters des Gesuchten und der Tatsache, dass der Mann wohl nicht erst seit gestern auf Leros zu Hause war, wurde Farang schließlich doch noch fündig.

„Sie meinen sicher den Kleinen", sagte die Verkäuferin eines Souvenirladens mit einem strahlenden Lächeln.

Farang schwieg überrascht.

„Ja, Sie müssen Louis meinen", bekräftigte die junge Griechin. „Wir nennen ihn auch das alte Baby."

Sie half Farang auf die Sprünge, indem sie mit angehobenem Ellenbogen eine Hand in Brusthöhe hielt.

„Er ist nämlich nur so groß."

Sie lachte fröhlich.

Die Sache hatte Farang für einen Moment irritiert. *Der Kleine* war für ihn Imeldas jüngerer Bruder. Aber in diesem Fall bezog es sich wohl auf die Körpergröße. Und Louis konnte für Alois stehen. Er nickte zustimmend, und die Frau beschrieb ihm, wo er das Haus des Deutschen finden konnte.

Der Bungalow lag in einem großen Garten. Das flache Gebäude schmiegte sich eng an die zweistöckigen Wohnhäuser, die es vor dem lärmenden Treiben der Hauptgasse abschirmten, die parallel zu Strand und Hafen verlief. Von der blau gestrichenen Gartentür bis zum Meer waren es höchstens sechzig Meter. Doch da der Zugang zum Grundstück in einer engen Sackgasse lag, befand sich Farang, kaum war er um die Ecke gebogen, in einer nahezu ruhigen Oase, in der das Gezwitscher der Vögel den Motorenlärm und das Gelächter und die lauten Rufe aus den zahlreichen Tavernen am Wasser vergessen ließ.

Kesselschmied musste zwar auf den Blick über die Bucht verzichten, dafür bot sich ihm aber eine weite Aussicht in die Hänge über dem Fischerort – bis hin zu einigen Windmühlen und einer Festungsanlage, die alles überragte. Das Idyll hatte allerdings den Nachteil, dass sich jeder Besucher auf den wenigen Metern des Gässchens für die Anrainer wie auf einem Präsentierteller bewegte. Alle Haustüren und Fenster standen weit offen, und nichts entging den Nachbarn.

Farang gab den desorientierten Fremdling, der sich auf der falschen Seite der Touristenschneise verirrt hatte, und schaffte es, einmal bis zum Ende der Sackgasse und wieder zurückzuschlendern und sich dabei ein erstes grobes Bild von Kesselschmieds Domizil zu machen.

Feigen-, Granatapfel- und Olivenbäume begrenzten das Grundstück hinter der schulterhohen Mauer. Der Boden des Gartens bestand in der heißen Jahreszeit aus nicht viel mehr als trockener Erde. Nur wenige junge Obstbäume und einige Rosmarin- und Oleandersträucher wurden offenbar gewässert. Im und um den Bungalow herum war niemand zu sehen. Fenster und Haustür waren geschlossen. Es sah ganz danach aus, als sei Alois Kesselschmied nicht zu Hause.

All dies festzustellen, gelang Farang ohne von einem misstrauischen Einheimischen angesprochen zu werden. Nur die Nachbarin, die den Doppelstöcker direkt neben dem Bungalow bewohnte, kam aus der Haustür und beäugte ihn skeptisch, bis er sich wieder ins Geschehen der belebten Hauptgasse eingeordnet hatte.

Nur zwanzig Meter entfernt führte eine weitere enge Gasse steil in den Hang über dem Bungalow und ermöglichte den entfernten Einblick auf Haus und Grundstück des Deutschen, ohne dabei größere Aufmerksamkeit zu erregen. Von hier aus konnte man ebenso gut das Panorama der gesamten Bucht mit allen ihren malerischen Zutaten vom Badestrand bis zu den Fischerbooten im Hafen genießen.

Nachdem er sich alles noch einmal in aller Ruhe von oben angeschaut hatte, spazierte Farang gemächlich zu seiner Vespa zurück. Er hatte den Motorroller in der Nähe des Souvenirladens abgestellt und winkte der Verkäuferin noch einmal zu, bevor er aus dem Ort knatterte.

86

Der Falke hatte soeben sein Schreibzeug im Rucksack verstaut, als eine athletische Griechin, die Mitte zwanzig sein mochte, auf Alois Kesselschmied zuging.

Die junge Amazone war nicht nur schwergewichtig, sondern auch groß. Die kurz geschnittenen dunklen Haare und die sportliche Montur unterstrichen ihre physische

Präsenz. Und doch erinnerte sie den Falken an ein kräftiges aber freundliches Schulmädchen, denn trotz ihrer körperlichen Dominanz machte sie einen eher schüchternen Eindruck, was ihr etwas Sympathisches verlieh.

Sie blieb neben dem Deutschen stehen und begrüßte erst ihn und dann die Runde mit dem besorgten Lächeln einer Pfadfinderin, die gerade ihr Zelt aufgebaut hat, aber nicht sicher ist, ob sie es auch richtiggemacht hat. Kesselschmied reagierte sichtlich erfreut auf ihr Erscheinen. Er schien mit ihr verabredet zu sein, denn er erhob sich, um aufzubrechen.

Während der Deutsche sich von den bereits leicht angetrunkenen Mitgliedern seines Klubs verabschiedete, schob der Falke einen Fünfeuroschein unter sein leeres Glas und war bereit, den beiden zu folgen. Das körperlich so ungleiche Paar spazierte an der Hafenpromenade entlang bis zum Parkplatz am Kai für Fähren und Frachter und unterhielt sich dabei angeregt. Schließlich öffnete die Griechin die Türen eines großen Jeeps, half Kesselschmied mit beherztem Einsatz auf den Beifahrersitz und stieg dann hinter das Steuer.

Der Lack des Jeeps war silbergrau, was dem Falken den Dacia ins Gedächtnis rief und ihn für einen Augenblick irritierte.

Handelte es sich um ein schlechtes Omen?

Er wischte den Gedanken beiseite und konzentrierte sich auf etwas Positives. In diesem Fall das Glück, seinen Mietwagen ganz in der Nähe geparkt zu haben. Der anthrazitfarbene Daihatsu Terrios, den er sich ausgesucht hatte, war unauffällige Dutzendware unter den Kleinwagen der Insel. Sie fuhren durch den stockenden Verkehr auf der engen Hauptstraße von Agia Marina in westliche Richtung, bis der Jeep ein Rondell erreichte und nach links auf die Umgehungsstraße einbog, die über dem Ortsteil Platanos am Friedhof vorbei und hoch über der Bucht von Vromolithos in Richtung Lakki führte.

Der Falke hatte keine Mühe, in einem angemessenen Sicherheitsabstand zu folgen. Die Kurven waren langgezogen und übersichtlich. Sie passierten eine Gabelung, an der ein großer schwarzer Schiffsanker auf einem weißen Mauersockel ruhte, und nahmen die lang gezogene Gerade hinunter nach Lakki. Nach etwa zweihundert Metern leuchtete der rechte Blinker des Jeeps auf, und der Wagen bog in eine enge Seitenstraße ab.

Es ging durch die engen Gassen des flachen Hinterlands, bis der Jeep vor einem verfallenen Kasernengebäude parkte, das einmal die Funkzentrale der Italiener beherbergt hatte, und später von den deutschen Besatzern genutzt worden war. Die Ruine lag inmitten mittelständischer Häuser und unbebauter Grundstücke, auf denen Olivenbäume wuchsen. Sie wurde von den dunklen Stahlgerippen dreier Antennenmasten und einigen alten Kiefern überschattet, und war offenbar ungesichert und allgemein zugänglich.

Kesselschmied und die Griechin verschwanden im Eingang, und der Falke bog rechtzeitig in eine Seitengasse ab, parkte dort und machte sich zu Fuß auf den Weg. Zügigen Schrittes passierte er die Militärruine, ohne dabei Aufmerksamkeit zu erregen. Der Jeep stand neben einem alten

Brunnenschacht, der mit einer Metallplatte bedeckt war. Aus dem offenen Eingang und den leeren Fensterläden waren die Stimmen der beiden zu hören. Zwar war nicht zu verstehen, was sie sagten, aber sie sprachen Griechisch miteinander. Der Deutsche war also der Landessprache mächtig. Vermutlich hatte er schon in der Schule Altgriechisch gelernt.

Die schmale Straße mündete in die betonierte Zufahrt zu einem Privathaus. Der Falke blieb kurz stehen, legte den Kopf in den Nacken und besah sich den Antennenmast, unter dem er sich befand – ganz der faszinierte Inselbesucher, der über die schmale Leiter staunte, die bis zur höchsten Stelle des Metallskeletts führte. Dann ging er langsam, die Deckung zweier niedriger Eichenbäumchen nutzend, zurück, bis er durch eine der offenen Fensterhöhlen auf der Schmalseite des alten Militärgebäudes den Deutschen erkennen konnte.

Der Anblick, der sich ihm bot, war bizarr.

Alois Kesselschmied stand in dem leeren Raum und riss abrupt den rechten Arm zum Hitlergruß hoch. Einige Sekunden verharrte er in dieser Haltung. Dann verneigte er sich kurz, bevor er wegtrat und aus dem Blickfeld des Falken verschwand.

Was zum Teufel sollte das bedeuten?

War da noch jemand außer der Frau?

Der Falke war sich nur einer Sache sicher: Der Führer konnte es nicht sein.

87

Nachdem Kesselschmied seinen Respekt bekundet hatte, begab er sich in den Nebenraum.

Erika Miniotis war bereits damit beschäftigt, die zerfallenen Strukturen zu dokumentieren. Zu diesem Zweck war sie mit einer kleinen Videokamera und einer leuchtstarken Lampe ausgestattet. Der so gut wie völlig intakte Rauchabzug über der Feuerstelle und eine lang gezogene und offenbar unkaputtbare Spüle verrieten, dass man sich in der ehemaligen Küche befand.

Der in schwarz-weißen Karos gekachelte und von Schutt übersäte Fußboden sowie die Wände waren – wie auch in den anderen Räumen – schwer beschädigt. Über die Jahre hatten die Inselbewohner das Gebäude systematisch ausgeschlachtet und alles noch verwendbare Material von der Keramikfliese bis zum Elektrokabel mitgehen lassen.

„Ich wundere mich immer, dass sich noch niemand an der Spüle vergriffen hat", sagte Erika. „Aber wahrscheinlich ist sie einfach zu groß."

Kesselschmied nickte wie abwesend. Er stand noch ganz unter dem Eindruck der im Nebenraum verblassenden Propaganda und gab seinem Unmut freien Lauf.

„Es ist eine Schande wie hier deutsches Kulturgut vor die Hunde geht", bellte er.

„Vor die Ziegen", korrigierte Erika, denn die Räumlichkeiten wurden zeitweise als Ziegenställe genutzt, wie Stroh, Dung und ein strenger Geruch eindrücklich belegten.

„Und der Großteil des ‚Kulturgutes' ist im Übrigen italienisch", fügte sie vorsichtig hinzu.

„Ich meine die Kunst am Bau", stellte Kesselschmied unwirsch klar.

Erika ließ es dabei bewenden. Ihr war bewusst, dass die lautstark vorgetragene Kritik nicht ihr, sondern dem Bürgermeister und allen anderen galt, die Kesselschmied für dieses Verbrechen verantwortlich hielt. Sie stolperte über das Geröll in einen anderen Raum, und der Deutsche folgte ihr und gab sich etwas milder.

„Ich bin dir jedenfalls dankbar, dass du Zeit gefunden hast, all das aufzunehmen, bevor es ganz hinüber ist."

„Du brauchst dich nicht extra zu bedanken, Louis. Ich würde das sowieso machen."

„Ich weiß, meine Liebe, ich weiß."

Kesselschmied hielt große Stücke auf Erika. Die Griechin kannte jede ehemalige Geschützstellung auf der Insel, jeden Tunnel, jeden Kasernenrest, faktisch jedes Stück Infrastruktur und jedes Unterwasserwrack, das etwas mit dem Zweiten Weltkrieg und der Schlacht um Leros zu tun hatte. Und den Großteil davon hatte sie bereits dokumentarisch erfasst. Ihre Drohnenvideos auf YouTube waren Legende. Vor allem der Beitrag über die akustische Mauer, mit der die Italiener den Luftraum abgehört hatten – noch bevor es Radar gab.

Das Mädel war nicht das Problem.

Das Problem waren die Kommunalpolitiker, die nicht begriffen, welche Schätze hier verluderten. Nicht mal den touristischen Nährwert der Sache erfassten sie. Vom historischen Moment mal ganz abgesehen. Zeitgeistbesoffen waren sie bis zum abwinken. Aber für so etwas wie Erbe hatten sie null Sinn. Diese Sorte kannte den Preis von allem und den Wert von Nichts! Aber wenn einer wie er die Schnauze aufmachte, schmierten sie ihm gleich die alten Nazikamellen aufs Brot. Dabei hatten sich seine Landsleute auf der Insel vergleichsweise manierlich aufgeführt. Das gaben sogar die meisten Lerioten zu. Zumindest die älteren, die noch eine Ahnung davon hatten. Und er persönlich war ja hier unten im Süden gar nicht stationiert gewesen. Sein Wirkungsbereich hatte weiter nördlich gelegen, auf Festland und Peloponnes. Aber trotzdem hieß es, vorsichtig zu sein und keine schlafenden Hunde zu wecken.

Erika lichtete bereits den großen Raum ab, in dem sich die Sende- und Abhörzentrale befunden hatte. Die Fenster konnten mit Metallfensterläden gesichert werden, die sich wie Schotten in einer Schiffswand ausnahmen und schwer in den massiven Angeln hingen. Normalerweise wurden sie mit jeweils vier Verschlüssen aus massiven Stahlbolzen gesichert. Jetzt standen sie weit offen. Die Freizügigkeit wurde von zahlreichen Tauben und Singvögeln genutzt, die ein- und ausflogen.

„Was ist mit dem Hochspannungsbereich hinter der Tresortür im Seitentrakt?", fragte Kesselschmied, als Erika die Lampe ausschaltete.

„Hab ich früher schon mal abgefilmt."

„Dann lass uns fahren."

Sie stolperten ins Freie, und nachdem sich seine Augen wieder ans helle Sonnenlicht gewöhnt hatten, schaute Kesselschmied noch einmal zu den Sendemasten.

„Irgendwie erinnern mich die Dinger an den alten Funkturm in Berlin. Nur das Restaurant unter der Spitze fehlt."

Sie stiegen ein und fuhren los.

88

Der Falke wartete, bis der Jeep außer Sichtweite war, bevor er die Ruine erkundete.

Die Reste des Außenputzes zeigten ein erdiges Rot. Das Holz der Eingangstür war angefault. Ihre hohen Flügel standen einladend offen, obwohl sie mit zwei schweren Vorhängeschlössern bestückt waren. Der Innenbereich war ein einziges Trümmerfeld. Man musste aufpassen, sich auf dem Geröll nicht die Knöchel zu brechen. Nachdem der Falke sich halbwegs orientiert hatte, fand er den Raum, in dem ihm Kesselschmied kurz zuvor mit seinem seltsamen Auftritt aufgefallen war.

Der Raum war etwa acht mal vier Meter groß und hatte eine hohe Decke. Eine der Längsseiten schmückte ein verwittertes Wandgemälde. Es zeigte einen großen Adler. Der Vogel breitete seine Schwingen majestätisch aus und hielt einen Siegerkranz mit Hakenkreuz in den Fängen. Darunter zog sich in altmodischen schwarzen Lettern ein Schriftzug quer über die Wand.

„Es gibt für uns nur einen Kampf – und dann den Sieg."

Die Anfangsbuchstaben der Wörter „Es", „Kampf" und „Sieg" waren nicht schwarz sondern signalrot gehalten. Dem Falken waren zwar nur die Vokabeln Kampf und Sieg ein Begriff, aber er konnte sich den Sinn zusammenreimen. Der verblasste Untergrund des Gemäldes war bis zur Brusthöhe hellblau und darüber grün. Nur Wappentier und Schriftzug hatten einen weißen Hintergrund.

Das Geheimnis war gelüftet.

Alois Kesselschmied hatte vor einem Greifvogel salutiert!

Und ob er wollte oder nicht: Angesichts des hakenkreuzbewaffneten Adlers fühlte sich der Falke für einen Augenblick wie ein Spatz.

Als mache ihm erst dieses Wandbild richtig klar, gegen welche Dämonen seine Mutter ihr Leben lang gekämpft hatte und wie gefährlich diese Mächte auch für ihn noch waren. Das Bild mochte verblichen sein, aber es war immer noch da. Trotz all der Jahre.

Wie benommen machte er sich auf den Weg zurück in seine Unterkunft.

Es war hohe Zeit für eine Siesta.

89

Kesselschmied fischte einen Zwanzigeuroschein aus der Hemdtasche und legte ihn auf die Ablage hinter der Windschutzscheibe.

Erika quittierte die Aktion mit einem fragenden Blick.

„Benzingeld", sagte er.

Sie lehnte wie immer ab.

Kesselschmied ertrug das stolze Gebaren mit einem Lächeln. Er wusste, dass sich die Gute den Schlitten eigentlich nicht leisten konnte. Deshalb bot er ihr eine gesichtswahrende Lösung an.

„Betrachte es einfach als Spende für dein Forschungsprojekt Zweiter Weltkrieg."

„Das ist akzeptabel", sagte sie.

Kesselschmied nickte zufrieden.

Für ihn war die junge Griechin der Beweis dafür, was aus dem Volk hätte werden können. Leider konnten ihr nicht viele ihrer Landsleute das Wasser reichen. Sie hatte klare Überzeugungen und anstatt großmäulig darüber zu schwadronieren, setzte sie ihre Vorhaben um. Tadelloser Charakter. Keine Visionen sondern reale Sicht der Dinge. Auch unter den gegebenen Schwierigkeiten jederzeit bereit, ganzen Einsatz zu zeigen. Heirat hatte sie sich bislang erspart. War zu verstehen. Bei *den* Männern. Das Mädel lag niemandem auf der Pelle und sorgte für ihre Unabhängigkeit. Ging einer ordentlichen Arbeit nach, um ihren Traum zu finanzieren. Arbeitete als Verkäuferin in einem Laden für Schiffszubehör, renovierte nebenbei noch alte Häuser und träumte von einem Dokumentationszentrum zur Militärhistorie der Insel. War jedenfalls auf dem besten Weg, auch wenn er noch lang sein konnte. Hatte sich ohne jeden Zweifel sehr viel vorgenommen. War aber nie falsch, mehr abzubeißen, als man kauen kann. Man konnte es auch ganz schlucken.

Eigentlich wäre sie ja gerne Architektin geworden. Aber

das war nicht drin gewesen. Ihre Eltern hatten nur dem Ältesten eine höhere Bildung gesponsert. War Arzt geworden. Komplettes Arschloch. Nicht nur professionell inkompetent, sondern zudem arrogant bis zum Abwinken und nicht ganz von dieser Welt. Schuld waren immer die anderen. Aber so war das. Was sollte man da noch sagen? Er jedenfalls unterstützte die Kleine so gut er konnte. Und da war noch ihr Großvater Alexis. Der einzige in der Familie, auf den sie sich verlassen konnte. Stand zwar schon mit einem Bein im Grab, der Gute, war aber absolut loyal zu seiner Enkelin.

Das mit dem Bein im Grab war vielleicht etwas zu voreilig. Vor allem, wenn man selbst auch nicht mehr der Jüngste war. Wurden jedenfalls alle ziemlich alt auf der Insel. Über achtzig war normal, über neunzig nichts besonderes. Blieb zu hoffen, dass Alexis und er es noch ein paar Jahre machten. Großvater verdankte Erika auch den Vornamen. Alte Geschichte. Urgroßvater war während des Zweiten Weltkriegs Lehrer gewesen. Eigentlich sogar Schuldirektor. War aber nicht mehr als ein Lakaienposten. Ziemlich brotlose Kunst, denn die Italiener hatten schon während ihrer Besatzungszeit den Unterricht in Griechisch verboten. Ging alles nur über Italienisch. Wie in einer Kolonie.

Nachdem dem Duce die Luft ausgegangen war und die Italiener kapituliert hatten, waren die Briten an der Reihe. Alexis senior und seine Leute waren sofort bei ihnen vorstellig geworden. Hatten um die Wiedereröffnung der griechischen Schule gebeten. Abgelehnt. Erst als die Deutschen im Herbst 1943 die Schlacht um Leros gewannen, hatten die Griechen Glück. Erneut trugen sie ihre Bitte vor. Diesmal durfte die Schule wieder in Betrieb genommen werden. Und zwar mit vollem griechischen Programm. Das hatte nicht nur Familie Miniotis nie vergessen. Und aufgrund der guten Erfahrungen seines Vaters und aus tiefer Dankbarkeit hatte Alexis seinem Sohn klargemacht, seine Enkelin gefälligst Erika zu taufen. Getreu der alten Weise, die ihr Großvater so oft von den Wehrmachtssoldaten gehört hatte: „Auf der Heide blüht ein Blümelein – und das heißt …"

Deshalb gab es nicht nur bei den Miniotis kaum böses Blut gegenüber den Deutschen auf der Insel. War eben damals in Griechenland nicht alles so wie heute behauptet. Gut, bei ihm im Norden war die Lage zugegebenermaßen eine andere gewesen. Aber deshalb war er ja hier. Die Leute waren nicht nachtragend und sehr kooperativ. Vor einem Monat hatte Erika ihm sogar eine Luger verehrt. Hatte sie in einem der alten Häuser gefunden, die sie nebenbei renovierte. In einer Maueröffnung. Fein säuberlich in Ölpapier und einem Putzlappen eingewickelt. Dazu die passende 9-Millimeter-Munition in einer Blechbüchse. Parabellumpistole und Patronen waren noch pikobello in Ordnung.

„Wo soll ich dich absetzen?", riss Erika ihn aus seinen Gedanken.

„Pandeli."

Er ließ ihr ein entschuldigendes Lächeln zukommen.

„Ich muss mich ein bisschen hinlegen. Man ist ja nicht mehr der Jüngste."

90

Der Falke lag wach im Halbdunkel seines Zimmers und sah den Oberleutnant, den Avra stets den bösen Gnom genannt hatte, mit ihren Augen.

Der Lärm, den er dazu hörte, war unerträglich, denn während sie in die Ortschaft einmarschierten, feuerten die Wehrmachtssoldaten fortdauernd aus ihren Waffen. Aber noch unerträglicher war der Anblick, der sich nur wenig später unmittelbar vor der Kirche bot, als der Priester sich dem Anführer der Deutschen entgegenstellte und versuchte, das nahende Massaker zu verhindern. Der Grieche war ein friedfertiger und mutiger Mann, groß wie der Berg Athos, aber eben nur mit einem Kreuz bestückt. Der Feind, mit dem er sich konfrontiert sah, trug hingegen schwere Artillerie. Und so mähte der Offizier den Geistlichen mit einem einzigen Feuerstoß nieder, bevor er und seine Soldaten mit der systematischen Säuberung des Dorfes begannen.

Der Falke fühlte sich bestätigt. Die Bilder seiner Mutter identifizierten den Täter zum wiederholten Mal. Bereits bei seinem ersten Versuch, das Original zu liquidieren und damit nicht nur für den Priester Vergeltung zu üben, hatte für den Falken kein Zweifel daran bestanden, dass es sich bei dem kleinen gefährlichen Mann um Alois Kesselschmied handelte.

Der Falke lächelte vor sich hin.

Damals war ihm die Beute nach Patmos entwischt. Diesmal konnte sie sich drehen und wenden wie sie wollte. Er würde sie nicht mehr aus den Fängen lassen.

91

Das Essen ließ Farang an seine große Liebe denken.

Das kleine Lokal, das Nit nach dem Ende ihrer Go-go-Girl-Karriere im Herzen Bangkoks geführt hatte, war mitnichten ein Gourmettempel gewesen. Kein Schnickschnack für Bessergestellte. Unteres Preissegment. Für Leute, die gerne gut essen und nicht viel dafür ausgeben können oder wollen. Alles in allem das Gegenstück zu einer einfachen Taverne.

Doch der Vergleich hinkte.

Nicht dass er die hellenische Küche schlecht fand. Aber verglichen mit der thailändischen war sie – wie auch die deutsche – recht anspruchslos. Eine südeuropäische Variante der Herzhaftigkeit. Selbst die einfachsten Gerichte einer ambulanten Straßenküche in Bangkok waren subtiler zubereitet. Von Dao und ihrem Restaurant *Zur fetten Ratte* ganz zu schweigen. Farang stocherte sich durch seinen Salat und versuchte, sich vorzustellen wie Gyros oder Souvlaki mit Rattenfleisch geschmeckt hätten.

Was das Klima anging, hatten die griechischen Inseln allerdings die Nase vorn. Es war eine angenehm trockene Hitze, die ihn tagsüber umfing. Nichts Suppiges, das wie eine Bleiweste an ihm hing. Und jetzt, am Abend, war nur noch eine schmeichelnde Wärme zu verzeichnen, die man ebenfalls gut ertragen konnte. Allerdings trocknete seine Haut hier schneller aus. In Thailand ersetzte die Luftfeuchtigkeit die Lotion. Hier griff er dankbar auf das kostenlose Angebot des Hotels zurück. Außerdem hatte er sich einen

Labello-Stift für seine spröden Lippen besorgt. Man konnte eben nicht alles haben. Jeder Streifen Licht am Horizont wurde von einer dunklen Wolke begleitet.

Doch genau besehen fühlten sich bei dem hiesigen Wetter sowohl der Deutsche als auch der Thai in ihm wohl. Das konnte er nicht einmal von Deutschland behaupten, wo er sich nie so richtig heimisch gefühlt hatte. Zu Hause war er nur in Thailand. Dort gehörte er hin. Dort war er geboren. Wenn es hart auf hart ging, war er eben kein Europäer. Er war Asiate. Mochte seine Identität auch für den Rest der Welt nicht zweifelsfrei geklärt sein. Er wusste, was und wer er war. Auch wenn man ihn allenthalben mit diesem Halbe-halbe abspeiste, das man Eurasier nannte.

Den Begriff hatten angeblich die Engländer erfunden. In Indien. Es handelte sich um eine Spezies, die auch hier, im Mutterland Europas, beäugt wurde, als sei Misstrauen angebracht oder doch zumindest freundliche Vorsicht. Man nannte das Toleranz. Aber tolerant zu sein hieß eben auch: auf Distanz halten. Im Prinzip war dies die Grundeinstellung, die sein leiblicher Vater ihm gegenüber an den Tag gelegt hatte. Er hatte seinen illegitimen Spross niemals Sohn, sondern stets nur Surasak genannt. Als sei er insgeheim dankbar dafür, dass die Mutter dieses Unfalls sich einen thailändischen Vornamen für ihr uneheliches Kind ausgesucht hatte und er es nicht Hans oder Egon rufen musste.

Aber all das bedrückte Farang nur noch gelegentlich. Wollte er wirklich von der ganzen Welt umarmt werden? Er, der einen gesunden Abstand zu schätzen wusste? Insofern konnte er gut damit leben, toleriert zu werden. Sein

Schicksal war, ein Mischling zu sein. Es bescherte ihm ein besonderes Talent. Er war in der Lage, die Dinge von zwei Standpunkten aus zu betrachten. Und er hatte gelernt, es als Bereicherung zu empfinden – mochte die Welt sich auch noch so viele Bezeichnungen für seine rassische Abstammung ausdenken. Die Asiaten hatten sich durchaus poetische Varianten ausgedacht wie zum Beispiel: Staub des Lebens. Geläufiger waren ihm jedoch deutschsprachige Varianten wie Bastard, Promenadenmischung, Bankert oder Auswärtiger.

Beim Thema Rasse kam ihm Alois Kesselschmied in den Sinn. Wenn auch nur flüchtig. Noch hatte der Mann keine Gestalt für ihn angenommen. Der Falke hingegen war vorstellbar. Aber auch er hatte an diesem Abend keine Chance gegen Nit. Die Erinnerung an sie war stärker.

Farang ließ seinen Blick über das im Mondlicht glitzernde Wasser der Bucht von Agia Marina schweifen, genoss die leichte Brise aus Norden, und gab sich dem Gedenken an seine alte Liebe hin.

92

Erika Miniotis parkte ihren Wagen vor dem Nebengebäude der alten Windmühle, in dem ihr Großvater lebte, seit er Witwer war.

Die Mühle selbst vermietete er bei Gelegenheit, nachdem sie den Rundbau in liebevoller und jahrelanger Arbeit saniert hatte. Im Moment stand das Schmuckstück jedoch leer. Die Haustür des Nebengebäudes war von Bougainvillea umrankt und weit geöffnet.

Mit einem lauten „*Papou*…?", kündigte Erika sich an.

„Komm rein!", antwortete ein tiefer Männerbass.

Sie überquerte die Schwelle und bückte sich dabei, um nicht an den Vogelkäfig zu stoßen, der im Türrahmen hing und einen Kanarienvogel beherbergte, der munter vor sich hin sang.

Das Nebengebäude bestand lediglich aus einer geräumigen Wohnküche mit einer separaten Nische, in der ein schmales Bett und ein einfacher Kleiderschrank standen. Die gesamte Einrichtung war spartanisch. Ein Esstisch mit vier Stühlen, dazu zwei Klappsessel, die platzsparend an der Wand lehnten und ein wackeliges Regal.

Nach dem Tod ihrer Großmutter hatte Großvater sich endlich von dem tonnenschweren Repräsentationsmobiliar und dem byzantinischen Plüsch befreit, den er – wie Erika nur zu gut wusste – lediglich wegen „seiner Alten" jahrzehntelang ertragen hatte. Er vermisste das einstöckige Haus, das sie in den engen Gassen von Platanos bewohnt hatten, keine Minute, wie er oft und gerne betonte. Hier, hoch über Pandeli, hatte er seine Ruhe und einen weiten Ausblick auf seine geliebte Ägäis – bis hinüber zur Nachbarinsel Kalymnos und nach Kleinasien.

Alexis saß kerzengerade am Küchentisch und sah ihr aufmerksam entgegen. Ganz mächtiger weißer Schnurrbart und buschige Augenbrauen. Die imponierende Haltung bekam er nur noch im Sitzen hin, und so beugte sie sich zu ihm hinab, um ihn mit einem Kuss auf die Wange zu begrüßen.

„Setz dich zu mir, mein Kind", sagte er.

Sie stellte ihren Rucksack auf einem der Stühle ab.

Er deutete zu den Klappsesseln.

„Wenn du es bequem haben willst, musst du dir einen von denen nehmen."

Stattdessen rückte sie sich einen der Stühle zurecht, um auf Augenhöhe mit ihm zu sein.

„Da bin ich ja mal gespannt …"

Mit dieser Bemerkung nahm sie ihm gegenüber Platz und sah ihn erwartungsvoll an. Er hatte sie zu sich gebeten, um etwas Wichtiges zu besprechen. Das war eher ungewöhnlich, denn normalerweise regelte ihr Großvater das, was zu regeln war, bei einem Kaffee und einem Tsipouro im Kafenion. Heute hingegen hatte er eine Flasche Rotwein aufgefahren. Und das bei sich zu Hause! Erika schüttelte den Kopf, als könne sie es nicht so recht glauben.

Unaufgefordert schenkte er ihr ein Glas ein. Seine Hände zitterten nur leicht.

„Hast du die Pläne mitgebracht?"

Sie nickte und holte eine Plastikmappe aus dem Rucksack. *Bring deine Lagepläne von Merikiá mit!*, hatte er ihr aufgetragen. Während sie die ausgedruckten Seiten auf den Tisch legte, nickte er zufrieden.

„Gut, dass ich mir das nicht wieder auf deinem Telefon anschauen muss. Man erkennt ja nichts auf dem Spielzeug."

„Deine Augen sind noch sehr gut", betonte sie.

„Aber nicht für so was."

„Was meinst du damit?"

„Dieses Computerzeug. Fördert nur die Vergesslichkeit."

Sie lächelte. Bei dem Thema ließ sie sich nicht auf Diskussionen mit ihm ein.

„Apropos Vergessen", sagte er. „Ich wollte dir schon immer etwas anvertrauen, das du wissen solltest. Und ich dachte, ich erzähle es dir, so lange ich noch klar im Oberstübchen bin."

Er hob sein Glas, und sie stießen an.

„Wäre schade, wenn ich es mit ins Grab nehme, und du nichts davon weißt."

„Mach es nicht so spannend, Papou."

Er lächelte und trank noch einen Schluck, bevor er weitersprach.

„Kannst du dich erinnern, was ich immer erzählt habe, wenn die Zeiten drohten, schlecht zu werden?"

Für einen Augenblick war sie irritiert. Dann fiel es ihr wieder ein. Sie war noch ein Kind gewesen, als sie es zum ersten Mal gehört hatte. Doch bevor sie sich dazu äußern konnte, gab er selbst die Antwort. Er sprach die Worte sorgfältig aus, als zitiere er mit tiefer Stimme die Zeile eines Gedichtes.

„Wenn alles schiefgeht haben wir noch die Schatzkammer!"

Sie nickte und wiederholte das entscheidende Wort in der Sprache, die sie so gut wie immer dafür verwendet hatten.

„Il tesoro."

Kaum hatte sie es ausgesprochen, trällerte der Kanarienvogel laut vor sich hin, als habe der Klang der fremden Worte ihn kreativ überwältigt.

„Halt die Klappe, Sokrates!", rief Alexis.

Der Vogel verstummte für den Augenblick, und Erika nutzte die Stille, um sich das Ganze wieder ins Gedächtnis zu rufen. Die Schatzkammer hatte in der Geschichte ihrer Familie stets eine große Rolle gespielt. Bis heute. Auch wenn sie kaum noch erwähnt wurde. Und doch gehörte sie nach wie vor als Mythos zum Familienerbe. Die Kammer war ein Schutzraum mit einer eisernen Reserve an Vorräten, in dem der Clan der Miniotis auch in härtesten Zeiten überlebt hätte. Für die weiblichen Familienmitglieder hatte es sich stets um eine Speisekammer voller Köstlichkeiten gehandelt, für die männlichen um eine Art Luftschutzbunker. Kein Mitglied der Familie hatte die Kammer je gesehen, aber sie war ein spiritueller Fluchtort, eine letzte Zuflucht wenn Not drohte – und Alexis Miniotis hatte sie erfunden. Andere Großväter erzählten ihren Enkeln Märchen von Schlössern in irgendwelchen Wolken. Er hingegen hatte stets von einem Raum berichtet, der einem schützenden Burgverlies glich, in dem Milch und Honig flossen und luftgetrocknete Schinken bis unter die Decke gestapelt waren. Die unzähligen Blechdosen mit Schokolade nicht zu vergessen.

„Es gibt sie tatsächlich", sagte er.

„Die Schatzkammer existiert …?"

Erika konnte es nicht glauben.

Er nickte bedächtig.

„Denk nicht, dass ich spinne. Ich bin zwar ein Greis, aber meine höheren Fakultäten funktionieren noch ganz passabel."

Sie schaute ihn weiterhin ungläubig an.

„Die Sache ist nicht auf meinem Mist gewachsen", betonte er. „Die Italiener hatten die Idee. Ich habe sie nur ein wenig ausgeschmückt."

Ihr dämmerte, woher die Gewohnheit kam, das italienische Wort für Schatzkammer zu benutzen. Ihr Blick fiel auf die Pläne, die vor ihr auf dem Tisch lagen.

Es ging um die militärischen Anlagen in Merikiá!

Benito Mussolini hatte Leros in seinem Größenwahn zum „Malta der Ägäis" ausgebaut, und die ober- und unterirdische Infrastruktur in Merikiá waren nur ein kleiner Teil davon. Es gab so gut wie keine Anhöhe der Insel, die nicht von einer stattlichen Geschützstellung gekrönt wurde. Die eindrucksvollen Reste auf Skoumbarda, Markelos oder Klidi waren noch heute Beweis dafür. Zudem hatten die Besatzungsmächte jede taugliche Bucht zum Kriegshafen ausgebaut – wie in Lakki und Partheni.

Sie musterte ihren Großvater.

Er nickte bedächtig. „Es geht um ein Depot im Untergrund."

„Wenn es auf den Plänen der Italiener verzeichnet ist, kann es ja kein großes Geheimnis mehr sein", meldete sie ihre Zweifel an. „Jeder Interessierte kann die Unterlagen im Staatsarchiv einsehen."

Alexis ließ sich nicht beirren.

„Die Italiener haben so manches geplant, was später nicht ausgeführt wurde. In diesem Fall handelt es sich jedoch um einen Vorratsbunker, der tatsächlich gebaut wurde und aus ungeklärten Gründen der Vergessenheit anheimfiel. Der Zugang zum Verbindungsstollen wurde nicht verschüttet oder gesprengt, sondern sauber und unkenntlich verbaut. Das lässt auf Geheimhaltung schließen. Aber wer weiß. Das Ganze ist nicht in den Plänen verzeichnet, aber ich kann dir einen Tipp geben, wo du die Schatzkammer finden kannst. Zeig mir mal die Karte!"

Erika sah die Ausdrucke durch, bis sie eine passende Übersicht gefunden hatte. *BASE NAVALE MERICIA, Lero 13 Novembro 1926. Scala 1:1 000.* Alexis beugte sich über den Lageplan, der am unteren südlichen Rand vom Strand von Merikiá begrenzt war.

„Hier auf der rechten Seite des Strandes liegen landeinwärts die Tunnel, von denen heutzutage einer als Kriegsmuseum genutzt wird." Er deutete auf die Stelle wo das Museum lag und fuhr mit dem Finger über das Papier bis zum linken Rand. „Und hier, am linken Ende des Strandes, sind landeinwärts ebenfalls Tunnel zu verzeichnen."

Mit der Fingerspitze tippte er auf eine Stelle, die nördlich der eingezeichneten Stollen lag.

„Und unsere Schatzkammer liegt etwa hier!"

Erika nickte kaum wahrnehmbar.

„Voller Lebensmittelkonserven, medizinischem Bedarf, Decken, Bekleidung, sonstigen Ausrüstungsgütern und Gott weiß was."

„Hast du das selbst gesehen?"

„Nein."

„Woher weißt du es dann?"

„Mündliche Überlieferung."

Erika zog die Augenbrauen zusammen.

„Die Italiener haben die Bauten auf Leros zwar geplant,

aber die Lerioten haben sie gebaut. Und einer der Arbeiter war Jorgos, einer der jüngeren Brüder meines Vaters. Er war zweiundzwanzig, als er für die Italiener schuftete. Später hat er mir die Sache mit der Kammer erzählt. Er war mein Patenonkel, und er hat es mir als Geheimnis anvertraut. Das Ganze hat mich damals schwer beeindruckt."

„Und du bist sicher, dass er dir kein Märchen erzählt hat?"

„Das war nicht seine Art."

„Aber wieso war es *sein* Geheimnis? Er war doch sicher nicht der einzige Leriote, der am Bau beteiligt war?"

„Das ist richtig. Aber es sind unzählige dieser Tunnel und Depots gebaut worden, für die sich die Einheimischen nach dem Krieg nicht mehr sonderlich interessierten. Sie wussten ja nicht mal genau, wie viele es überhaupt waren. Erst waren die Anlagen wegen der Italiener unzugänglich, dann wegen der Briten, danach wegen der Deutschen, dann wieder wegen der Briten. Nach Kriegsende wurde zudem einiges gesprengt und das Gelände erneut gesperrt, diesmal durch das griechische Militär. Und was die Bauarbeiter anging, so kamen sie nach und nach im Krieg um oder starben altersgemäß mit den Jahren. Zudem war Onkel Jorgos der einzige Grieche, der geraume Zeit nach dem Bau des Depots mit Hilfe zweier italienischer Soldaten und unter Aufsicht eines Unteroffiziers den Zugang zum Verbindungsstollen zugemauert und kaschiert hat."

Erikas Erkundungstrieb regte sich.

„Und niemand in der Familie hat das jemals nachgeprüft?"

Alexis schüttelte bedächtig den Kopf.

„Vergiss nicht: Es hat eine lange Zeit gedauert, bis die Gegend um Merikiá wieder frei zugänglich war. Außerdem litten wir nach dem Krieg Gott sei Dank nie wieder große Not. Es ging uns zu gut, als dass uns die Schatzsuche gereizt hätte. Hätte mein Pate von etwas Wertvollerem wie zum Beispiel Gold erzählt, hätte die Sache vielleicht anders ausgesehen. Aber wegen Lebensmittelkonserven und Medikamenten mit abgelaufenem Verfallsdatum …?"

„Und trotzdem haben die Italiener den Zugang blockiert und getarnt. Findest du das nicht seltsam?"

Alexis antwortete mit einem Schulterzucken und dachte eine Weile nach, bevor er sich wieder zu Wort meldete.

„Vielleicht wollten Soldaten etwas beiseite schaffen, um es später zu verhökern. Ich weiß es nicht."

Er schenkte Wein nach und lächelte Erika verschmitzt an.

„Aber wie ich dich kenne, wirst du es rausfinden."

„Da kannst du Gift drauf nehmen", sagte sie trocken. „Aber dazu brauche ich schon präzisere Hinweise. Bei *dem* Maßstab auf eine Stelle zu zeigen, ist eine Sache. Die Stelle zu finden, eine andere. Hast du noch weitere Anhaltspunkte?"

Alexis seufzte.

„Im Prinzip ja …"

„Was heißt das?"

„Onkel Jorgos hat mir ein Buch hinterlassen."

„Ein Buch?"

„Eine große dicke Schwarte über den Piemont. In italienisch und mit vielen Bildern."

„Und …?"

„Er sagte, das Buch gäbe mir genaue Informationen zur Schatzkammer. Ich müsse mir nur die Mühe machen, es genau zu studieren."

„Er hat dir also eine Denksportaufgabe verpasst."

Ihr Großvater lachte leise.

„So kann man es ausdrücken."

„Und … hast du was rausgefunden?"

„Nein. Leider nicht. Ich habe das Buch mehrmals … und zwar Seite für Seite … durchgeblättert. Es war nichts reingelegt oder reingeschrieben. Ich habe mir alle Fotos angeschaut … ohne jedes Ergebnis. Schließlich habe ich frustriert aufgegeben und den Wälzer wieder ins Regal geschoben."

„Hast du das Buch gelesen?"

„Ich bitte dich … bei meinem Italienisch."

„Wo hast du es?"

„Da, wo alle meine Bücher gelandet sind."

Erika schwante nichts Gutes.

„Wir haben deine gesamte Bibliothek eingelagert, als du umgezogen bist", sagte sie ernüchtert.

Alexis lächelte milde.

„Ein bisschen Arbeit musst du dir schon selbst machen, mein Kind. Du weißt ja, wo die Kartons sind."

93

Spät in der Nacht wachte der Falke auf und spürte sofort, dass etwas falsch lief.

Er hatte keine Ahnung was es war, aber sein inneres Alarmsystem meldete ihm Gefahr. Angespannt blieb er im Dunkeln liegen und lauschte in die Stille, ohne etwas zu hören, das Aufschluss über die Quelle seiner Unruhe gegeben hätte. Alles, was er wahrnahm, war ein seltsam schwammiges Gefühl unter seinem Körper. Und je deutlicher er es bemerkte, desto stärker hatte er den Eindruck, auf einem Wasserbett zu liegen. Die Matratze schien in sich zu schwanken. Behutsam tastete er nach dem Schalter der Nachttischlampe, um der Sache nachzugehen.

Im selben Augenblick, in dem das Licht das Schlafzimmer erleuchtete, hatte er das Gefühl, sich auf einem Karussell zu befinden. Die Deckenlampe über dem Bett, ja der ganze Raum mitsamt Mobiliar, drehten sich schnell von rechts nach links. Mit dem Schwindelgefühl, das ihn sofort überkam, befiel ihn starke Übelkeit. Er wollte den Oberkörper aufrichten, um aufzustehen, hatte jedoch keine Kontrolle über seinen Körper. Vorsichtig legte er sich wieder auf den Rücken und schloss die Augen. Als er sie wieder behutsam öffnete, fuhr er erneut Karussell, und der Brechreiz verstärkte sich. Um das Bett nicht vollzukotzen, rollte er sich behutsam über die Bettkante, rutschte auf Hände und Knie und kroch durch die Gott sei Dank offenstehende Badezimmertür bis zur Toilette.

Sobald er den Kopf über der Kloschüssel hatte, erbrach

er sich. Sein Magen krampfte sich immer wieder zusammen, bis nur noch eine schaumige Mischung aus säuerlichem Magensaft und Speichel aus seinem Mund tropfte. Eine Minute oder länger verharrte er reglos über der Kante der Kloschüssel. Dann versuchte er sich aufzurichten, aber sein Körper gehorchte ihm nicht. Es schien, als müsse er auf dem Bauch robben, um auf der sicheren Seite zu sein. Selbst wie ein Kleinkind auf Händen und Knien zum Bett zurückzukrabbeln war mit ekelhaften Schwankungen verbunden. Vorsichtig rappelte er sich wieder über die Bettkante auf die Matratze. Es gelang ihm, einen Blick auf die Uhr zu werfen. Drei Uhr am Morgen. Vorsichtig legte er sich wieder auf den Rücken. Alles war wie gehabt. Die Dinge drehten sich mit großer Geschwindigkeit.

Er schloss die Augen, ertastete den Schalter und machte das Licht aus. Reglos lag er im Dunkel und fragte sich, was ihm da gerade passierte. War es ein Schlaganfall? Er wusste es nicht. Er fühlte sich völlig hilflos und ausgeliefert. Irgendetwas hatte ihm komplett die Kontrolle über seine Existenz entzogen. Es war ein demütigendes Gefühl, eine niederschmetternde Erfahrung. Aber was immer ihm auch geschah – vielleicht ging es vorüber.

So lag er im Dunklen, bis sich erneut die Übelkeit ankündigte. Er versuchte sie zu ignorieren, aber er wurde ihrer nicht Herr. Erneut arbeitete er sich über die Bettkante bis zur Toilette vor. Erneut würgte er sich die Seele aus dem Leib, bis nichts mehr kam. Erneut schleppte er sich zurück ins Bett. In den nächsten drei Stunden kroch er noch dreimal zum Klo und gab die Hoffnung nicht auf, es könne sich etwas zum Besseren wenden. Er wurde bitter enttäuscht. Sein Zustand verschlimmerte sich eher, und bevor ihn der letzte Rest Energie verließ, den er noch in sich spürte, entschloss er sich, Hilfe zu rufen.

Er war kaum in der Lage, das Telefon zu bedienen, aber nur zehn Minuten später erschien der Chef der Apartmentanlage mit einem Arzt. Der fackelte nicht lange und orderte eine Ambulanz, die den Patienten in die Notaufnahme des Hospitals von Lakki brachte. Man untersuchte ihn gründlich, und nach zwanzig Minuten schloss der diensthabende Arzt einen Herzinfarkt oder Schlaganfall aus, was der Falke in seinem bejammernswerten Zustand als Zeichen großer Gnade empfand. Man verabreichte ihm Tabletten, schloss ihn an einen Infusionsschlauch an und schob seine Liege fürs erste in eine ruhige Ecke der Notaufnahme, wo er hinter den grünen Vorhängen einer Kabine vor sich hindämmerte.

Nach einer Stunde sah die Krankenschwester nach ihm. Sie brachte ihm seine Brille, maß seinen Blutdruck, checkte den Puls und machte sich an einem seiner Zeigefinger zu schaffen, um die Blutzuckerwerte zu ermitteln. Sie erkundigte sich, wie er sich fühle, und er antwortete mit einer schlaffen Handbewegung, die seinen Zustand hinreichend deutlich machte. Das einzig Erfreuliche war das Abklingen des Brechreizes. Sie lächelte aufmunternd und überließ ihn dem Genesungsprozess, ohne den Vorhang ganz zuzuziehen.

Dass sein Gehirn offenbar tadellos funktionierte, beruhigte den Falken ein wenig. Nur sein Körper wollte nicht mitmachen. Was immer der Grund dafür sein mochte.

Durch den halb offenen Vorhang bekam er mit, wie der Arzt eine Kabine weiter ein syrisches Flüchtlingsmädchen untersuchte, das wohl schwanger war. Sprachprobleme machten die Kommunikation schwierig. Zwischendurch saß der Arzt hinter einem Schreibtisch in der Ecke der Notaufnahme, hielt Sprechstunde für Inselbewohner und stellte Rezepte aus.

Nach einer weiteren halben Stunde erkundigte sich die Krankenschwester, ob der Falke in der Lage sei, aufzustehen. Doch trotz ihrer handfesten Hilfe musste er passen. Auch nur der Versuch sich zu erheben, löste den Schwindel erneut aus. Schwach sank er auf die Liege zurück, und sein Zustand veranlasste den Arzt dazu, ihn vorerst im Hospital zu behalten. Vorerst hieß den Tag und die darauffolgende Nacht. Nach der Morgenvisite würde man weitersehen. Es handele sich wahrscheinlich um eine Neuritis vestibularis, den Ausfall eines Gleichgewichtsorgans im Innenohr. Vermutlich durch eine Infektion des Gleichgewichtsnervs ausgelöst.

Nachdem er anhand seines Personalausweises ordentlich registriert worden und der Administration – inklusive der Klärung seiner Zahlungsfähigkeit – ausreichend genüge getan war, rollte man ihn durch endlose leere Gänge, in denen jedes Geräusch durch einen penetranten Hall verstärkt wurde, in einen Seitentrakt des Hospitals. Das Einzelzimmer, das er sich ausbedungen hatte, war tadellos.

Sein bemitleidenswerter körperlicher Zustand ließ dem Falken keine andere Chance, als sich vorläufig in sein Schicksal zu ergeben und sich der Gnade Fremder auszuliefern. Was konnte er anderes tun? Nur nachdenken konnte er. Dazu hatte er die nötige Ruhe und genug Zeit.

Er sah zu wie die Flüssigkeit aus der Flasche in den dünnen Schlauch tropfte, der mit der Nadel in der Beuge seines linken Armes verbunden war, und schlief erschöpft ein.

94

So lange der Falke nicht auftauchte, beschäftigte sich Farang mit der Observation des Bungalows in Pandeli, um wenigstens Kesselschmied zu Gesicht zu bekommen.

Bereits am frühen Morgen bezog er Beobachtungsposten in der oberen Gasse. Diesmal hatte er Glück. Der Deutsche war zu Hause. Er war mit Sicherheit nicht mehr der Jüngste und wirklich sehr klein. Viel mehr war auf die Entfernung nicht auszumachen, aber da der Deutsche sich wie der Hausherr benahm, hatte Farang keinen Zweifel, dass es sich um Louis, das alte Baby, handelte.

Am Vormittag war Alois alias Louis in seinem Garten zugange. Er wässerte die Obstbäumchen und Sträucher. Danach saß er im Schatten und las ein Buch. Später trieb ihn die Mittagshitze in eine Taverne in unmittelbarer Nähe seines Bungalows, wo er im Freien eine Kleinigkeit aß und die Meeresbrise genoss. Farang nutzte die Gelegenheit, um im Nachbarlokal ebenfalls etwas zu essen und zu trinken. Danach zog Kesselschmied sich wieder nach Hause zurück und hielt wohl einen Mittagsschlaf.

Am späten Nachmittag bekam er Besuch von einer kräftigen jungen Frau, die ihn ein ganzes Stück überragte, und vermutlich eine Einheimische war. Er saß mit ihr vor seinem Häuschen im Schatten, und sie tranken etwas und unterhielten sich angeregt. Die beiden schienen sich gut zu kennen.

Zwei Stunden später verabschiedete sich die Besucherin, und der Deutsche zog sich zurück, um fernzusehen. Die Wohnungstür stand weit offen und so bekam Farang mit, dass es um Fußball ging. Ansonsten gab es keine besonderen Vorkommnisse.

Der Köder lag aus, aber der Raubvogel schlug nicht zu.

95

Den Großteil des Tages dämmerte der Falke im Halbschlaf vor sich hin.

Die Krankenschwester sah regelmäßig nach ihm und erkundigte sich nach seinem Befinden, das sich jedoch nicht verbessert hatte. Nur mit geschlossenen Augen und im Bett fühlte er sich einigermaßen sicher. Sie hatte ihm die Rückenlehne so hoch gestellt, dass er fast saß. Es war die einzige Position, in der er halbwegs zurechtkam. Alle zwei bis drei Stunden kontrollierte sie Blutdruck, Puls und Blutzuckerwerte. Da er weder alleine noch mit ihrer Hilfe in der Lage war, die Toilette zu nutzen, brachte sie ihm eine Plastikflasche, in die er in einer aberwitzigen Verrenkung über der Bettkante urinieren konnte. Eine Bettpfanne blieb ihm vorläufig erspart.

Die Tür zu seinem Zimmer stand offen, aber außer einem Stück Gang gab es nicht viel zu sehen. Ein Mann im Nachbarzimmer, mit dem er sich die Toilette teilte, und er selbst schienen die einzigen stationären Patienten zu sein. Er bekam den Mann nicht zu Gesicht, konnte ihn jedoch gut hören, denn er schien unter unerträglichen Schmerzen zu leiden und stöhnte und jammerte ununterbrochen vor sich hin. Seine Frau, die sich offenbar rührend um ihn kümmerte und sich regelmäßig mit der Stationsschwester über seinen Zustand austauschte, warf auch einen Blick ins Zimmer des Falken, begrüßte ihn freundlich und wünschte ihm gute Besserung. Von der Krankenschwester erfuhr er beim Blutdruckmessen, sein Nachbar habe Krebs im Endstadium und es stünde sehr schlecht um ihn. Dass es dem armen Schwein offenbar noch sehr viel beschissener ging, als ihm selbst, mahnte den Falken zur Demut und half ihm, seinen eigenen Zustand fürs erste zu akzeptieren.

Am späten Nachmittag besuchte ihn der Chef von *Apartments Alfa*, um sich höchstpersönlich nach seinem Zustand zu erkundigen. Der Gute hatte eine Literflasche Orangensaft mitgebracht und versicherte ihm, dass er regelmäßig nach ihm sehen würde, bis er zurück in seine Ferienwohnung könne.

Der Falke war richtiggehend gerührt.

„Wenn Sie etwas von Ihren Sachen brauchen, sagen Sie es. Ich bringe es Ihnen vorbei!"

„Danke. Ich hoffe, dass ich bald wieder auf den Beinen bin. Aber die Nacht muss ich wohl noch hierbleiben."

Der Falke krächzte mehr, als dass er sprach.

Was sollte er in seinem Zustand von seinem überschaubaren Gepäck schon brauchen? So weit, sich mit der Pistole seiner Mutter den Gnadenschuss zu geben, war er noch nicht. Der Trotz, den dieser Gedanke ausdrückte, ließ einen Funken Leben in ihm aufflackern. Und was Waffe und Finanzmittel anging, so hatte er sie in seiner Bleibe in einem sicheren Versteck deponiert.

„Lassen Sie es langsam angehen", mahnte sein Vermieter.

Was bleibt mir anderes übrig, dachte der Falke und rang sich ein gequältes Lächeln ab. *Kyrie Alfa,* wie er ihn insgeheim nannte, hatte ihn bereits bei der ersten Begegnung an eine Feldmaus erinnert, die aus unerfindlichen Gründen im Hotelgewerbe gelandet war. Herr Alfa hatte Personal, war jedoch auf eine freundliche Art stets präsent, um nach dem Rechten zu sehen. Wie immer trug er ein ärmelloses Pilotenhemd und dazu eine schmale Krawatte, die zum kleinsten Knoten gebunden war, den der Falke je gesehen hatte.

Die neue Schwester, die inzwischen ihren Nachtdienst angetreten hatte, brachte das Tablett mit dem Abendessen, und der Besucher verabschiedete sich. Der Falke pickte ein bisschen an seiner Verpflegung herum, aber es fehlte ihm jeder Appetit.

Im Gegensatz zur Krankenschwester, die tagsüber Dienst getan hatte und eher zur robusten Pflege neigte, war die Nachtschwester ein leises und sanftes Wesen. Sie erledigte alle notwendigen Messungen mit bescheidener Unauffälligkeit, und es hätte den Falken nicht gewundert, wenn sie eine Kerze für ihn angezündet und ihm aus der Bibel vorgelesen hätte.

Nach diesen eher beschaulichen Momenten, die er in all seinem Elend regelrecht genoss, spitzte sich leider die Lage im Nachbarzimmer zu und bot ihm in den späten Abendstunden ein nervenaufreibendes Hörspiel. Die Schmerzensschreie wurden länger und lauter und paarten sich mit den Klagerufen der Ehefrau, bis die Nachtschwester nach einer guten Stunde schließlich den diensthabenden Arzt zu Hilfe rief und die letzten Rettungsversuche unternommen wurden. Die Aktion dauerte eine weitere halbe Stunde. Dann signalisierte das herzerweichende Klagen der Witwe, dass es vorbei war.

Nachdem das Drama ein Ende gefunden hatte, lag der Falke schweißnass in seinem Bett und war zutiefst dankbar, noch zu den Lebenden zu zählen.

96

Es war weit nach Mitternacht, und Erika Miniotis saß immer noch im Schein der Schreibtischlampe und befasste sich mit dem Buch, das sie mit viel Mühe aus den Umzugskisten ihres Großvaters befreit hatte.

Die Arbeit als Verkäuferin und die zusätzlichen Renovierungsarbeiten, denen sie als Hobbyarchitektin nachging, um etwas dazuzuverdienen, ließen ihr keine andere Wahl, als sich der Recherche zu ihrer historischen Liebhaberei in den Nachtstunden zu widmen.

In den letzten drei Stunden hatte sie sich sorgfältig mit dem Buch beschäftigt, hatte sich jedes Foto angeschaut und – obwohl sie im Gegensatz zu Alexis so gut wie kein Italienisch konnte – die meisten Kapitelüberschriften und auch die Untertitel der Bilder entziffert. Dabei hatte sie eine Menge Eindrücke von Turin und dem Piemont gewonnen. Sie hatte Weinsorten wie Barolo, Barbera und Barbaresco buchstabiert und Trüffelhunde und ihre knollige Beute bestaunt. Nur zur Lage der Schatzkammer hatte sie keinen einzigen Hinweis gefunden. Eigentlich war es kein Wunder, denn die herbstliche Nebellandschaft, die den Schutzumschlag des Buches zierte, war ihr gleich wie ein schlechtes Vorzeichen erschienen.

Frustriert dachte sie daran, ihren Großvater anzurufen. Aber dafür war es schon zu spät. Jagdfieber hin oder her. Das Geheimnis hatte schon so lange auf sie gewartet, da kam es auf ein paar Stunden mehr oder weniger auch nicht mehr an.

Sie gähnte und wollte schon zu Bett gehen, als ihr ein Gedanke kam. Sie nahm das Buch erneut zur Hand und tat das, was sie schon als kleines Mädchen getan hatte, wenn ihr ein gebundenes Werk in die Hände fiel: Sie befreite es vom Schutzumschlag, um zu sehen, welche Farbe der Karton aufwies oder ob er sogar in Stoff gebunden war.

Diesmal sah sie dunkelgrünes Leinen.

Aber das interessierte sie nicht besonders. Viel wichtiger war, dass sich auf der Innenseite des Schutzumschlages eine Skizze befand, die absolut nichts mit dem Piemont zu tun hatte.

„Bingo", sagte sie erleichtert und atmete tief durch.

Plötzlich war sie nicht mehr müde.

Zum wiederholten Male widmete sie sich den Plänen von Merikiá, um anhand der Skizze die Stelle des kaschierten Zugangs möglichst genau zu ermitteln, bevor sie sich vor Ort auf die Suche machte. Das Wochenende nahte, und sie hatte vor, die Freizeit zu nutzen, um der Sache genauer nachzugehen.

Erschöpft schlief sie ein und träumte von der Schatzkammer. Nicht etwa von den zu erwartenden militärischen Reserven der italienischen Besatzer, sondern von Schmuckschatullen und Samtsäckchen voller Goldmünzen.

Il tesoro!

97

Als die Morgenvisite anstand, litt der Falke neben seinen akuten Gesundheitsproblemen auch noch an den Folgen einer schlaflosen Nacht.

Nachdem sein Nachbar das Zeitliche gesegnet hatte, waren die Angehörigen im Zehnminutentakt angerückt, um ihrer Trauer lautstark Ausdruck zu geben und der Witwe am Sterbelager beizustehen. Der Großteil der Verwandtschaft schien auf der Insel zu wohnen, denn bis Mitternacht versammelten sich schätzungsweise zwei Dutzend Frauen, Männer und Kinder auf der Krankenstation. Auch die Bestattungsfirma trat noch zur späten Stunde an. Sie holten den Leichnam ab, um ihn rechtzeitig zurechtzumachen, damit er im offenen Sarg präsentiert werden konnte. Erst nachdem auf dem Parkplatz die letzte Wagentür zugeschlagen und der Klang der Motoren verhallt war, kehrte endlich Ruhe ein.

Für wenige Stunden hatte der Falke Schlaf gefunden. Doch auch hier im Hospital weckten ihn bereits um fünf Uhr früh die lauten Schreie der Hähne. Danach gab es keine Gnade mehr, denn der Schichtwechsel der Krankenschwestern fand früh statt und bescherte schon beim ersten Tageslicht das Frühstück. Nur eine halbe Stunde später betrat der Arzt, der ihn in der Notaufnahme untersucht hatte, das Krankenzimmer. Er war mit einem Klemmbord voller Papieren bewaffnet und grüßte ihn freundlich.

Jetzt, wo er wieder halbwegs bei Bewusstsein war, sah sich der Falke den mittelgroßen Gott in Weiß etwas genauer an. Genau *so* hatte er sich immer einen der alten Assyrer vorgestellt. Dunkles kleinlockiges Haar, kurz geschnitten. Sauber getrimmter Vollbart, der an den Schläfen ebenfalls in Löckchen überging. Der Doktor hatte etwas von einem frisch geschorenen Lamm. Aber er war kein Gastarbeiter, sondern zweifellos ein Landsmann. Er strahlte professionelle Kompetenz aus und sprach ruhig, klar und bestimmt. Es war der Tonfall, der auch vom Tode gezeichneten Patienten noch einen Schimmer Hoffnung verleihen konnte. Vielleicht hätte der Kranke im Nachbarzimmer noch eine Chance gehabt, hätte der Assyrer Nachtschicht gehabt.

Der Arzt blätterte einige Datenblätter durch und erkundigte sich nach dem Befinden des Falken. Zwar hatten die Medikamente fürs erste die Übelkeit gestoppt, aber ansonsten war keine weitere Verbesserung seines Zustands zu verzeichnen.

„Das wird schon wieder", sagte der Arzt.

„Wann?", begehrte der Falke mit schwacher Stimme auf. „Wie lange wird es dauern?"

„Was Sie jetzt brauchen ist Ruhe und noch einmal Ruhe. Zudem müssen Sie versuchen, wieder in die Gänge zu kommen und dazu das Sitzen, Stehen und Gehen üben. Bei Ihnen liegt eine schwer beeinträchtigte oder komplett ausgefallene Funktion des rechten Gleichgewichtsorgans im Innenohr vor. Deshalb der Schwindel. Die akuten Beschwerden können einige Tage lang dauern, bessern sich aber nach und nach, da das Hirn lernt, den Ausfall der Informationen zu kompensieren."

„Nach und nach ...?", hakte der Falke kraftlos nach.

„Die Erfahrungen zeigen, dass es im allergünstigsten Fall sechs Wochen dauern kann. Bei den meisten Patienten ist jedoch mit sechs bis achtzehn Monaten zu rechnen."

„Anderthalb Jahre bis ich wieder geradeaus laufen kann?"

Der Falke war fassungslos. Absolute Hoffnungslosigkeit überkam ihn.

„Sie sollten nicht vom schlimmsten Fall ausgehen. Optimismus und Beharrlichkeit sind wichtig. Es handelt sich nicht um eine Krankheit im eigentlichen Sinne, sondern eher um eine zeitweise Behinderung."

Auch das tröstete nicht sonderlich. Der Gedanke, ein Krüppel zu sein, wenn auch nur auf Zeit, konnte den Falken nicht aufrichten. Er hatte konkrete Aufgaben zu bewältigen. Wie denn bitte? Im Rollstuhl? Am Stock?

„Wir nehmen Sie schon mal vom Tropf, und die Tabletten nehmen Sie nur noch drei Tage lang. Die Medikamente helfen im akuten Stadium gegen Erbrechen und Schwindel, aber sie behindern die zentrale Kompensation. Wie ich schon sagte, muss sich das Gehirn daran gewöhnen, mit dem veränderten Sinneseindruck umzugehen. Deshalb ist frühzeitige Mobilisation so wichtig."

Der Arzt zog sich einen der beiden Besucherstühle neben das Bett und setzte sich. Eine Bewegung, die der Falke auch nicht ansatzweise fertiggebracht hätte. Mobilität war etwas Schönes, wenn man sie denn hatte. Er verabschiedete sich endgültig von Schwerthieben. Im Moment reichte die Kraft allenfalls für den Finger am Abzug der Walther. Immer vorausgesetzt, der Schütze kam dabei nicht aus der Balance.

„Ich entnehme Ihren Unterlagen, dass Sie aus Athen sind", stellte der Arzt fest.

Der Falke nickte.

„Sobald Sie reisefähig sind, sollten Sie einen Hals-Nasen-Ohren-Arzt aufsuchen, um die genauen Ursachen abklären zu lassen. Hier auf der Insel haben wir leider keinen. Die nächsten Kollegen praktizieren auf Kalymnos und Kos. Aber da sie in Athen zu Hause sind ..."

Zu Hause sein war nur noch ein vager Begriff. Und was war mit den *genauen Ursachen*?

„War gestern nicht von einer Virusinfektion die Rede?"

„Eine Entzündung ist der naheliegende Grund für das Problem. Meist wird sie durch ein Virus ausgelöst. Oft Herpes. Auch eine Infektion durch Borrelienbakterien kommt in Frage. Zum Beispiel durch einen Zeckenbiss. Ein Bandscheibenvorfall im Halswirbelbereich kann ebenfalls Ursache sein. Sollten die Hals-Nasen-Ohren-Spezialisten nichts finden, müssten Sie gegebenenfalls noch einen Neurologen aufsuchen, um mögliche Durchblutungsstörungen oder einen Gehirntumor auszuschließen."

„Gehirntumor …?"

„Kein Grund zur akuten Beunruhigung. Im Moment scheint das die weniger wahrscheinliche Erklärung zu sein."

Der Falke nickte, um seine Dankbarkeit auszudrücken. Aber alles in allem waren die Erkenntnisse trotzdem niederschmetternd.

„Wie sind Sie hier untergebracht? Hotel?"

„Ich habe ein Apartment gemietet.

„Erdgeschoss?"

Der Falke nickte.

„Das ist gut. Sie fangen in Ihrer Wohnung an, dann gehen Sie vor die Tür und danach erweitern Sie ihren Bewegungsradius kontinuierlich. Vermeiden Sie Stress und abrupte Bewegungen. Anfangs sollten Sie eine Gehhilfe benutzen."

Der Falke schwieg deprimiert. Er sah sich schon als Tattergreis mit gebeugtem Rücken und Spazierstock.

„Ich lasse Ihnen ein paar Balanceübungen ausdrucken, die Sie jeden Tag machen sollten. Und wie gesagt: Das Ganze kann dauern und erfordert beharrliches Training."

„Danke", sagte der Falke.

Der Arzt erhob sich.

„Sie können im Prinzip nach Hause. Aber wenn Sie möchten können Sie gerne auch noch ein, zwei Tage hierbleiben."

Der Falke nickte.

Der Arzt lächelte.
„Wollen Sie noch hierbleiben …?"
„Ja", sagte der Falke mehr zu sich selbst.

98

Permanent um Kesselschmieds Bungalow herumzulungern, um den Mann im Auge zu behalten, war auf die Dauer keine vernünftige Lösung.

Das Spielfeld, das Farang für eine unauffällige Observation zur Verfügung stand, war zu klein. Anstatt wie auf rohen Eiern um den Deutschen herumzutanzen und dabei falschen Verdacht zu erregen, war es sinnvoller und einfacher seine Nähe zu suchen. Er wartete ab, bis Kesselschmied es sich mit einem Buch im Schatten vor seinem Häuschen bequem gemacht hatte und ging zur Gartentür. Mangels einer Klingel, rief er „Guten Morgen!" und bediente sich dabei der Sprache seines Vaters.

Kesselschmied sah von seinem Buch auf und musterte den ungebetenen Besucher eingehend, bevor er in seiner Muttersprache antwortete.

„Kommen Sie rein, die Tür ist offen."

Farang schob das Gartentor auf und ging über den mit Steinfliesen ausgelegten Hofbereich auf den weißen Plastiktisch zu, an dem der Hausherr Platz genommen hatte.

Kesselschmied legte das Buch beiseite und erhob sich, um ihn zu begrüßen.

Erst jetzt, aus der Nähe, nahm Farang richtig wahr wie

der Deutsche aussah. Er war auf so ziemlich alles vorbereitet, was das Auftreten von Naziveteranen anging – zur Abwechslung auch mal auf einen südländischen Typ mit streng gescheitelten pechschwarzen Haaren und blauen Augen oder eine wettergegerbte und altersbedingt faltigere Ausgabe des Typs Lahnstein junior. Auch ein alter Kämpfer mit einer durch Kriegsverletzung erworbenen Behinderung oder ein Buchhaltertyp wie Heinrich Himmler hätte seine Erwartungen nicht enttäuscht. Die Nazis waren bekanntermaßen variantenreich in der Auslegung der arischen Merkmale gewesen – vor allem, wenn es sie selbst betraf.

Aber auf ein greises Kind mit glatter Haut, das mit recht heller Stimme sprach und freundlich in die Welt blinzelte, war er nicht vorbereitet. Er konnte sich dieses auch mit über neunzig Jahren noch äußerst jugendlich wirkende Wesen beim besten Willen nicht in Wehrmachtsuniform vorstellen, geschweige denn als befehlshabenden Metzger gegen unschuldige Menschen. Das alte Baby war eine absolute Fehlbesetzung in der Rolle, die ihm das Schicksal zugewiesen hatte. Es war, als habe man Danny DeVito engagiert, um Reinhard Heydrich zu spielen. Obwohl der Schauspieler eher als Südländer durchgegangen wäre. Es gab noch eine andere berühmte Person, die Kesselschmied zum Verblüffen ähnlich sah. Aber Farang kam nicht drauf, wer es war.

„Kesselschmied", sagte der Hausherr und hielt ihm die Rechte zur Begrüßung hin. „Mit wem habe ich die Ehre?"

Der Mann führte seinen eigenen Nachnamen ad absurdum. Sich dieses Männlein an einem Ambos vorzustellen war geradezu abwegig.

„Surasak Meier."

Der Deutsche musterte den Eurasier eingehend, als suche er eine Erklärung für die seltsame Kombination von Vor- und Nachnamen. Mit einer unbewussten Handbewegung strich er sich das weit geschnittene Hemd über der Knopfleiste glatt. Es war frisch gebügelt und die kurzen Arme reichten bis zum Ellenbogen.

Kesselschmieds Kleidung war weit entfernt von einer der Hitze geschuldeten Freizeitmontur. Sie war einfach aber elegant. Sie hatte nicht das ordentlich-rechteckig Verklemmte eines Walfried Lahnsteins und entsprach nicht dem, was Farang so oft in Deutschland hatte beobachten können, denn im Heimatland seines Vaters zwängten auch betagtere Männer – ohne jede Rücksicht auf den Bauchumfang – ihr Hemd in den Hosenbund und unter den Gürtel, anstatt sich in Stilfragen ein Beispiel an philippinischen Diktatoren, nicaraguanischen Mittelständlern oder kubanischen Lebemännern zu nehmen.

Oft genug hatte sein Vater zu ihm gesagt: „Steck dir mal das Hemd ordentlich in die Hose!" Nicht, dass Meier senior oft mit ihm gesprochen hätte. Aber was die Durchsetzung der deutschen Kleiderordnung anging, war er unerbittlich gewesen. In Deutschland musste eben alles in die Wurstpelle passen. Am besten in eine mit Bügelfalten. Nicht so bei Kesselschmied. Was Hemd, Hose und Slipper anging, hatte er etwas von einem stilbewussten Levantiner.

Farang beendete seine modische Analyse.

„Entschuldigen Sie den Überfall, Herr Kesselschmied. Ich weiß nicht, ob Sie überhaupt ansprechbar sind."

Kesselschmied lächelte gnädig.

„Eigentlich nicht. Aber da ich ein Mann mit Manieren bin: Was kann ich für Sie tun?"

Er deutete auf einen der Plastiksessel.

„Nehmen Sie doch bitte Platz."

Farang kam der Einladung nach. Erst jetzt nahm er das beruhigende Gezwitscher der Vögel im Garten wahr und die beiden Katzen, die im Schatten lagen.

Er räusperte sich.

„Es geht um Walfried Lahnstein."

Kesselschmied zog eine Augenbraue hoch und wartete weitere Erklärungen ab.

„Er wurde vor einer Woche in Pattaya ermordet. Aber vielleicht ist Ihnen das bereits bekannt."

Kesselschmied zeigte zunächst keinerlei Regung. Als er schließlich doch antwortete, klang seine Stimme kontrolliert.

„Nein. Das wusste ich noch nicht."

Er beäugte Farang misstrauisch.

„Woher wissen Sie, dass ich ihn kenne?"

„Sie standen im Briefwechsel mit ihm."

Kesselschmied nickte nachdenklich.

„Sie scheinen ja bestens Bescheid zu wissen."

Farang schwieg.

„Und um mich persönlich über das Ableben meines Briefpartners in Kenntnis zu setzen, sind Sie extra hierhergekommen?" Kesselschmied lächelte kühl. „Für welche Behörde arbeiten Sie, wenn man fragen darf?"

„Ich handele ohne amtlichen Auftrag", sagte Farang.

„Sagen wir, ich bin Privatermittler und stelle Nachforschungen in der Sache an."

„Und ihr Auftraggeber?"

„Eine Versicherungsfirma in Bangkok."

Kesselschmied zog seine jugendlich glatte Stirn in Falten.

„Walfried Lahnstein hatte eine Lebensversicherung in Thailand…?"

Farang ließ die Frage unbeantwortet. Die Kunst des Lügens war zu wissen, wann man damit aufhören muss.

„Wie dem auch sei", sagte Kesselschmied. „Was hat das mit mir zu tun?"

„Sie können womöglich behilflich sein, Licht in die Hintergründe von Lahnsteins Tod zu bringen."

„Wie kommen Sie darauf?"

„Er wurde umgebracht, weil er der Sohn eines Wehrmachtsoffiziers war. Und Sie kannten sowohl ihn, als auch seinen Vater."

„Ja und …?" Kesselschmied trommelte eine kleine Salve mit den Fingern seiner Rechten auf den Tisch. „Was soll das heißen?"

„Es ist nicht der erste Mord dieser Art. Dem Mörder geht es um Rache. Er übt Vergeltung für deutsche Kriegsverbrechen, die in Griechenland begangen wurden. Und er hält sich dabei sowohl an die Täter, als auch an ihre Söhne und Enkel."

„Sie halten mich also für einen Kriegsverbrecher?"

„Das habe ich nicht behauptet."

„Na wenigstens etwas", konterte Kesselschmied trocken und schüttelte den Kopf.

„Wichtiger ist, was Lahnsteins Mörder dazu meint", gab Farang zu bedenken.

Kesselschmied ließ sich das Gesagte durch den Kopf gehen, bevor er bedächtig antwortete.

„So läuft der Hase also. Sie glauben, er hat es auch auf mich abgesehen."

Er schien verunsichert zu sein.

„Ich *glaube* gar nichts", betonte Farang, ohne näher auf Lord Buddha und das Geisterhäuschen einzugehen. „Ich interessiere mich weniger für die Motive und die Opfer des Täters, sondern mehr für ihn persönlich. Als Spürhund, der sein Geld verdienen muss."

Insgeheim musste er sich jedoch eingestehen, dass ihn auch die Opfer des Falken zunehmend interessierten. Vermutlich bedingt durch die deutschen Gene, die er sich durch seinen Vater eingefangen hatte.

Während Farang noch darüber nachdachte, fand Kesselschmied mit einem leisen Lachen zu seiner alten Selbstsicherheit zurück.

„Und ... haben Sie den Rächer schon gesichtet?"

„Nein", gab Farang zu. „Bislang ist er nicht aufgetaucht, und wenn doch, so hat er sich noch nicht gezeigt."

„Oder er hat uns schon im Visier und bleibt vorläufig in Deckung", meldete sich der kriegsgestählte Stratege in Kesselschmied zu Wort.

Bevor sich Farang dazu äußern konnte, fing er sich ein breites Grinsen des alten Babys ein.

„So lange Sie in meiner Nähe sind, Herr Meier, ist es jedenfalls schwieriger für ihn, mich so einfach aus dem Verkehr zu ziehen. Es ist immer gut, wenn man in kritischer Lage Verstärkung bekommt. Das hat schon so manche Kampfhandlung entschieden. Was auch immer Ihre Interessen sein mögen: Ab sofort betrachte ich Sie als meinen Leibwächter!"

Kesselschmied bekräftigte das Gesagte mit einem herzhaften Lacher, und nachdem er sich offenbar dafür entschieden hatte, Farang als Kampfgefährten zu betrachten, gab er sich noch eine Spur vertraulicher. Er lächelte verschmitzt und fügte hinzu: „Und da Sie mich sowieso schon als Lockvogel einspannen …"

Farang fühlte sich durchschaut und rang sich ein Lächeln ab. Vorsicht war geboten! Trotz des fortgeschrittenen Alters schien sich noch nicht allzu viel Kalk im Hirn des Deutschen abgelagert zu haben.

Kesselschmied warf einen Blick auf seine Armbanduhr.

„Kommen Sie, lassen Sie uns um die Ecke gehen und einen Happen essen. Dabei können wir unser Gespräch in Ruhe fortsetzen."

99

„Weiß man Genaueres über diesen Racheengel?", wollte Kesselschmied wissen.

„Nicht viel mehr, als dass er Grieche ist."

Farang berichtete, was er für nötig hielt. Er ging auf die Mordfälle in Thailand ein und die Begegnung mit Walfried Lahnstein in Pattaya kurz vor dessen Ableben. Er erwähnte auch Foto und Orden und was der Junior über den Senior erzählt hatte.

„Ja, sein Vater und ich waren in derselben Einheit", bestätigte Kesselschmied und schüttelte den Kopf. „Aber, dass der Sohn für etwas, was man uns Alten vorwirft, dran glauben muss, ist schon absurd. Und dann auch noch in Thailand. Was in aller Welt hat Walfried damit zu tun?"

Darauf wusste Farang keine Antwort.

„Selbst bei einem direkt Beteiligten wie mir kräht doch kein Hahn mehr danach!"

Kesselschmied schlug zur Bekräftigung mit der flachen Hand auf den Tisch und brachte Vorspeisenplatte und Gläser zum Wackeln, schien dem Gesagten aber dann doch nicht so richtig zu trauen.

„Zugegeben: Es gibt keine Entschuldigung für das, was wir getan haben. Keine einzige! Aber es gibt Gründe."

„Sie meinen Befehle …?"

„Ganz richtig. Und zwar Befehle, die eine Antwort auf vorausgegangene Aggressionen des Feindes waren."

Fehlt nur noch, dass er sich auf Notwehr beruft, dachte Farang, bevor Kesselschmied sich weiteren Erklärungen hingab.

„Ich bin doch nicht Klaus Barbie", sagte er in einem Anflug von Selbstgefälligkeit, die er aber schnell wieder in den Griff bekam. „Wir sind hier nicht in Bolivien, und ich bin nicht im Drogengeschäft und plane auch keinen Putsch gegen die Regierung. Nicht mal im Menschenschmuggel bin ich tätig, was in Anbetracht der aktuellen Flüchtlingskrise ja lukrativ sein könnte. Niemand interessiert sich hier groß für mich. Und nicht mal Barbie wollten die Deutschen damals zurück, als er ihnen von den Bolivianern auf einem Silbertablett offeriert wurde. Helmut Kohl war gerade im Wahlkampf und es passte ihm nicht in den Kram. Wenigstens die Franzosen haben Charakter bewiesen. Das muss man ihnen lassen."

Kesselschmied stellte sich zunehmend als ein Geschichtenerzähler heraus, der seit langem keine Zuhörer mehr gehabt hatte und geradezu ausgehungert nach Anteilnahme an seinem Schicksal zu sein schien. Farang ließ ihn reden. Er hatte zwar nur eine ungefähre Ahnung, um wen es sich bei Klaus Barbie handelte, konnte sich jedoch zusammenreimen, worum es ging. In tieferen Regionen seines Hirns war immerhin der Begriff *Schlächter von Lyon* gespeichert. Was Geschichte anging, hatte er sich schon immer mehr für Thailand interessiert. Aber das ging sein Gegenüber nichts an.

„Diese Großtäter haben alle negativ auf uns abgefärbt", sagte Kesselschmied.

Demnach betrachtete er sich wohl nicht als schweres Kaliber unter den Kriegsverbrechern. Man musste sich fragen, wie er sich wohl die Leistungsbilanz im Vergleich mit den sogenannten Großtätern schönrechnen mochte.

Kesselschmied schien den Trotz zu wittern, der in Farangs Schweigen lag. Er trank einen Schluck Bier und verlegte sich darauf, Auskünfte einzuholen.

„Haben Sie gedient?"

Farang entging der lauernde Unterton nicht. Die Frage überrumpelte ihn, und er widmete sich dem eingelegten Tintenfisch, um Bedenkzeit zu gewinnen.

„Hatte er gedient?

Seinem Verständnis nach ja. Und zwar dem General. Gleichzeitig hatte sein Mentor ihn davor bewahrt, Uniform tragen zu müssen. Alles in allem war seine Tätigkeit wohl eher nicht unter dem einzuordnen, was Alois Kesselschmied als herkömmlichen Dienst an der Waffe betrachtete.

„Nein", fasste er seine Erkenntnisse zusammen.

Kesselschmied nickte, als fühle er sich bestätigt, und setzte nach.

„Und Ihr Herr Vater?"

„Ich weiß es nicht."

Farang hatte nie mit seinem Vater darüber gesprochen. Und bis zum heutigen Tag hatte es ihn eigentlich auch nicht weiter interessiert. Er hatte sich stets an die Lebensgeschichte seiner Mutter gehalten.

„Sie wissen es nicht?"

Kesselschmied genoss es, Farang in der Defensive zu wissen.

„Ich habe ihn kaum gekannt."

„Das muss Sie ja nicht daran hindern, sich für ihn zu interessieren. Immerhin scheinen Sie seinen Nachnamen zu tragen."

Allmählich bereute Farang es, sich für den direkten Kontakt mit dem Deutschen entschieden zu haben. Vielleicht hätte er ihn doch weiter aus der Distanz genießen sollen. Doch dafür war es jetzt zu spät. Als Befreiungsschlag präsentierte er sein Haifischlächeln.

„Ihr Interesse an meinem Vater scheint größer zu sein, als das meine."

Eine Touristengruppe besetzte mit größerem Trara die Nebentische und verschaffte Farang eine Atempause.

„Geht mich eigentlich auch nichts an", lenkte Kesselschmied schließlich ein und ließ so etwas wie ein versöhnliches Seufzen folgen.

Farang nickte zufrieden.

„Manchmal", fuhr Kesselschmied nachdenklich fort, „ist es einfacher, um Vergebung zu bitten, als um Erlaubnis. Jedenfalls war das immer meine Art."

Was war das nun wieder? Farang schaute den Deutschen fragend an. Ging es noch um die Sache mit seinem Vater oder um das Kriegsgeschehen?

Kesselschmied sorgte für Klarheit.

„Hätten wir die Griechen etwa um Genehmigung bitten sollen …?"

„Das ist in einem Krieg wohl eher unpassend", sagte Farang mit einer Spur Sarkasmus.

Sein Blick fiel auf den Siegelring, den sein Gegenüber am rechten Ringfinger trug. Kesselschmied lächelte zufrieden und hielt ihm das gute Stück zur näheren Begutachtung des Blütenmotivs hin.

„Edelweiß", betonte er. „Die Blume der Gebirgsjäger!"

„Und die Uhr …?", erkundigte sich Farang, um weiteren Vorträgen zur militärischen Tradition zu entgehen.

„Das ist eine Nomos", war die stolze Antwort.

Farang schenkte der Uhr die gebührende Aufmerksamkeit.

„Das hatte Lahnstein junior übrigens mit mir gemeinsam", fügte Kesselschmied nachdenklich hinzu. „Auch er trug nur Uhren aus Glashütte." Er schüttelte betrübt den Kopf, und streifte Farangs Rolex-Raubkopie mit einem mitleidigen Blick.

„Und nun ist er nicht mehr. Ich habe ihm immer gesagt, dass es Blödsinn ist, sich in Thailand zu Tode pflegen zu lassen. Schnapsidee! Auch wenn es preiswert und angenehm sein mag. Schauen Sie mich an. Hier bin ich mein eigener Herr. Lasse meine Bude einmal die Woche sauber machen und den Garten zweimal im Jahr. Und was den Preis angeht, so hat der Gute mit seinem Leben auf jeden Fall einen viel zu hohen bezahlt."

Er grinste Farang an.

„Aber das kann mir ja auch noch passieren, wenn Sie nicht aufpassen."

Nachdem Kesselschmied die Rechnung bezahlt hatte, spazierten sie zurück zu seinem Gartengrundstück. Wie schon auf dem Hinweg in die Taverne, fiel Farang erneut auf, dass sich der Deutsche für sein hohes Alter noch recht elastisch bewegte. Keine Spur von einem Tattergreis. Volle Trittsicherheit. Kein Schlurfen oder unbewusstes Zittern. Die ganze Haltung war tadellos. Kein Buckel. Allenfalls war er eine Spur zu weit nach vorne geneigt unterwegs – als eile er dem Rest Zukunft entgegen, der ihm noch blieb.

Farang versuchte es mit einem Kompliment.

„Wenn man Sie so anschaut, Herr Kesselschmied, kann man auch für sich selbst noch Hoffnung haben, was das Älterwerden angeht."

„Schmeicheln Sie mir nicht", beschied ihm der Deutsche barsch. „Der Schein trügt. Es zwickt überall. Die Gelenke, die Sehnen und auch die Muskeln – oder besser gesagt, was noch davon vorhanden ist. Alles tut einem weh. Der Rücken, der Hals. Aber selbst an die Schmerzen gewöhnt man sich so sehr, dass man nur noch von altersbedingten *Beschwerden* redet. Mein Körper ist wie ein altes Auto, das sich langsam in seine Einzelteile auflöst."

Farang schwieg. Mitleidsbekundungen schienen ihm nicht angebracht zu sein.

„Tinnitus habe ich auch. Aber daran hab ich mich gewöhnt. Hört sich an, als sängen die Zikaden ununterbrochen. Pure Natur."

Farang ließ auch das unkommentiert.

„Dafür habe ich keine Blutdruckprobleme. Alles in allem kann ich wohl nicht klagen. Man hält sich. Ich sage immer: Fit wie ein Turnschuh und emsig wie eine Bergziege. Altes Gebirgsjägermotto!"

Kesselschmied musterte Farang mit einem kurzen Seitenblick.

„Und was Sie angeht, so sind Sie ja gerade mal mittelalterlich. Wovon reden Sie überhaupt? Das dauert noch eine Weile, bis es Sie einholt."

Vor dem Gartentor blieb Farang stehen, um sich zu verabschieden. Kesselschmied sah ihn noch einmal durchdringend an, bevor er mit plötzlicher Schärfe fragte: „Wer sagt mir eigentlich, dass *Sie* es nicht sind?"

„Was …?", entfuhr es Farang ungewollt.

„Der geheimnisvolle Rächer!"

Farang entspannte sich und lächelte gewinnend.

„Dafür müsste ich mindestens ein halber Grieche sein."

Kesselschmied grinste.

„Ich lasse Ihr gutes Deutsch mal als Beweis gelten. Und egal, *wer* es nun auf mich abgesehen hat – ich mache jetzt erst mal ein Mittagsschläfchen."

Kesselschmied legte Farangs Zögern offenbar als Ausdruck von Sorge aus. „Machen Sie sich mal keine Gedanken", sagte er und winkte ihn in den Hof.

Farang folgte der Einladung.

Mit einem „Warten Sie hier!", verschwand der Hausherr im Bungalow. Farang hörte den Vögeln zu und beobachtete die Katzen, bis Kesselschmied wieder auftauchte und ihm seine Luger zeigte. Neben dem Siegelring und der Uhr aus Glashütte schien die alte Wehrmachtspistole selbstverständlicher Bestandteil seiner Grundausstattung zu sein.

„Hier!"

Kesselschmied packte die Waffe am Lauf und hielt Farang das Griffstück hin. Der nahm die Pistole und wog sie mit einem anerkennenden Nicken in der Hand.

„Die Neunmillimeterausgabe", betonte der Deutsche.

Farang gab die Waffe zurück. Seine belgische Geliebte war ihm lieber. Die Luger hatte für seinen Geschmack zu viel Hintern und zu wenig Oberkörper.

„Nachdem Sie mich rechtzeitig gewarnt haben, werde ich dem guten Stück wieder etwas mehr Aufmerksamkeit widmen."

Alois Kesselschmied lächelte kalt.

„Sollte dieser Rächer auftauchen, knalle ich ihn einfach ab", sagte er geschäftsmäßig. „Ich hoffe, das ist auch in Ihrem Interesse."

Als angeblicher Privatermittler fiel Farang kein geeignetes versicherungstechnisches Argument ein, das dagegen gesprochen hätte – und als der Gunman, als der er angeheuert worden war, erst recht nicht. Letztendlich war es egal, wer den Falken umlegte. Imelda interessierte nur die Erfolgsmeldung.

Noch während Farang zustimmend nickte und Anstalten machte, sich zu verabschieden, fing er sich eine weitere Frage ein, die ihn auf dem falschen Fuß erwischte.

„Spielen Sie Boules?"

„Nein."

„Macht nichts. Ich bringe es Ihnen bei. Morgen. Treffpunkt *Café Remezzo* in Agia Marina. Um elf Uhr. Ich bitte um Pünktlichkeit. Wir Nord- und Mitteleuropäer geben uns hier nicht dem mediterranen Schlendrian hin. Wenn Sie verstehen, was ich meine."

Da Farang nicht sofort reagierte, half ihm Kesselschmied auf die Sprünge.

„Ich rede vom südländischen Mangel an Selbstkontrolle."

Farang grinste.

„Ich bin Thai und Deutscher. Das müsste reichen, um pünktlich zu sein."

Hatte er sich jedoch eingebildet, damit das letzte Wort zu behalten, so hatte er sich geirrt.

„Und verlieren Sie Ihren Fotoapparat nicht", mahnte Kesselschmied und deutete mit einem süffisanten Lächeln auf die schwer durchhängende Außentasche der Cargoshorts.

100

In Merikiá begrüßte Erika Miniotis ein Hain mächtiger Eukalyptusbäume, deren dicht belaubte Wipfel sich im Nordwestwind wiegten.

Sie bog von der Hauptstraße ab und fuhr langsam in Richtung Kriegsmuseum. Im Schatten der alten Bäume standen die Ruinen zahlreicher Militärgebäude aus der Zeit der Italiener. Der Putz, der die verwitterten Bruchsteinmauern an der einen oder anderen Stelle noch bedeckte, leuchtete rötlich durch die dunkelgrünen Eukalyptusblätter. Doch selbst hier, an einem Ort, der Touristen anlocken sollte, bestand der zentrale Blickfang in einem primitiven Ziegenstall.

Sie hielt kurz an. Die Tiere mit ihrem freundlichen Meckern und dem harmonischen Läuten ihrer Glocken mochten etwas Romantisches haben, aber das aus allen möglichen Schrotteilen zusammengeflickte Gehege mit seinen provisorischen Unterständen war so ziemlich das Unästhetischste, was man einem fremden Besucher anbieten konnte. Vom strengen Geruch ganz zu schweigen.

Erika seufzte und fuhr weiter. Sie führte einen ständigen Kampf gegen den Unverstand ihrer Mitbürger. Neben dem Nutztiergehege waren mehrere Tunneleingänge zu erkennen, die durch Stahlgittertüren gesichert waren. Auf der gegenüberliegenden Seite der Zufahrt leuchtete der aprikosenfarbene Anstrich einer monumentalen Basketballhalle auf. Ein eifriger Kommunalpolitiker hatte die Halle mit Geldern der Europäischen Union bauen lassen.

Ausgerechnet hier draußen! Das Ungetüm war Erika nur ein verächtliches Schnauben wert.

Dafür war Geld da!

Sie erreichte den renovierten Tunnel, der das Kriegsmuseum beherbergte. Das immerhin hatten sie zustande gebracht. Sie fuhr auf den Parkplatz, stellte ihren Jeep im Schatten der Bäume ab und ging zum Eingang. Er war links von einem leichten Schützenpanzer und rechts von einem modernen Jagdflugzeug des Typs Starfighter und einigen Militärfahrzeugen flankiert. Mit diesem Arrangement hatten ihre Landsleute wieder alles versaut, was sie im Tunnelmuseum an Positivem bewerkstelligt hatten. Was bitte hatte dieser neuzeitliche Klimbim mit dem Zweiten Weltkrieg im allgemeinen und mit der Schlacht um Leros im Besonderen zu tun? Nichts! Absolut nichts. Aber das Militär in Athen hatte einen geeigneten Schrottplatz für seine großzügige Spende gesucht und man hatte den Kram dankbar entgegengenommen und so aufgestellt, dass er nicht zu übersehen war – wie die Ziegenställe.

Das Museum war täglich von 9 Uhr 30 bis 13 Uhr 30 geöffnet. Vier Stunden waren keine lange Öffnungszeit, aber immerhin standen sie täglich zur Verfügung. Erika hatte vor, dem Personal kurz Hallo zu sagen und sich bei Bedarf auf ein Schwätzchen einzulassen, um ihrer Anwesenheit in Merikiá etwas Unverfängliches zu geben. Zwar war sie hier bekannt wie ein bunter Hund, aber es galt, keine falsche Aufmerksamkeit zu erregen.

Nachdem der Höflichkeitsbesuch erledigt war, fuhr sie zurück zur Uferstraße, um sich ihrem eigentlichen Vorhaben zu widmen. Es ging zum anderen Ende der Bucht, vorbei an den wenigen einfachen Privathäusern und einer Taverne. Der Strand war gut besucht, vor allem von Einheimischen, die das Wochenende nutzten. An beiden Enden der Bucht hatten einmal Schienenstränge und Abwasserkanäle landeinwärts geführt, von denen nicht mehr viel zu sehen war. Überhaupt war heutzutage kaum noch zu erkennen, dass die Italiener in der hügeligen Umgebung ihr zentrales Munitionslager und Depot für andere kriegstechnisch wichtige Dinge eingerichtet hatten.

Am Ende des Strandes parkte Erika im Schatten einiger Tamarisken. Die Uferstraße führte noch ein gutes Stück weiter, aber an dieser Stelle mündete ein staubiger Geröllweg auf die asphaltierte Piste, der tiefer ins unwegsame Gelände führte. Sie setzte sich Mütze und Sonnenbrille auf, nahm ihren Rucksack und machte sich auf den Weg. Nachdem sie die beiden Gartengrundstücke mit Privathäusern passiert hatte, die die Einmündung flankierten, befand sie sich schon bald im zugewucherten Brachland zwischen den anrainenden Hügeln.

Links und rechts lagen die Ruinen mehrerer lang gezogener Gebäude, die den Italienern als Lagerhallen gedient hatten. Die Außenmauern standen noch. Die Seitenwände hatten in regelmäßigen Abständen quadratische Fensteröffnungen und über den Stirnwänden ragten noch immer die gemauerten Giebel auf. Nur die Dächer fehlten.

Rechter Hand war der Einschnitt eines Stolleneingangs im felsigen Hügel zu erkennen, doch sie ignorierte ihn und wanderte weiter. Die offiziell bekannten Tunnel interessierten sie heute nicht – bis auf den entlegensten. Er lag noch ein Stück weiter linker Hand voraus. Beiderseits des Weges, der jetzt leicht anstieg, blühte der wilde Thymian in violetter Pracht und duftete verführerisch. Er war, wie die vielen rosa blühenden Oleandersträucher, eine willkommene Abwechslung im kargen Gestrüpp, das zusammen mit einigen Kiefern und Olivenbäumen die Landschaft prägte.

Der Weg endete vor einem neuzeitlichen mannshohen Würfelbau mit blauer Stahltür und Vorhängeschloss, über dessen Flachdach an einem Stahlmast etwas wie eine Fernsehantenne aufragte. Bis hierhin hätte sie auch problemlos mit dem Jeep fahren können. Aber das wäre ihr zu auffällig gewesen. Das Gebäude interessierte sie nicht weiter. Es beherbergte eine Pumpe für die regionale Wasserversorgung. Die Antenne diente der Steuerung per Mobilnetz. In Erikas Augen war das alles langweiliges Zeug, verglichen mit ihrem speziellen Fachgebiet.

Sie wanderte über einen Geröllpfad zur linken Hangseite und schlug sich dabei durch brusthohes Buschwerk. Ein Wildfasan schrie keckernd und stieg mit schillerndem Gefieder auf. Der Zugang zum Stollen war auf den ersten Blick nicht zu erkennen. Der Spalt im Fels war völlig zugewuchert. Aber nachdem sie sich durchs dornige Gestrüpp gezwängt und ein paar Kratzer eingefangen hatte, stand sie unmittelbar vor der Stahlgittertür, die den Zugang sichern sollte, aber nur angelehnt war. Irgendwann hatte auch der letzte Einheimische das Interesse an dem Tunnel verloren. Selbst als Ziegenstall hatte man ihn nicht genutzt.

Nachdem sie die Gittertür, die sich nur schwer in den

rostigen Angeln bewegen ließ, weiter geöffnet hatte, trat sie in die geräumige Eingangsgrotte, die man in den Fels gebrochen hatte. Sie nutzte den Rest Tageslicht, der es bis in die Höhle schaffte und nahm Stirn- und Stablampe sowie die Rolle mit dem Maßband aus dem Rucksack. Ganz in der Nähe war ein aggressives Summen zu hören. Wahrscheinlich ein Hornissennest. Sie schaltete die Lampe ein und begab sich in den Stollen, der von der Eingangsgrotte tiefer in Fels und Erdreich führte. Das Summen der Insekten wurde leiser. Auch der frische Geruch der sommerlichen Natur blieb zurück. Stattdessen roch die Luft, die sie umgab, abgestanden und modrig.

Anfangs war der Tunnel verputzt, und die Deckenwölbung war sauber mit rötlichen Ziegeln ausgemauert. Beiderseits des Gangs befanden sich in regelmäßigen Abständen rechteckige Nischen, die nichts mehr beherbergten. Nach einer Gabelung, an der Erika sich links hielt, hatte die Herrlichkeit ein Ende. Der Tunnel bestand nun nur noch aus rohem Gestein, und es wurde zunehmend mühsamer, sich über die zahlreichen Schutthaufen vorwärts zu bewegen. An einigen Stellen machten sie den unterirdischen Gang fast unpassierbar, und Erika musste Räumarbeit leisten, bis sie ins Schwitzen kam. Auch das Bandmaß zu bedienen – mit dem sie seit der Gabelung die ungefähre Distanz ausmaß, die sie anhand von Plänen und Skizze ermittelt hatte – war ein schwieriges Unterfangen. Trümmer und Geröll machten eine geradlinige und exakte Vermessung fast unmöglich.

Und doch stand sie bald darauf vor einer Stelle im grob behauenen Fels auf der rechten Seite des Tunnels, die sich vergleichsweise glatt ausnahm. Nicht, dass die Oberfläche besonders aufgefallen wäre. Aber wenn man wusste, um was es sich womöglich handelte, und die Meter hinzuzählte, die die Unebenheiten beim Einsatz des Maßbandes verursacht hatten, war die Stelle von einiger Bedeutung.

Erika nahm den Spachtel aus dem Rucksack und schabte den Belag, den die Fläche über die Jahrzehnte angesetzt hatte, weg. Ein regelmäßiges Muster wurde erkennbar. Es handelte sich um die Längsseiten vermauerter Ziegelsteine. Sie hatte die ominöse Stelle gefunden und stieß einen leisen Freudenschrei aus.

Um ganz sicher zu sein, suchte sie die rechte untere Ecke des zugemauerten Bereichs. Es dauerte ein Weile, bevor sie fündig wurde. Einer der Ziegel war mit einem eingemeißelten Kreuz markiert.

Das war es!

Es bestand kein Zweifel mehr.

Es würde mühsam werden, den Zugang zum Verbindungstunnel wieder zu öffnen. Und es war wohl nicht ohne Hilfe zu bewerkstelligen. Aber das spielte jetzt keine Rolle.

Erika schaltete die Lampen aus, hockte im Dunkeln und genoss für den Augenblick das Glücksgefühl, das sie erfasst hatte.

Dann machte sie sich wieder auf den Heimweg.

101

Am späten Nachmittag saß Farang auf dem Balkon seines Hotelzimmers, trank ein Bier und dachte an Thea Tsavakis.

Es wäre angenehm gewesen, ihr Heimatland mit ihr gemeinsam zu erkunden oder sie zumindest ab und zu telefonisch zu befragen, wenn ihm etwas fremd vorkam. Sie hatte ihn in Bangkok unterstützt, so gut sie konnte, und unter normalen Umständen hätte er sie durchaus angerufen. Aber die Umstände waren nicht normal. Das war ihnen beiden klar. Noch bevor er ihr hatte sagen müssen, dass es wohl besser sei, den Funkkontakt für die Dauer seines Aufenthalts in Griechenland einzustellen, hatte sie ihn selbst darum gebeten. Ihre Karriere als Diplomatin war ihr wichtig. Es machte weder für Thea noch für ihn Sinn, unnötige Spuren in der Sache zu hinterlassen, die Dritte auf eine Zusammenarbeit hinweisen konnten.

Noch während er an Thea und die Zwänge eingeschränkter Kommunikation dachte, meldete sich sein Handy.

Es war Imelda.

„Wie steht es?", fragte sie schmucklos.

Es nervte Farang, dass sie schon wieder unnötigen Druck machte. Ihm blieb schließlich auch nichts anderes übrig, als Geduld zu haben.

„Sehr gesundes Klima hier", sagte er vieldeutig.

Sie brauchte ein paar Sekunden, bis sie seine Anmerkung als Provokation eingeordnet hatte.

„Ich habe nicht um einen Wetterbericht gebeten!"

„Gilt auch für die Sicherheitslage", sagte er gleichmütig. „Bislang ist noch nichts passiert."

„Mehr hast du nicht zu bieten?"

Sie war sichtlich ungehalten, und das gefiel ihm.

„*Noch* nicht", sagte er.

Sie trennte die Verbindung.

Farang lächelte zufrieden und holte sich noch ein Bier aus der Minibar.

102

In der Nacht lag Alois Kesselschmied lange wach.

Seit dieser Surasak Meier auf der Bildfläche erschienen war, fraß etwas in ihm, das er seit langem für erledigt gehalten hatte. Die Begegnung mit dem Eurasier hatte ihm wieder all die Dinge ins Gedächtnis gerufen, die er in den vergangenen Jahrzehnten ausreichend weit ins Hinterstübchen seiner Erinnerung verbannt hatte, damit sie ihm nicht auf der Seele lagen. Bisher war er sogar den Stammtischgerüchten entgangen, indem er den Kontakt zu alten Kameraden und ihren Seilschaften konsequent beerdigt hatte. Nur mit Paul Lahnstein war das anders gewesen. Aber der alte Lahnstein war schon lange tot, und die Verbindung zu seinem Jungen hatte Kesselschmied mehr aus familiärer Sentimentalität am Leben gehalten. Doch nun wurde der beschauliche Ruhestand, den er sich auf seine alten Tage so wohl bedacht verschafft hatte, kurz vor Toresschluss doch noch durch feindliches Störfeuer bedroht.

Wenigstens schienen sich keine offiziellen Stellen für ihn zu interessieren. Immerhin etwas, denn eine solche Entwicklung hätte ihm am allerwenigsten gepasst. Trotzdem war die ganze Sache ein Elend. Womit hatte er das verdient? Im Gegensatz zu seinen jungen Jahren, hatte er auf dem Altenteil in beschaulichem Frieden mit den Griechen gelebt. War das nicht Wiedergutmachung genug?

Was wollte man noch von ihm?

Er lauschte dem Konzert der Zikaden, das sein Tinnitus für ihn veranstaltete.

Nur kein Selbstmitleid, ermahnte er sich und tastete nach der Waffe auf seinem Nachttisch. Es tat gut, das kühle Metall zu spüren. Es verlieh ihm ein sicheres Gefühl. Wenn nötig, würde er es auf Gefechtstemperatur bringen. Wie hatte er immer gesagt? Wenn du das Ziel im Visier hast, musst du es mit Blei eindecken! Wer einen wie Alois Kesselschmied nicht in Frieden ließ, musste sich nicht wundern, wenn es Krieg gab.

Wer auch immer der Feind sein mochte.

103

Der Falke lernte, kleine Erleichterungen zu schätzen.

Sein Krankenzimmer hatte den Vorteil einer Außentür, die direkt auf den angrenzenden Parkplatz führte. So konnte er, tatkräftig gestützt von Kyrie Alfa, direkt von seinem Bett zu dessen Wagen schwanken. Zuvor hatte sein Vermieter alles Verwaltungstechnische erledigt, das mit der Entlassung aus dem Hospital verbunden war. Der Arzt hatte ihm noch ein paar Seiten mit Balanceübungen in die Hand gedrückt und ihm unisono mit der Krankenschwester eine gute Genesung gewünscht.

Allein die wenigen Meter zum Auto machten dem Falken drastisch klar, wie es um ihn stand. Wie ein Volltrunkener, der von einem wohlmeinenden Mitmenschen aus der Bar abgeholt wurde, taumelte er auf den Beifahrersitz. Es war entwürdigend.

„Langsam bitte", bat er matt, als sie losfuhren, denn jede abrupte Bewegung versetzte ihn in Panik.

„Nur keine Angst", beruhigte ihn Herr Alfa, der bester Laune war und wie in Zeitlupe durch die Straßen von Lakki fuhr, wobei er sich das eine oder andere ungnädige Hupen einfing.

Lärm war auch nicht gut, stellte der Falke fest.

„Ich habe Ihnen eine Hühnersuppe kochen lassen", verkündete Kyrie Alfa. „Die wird Sie wieder auf die Beine bringen."

„Danke. Das ist sehr freundlich von Ihnen", sagte der Falke höflich und dachte sich seinen Teil.

Auf den Beinen war er ja schon – mehr oder weniger. Aber ansonsten sah es düster aus.

Mit oder ohne Hühnersuppe.

104

„Ich habe aber keine Kugeln", meldete Farang, als er pünktlich zum Dienst antrat.

„Kein Problem. Kugeln haben wir genug."

Kesselschmied zeigte auf ein gutes Dutzend Dreier- und Sechsertaschen, die hinter der Theke lagen.

„Nehmen Sie einfach das blaue Dreierpack. Es gehört Björn. Der kommt erst nächsten Monat wieder zurück. Er mag die hochsommerliche Hitze nicht."

Die Skandinavier und Engländer, die nach und nach im *Remezzo* eintrudelten, begrüßten Farang per Handschlag. Jeder, der sich für Boule interessierte, konnte mitspielen. Eine offizielle Mitgliedschaft gab es nicht. Insofern war sein plötzliches Erscheinen nichts Besonderes. Erst recht nicht, wenn er vom Präsidenten höchstpersönlich eingeführt wurde. Die griechischen Gäste des Cafés schienen den kuriosen Haufen eher mit Amüsement zu beobachten.

„Abmarsch!", befahl Kesselschmied mit lauter Stimme.

Gehorsam brach der Trupp zum nahegelegenen Spielfeld auf. Wie Farang unterwegs erfuhr, gehörte das staubige Brachgelände einer Familie, die sich über den Verkauf an die Kommune zerstritten hatte und somit das Projekt des Bürgermeisters für einen öffentlichen Parkplatz seit Jahren sabotierte.

Nachdem der Platz vom Schafsdreck befreit war, nahm das Spiel seinen Lauf. Der Präsident persönlich weihte den eurasischen Gast in die Geheimnisse des Boule ein. Farang hielt sich tapfer und gab eine halbwegs akzeptable Figur ab. Was Kesselschmied, als sie anderthalb Stunden später wieder Stellung im Café bezogen, anerkennend hervorhob.

Farang orderte eine große Flasche Mythos zum Vorzugspreis – der bei Abholung am Tresen zu entrichten war – und gab sich gesellig, während er unauffällig die Umgebung beäugte. Doch weder nah noch fern war jemand zu entdecken, der dem Falken ähnlich gesehen hätte.

Nach einer halben Stunde erschien die junge Frau, die Farang bereits bei ihrem Besuch im Bungalow von Pandeli gesichtet hatte. Sie kam an den Tisch, gab Kesselschmied einen Klaps auf die Schulter und machte keinerlei Anstalten, Platz zu nehmen. Wie bereits vermutet, schien sie Einheimische zu sein, denn sie sprach Griechisch mit dem Deutschen, der die Landessprache offenbar ganz gut beherrschte.

Während sich Kesselschmied erhob und mit einer knappen Geste von der Runde verabschiedete, musterte Farang die junge Frau eingehend. Sie hätte eine gute Boxerin abgegeben. Nicht nur ihr Körperbau, sondern auch der sportliche Haarschnitt ließen den Gedanken aufkommen.

„Das ist Erika", sagte Kesselschmied höflichkeitshalber auf Englisch, da Deutsch und Griechisch für eine Dreierkommunikation nicht in Frage kamen.

Der Vorname der Griechin irritierte Farang kurz. Er rappelte sich aus seinem Sessel hoch und nickte ihr höflich zu.

„Und Surasak hier ist ein Freund aus Thailand. Allerdings mit runden Augen. Deutscher Vater!", setzte Kesselschmied sie im Telegrammstil ins Bild und zwinkerte ihm dabei zu.

Die deutsche Manie, Blutsverwandtschaften sorgfältig einzuordnen, erstaunte Farang stets aufs Neue. Die Griechin hatte ihre eigene Technik. Sie musterte ihn mit der unschuldigen Neugier eines Kindes, das ein exotisches Tier im Zoo betrachtet.

„Wenn Sie Lust auf eine kleine Exkursion haben, kommen Sie doch einfach mit. Wir unternehmen eine unserer Erkundungstouren mit Erikas Geländeschlitten", sagte Kesselschmied. „Heute stehen Tunnel auf dem Programm."

Für Tunnel interessierte sich Farang immer. Nicht nur weil sein Freund Bobby Spezialist für die Materie war. Auch er selbst hatte genügend Erfahrungen unter der Erde gemacht, in Pattaya, in Berlin. Das war lange her, aber nicht vergessen.

„Gerne", sagte er.

Er verabschiedete sich von den Mitspielern, die ihn einhellig zum Wiederkommen aufforderten, und folgte Erika und Louis – wie die groß gewachsene Griechin ihren kleinen Deutschen mit Sicherheit nannte.

Auf der Fahrt verpassten die beiden ihm eine kompakte Einführung in die Schlacht um Leros, die Ende des Zweiten Weltkrieges stattgefunden hatte.

Da die Italiener, die bereits 1912 das Osmanische Reich als Besatzer der Insel abgelöst hatten, Verbündete der Deutschen waren, kümmerten sich diese zunächst nicht weiter um Leros. Das Malta der Ägäis war Mussolinis Kind, und der Führer ließ ihn damit spielen – bis der Duce schlapp machte und die Italiener 1943 kapitulierten und sich auf die Seite der Alliierten schlugen. Die Deutschen beeilten sich, die strategischen Schlüsselstellungen ihrer ehemaligen Kriegsverbündeten – wie beispielsweise Rhodos und Kos – so schnell wie möglich zu besetzen, doch auf Leros kamen ihnen die Engländer zuvor. Im November 1943 eroberten die Deutschen die Insel in einer fünf Tage anhaltenden Schlacht von Briten und Italienern zurück und hielten sie bis zum Kriegsende im April 1945 besetzt.

„Stukas bombten das Ganze mürbe", stellte Kesselschmied zufrieden fest. „Dann landeten deutsche Kampfeinheiten per Fallschirm und mit Sturm- und Landungsboten. Allen voran die Fallschirm- und Küstenjäger der Brandenburger, einer Eliteeinheit der Abwehr."

Kesselschmied drehte sich im Beifahrersitz um und ließ Farang, der sich auf dem Rücksitz fläzte, einen strengen Blick zukommen.

„Admiral Canaris wird Ihnen vielleicht noch etwas sagen."

Viel Hoffnung klang da nicht mit. Umso erfreuter war Farang, in diesem Fall Flagge zeigen zu können. Nicht nur, dass er vor langer Zeit einmal einen Schwarz-Weiß-Film über den Mann im deutschen Fernsehen gesehen hatte, auch Admiral Yod, Bobbys langjähriger Arbeitgeber, hatte Canaris geradezu vergöttert. Um es nicht unnötig kompliziert zu machen, beschränkte sich Farang bei der Beweisführung aufs Cinematografische.

„Ich habe den Film gesehen, den die Bundesdeutschen nach dem Krieg über ihn gedreht haben."

„O. E. Hasse! Klasse!", rief Kesselschmied, schränkte jedoch sofort ein: „Wenn auch recht romantisch. In Wahrheit sah das natürlich alles ganz anders aus. Aber was wollte man nach Kriegsende schon groß verlangen. Immerhin ist Canaris in einem Konzentrationslager umgekommen. Und nicht in einem englischen. Wenn Sie wissen, was ich meine. War ja nicht im Burenkrieg."

Erika hielt sich aus politischen Bewertungen heraus und lieferte vor allem Bautechnisches zu den Militäranlagen der Italiener. Und da es mit dem Allrad nicht länger als zwanzig Minuten dauerte, bis sie ihr Ziel erreichten, hielt sich sowohl die Landser- als auch die Baukunst-Romantik in engen Grenzen.

Was Farang keinesfalls bedrückte.

105

„Na, was sagt man dazu?", rief Kesselschmied sobald sie ausgestiegen waren.

Da er mit *man* offensichtlich ihn meinte, schaute sich Farang eingehend um, bevor er seinen Kommentar abgab.

„Beeindruckend!"

Die Aussage bezog sich auf das Panorama, das sich ihm bot. Sie befanden sich auf dem Merovigli, einer Anhöhe, die unmittelbar über den Ortschaften Platanos und Agia Marina aufragte und einen weiten Rundblick über die Insel und die ägäischen Gewässer ermöglichte.

„Das will ich meinen", knurrte Kesselschmied.

Er peilte durch einen riesigen alten Feldstecher, der Farang an ein Seerohr erinnerte, das fast größer als das dazugehörige U-Boot war.

„Aber um uns an der hellen Weite zu ergötzen, sind wir heute nicht hier."

Mit diesen Worten setzte Kesselschmied das Fernglas ab und legte es auf den Beifahrersitz. Stattdessen nahm er eine ebenso riesige Stablampe zur Hand und zog los.

Farang fragte sich, wo der Deutsche wohl die Luger hatte. Die Männerhandtasche, die er stets mit sich führte, hatte er jedenfalls im Wagen gelassen. Es war eine dieser geschmacklosen Täschchen, die aussahen wie ein Kulturbeutel mit Griffschlaufe. Ein Accessoire das so gar nicht zum ansonsten recht stilvollen Auftritt passte. Die Luger hätte wohl gerade so reingepasst. Und während er noch darüber spekulierte, ob Kesselschmied sich womöglich auf ihn und seinen „Fotoapparat" verließ, reichte Erika Farang eine schwere Batterielaterne. Sie selbst hatte sich eine Stirnlampe aufgesetzt.

„Bleiben Sie einfach zwischen ihm und mir, dann können Sie sich auch im Dunkeln nicht verlaufen."

Sie lächelte, wartete, bis er sich in Bewegung gesetzt hatte, und machte das Schlusslicht.

Es ging einige hundert Meter durch niedrige Bäume und Buschwerk auf steinigem Untergrund. Der Gipfelbereich war eher ein Plateau. Hinter dichtem Geäst und immergrünem Laub waren zahlreiche Bunkerzugänge zu erkennen. Einige waren gesprengt worden, andere waren mit schweren Stahltüren verschlossen.

Nicht weit entfernt lag ein Hubschrauberlandeplatz, in dessen Nähe ein großes Gipfelkreuz aufragte. Auch drei oder vier verlassene Militärbaracken waren zu verzeichnen, sowie einige große Stahlgerüste mit Reklametafeln, die hinunter ins Tal wiesen.

„War mal Sperrgebiet", rief Kesselschmied über die Schulter. „Ist aber nicht mehr."

Im dichten Gestrüpp verborgen, lag ein noch ziemlich intakter und weit offen stehender Bunkerzugang, in dem der Deutsche zügig verschwand, ohne genauere Anweisungen zu geben. Farang nahm die Sonnenbrille ab, schaltete die Laterne ein und folgte ihm. Hinter sich hörte er Erika. Dann leuchtete auch der Lichtstrahl ihrer Kopflampe ihm den Weg. Nach nur wenigen Metern befanden sie sich in einem grabesdunklen Stollen, in dem man aufrecht gehen konnte.

„Das ist alles, was von dem Kommandobunker übriggeblieben ist, in dem der britische Oberbefehlshaber kapituliert hat."

Kesselschmieds Stimme klang wie aus dem Jenseits. Rechts und links ahnte Farang Seitengänge und unterirdische Kammern. Der schwache Schein der drei Lampen irritierte mehr, als dass er Orientierung gab. Der Boden unter seinen Füßen war uneben, und er setzte seine Schritte bedacht. Platz war genug. Sowohl in der Höhe, als auch in der Breite.

Das soll ein Tunnel sein?, hörte er Bobby höhnen. *Das ist ein Ballsaal! Ein Kasino für Tunnelratten!*

Minuten später war am Ende des Stollens Tageslicht zu erkennen. Sie erreichten eine Öffnung im Berghang und konnten unter sich Platanos sehen. Es dauerte einen Moment, bis Farangs Augen sich an das grelle Sonnenlicht gewöhnt hatten. Jenseits der Senke, in der die weißen Häuser lagen, ragte die Festungsanlage des Kastro auf. Direkt vor ihren Füßen fiel der felsige Hang steil ab. Nur Krüppelkiefern, windgegerbte Steineichen und zähe Dorngewächse fanden in der Steigung Halt.

„Von dieser Seite aus haben unsere Soldaten das Ding geknackt", sagte Kesselschmied und fügte als Zeichen seiner allerhöchsten Hochachtung hinzu: „Und es waren nicht mal Gebirgsjäger."

Farang wollte die Sonnenbrille wieder aufsetzen, doch der Deutsche trat bereits den Rückzug durchs Dunkel an. Unterwegs leuchtete Erika immer wieder an die Decke und in entlegene Nischen.

„Wie sieht es aus?", wollte Kesselschmied von ihr wissen.

„Ich brauche doch mehr Beleuchtung als ich gedacht habe. Wir werden einige zusätzliche Lampen und Stative mitbringen müssen."

„Wir wollen den Bunker in Kürze mit einer Videokamera aufnehmen", sagte Kesselschmied zu Farang. „Ist Teil einer größeren Aktion zur Dokumentation der militärischen Infrastruktur auf der Insel, die wir durchführen."

Das laute Seufzen, das er folgen ließ, hörte sich wie ein Hilferuf aus dem Hades an.

„Die Griechen kümmern sich ja leider nicht um so etwas. Wenn Sie wissen, was ich meine."

Bei den gegebenen Lichtverhältnissen war Farangs verständnisvolles Nicken die reinste Zeitverschwendung.

„Ich *bin* Griechin, Louis", meldete sich Erika zu Wort. „Nur falls du es vergessen haben solltest."

Farang war sicher, dass sie dabei lächelte.

„Aber du weißt doch, was ich meine", sagte Kesselschmied unwirsch.

106

Die meisten Hotelgäste waren bereits zum Abendessen in die Tavernen der Insel ausgeschwärmt und so war es angenehm ruhig am Pool, als Farang sich seinem Bier widmete.

Die dezente Musik, mit der beschallt wurde, war nichts national Traditionelles, sondern eine Mischung aus internationalem Jazz, Rock und Pop. Alles in allem war das Ambiente nach der Tunnelbegehung die geeignete Therapie. Die tägliche Dosis Kesselschmied reichte Farang fürs Erste. Aber da musste er durch. Was blieb ihm auch anderes? Der Köder war im Moment die einzige Hoffnung, um den Falken ins Visier zu bekommen.

Rund um die Uhr Bewachung war nicht machbar, und auch nächtliche Stichproben, um zu überprüfen, ob sich jemand um den Bungalow herumtrieb, machten keinen Sinn. Erst gestern hatte er sich weit nach Mitternacht unter dem misstrauischen Blick des Nachtportiers aus dem Hotel gestohlen und war nach Pandeli gefahren. Schon der Lärm einer Vespa nahm sich um diese Uhrzeit unnatürlich laut aus und wurde von anhaltendem Hundegebell begleitet. Und selbst wenn man zu Fuß durch die Gassen ging, war das unablässige Kläffen der Köter der reinste Terror. Freilaufende und angekettete Hunde machten ausreichend Rabatz, um die Nachbarschaft hellhörig zu machen. Während die Außenbeleuchtung einiger Häuser aufflammte und laute Rufe erklangen, die den nächtlichen Störenfrieden – egal ob Tier oder Mensch – galten, hatte Farang den Rückzug angetreten und war zu seinem Motorroller zurückgejoggt. Selbst wenn der Falke mit Schalldämpfer arbeitete und sich erst einmal die Hunde in der unmittelbaren Umgebung vornahm, hatte er kaum eine Chance, seine Aktion unbemerkt durchzuziehen. Jaulen und Winseln angeschossener Vierbeiner war noch lästiger als ihr Bellen. Von Kesselschmied und seiner Luger ganz zu schweigen.

Was die Tunnel anging, so hatte Farang von Erika und Louis gelernt, dass es noch einige andere interessante Anlagen auf der Insel gab, vor allem in der Gegend um Merikiá, wo auch das Kriegsmuseum zur Schlacht um Leros in einem Stollen untergebracht war.

Wäre was für Bobby, dachte er.

Noch während er diesem Gedanken nachhing, nahm er das Lied wahr, das dezent im Hintergrund erklang. Es war ihm wohlbekannt, denn er hatte es zum Musikthema seines Sozialprojektes für die jungen Prostituierten erkoren.

The Magdalene Laundries.

Die Stimme von Joni Mitchell war unverkennbar. Und auch den Text zum Schicksal der gefallenen Engel kannte Farang auswendig. Es war ein Schicksal, das seiner Mutter erspart geblieben war. Niemand hatte sie in ein Heim verfrachtet. Sie war frei in ihrem Tun geblieben. So frei, dass sie sich irgendwann mit Drogen umgebracht hatte. Ganz ohne die Aufsicht christlicher Schwestern, die über ihr sittliches Heil wachten. Diese Rolle hatte ihr „Agent" übernommen. Und Farang hatte ihn dafür erledigt. Er hatte den Mann mit seiner belgischen Geliebten konfrontiert.

Die Tunnel und das Musikthema ließen ihn erneut an Bobby und auch an Imelda denken. Was seinen Auftrag anging, so war die Verpflichtung, die er gegenüber dem General hatte, nach wie vor ausschlaggebendes Motiv. Aber ein fast ebenso großer Beweggrund war die Möglichkeit, endlich das Projekt für die Prostituierten auf die Beine zu stellen. Imelda hatte es ihm einmal kaputt gemacht, wohl wissend, dass es allein wegen seiner Mutter eine Herzensangelegenheit für ihn war. Ihr Vater hatte ihm das nötige Geld zugesagt, aber sie hatte nach seinem Ableben nichts mehr davon wissen wollen.

Doch diesmal stand sie im Wort.

Wir könnten das als Gegenleistung finanzieren, hörte er sie sagen. *Auch im größeren Stil.*

Seit er die Aufgabe übernommen hatte, galt das als Zusage. Aber noch war der Auftrag nicht erfüllt. Im Moment roch es eher nach einer Hängepartie, gewürzt mit Ausflügen zu Kriegsschauplätzen anderer Art. Was ihn zu Bobby brachte. Die Tunnelratte kam ihm gerade recht, um Imelda ein wenig zu quälen. Er erinnerte sich noch an den Wortwechsel mit ihr.

„Ich gehe davon aus, dass ich über zusätzliche Mittel verfügen kann, falls ich Hilfe anheuern muss."

„Ich denke, du machst immer alles alleine."

„So lange es geht."

Und wann es nicht mehr ging, entschied einzig und alleine er selbst. Bei dem lästigen Druck, den die Dame gerne ausübte, kam er eindeutig zu dem Schluss, dass er Unterstützung benötigte. Die Tunnel kamen ihm dabei als Argument gerade recht. Dass der Falke sich zu einer Aktion im Untergrund entschloss, war zwar nicht sehr wahrscheinlich, aber als touristische Belohnung für Bobby taugten die hiesigen Stollen und Bunker allemal. Farang war seinem Kumpel schon lange etwas schuldig, und Imelda würde für die Spesen aufkommen. Ob sie wollte oder nicht. Sie hatte ihre Chance gehabt, die Sache zu beenden. Griechenland war ihre Idee. Sie hatte auf Biegen und Brechen weitermachen wollen.

Nach dem letzten unerbetenen Anruf war es ihm geradezu eine Genugtuung, ihr zusätzliche Kosten aufzubürden, schließlich hatte sie ihn zu diesem Ausflug verdammt. Auf der Basis ihrer Absprache, hätte er sie nicht noch einmal dazu bemühen müssen, aber es gefiel ihm, auch sie ein wenig per Telefon zu nerven. Er warf einen Blick auf die Uhr. In Bangkok war es bereits Mitternacht. Er hatte Glück und erwischte sie im ersten Versuch. Sie verzichtete auf jede Begrüßungsformel und fragte nur knapp: „Neuigkeiten?"

„Ich habe es hier mit Tunneln aus dem Zweiten Weltkrieg zu tun."

„Ja, und …?"

„Ich brauche Bobby Quinn zur Verstärkung."

Sie schwieg.

„Ich möchte dich nur über die Extrakosten informieren", sagte er.

„Wenn ich mich richtig erinnere, habe ich den erweiterten Spesenrahmen bereits genehmigt. Warum rufst du also extra an?"

Um dich ein bisschen zu ärgern, dachte er.

„Tu, was du tun musst", sagte sie. „So lange du dabei nicht vergisst, worum es geht!"

Imelda trennte die Verbindung.

Farang lächelte zufrieden, wählte eine andere Nummer und lauschte dem Rufzeichen.

„Darling Bar", meldete sich Bobby. „Was können wir für Sie tun?"

Farang sagte es ihm.

107

„Sie müssen wissen: Auf Leros ging es recht friedlich zu. Es gab so gut wie keinen Widerstand. Keine Partisanen wie bei uns auf dem Festland und der Halbinsel!"

Kesselschmied lachte leise, bevor er fortfuhr.

„Den Job hier hätte ich auch gerne gehabt. Nachdem die Insel erobert und die Kampfeinheiten abgezogen waren, befanden sich auf Leros nur noch Besatzungstruppen, die nicht viel mehr als Wachdienst schoben. Allen voran die *999er.* Wenn Sie verstehen, was ich meine?"

Farangs Miene zeigte, dass dem nicht so war.

„Politische, Kriminelle, die sich beim Dienst an der Waffe bewähren sollten. Aber da sie vor den Russen wegliefen, durften sie hier auf Staatskosten Urlaub machen."

Kesselschmied betonte seinen Missmut mit einer wegwerfenden Handbewegung.

„Nie *Strafbataillon 999* von Konsalik gelesen?"

„Ist mir kein Begriff."

„Verstehe, verstehe …" Kesselschmied hob beide Hände in einer Geste der Resignation. „Sie sind eben eine andere Generation. Und dann auch noch in einer anderen Welt zu Hause. Ich gebe es auf. Wer hört einem alten Fossil wie mir überhaupt noch zu?"

„Ich zum Beispiel", meldete sich Erika zu Wort. „Du redest ja nicht nur Unsinn."

„Ach … danke für das Kompliment."

Kesselschmied verstummte irritiert.

Erika ließ Farang ein konspiratives Lächeln zukommen, aber Kesselschmied musste natürlich wie immer das letzte Wort haben.

„Für Erika bin ich der typische deutsche Philhellene der alten Schule. Einer von denen, die davon überzeugt sind, die alten Griechen hätten das Universum erfunden. Und wissen Sie was? Wenn die Gute nicht darauf besteht, es wären die neuzeitlichen Griechen gewesen, bin ich damit absolut einverstanden."

Sie saßen vor dem Bungalow und genossen den Nachmittag im Schatten, nachdem Kesselschmied zum Mittagessen in der Taverne eingeladen hatte.

„Aber auch wir im Norden haben die guten Seiten Griechenlands erlebt", kam Kesselschmied auf den Krieg zurück. „Besonders gerne erinnere ich mich an unser Feldlager an einem Gebirgsbach. Fast wie in der Gegend um

Mittenwald. Toller Sommer dort. Viel im Freien. Baden. Natur. Wenn Sie wissen, was ich meine?"

Farang nickte. Ähnliches hatte er bereits von Walfried Lahnstein gehört.

Kesselschmied schien Gedanken lesen zu können.

„Es gab nicht nur Kampferfahrungen, die mich mit Paul Lahnstein verbanden. Wir haben viel durchgemacht, aber es war auch Schönes dabei."

Farang verzichtete darauf, zu fragen wie man das Schöne genießen konnte, wenn man die restliche Zeit Grauen produzierte.

Die beiden Katzen kamen aus dem Garten zurück und gesellten sich zu ihnen.

„Auch so eine Aktion von Erika", sagte Kesselschmied zu Farang und deutete auf seine Vierbeiner. „Die Dicke ist die Mutter, die Schmale die Tochter. Mutter tauchte hier irgendwann mit sechs Jungen auf. Erika musste sie natürlich retten. Jetzt habe ich die Viecher an der Backe. Aber Erika muss das Futter ranschaffen."

Er zwinkerte ihr zu, und sie beschränkte sich darauf die Augenbrauen hochzuziehen.

„Was ist mit den fünf anderen?", wollte Farang wissen.

„Natürliche Auslese", sagte Kesselschmied. „Alles, was hier in der freien Wildbahn unterwegs ist, lebt gefährlich."

Die ersten Takte des berühmten Sirtaki, den Mikis Theodorakis als Filmmusik für *Alexis Sorbas* komponiert hatte, erklangen, und Erika meldete sich an ihrem Telefon. Nach einem kurzen Wortwechsel in Griechisch, beendete sie das Gespräch.

„Tut mir leid", sagte sie und stand auf. „Aber meine Mittagspause ist so gut wie um. Ich muss noch was besorgen, bevor ich wieder ins Geschäft fahre."

Nachdem sie sich verabschiedet hatte und gegangen war, wandte sich Kesselschmied an Farang.

„Erika braucht Hilfe bei ihrer neuesten Tunnelentdeckung. Jemanden, der anpacken kann. Wie es aussieht geht es um einen Mauerdurchbruch. Dazu bin ich leider nicht mehr der Richtige. Ein Einheimischer kommt dafür auch nicht infrage. Solange wir nicht wissen, was sich in dem Objekt befindet, ist erst mal Vertraulichkeit angesagt."

Er musterte Farang streng.

„Ich dachte an Sie."

Farang zögerte einen Augenblick.

„Wenn es nicht gleich morgen sein muss …"

„Es eilt nicht", wiegelte Kesselschmied ab.

„Ich bekomme nämlich in Kürze Verstärkung", sagte Farang. „Und zwar mit entsprechendem Sachverstand."

Kesselschmied grinste zweideutig.

„Auch von der Versicherung …?"

Farang schenkte sich die Antwort.

„Dass ich Ihnen zwei Leibwächter wert bin, ehrt mich", sagte Kesselschmied. „Wer ist die Person?"

Farang erzählte es ihm.

„Hört sich nach einem Profi an", fasste Kesselschmied das Gehörte zusammen.

Farang nickte.

„Wenn das so weitergeht", scherzte Kesselschmied, „sollten wir uns einen Codenamen für unsere Operation ausdenken."

Farang hätte Operation Falke vorgeschlagen, behielt es jedoch für sich.

„Wie wäre es mit Operation Godot …?"

Kesselschmied stellte die Frage mit einem süffisanten Lächeln, und um Wissenslücken sofort zu begegnen, lieferte er die Erklärung gleich mit.

„Das ist der, auf den alle warten, der aber nie kommt."

108

Spätestens nach einem Tag und einer Nacht in seiner Apartmentwohnung wurde dem Falken endgültig klar, dass er nicht so schnell auf die Beine kommen würde, wie er es sich wünschte.

Wieder einsatzfähig zu werden, gestaltete sich zu einer Hängepartie, und es ging dabei immer nur an der Wand lang. Sich vor die Tür zu begeben, war noch zu riskant, auch wenn Kyrie Alfa ihm für Gehversuche im Hof bereits einen Gehstock besorgt hatte, der mehr einem Hirtenstab glich. Vermutlich hatte er bei einem Mann, der ein Meter neunzig groß war, kein Risiko eingehen wollen.

Vorläufig sah sich der Falke jedenfalls mit anderen Aufgabenstellungen konfrontiert. Sich auf einen Stuhl zu setzen und wieder aufzustehen, war eine Herausforderung. Stets hatte er das Gefühl, trotz Lehne nach hinten zu kippen. Sich diagonal durch einen Raum zu bewegen und sich dabei nicht an der Wand abstützen zu können, war das reinste Himmelfahrtskommando – erst recht mit Brille, da die Gleitsichtgläser nicht gerade zu seinem Wohlbefinden beitrugen. Mehr als zehn Minuten TV oder Lesen waren ebenfalls nicht machbar. Und das Thermometer, das neben der Eingangstür hing, hatte er bereits ein halbes Dutzend Mal gerade gerückt, bevor ihm klar wurde, dass es gar nicht schief hing. Seine Augen schienen mit und ohne Brille Probleme zu haben. So viel zu Kimme und Korn.

Was die Walther anging, so waren sie und seine Finanzreserven während seiner Abwesenheit unangetastet geblieben. Immerhin etwas. Obwohl in einem Haus, das von jemandem wie Kyrie Alfa geführt wurde, eigentlich nichts anderes zu erwarten war.

Die Notlage zwang den Falken, seine Zeit fürs Erste mit Balanceübungen und Bettruhe auszufüllen – Siesta inklusive. Nachdenken ging auch einigermaßen. Er entschied sich, trotz seines Dilemmas vor Ort zu bleiben und auf ausreichende Besserung seines wackeligen Zustands zu hoffen. Was hatte der Assyrer als günstigste Prognose in Aussicht gestellt? Sechs Wochen! Die akute Phase sollte jedoch nach sechs Tagen vorbei sein. Er hatte gerade mal drei Tage hinter sich. Zwei im Krankenhaus und einen in seinem Apartment. Es galt also Optimismus zu beweisen.

Er würde sich nicht hängen lassen, sich zäh und beharrlich aus der Wohnung in den Hof kämpfen und seine monotonen Übungen langsam zu einem umfassenden Training ausbauen. Erst einmal mit Gehstock. Schwimmen war irgendwann auch eine Option. War gut für die Balance, hatte der Assyrer gesagt und empfohlen, es erst einmal im Pool und nicht gleich im Meer zu versuchen.

Apartments Alfa hatten einen Pool, und Kyrie Alfa würde sicher dafür Sorge tragen, dass sein Gast nicht gleich beim ersten Test ertrank. Ein Mann der Hühnersuppe für einen Kochen ließ, machte bei Bedarf auch den Bademeister.

Alles wird gut, sagte sich der Falke.

Es war nur eine Frage der Zeit, bis er wieder fliegen konnte. Und wenn er erst einmal flog, würde er auch wieder jagen.

109

Bobby Quinn trat in Schwarz an.

Als er aus der Turboprop der Olympic Air stieg, trug er ein kurzärmeliges Hemd über einer leichten Hose. Beides extrem weit geschnitten und einem Vietcong-Pyjama verdächtig ähnlich. Er war auf Bewegungsfreiheit bedacht. Nur die Flipflops hatte er sich geschenkt. Sie boten zu wenig Standsicherheit. Die billigen Turnschuhe, die er bei seinem letzten Besuch in Saigon erstanden hatte, waren besser. Was sich erneut auf der wackeligen Gangway bewies.

Er setzte die Sonnenbrille auf und folgte den anderen Passagieren über das Flugfeld des kleinen Airports zur Gepäckausgabe. Sie war für Passagiere und Besucher frei zugänglich, und Farang begrüßte ihn mit einer kräftigen Umarmung und Schulterklopfen. Erst jetzt bemerkte Bobby die junge Frau und den alten Mann, die offenbar ebenfalls zum Empfangskomitee gehörten. Die Frau war groß und kräftig. Der Mann hätte mit seiner Körpergröße locker die Norm für Tunnelratten erfüllt.

Noch bevor Farang die beiden vorstellen konnte, hielt der Alte Bobby die Hand hin und begrüßte ihn auf Englisch.

„Willkommen bei Operation Godot!"

Bobby schaute Farang fragend an, aber dessen Blick sagte ihm in etwa: *Erklär ich dir später!* Also beließ er es bei einem Dreimillimeter-Nicken und schüttelte die angebotene Hand mit militärischer Nachhaltigkeit.

„Das sind Erika und Louis", lieferte Farang nach, „und der Neue hier heißt Bobby."

Bobby nickte Erika zu, die ihm freundlich zulächelte.

„Die beiden werden uns ins Hotel bringen", sagte Farang und gab Bobby einen Klaps auf die Schulter. „Meine Vespa wollte ich dir nicht zumuten."

„Motorroller wäre für einen alten Vietnamesen wie mich kein Problem", stellte Bobby richtig und zog seinen Seesack vom Gepäckband.

„Aber nicht mit großem Kampfgepäck", konterte Farang.

Louis war das Ganze ein amüsiertes Lächeln wert.

„Ich nehme an, unser Besucher hat ein paar Tellerminen mitgebracht", sagte er.

110

Es waren stille Tage, die der Falke in seiner Bleibe in Vromolithos verbrachte.

Erst jetzt nahm er die Totenglocke wahr, die häufiger als vermutet über der Insel erklang. Wenn sie im präzisen Abstand von zehn Sekunden anschlug, überkam ihn Dankbarkeit, noch am Leben zu sein. Zum ersten Mal in seinem Leben hatte er höchstpersönlich mit der Angst Bekanntschaft gemacht. Dabei handelte es sich nicht um die Anteilnahme, die er stets für die Ängste seiner Mutter verspürt hatte. Das hier war eine Angst, die ihn selbst betraf. Die latente Angst, zu stürzen, die Angst, eine erneute Schwindelattacke könne ihn wieder zum hilflos Ausgelieferten degradieren, der auf Händen und Füßen herumkroch und sich die Seele aus dem Leib kotzte.

Furcht und Ungewissheit hatten sich Zutritt zu seinem Leben verschafft. Bislang hatte er aufkommende Anfälle rechtzeitig stoppen können, indem er entsprechendes Verhalten an den Tag legte. Das hieß setzen oder noch besser hinlegen, bis es vorbei war. Aber wie lange sollte das gut gehen? Die Angst war seine ständige Begleitung, im wahrsten Sinne auf Schritt und Tritt. Er konnte sie nur selten ausblenden. Sie belauerte und bedrohte ihn unablässig, und er konnte ihr nicht mit einer Waffe zu Leibe rücken.

Trotzdem: Ruhe und Beharrlichkeit zahlten sich aus. Er machte Fortschritte. Wenn auch im Tempo einer Schildkröte. Egal ob an Land oder im Wasser. Ab und zu riskierte er bereits, den Hofbereich ohne Stock zu durchqueren. Den

Touristen und Geschäftsreisenden unter seinen Mitbewohnern konnte er gut ausweichen, da sie einem anderen Tagesrhythmus folgten.

Kyrie Alfa, ganz die eifrige Feldmaus, half wo er konnte und verbreitete ansonsten gute Laune. Erst heute Morgen hatte er sich in seinem Pilotenhemd vor ihm aufgebaut, ihn freundlich begrüßt, und – während er den winzigen Knoten seiner schmalen Krawatte noch fester zog – mit ernster Miene gefragt: „Und wo sind Ihre Schafe?"

Es hatte eine Weile gedauert, bevor der Falke sich seines Hirtenstabes besann und sich ein Lächeln abquälte. Dabei musste er ziemlich dumm aus der Wäsche geguckt haben, denn Kyrie Alfa lachte schallend und klopfte ihm dabei so heftig gegen den Oberarm, dass er fast umfiel.

Den Hotelcomputer hatte er ihm auch zur Nutzung angeboten, und so nutzte der Falke die unerbetene Freizeit, um im Internet zu recherchieren und sich näher über das Problem zu informieren, das ihn befallen hatte. Irgendwie lief alles auf eine Art Schwankschwindel hinaus.

Seine Trinkgewohnheiten beschränkten sich inzwischen auf die Feinverkostung von alkoholfreiem Bier. Es wunderte ihn, dass ihm der Assyrer den Alkohol nicht explizit verboten hatte. Vielleicht hatte der Arzt es auch nur vergessen. Wie auch immer: Er hatte nicht vor, das Schicksal unnötig herauszufordern. Er wankte auch so schon genug.

Er hatte nur noch ein Ziel: Sobald er wieder dazu in der Lage war, musste er zuschlagen. Für weitere Sondierungen fehlte ihm die Zeit und die Beweglichkeit. Er musste mit dem auskommen, was er bereits über die Gewohnheiten des Deutschen in Erfahrung gebracht hatte, und etwas daraus machen.

Autofahren war eine noch ungetestete Option, schien jedoch machbar. Er hatte seinen Mietwagen auf dem Parkplatz aufgesucht, um sich ein Gefühl dafür zu verschaffen. Das Ein- und Aussteigen bereitete Probleme. Er kam sich vor wie ein Orang-Utan, der in und aus seinem Käfig klettert. Im Sitz hatte er guten Halt und die Nackenstütze verschaffte ihm zusätzliche Sicherheit. Es galt jedoch, abrupte Kopfbewegungen zu vermeiden und Innen- und Außenspiegel sparsam zu nutzen. Aber wenn es darauf ankam, war er mobil. Zweifellos würde er nicht nur sich selbst, sondern auch seine Mitmenschen gefährden. Doch das ließ sich in Anbetracht der Lage leider nicht vermeiden.

Bevor er endgültig zur Tat schreiten konnte, stand aber noch eine Menge Bewegungstraining an. Die letzten Meter würde er absehbar zu Fuß und im Stehen bewältigen müssen.

Wo auch immer.

Dieses *Wo* machte ihm noch Probleme. Das *Wann* war klar: Sobald er in ausreichender körperlicher Verfassung war! Das *Wie* war auch kein großes Geheimnis: Mit der Walther! Aber wo sich in der täglichen Routine des Deutschen eine passende Gelegenheit ergeben konnte, dazu hatte er nicht mehr als eine vage Idee. Um sie weiter zu konkretisieren, musste er unauffällige, aber ausführliche Erkundigungen bei Kyrie Alfa einholen.

Nicht jede Antwort stand im Internet.

111

„Und was ist inzwischen so passiert?", wollte Bobby Quinn wissen.

Farang brachte ihn auf den neusten Stand.

„Also nicht viel", fasste Bobby die Lage zusammen. „Typische Hängepartie."

Farang nickte und winkte dem Keeper an der Poolbar zu.

„Könnte also der versprochene Urlaub für mich werden", stellte Bobby mit einem extra breiten Grinsen fest. „Was hast du denn so als Sightseeing vorgesehen?"

„Morgen zeigen uns die beiden den Kommandobunker auf dem Merovigli." Farang deutete auf die Anhöhe, die hinter dem Hotel lag. „Und danach noch das Tunnelmuseum in Merikiá. Alles am frühen Nachmittag, da Erika nur in der Mittagspause kann. Ist aber kein Problem, bei den Entfernungen hier. Alles sehr überschaubar."

„Hört sich nicht nach Stress und Arbeit an."

„Das kann es nur werden, wenn der Falke sich zeigt."

„Ich bin unbewaffnet", merkte Bobby an.

„Bei Bedarf gebe ich dir Feuerschutz."

Der Barkeeper kam und nahm die Bestellung für zwei frische Bier entgegen.

„Ich weiß nicht, ob ich den Deutschen verteidigen möchte, wenn es darauf ankommt", sagte Bobby nachdenklich. „Wenn wir die Motivation unseres Falken ernst nehmen, hat er so etwas wie das Massaker von My Lai auf dem Gewissen."

„Lass das mal meine Sorge sein. Das ist mein Auftrag. Es geht darum, den Falken aus dem Verkehr zu ziehen. Und wenn Kesselschmied dabei überlebt, werde ich nicht das Urteil von Nürnberg neu auflegen."

Bobby verzichtete auf einen Kommentar.

„Er sieht übrigens Truman Capote verblüffend ähnlich", sagte er stattdessen. „Der war auch nur eins sechzig groß und hatte ein ebenso helles Stimmchen."

„Genau."

Farang schlug sich mit der flachen Hand gegen die Stirn und lachte.

„*Kaltblütig*. Ich habe ihn mal in einer Talkshow gesehen, in der er Sex mit Niesen verglichen hat."

„So was merkst du dir natürlich."

„Ich wusste, dass Kesselschmied mich an eine ganz bestimmte Berühmtheit erinnert, aber es fiel mir nicht ein, welche. Ich kam nur auf Danny DeVito."

„Es gibt Schlimmeres", sagte Bobby. „Zum Beispiel mit so einem Stimmchen geschlagen zu sein." Er lachte. „Ich bin wenigstens nur klein."

„Und somit auf Augenhöhe mit all diesen Größen!"

Das Bier kam.

„Noch zum Programm", sagte Farang. „Übermorgen müssen wir mit anpacken. Erika will einen neuen Tunnel erkunden und braucht Hilfe. Könnte interessant werden. Sie hat sich extra einen Tag freigenommen!"

„Nur zu", sagte Bobby und stieß mit ihm an.

Sie tranken einen Schluck

„Und … was macht Tony so?", wollte Farang wissen.

„Die Grüße habe ich ja schon ausgerichtet. Ansonsten ist er natürlich schwer beleidigt, dass er nicht auch mitmachen darf."

„Tatsächlich?"

„Quatsch! Er tut nur so. Auslandsreisen sind nicht mehr drin. Familie geht vor. Ich glaube er ist ganz froh, dass du ihn nicht gefragt hast. Hätte ihn schwer in die Klemme gebracht. Faselte natürlich trotzdem pompöses Zeug wie *Einer für alle, alle für einen*. Die drei Musketiere und so. Ich hab ihn gefragt, wer denn dann bitte d'Artagnan ist."

„Und was hat er gesagt?"

„Er wusste nichts von einem vierten Mann."

112

„Ach, Sie meinen den Deutschen, das alte Baby", rief Kyrie Alfa und prostete dem Falken mit dem alkoholfreien Bier zu, das aufs Haus ging.

Sie saßen im klimatisierten Büro hinter der Rezeption.

„So nennen ihn hier alle", fügte er hinzu. "Natürlich nur hinter seinem Rücken. Von Angesicht zu Angesicht heißt er Louis. Wie kommen Sie ausgerechnet auf ihn?"

„Ich saß zufällig in einem Café in Agia Marina an einem Nebentisch, als er sich dort mit einigen Skandinaviern traf."

„Im *Remezzo*", stellte Kyrie Alfa klar.

„Der Mann fiel mir auf, weil er wirklich sehr klein ist … und für sein Alter noch so lebendig."

„Das kann man wohl sagen. Ein greiser Wirbelwind. Er hockt da immer mit den Leuten vom Boule-Klub zusammen. Er ist der Anführer. Um nicht zu sagen: Der Führer."

Kyrie Alfa ließ seiner Andeutung ein Lächeln folgen, bevor er weitersprach.

„Ich kenne einige von denen. Sind ganz nette Leute, aber fast alles Ausländer. Wir Griechen interessieren uns nicht so recht für dieses seltsame Spiel. Obwohl man uns immer wieder einlädt, mitzumachen. Aber stundenlang mit diesen schweren Kugeln in der Hitze rumzustehen, um ab und zu eine davon wegzuwerfen? Ich bitte Sie! Diese Irren spielen sogar im Winter. Mit Handschuhen!"

Er schüttelte den Kopf, als könne er es nicht fassen.

„Ich meine aber auch eine Griechin gesehen zu haben", hakte der Falke bedächtig nach. „Sie war im Gegensatz zu dem Deutschen auffallend groß."

„Das ist Erika Miniotis", sagte Kyrie Alfa wie aus der Pistole geschossen. „Die spielt kein Boule."

Er trank einen Schluck Bier.

„Die hat andere Interessen. Und zwar etwas eigenartige für eine junge Frau, wenn Sie mich fragen. Sie hat es mit der Schlacht um Leros. Natürlich alles rein architektonisch. Bewahrung und Erhaltung von Dingen, die angeblich Denkmalschutz genießen sollten. Als ob wir nicht andere Prioritäten hätten! Aber vielleicht wollen das ja Berlin oder Brüssel finanzieren … okay … meinetwegen."

Da der Falke sich eines Kommentars enthielt, redete Kyrie Alfa einfach weiter.

„Erika und Louis sind Überzeugungstäter, was das Thema angeht. Sie erkunden und dokumentieren jeden Winkel, der nach Bunker oder Geschützstellung riecht. Wenn die so weitermachen, erklären sie den Schrott noch zum Weltkulturerbe."

Er kicherte und fummelte an seiner Krawatte herum.

„Aber in Wahrheit geht es natürlich eine Nummer kleiner zu. Letztes Jahr gab es allerdings eine Auseinandersetzung mit den Ziegenhaltern, die fast jede Ruine aus dem Krieg als Stall nutzen. Großes Trara. Demonstrationen dafür und dagegen. Sogar der Bürgermeister musste sich gegen seinen Willen damit befassen. Obwohl mit der Sache keine Wählerstimmen zu holen sind. Aber als ein Team von einem regionalen Fernsehsender aus Rhodos antanzte, witterte er Morgenluft und warf sich in die Brust, um zu zeigen, dass er alles im Griff hat. Der Deutsche hingegen hält sich immer auffallend zurück, wenn es um Öffentlichkeit geht. Ich denke, er weiß warum …"

Kyrie Alfa verstummte mit einem vielsagenden Lächeln, aber nicht für lange.

Der Falke hörte ihm weiter aufmerksam zu, denn sein Landsmann hatte noch mehr zu den Aktivitäten des Duos zu berichten. Es lieferte ihm die eine oder andere Anregung für eine passende Gelegenheit zum Beuteschlagen.

„Sie sehen, jeder kennt jeden auf der Insel", kam Kyrie Alfa zum Ende und schüttelte den Kopf. „Wie sind wir eigentlich darauf gekommen …?

„Weil mir dieses ungleiche Paar in diesem Café aufgefallen ist", antwortete der Falke mit einem Lächeln. „Die Riesin und der Zwerg."

Kyrie Alfa lachte.

„Das ist gut!" Er zog den Miniknoten seiner Krawatte noch einen Tick enger. „Das muss ich mir merken."

113

Der Tunneltourismus, der ihm geboten wurde, konnte Bobby Quinn nicht sonderlich beeindrucken. Den Stollen auf dem Merovigli, der einmal die militärische Kommandozentrale der Besatzer beherbergt hatte, klassifizierte er als Flugzeughanger. Auch das Tunnelmuseum in Merikiá konnte nicht ansatzweise mit dem Gedenkmuseum in My Lai mithalten. Aber vielleicht war er da parteiisch. Fairerweise musste er eingestehen, dass die Griechen die Schlacht um Leros unfreiwillig geerbt hatten. Sie hatten sie weder angezettelt noch gewonnen. Hätten sie eine Großmacht in die Knie gezwungen, wäre ihnen das mit Sicherheit einen größeren Auftritt wert gewesen. Schon wegen des Fremdenverkehrs. Was das anging, musste man nur eine Delegation nach Vietnam schicken, um Rat einzuholen.

Seine harsche Bewertung teilte er natürlich ausschließlich mit Farang. Es gab keinen Grund Erika und Louis vor den Kopf zu stoßen. Was die beiden anging, so lächelte er über die Schwachstellen des Präsentierten hinweg, wie er es viele Jahre lang in Asien gelernt hatte.

Farang hingegen beließ es nicht nur bei einem Lächeln, während er sich Bobbys Kommentar anhörte.

„Die Wahrheit ist: Alles, in dem du nicht auf dem Bauch

kriechen musst, Bobby, ist für dich kein Tunnel. Du bevorzugst eben enge Röhren."

Die Tunnelratte schnaubte abfällig.

„Mag sein. Selbst in den Gängen, in denen sie das Museum eingerichtet haben, kannst du bequem stehen. Das sind keine Tunnel, das sind unterirdische Lagerhallen. Die Betonung liegt auf Hallen!"

„Ist ja gut. Jetzt reg dich nicht auf", mahnte Farang leise. „Vielleicht wird es morgen interessanter."

„Wer regt sich hier auf?", protestierte Bobby eine Spur zu laut.

„Worum geht es?", fragte Louis.

Er war hellhörig geworden, blieb stehen und wartete, bis Bobby und Farang vor dem Museum zu ihm aufschlossen. Erika war bereits zum Parkplatz unterwegs, um den Wagen zu holen.

„Ach nichts weiter. Ich habe gerade von einem anderen Kriegsmuseum in My Lai erzählt, das ich vor kurzem besucht habe", wiegelte Bobby ab. „Für mich ist es eben der Vietnamkrieg, der mich beschäftigt."

„Kann ich sehr gut verstehen."

Die Worte des Deutschen animierten Bobby zum Zündeln.

„Leutnant Calley sagt Ihnen sicher etwas."

Louis musterte ihn ernst, bevor er sich äußerte.

„Sie sprechen von dem Massaker, nehme ich an."

Bobby nickte.

„Die Sieger schreiben die Geschichte", sagte Louis. „Ist es nicht so?"

„In diesem Fall habe ich nicht den Eindruck, nur die Vietnamesen hätten darüber berichtet."

„Natürlich."

Louis nickte nachdenklich.

„Selbstverständlich haben diejenigen unter Ihren Landsleuten, die erst gar nicht angetreten sind, um den Krieg zu gewinnen, nach der Niederlage das Maul aufgerissen und schmutzige Wäsche gewaschen."

„Es gab auch schon zuvor Kritik bei uns zu Hause."

„Und …? Fanden Sie das fair, als Sie in den Tunneln ihr Leben riskierten? *Sie* haben den Wehrdienst ja nicht verweigert!"

Es gefiel Bobby nicht, von einem wie Louis alias Alois Kesselschmied ausgerechnet zu diesem Thema verhört zu werden. Von einem, der sich als Leutnant und Zugführer vermutlich ebenso aufgeführt hatte wie Calley mit seinem Platoon. Doch er bemühte sich um Deeskalation und beließ es bei einem belanglosen Nicken. Farang hatte Recht. Sie waren nicht hier, um Kriegsverbrecher zu jagen.

Und wenn er seinen Freund richtig verstanden hatte, war es sogar möglich, den Mann als Köder an das Raubtier zu verfüttern, das sie zu erlegen gedachten.

114

Der Falke hatte sich entschieden.

Von nun an galt es, den gefassten Plan umzusetzen. Zuerst musste er den Brief schreiben und auf den Weg bringen. Es war die erste Epistel, die er nicht posthum hinterließ, sondern bereits vor der Tat direkt an sein Opfer richtete. Nach Erledigung der Post hatte er einen Besuch im Supermarkt vor.

Den Brief verfasste er wie gehabt in Handschrift und in Griechisch. Sollte der Deutsche die Sprache nicht so gut lesen wie sprechen, würde ihm Erika sicher helfen. Was die Kriegsgeschichte auf Leros anging, so teilten die beiden offenbar alle wichtigen Informationen. Und um eben diese Kriegsgeschichte ging es in dem Brief. Der Text lieferte Alois Kesselschmied keinerlei Hinweis dafür, es könne um seine eigene Historie als Kriegsverbrecher gehen.

Auslöser für den jähen Entschluss des Falken, sich als ausreichend einsatzfähig zu betrachten, war ein Erlebnis am frühen Morgen gewesen. Beim Ankleiden war er wie im Unterbewusstsein frei stehend in die Hose gestiegen – ohne dabei umzufallen. Bisher hatte er das nur im Sitzen geschafft. Es war ein Lichtblick, den er als gutes Vorzeichen betrachtete.

Er las die Zeilen, die er verfasst hatte, noch einmal sorgfältig durch, faltete das Blatt zusammen, steckte es in den Briefumschlag und klebte ihn zu. Er hatte Kyrie Alfa um ein neutrales Kuvert gebeten. Nicht, dass er etwas dagegen gehabt hätte, Reklame für *Apartments Alfa* zu machen. Er hatte jeden Grund, zufrieden zu sein. Aber Hinweise auf seinen Standort waren bei dieser Nachricht nun einmal nicht vorgesehen.

Als er aufbrach, ließ er den Gehstock zurück. Entweder – oder. Bisher hatte er wie ein verwundetes Tier reagiert, das sich zurückzog. Von jetzt an war alles, was er tat, der letzte Härtetest, den er unbedingt bestehen musste. Er wanderte betont langsam zum Parkplatz und konzentrierte sich dabei immer auf die nächsten Meter voraus. Vorsichtig stieg er in den Wagen und startete den Motor. Dann sammelte er sich einen Moment und fuhr behutsam los. Auf dem kurzen – für ihn jedoch endlosen – Weg nach Lakki versuchte er alles auszublenden, was ihn irritieren konnte. Er ignorierte aggressives Hupen, besonders wenn es ihm galt, und versagte sich unnötige Blicke in Innen- und Außenspiegel. Das alles war kein großes Problem, denn es entsprach der gängigen Fahrweise auf der Insel.

Den Brief gab er im Büro eines Kurierdienstes ab, der ihm schnelle Zustellung garantierte. Als dies erledigt war, suchte er *Spanós* auf, den Supermarkt aus dem das Glas stammte, das Jette ihm verehrt hatte. Er hatte die kleine dicke Witzfigur mit der großen blauen Eins, die er bei so vielen Schlucken zum Mund geführt hatte, noch genau vor Augen, und er fragte sich, wo Jette im Augenblick wohl war. Australien, Neuseeland oder Hawaii?

Er nahm einen Einkaufswagen. Was er zu kaufen gedachte, konnte er zwar in einer Hand tragen, aber es war angenehm sich für eine Weile auf einem Rollator abzustützen. Zielstrebig steuerte er die Regale mit Drogeriebedarf an. In den zurückliegenden Tagen hatte er genug Zeit gehabt, um sich in Ruhe zu überlegen, womit er die bislang verwendeten rituellen Symbole, den Strick des Henkers und das Schwert des Scharfrichters, ersetzen wollte. Dass Alois Kesselschmied trotz seines Alters einem Kind glich, hatte ihn schließlich auf die passende Idee gebracht. Er kaufte eine Packung Watte, und als er an der Kasse zahlte, noch ein Feuerzeug dazu.

115

Diesmal fuhr Erika bis zum Ende des Geröllweges.

Sie hielt es für die unauffälligere Variante, als mit drei Männern und Gepäck ins Gelände zu marschieren. Wandern sah anders aus. Während sie den Wagen im Schatten einer alten Kiefer parkte, meldete sich Kesselschmied zu Wort.

„Wie wäre es mit einem Tipp, was sich in der ominösen Lagerstätte befindet?"

Er drehte sich im Beifahrersitz um und lud Farang und Bobby mit einem Grinsen zu einer Wette ein.

„Jeder steuert zwanzig Euro bei, und der Gewinner gibt es als Benzingeld an Erika weiter?"

„Du hast Ideen, Louis", sagte sie und stellte den Motor ab. „Die beiden packen mit an, ohne dafür bezahlt zu werden. Und da sollen sie sich auch noch an den Fahrkosten beteiligen?"

„Na ja", wiegelte er ab. „Aber ich wette, dass da nur ein paar lumpige Waffen aus italienischer Produktion gelagert sind, die bereits zum Zeitpunkt des Krieges völlig veraltet waren."

„Ich tippe auf was Medizinisches", sagte Bobby, um den Deutschen nicht im Stich zu lassen. „Etwas, was man als Droge verhökern kann. Zum Beispiel Morphiumampullen."

Das gefiel Kesselschmied.

„Und Sie …?", machte er Farang an. „Sie sind doch der Versicherungsexperte."

„Vielleicht sind es ganz normale Versorgungsgüter", gab Farang gelassen zurück. „Eiserne Rationen. So etwas soll es heutzutage auch noch geben."

„Dosenfleisch und Decken …? Das ist aber sehr tief gestapelt", befand Kesselschmied. „Da kann ich ja gleich den wöchentlichen Lottoschein ausfüllen."

„Darf ich auch was sagen?", ging Erika dazwischen.

Kesselschmied lachte.

„Jetzt bin ich aber gespannt."

Erika lächelte entrückt.

„Ich wünsche mir einen richtigen Schatz. Kisten voller Goldbarren und Säcke voller Silbermünzen und Diamanten."

Kesselschmied gab ein unschlüssiges Brummen von sich.

„Das ist zwar nicht sehr realistisch meine Liebe, aber wenigstens greift mal jemand in die Wolken."

Sie stiegen aus.

Farang sah sich kurz in der Einöde um, bevor er Bobby dabei half, die beiden schweren Tragetaschen aus dem Kofferraum zu laden. Erika hatte von Stirnlampen und tragbaren Batterielaternen bis hin zu Hämmern, Meißeln und Brecheisen alles zusammengesammelt, was für ihr Vorhaben hilfreich sein konnte. Hinzu kamen ein Spaten, eine Schaufel und ein großer Vorschlaghammer.

„Steckdosen gibt es wohl nicht in diesen italienischen Tunneln", merkte Bobby launig an.

Erika lächelte geduldig und setzte ihren Rucksack auf.

Auch Kesselschmied war vom Beifahrersitz gestiegen, um sich die Beine zu vertreten. Er machte jedoch keine großen Anstalten, sich weiter vom Fleck zu bewegen.

Farang meinte etwas wie Wehmut in der Miene des Deutschen zu erkennen.

„Wollen Sie nicht doch mitkommen, Louis?", fragte er.

Kesselschmied lächelte müde.

„Mental bin ich zwar noch scharf wie eine Handgranate. Aber wie ich Ihnen schon gesagt habe: Irgendwann zeigt das Alter einem die körperlichen Grenzen auf."

Bobby lachte.

„Sie tun ja gerade so, als ob Farang und ich für die Jugendmannschaft spielen."

„Alles wie abgesprochen", beendete Erika die Flachserei.

Mit einem kräftigen „Jawoll!" deutete Kesselschmied auf sein Fernglas und Erikas Videokamera im Wagen. „Ich schiebe hier Wache. Und wenn wider Erwarten jemand in der Gegend rumschnüffeln und blöde Fragen stellen sollte, gebe ich den grantigen Touristen."

So ganz schien er jedoch von dem Einsatzbefehl, den er sich selbst auferlegt hatte, nicht überzeugt zu sein, denn die Worte, die er ihnen nachrief, klangen nicht sehr begeistert.

„Feldstecher war mir schon immer lieber als Stablampe!"

„Schlüssel steckt", rief Erika. „Falls es dir zu heiß wird und du die Klimaanlage brauchst."

„Reif fürs Sauerstoffzelt bin ich noch nicht", gab Kesselschmied unwirsch zurück.

Erika lachte und winkte ihm noch einmal zu, bevor sie ihre beiden Begleiter bedacht übers Geröll ins unwegsame Gelände führte.

Farang machte das Schlusslicht. Er hatte den angenehmen Duft des Thymians in der Nase, ließ sich jedoch ansonsten nicht von der Natur ablenken. So schwer beladen galt es, jeden Schritt sorgfältig abzuwägen, um nicht zu straucheln.

Als sie sich samt ihrer Last durch das Gestrüpp gezwängt hatten, das den Eingang des Stollens verbarg, schob Erika die Flügel der Stahlgittertür so weit wie möglich auf, und sie trugen ihre Sachen in die Eingangsgrotte. Es waren Hornissen unterwegs, die es jedoch bei einem warnenden Summen beließen. Während sich das Trio kurz vom Gepäckmarsch erholte, besprach es, welche der Ausrüstungsgegenstände es im ersten Versuch mitzunehmen gedachte.

„Dann wollen wir uns mal vom Tageslicht verabschieden", sagte Erika schließlich.

Sie setzte ihre Stirnlampe auf, wartete, bis Farang und Bobby ebenfalls bereit waren, und begab sich in den Stollen.

„Hier geht es noch einigermaßen, aber bald wird es enger!", rief sie.

Farang mochte den eigenartigen Klang, den ihre Stimme in der Unterwelt hatte, nicht. Tunnelratte Bobby hingegen schien langsam auf Betriebstemperatur zu kommen.

„Eng ist immer gut", stellte er fest. „Je enger, desto besser."

„Es riecht *jetzt* schon wie im Grab", sagte Farang.

Aber auch darauf hatte Bobby eine passende Antwort.

„Solange du was riechst, hast du noch genug Sauerstoff zum Atmen."

Farang hielt fortan den Mund, während sie sich mühsam über Schutthaufen und Geröllhalden vorwärtskämpften. Erika hatte zwar erwähnt, sie habe bereits bei ihrer ersten Erkundung die nahezu unpassierbaren Stellen des Tunnels durch Räumarbeit entschärft, aber auch so kam man bei der Kraxelei, die einen oft genug zum Bücken zwang, genug ins Schwitzen.

„Hier ist es", sagte Erika endlich.

Alle Lichtkegel richteten sich auf die ebene Fläche im behauenen Felsgestein.

Bobby tastete die Grenzlinien der glatten Stelle mit dem Licht seiner Stablampe ab.

„Wenn dahinter ein Tunnel liegt, dann ist das Verbindungsloch etwa zwei mal zwei Meter groß."

Erika zeigte auf die Stelle, an der sie die Ziegel vom Belag befreit hatte.

„Sie haben die Steine längs vermauert", sagte sie. „Vermutlich weil es schneller ging, und um Material zu sparen."

„Wenn wir es mit dem ausgedörrten und festgebackenen Lateritboden zu tun hätten, in den Charlie seine Tunnel gebaut hat, würden wir uns jetzt die Zähne ausbeißen. Aber wenn das nur eine Lage Ziegel ist, reden wir von maximal zehn Zentimetern Wandstärke. Das macht mich sehr optimistisch."

Bobby war richtig aufgekratzt.

„Wer ist Charlie …?", hakte Erika nach.

„Vietcong", sagte Bobby.

Er holte einen mittelgroßen Hammer aus einer Tragetasche und schlug ein paarmal gegen die Mauer.

„Klingt vielversprechend hohl", stellte er zufrieden fest, warf den Hammer neben die Tasche und zeigte auf den schweren Vorschlaghammer, den Farang hergeschleppt hatte.

„Gib mir mal den da!"

Er grinste.

„Wenn es juckt, muss man kratzen!"

Für Farangs Geschmack zelebrierte Bobby seine Zuständigkeit etwas zu penetrant. Aber da Erika keine Einwände erhob, gönnte er ihm die Show. Letzten Endes hatte die Tunnelratte nicht um diese Einladung gebeten.

„Macht mal Platz!", befahl Bobby.

Erika und Farang stolperten außer Reichweite.

Bobby holte in der Enge so weit wie möglich aus und schmetterte den Hammerkopf mit einem wuchtigen Schlag ins Zentrum des Hindernisses.

Mit lautem Krachen borst das Gemäuer. Die dichte Staubwolke ließ zunächst nichts erkennen. Dann wurde das Loch sichtbar, das Bobby in die Mauer gebrochen hatte.

„Bravo!", rief Erika.

Farang unterdrückte einen Hustenanfall und nahm den Hammer von Bobby entgegen.

„Den Rest kannst du erledigen", sagte die Tunnelratte.

116

Ein angriffslustiges Knurren riss Alois Kesselschmied aus seinem Nickerchen.

Er saß im Beifahrersitz, und da er auf die Klimaanlage verzichtete, stand die Tür neben ihm weit offen. Vor der Öffnung hatte sich ein schwarzer Schäferhund aufgebaut, der Kesselschmied bösartig anstarrte. Das stattliche Tier trug ein Lederhalsband, an dem eine Kette hing. Den Eisendorn am Ende der Kette hatte die Bestie vermutlich aus dem Boden gerissen.

Das Erste, was Kesselschmied durch den Kopf ging, war die Erkenntnis, dass ein Hundeblick nicht unbedingt treu sein und aus braunen Augen kommen musste. Diese hier waren gelb und funkelten tückisch. Nachdem das klar war, befiel ihn der lang angestaute Hass gegen all die Hunde, die ihn über die Jahre streitsüchtig angegiftet hatten, gepaart mit dem Zorn auf ihre verantwortungslosen Halter. Mit den Eignern konnte er sich im Moment nicht auseinandersetzen. Aber wenn der größenwahnsinnige Köter meinte, er hätte ein duldsames Opfer gefunden, war er schief gewickelt.

Der Hund knurrte erneut und fletschte die Zähne. Kesselschmied deutete dies als endgültige Kriegserklärung und griff behutsam nach seiner Handtasche. Die Bewegung löste ein hitziges Bellen aus.

Der Köter war kurz davor in anzufallen.

In aller Ruhe nahm Kesselschmied die Luger zur Hand. Wenn jemand etwas hören sollte, war das jetzt auch egal.

Er entsicherte die Waffe und schoss dem Köter in den Kopf. Der trockene Knall verlor sich in der Landschaft. Das Bellen erstarb. Damit herrschte Stille.

Wer immer in den Krieg zog, sollte wissen, welchen Frieden er will. Wer wusste das besser als Alois Kesselschmied. In diesem Fall ging es um Wiederherstellung der Ruhe. Und genau das hatte er erreicht.

Blindwütige Angreifer musste man kaltblütig kontern.

117

Nachdem die Öffnung weit genug war, um den Zugang zum Verbindungstunnel zu ermöglichen, legte Erika die Schaufel beiseite und bot Farang einen Schluck aus ihrer Wasserflasche an.

„Das Werkzeug lassen wir erst mal hier", sagte sie.

Farang lehnte den Vorschlaghammer an die Tunnelwand und trank, bevor sie sich auf den weiteren Weg machten. Da der Vietcong nicht im Spiel war, überließ Bobby Erika erneut die Spitze. Der unterirdische Gang war eng, aber bis auf wenige überschaubare Felseinbrüche gut passierbar.

„Größere Dinge können sie durch diese Röhre nicht transportiert haben."

Erika begegnete Bobbys nüchterner Einschätzung mit Optimismus.

„Kleinvieh kann auch Mist machen."

„Das ist richtig", gab er zu. „Wenn jede Ameise ein bisschen schleppt, kann viel zusammenkommen. Siehe Charlie!"

Farang folgte den beiden schweigend. Im Vergleich zum Anfangstunnel ging es recht zügig voran. Spekulationen überließ er den Tunnelfreaks. Seine Hoffnung beschränkte sich darauf, nicht mit hochexplosiven oder gar chemischen Gemengelagen konfrontiert zu werden. Doch ganz allmählich machte sich ein seltsamer Geruch breit, den Farang nicht einzuordnen wusste.

„Ich ahne Böses …", sagte Erika mehr zu sich selbst.

„Wonach stinkt es denn so penetrant?", wollte Bobby wissen.

„Ziegenscheiße!"

Erikas trockene Antwort wurde von einem ersten leisen Meckern und schwachem Geläut untermalt. Der Gestank wurde strenger, das Meckern und die Glocken lauter und voraus schimmerte Tageslicht in den Tunnel. Sie erreichten eine primitive Sperre aus Holzlatten und Wellblech, die Erika mit einem missmutigen Fußtritt aus dem Weg räumte.

Vor ihnen stand ein Ziegenbock mit stattlichem Gehörn und beäugte sie misstrauisch. Hinter ihm warteten Muttertiere und Junge, die die Ankömmlinge mit lautem Gemecker begrüßten. Sie zwängten sich an den Tieren vorbei, die nur widerwillig Platz machten, und betraten eine Höhle. Es war zwar nicht auszuschließen, das sie einmal als Lager gedient hatte, aber jetzt war sie eindeutig ein Stall. Helles Tageslicht fiel durch ein breites Eingangsloch, das durch ein Gatter gesichert war.

Erika bog den dicken Draht auf, der als Schließe diente, und sie traten ins Freie. Zu friedlichem Vogelgezwitscher schauten sie etwas ratlos in die karge Landschaft, die nicht anders aussah, als am Ausgangspunkt ihrer Expedition. Sie hatten den Höhenzug unterquert und konnten sich nun die nächste Schlucht ansehen. Olivenbäume. Kiefern. Dornengestrüpp. Lila Thymian und rosa Oleander. Das ganze Programm.

„Auf Ziegen hat keiner gewettet", sagte Erika lakonisch.

118

„Godot hat sich gemeldet."

Die Nachricht diente Kesselschmied als Begrüßung. Er setzte sich zu Farang und Bobby an die Poolbar und händigte dem Eurasier ein Briefkuvert aus.

Farang wusste nicht, was ihn mehr überraschte, die Neuigkeit oder die Aufmachung des Boten, der sie überbrachte. Der Deutsche trug eine Kniebundhose aus Hirschleder und eine Hirschlederweste, die mit Edelweißblüten bestickt war. Dazu Wadenschoner mit Edelweißmotiv und Haferlschuhe sowie einen alpenländischen Filzhut, den anstatt eines Gamsbartes ein Edelweißgesteck zierte.

Kesselschmied entging nicht, dass vor allem Bobby ihn anstarrte, als habe er eine Erscheinung.

„Spezialanfertigung aus Mittenwald, Mister Quinn!"

Und da das dem Amerikaner offenbar nichts sagte, wurde Kesselschmied noch etwas präziser.

„Liegt in Bayern, nahe der Grenze zu Österreich. Das Lourdes der Gebirgsjäger."

Bobby nickte. Lourdes kam ihm irgendwie bekannt vor. Kesselschmied orderte ein Bier beim Keeper.

Farang verzichtete auf einen Kommentar zum Edelweißthema. Der Deutsche war wohl wegen einer Festlichkeit um ein angemessenes Outfit bemüht. Nach der Tunnelpleite hatte er vorgeschlagen, sich am späten Abend im Hotel auf einen Drink zu treffen, da dort sowieso ein Hochzeitsbuffet stattfand, zu dem er und Erika eingeladen waren.

Der Brief war in Griechisch verfasst, aber die Handschrift erinnerte Farang an die Episteln, die er in Thailand gesehen hatte. Es schien tatsächlich eine Nachricht des Falken zu sein. Dass er sich neuerdings postalisch meldete, bevor er zuschlug, war allerdings recht ungewöhnlich.

„Sieht nach unserem Mann aus", sagte er und gab den Brief zurück.

„Wurde vom Kurierservice zugestellt, als wir unterwegs waren", sagte Kesselschmied. „Meine Nachbarin hat ihn für mich angenommen. Erika hat mir geholfen, alles richtig zu entziffern. Sie lässt sich übrigens entschuldigen. Sie kommt etwas später dazu, denn sie hat bei der Feier ein paar alte Freundinnen getroffen."

„Was steht drin?", wollte Farang wissen.

Kesselschmied nutzte den griechischen Text als Gedächtnisstütze und betete den Inhalt runter, als habe er ihn auf Englisch einstudiert.

„Deutscher Freund, Sie haben sich mit Ihren Aktivitäten zur Erhaltung von Kriegsdenkmälern Feinde auf der Insel gemacht. Diese Feinde wollen nun Rache nehmen.

Sie planen Säureattentate auf die Reste der Wandmalerei in der alten Funkstation bei Lakki und der Wandgemälde von Otto Meister in Diapori. Zu Hintermännern, Zeitpunkt und Ablauf der Aktion habe ich Informationen für Sie. Es gilt, diese Barbarei zu verhindern. Kommen Sie übermorgen, am Donnerstag, um sieben Uhr früh zum Touristenrastplatz zwischen den beiden Anhöhen der Skoumbarda. Und kommen Sie auf jeden Fall ohne Begleitung! Ich werde ebenfalls alleine sein. Ein griechischer Freund."

„Ein griechischer Freund?", hakte Farang nach.

„Sonst nichts", sagte Kesselschmied.

„Wer ist Otto Meister?"

„Ein deutscher Maler, der im Krieg als Soldat hier war. Er hat ein paar sehr schöne Malereien an den Wänden einer italienischen Kaserne hinterlassen, die noch recht gut erhalten sind. Einige verblüffend gute Kopien von Breughel und ein paar witzige Karikaturen, wie sie damals in deutschen Illustrierten zu sehen waren."

„Und Skoumbarda, wo ist das?"

„Das ist eine Erhebung über Xirokambos im Süden der Insel. Recht hoch und mit fast senkrecht abfallenden Flanken zur Seeseite. Man sagt, die riesigen Geschützstellungen der Italiener hätten als Vorbild für *Die Kanonen von Navarone* gedient."

Das fand Bobbys Interesse.

„Alistair MacLean …?"

Kesselschmied lächelte ihm wohlwollend zu.

„Sie haben wohl nicht nur den Film gesehen. Sondern auch den Roman gelesen."

Er sah Farang an.

„Wenn ich nicht von Ihnen wüsste, dass dieser Racheengel hinter mir her ist, würde ich die Sache etwas entspannter sehen und mir einbilden, diese renitenten Herdenbesitzer, die aus allem einen Stall machen, hätten sich mal wieder zusammengerottet. Aber so …?"

Er nahm den Hut ab und legte ihn beiseite, nachdem er mit spitzen Fingern einen Fussel vom Edelweißgesteck gepflückt hatte.

Erika setzte sich zu ihnen und bestellte sich ein Glas Weißwein. Farang war verblüfft, sie in einem Kleid zu sehen. Keine so auffällige Aufmachung wie Kesselschmied, aber ihre Beine kamen gut zur Geltung. Sie waren nicht nur kräftig, sondern auch sehr lang. Die Enttäuschung in Sachen Schatzkammer schien sie überwunden zu haben, denn sie lächelte und war offenbar guter Laune.

„Warum hat er sich wohl ausgerechnet diesen Berg ausgesucht?", fragte er sie.

„Wahrscheinlich weil er konspirativ abgelegen, aber per Auto zu erreichen ist. Er kann ja schlecht verlangen, dass Louis in seinem Alter noch im Gelände herumkraxelt. Um die Uhrzeit finden sich da oben auch noch keine Touristen ein, um sich die Ruinen anzugucken. Die alte Funkstation bei Lakki ist zwar viel leichter zu erreichen, liegt aber nun mal mitten in einem Wohngebiet, und bei den Gemälden von Otto Meister kann man auch nicht einfach so bis vor die Tür fahren."

Farang schwieg nachdenklich.

„Dann lassen Sie uns mal einen Schlachtplan aushecken",

sagte Kesselschmied, ganz der Stratege. „Ich kenne das Terrain, und Sie den Feind."

119

Der letzte Tag vor dem entscheidenden Treffen zog sich für den Falken am längsten.

Immer wieder aufs Neue ging er den geplanten Ablauf durch: Reisetasche und Rucksack möglichst unauffällig im Mietwagen verstauen. Geld und einige Zeilen mit einer Entschuldigung für die überhastete Abreise und Dank für die gute Pflege für Kyrie Alfa im Apartment hinterlassen. Noch im Dunkeln losfahren und mit dem ersten Tageslicht die Serpentinen hoch auf den Berg. Dort den Deutschen liquidieren. Danach Mietwagen abgeben und mit dem Taxi zum Hafen, um die nächste Fähre zu nehmen.

Und immer wieder machte er seine Balanceübungen, als strebe er das absolute Gleichgewichtsgefühl an. Abwechselnder Tandemstand, abwechselnd auf einem Bein stehen, gehen im Ausfallschritt, über einen imaginären Hindernisparcours steigen, gymnastische Übungen für Schulter und Nacken, und so weiter und so fort.

Die Walther überprüfte der Falke hingegen nur einmal.

Die Pistole seiner Mutter war die einzige verlässliche Größe bei seinem Vorhaben.

120

Als sie auf der Skoumbarda eintrafen, ging über Kleinasien die Sonne auf.

Erleuchtung aus dem Osten betrachtete Farang seit jeher als gutes Zeichen. Er erkundete mit Erika und Bobby das Terrain. Der Jeep parkte nicht weit entfernt am vereinbarten Treffpunkt, und Kesselschmied wartete vorerst im Wagen. Sie befanden sich auf der höheren der beiden Bergkuppen, deren lang gezogener Rücken über und unter der Erde eine stattliche Sammlung militärischer Ruinen zu bieten hatte. Kleine und große Geschützstellungen, Stollen und Unterstände. Doch trotz der beeindruckenden Reste aus dem Krieg war das alles dominierende Erlebnis das grandiose Panorama, das sich bot. Der Ausblick über die Ägäis reichte von der türkischen Küste bis hinüber zu den schroffen Höhenzügen der Nachbarinsel Kalymnos. Man hatte den Eindruck, auf ein im Meer versunkenes Gebirge zu schauen, von dem nur noch die Gipfel sichtbar waren.

Bobby ging zur felsigen Kante über dem Steilufer, um einen Blick hinab zu werfen, machte aber schnell wieder einen Schritt zurück. Es war praktisch unmöglich, direkt nach unten zu gucken, ohne dabei den Halt zu verlieren und in die Tiefe zu stürzen. Der kräftige Nordwind trug ebenfalls nicht dazu bei, festen Stand zu bewahren.

„Da geht es senkrecht abwärts", warnte Erika ihn.

„Hätte ich gewusst, dass die Sache mit einer Freiluftveranstaltung endet …" Bobby seufzte. „Wäre auch zu schön gewesen, wenn unser Vogel sich als Treffpunkt einen Tunnel ausgesucht hätte."

„Genieß die frische Brise", sagte Farang.

Mit Erikas Hilfe fanden sie eine geeignete Stelle, an der Alois Kesselschmied auf den Falken warten sollte. Die kleine Geschützbettung lag unmittelbar am Felsabbruch. Aus ihrer Betonfläche ragte nur noch ein Kreis verrosteter Schrauben hervor. Sie hatte den Vorteil, sich unmittelbar neben dem Bunker mit dem ehemaligen Leitstand zu befinden, der ihnen als Versteck dienen konnte. Durch die Fensterscharte hatte man ein passables Schussfeld, und die Distanz war gerade noch vertretbar für eine Pistole.

Farang sprach die Choreografie noch einmal mit Erika und Bobby durch, bevor er Kesselschmied ins Bild setzte.

121

Eine halbe Stunde nach Sonnenaufgang stieg der Falke auf, um Beute zu machen.

Die Italiener hatten eine tadellose Gebirgsstraße gebaut, die in lang gezogenen Serpentinen in die Höhe führte. Er hatte die Strecke zwei Tage zuvor getestet. Sie war nicht asphaltiert, aber recht gut befahrbar. Als er den Treffpunkt erreichte, parkte er neben dem Jeep. Der silbrige Lack des Wagens erinnerte ihn auch diesmal ungut an den Dacia, den er am Strand bei Pattaya hatte zurücklassen müssen.

Bevor er ausstieg, vergewisserte er sich noch einmal der Pistole, die er griffbereit in seiner altbewährten Anglerweste trug. Watte und Feuerzeug waren ebenfalls vorhanden. Und auch die Gummihandschuhe hatte er dabei, verzichtete jedoch darauf, sie überzustreifen, da dies nur falsche Aufmerksamkeit erregt hätte. Auch der Schalldämpfer blieb ungenutzt. Er stieg aus, registrierte, dass niemand in dem silbergrauen Geländewagen saß, und entdeckte Alois Kesselschmied nicht weit entfernt im Rondell einer gesprengten Geschützstellung.

Das war dem Falken recht, denn nachdem er so lange im Auto gesessen hatte, benötigte er einige Minuten, um wieder in die Gänge zu kommen. Er wippte ein paar Mal auf den Fußballen und wiegte seinen Oberkörper hin und her, bevor er die ersten vorsichtigen Schritte machte. Er schwankte wie ein Schilfrohr im Wind, kam ins Stolpern und blieb stehen. Panik vor einer Schwindelattacke erfasste ihn, Angst, so kurz vor dem Ziel zu versagen. Er nahm die Brille ab und atmete mehrmals tief durch. Dann setzte er die Brille wieder auf und ging vorsichtig weiter. Nach einigen Metern hatte er das Gefühl, einigermaßen normal unterwegs zu sein.

Er hoffte, dass der Deutsche sich den Wagen der Griechin ausgeliehen hatte und alleine gekommen war. Wenn es ging, vermied er Kollateralschäden. Aber nicht immer waren sie zu vermeiden. So, wie bei dem Kollaborateur und seiner Thai.

Kesselschmied erwartete ihn breitbeinig, die Hände auf dem Rücken verschränkt und mit dem selbstsicheren Lächeln eines Befehlshabers. Der Auftritt reizte den Falken. Er blieb dicht vor der Beute stehen und beäugte sie wortlos. Noch im selben Moment wurde ihm klar, dass der Deutsche wusste, weswegen sie hier waren. Es ging nicht um die Rettung von Kriegsmemorabilien, sondern um einen gewissen Oberleutnant der Wehrmacht und seine Verbrechen. Woher Kesselschmied wusste, dass er höchstpersönlich gemeint war, blieb unklar, nur dass er es wusste, war gewiss.

Aber da der Falke nie Diskussionen vor der Hinrichtung führte, war es letztendlich ohne jede Bedeutung.

122

Farang hatte den Falken im Visier.

Die Beschreibung passte. Von der Nase über die Brille bis zur schlanken Größe. Kesselschmied musste zum Falken aufschauen. Farang ahnte, dass dies das eigentliche Problem des Deutschen war. Wenn ein geborener Anführer sein ganzes Leben lang zu anderen aufschauen muss, versucht er es auf die eine oder andere Weise wieder wettzumachen. Dreißig Zentimeter können sehr viel sein. Sie können ein ganzes Leben verändern – und das anderer.

Farang wartete ab, was weiter geschehen würde.

„Überlassen Sie mir den Mann", hatte Kesselschmieds Forderung gelautet. „Das ist mein Problem!"

Da Farang sich nach wie vor nur für den Tod des Falken zuständig fühlte und weder er noch Bobby sich als Leibstandarte Alois Kesselschmied berufen sahen, fiel die Zurückhaltung nicht schwer.

„Die Dinge werden ihren Lauf nehmen", hatte Bobby gesagt, „und uns zwingen, darauf zu reagieren."

Und genau so kam es.

Noch während Farang Bobbys Worte durch den Kopf gingen, zog der Falke die Walther und sah sich augenblicklich mit der Luger konfrontiert, die Kesselschmied hinter seinem Rücken bereitgehalten hatte.

Beide Schüsse wurden fast gleichzeitig abgegeben.

Kesselschmied ging zu Boden.

Der Falke blieb stehen, wackelte aber.

Ob Kesselschmied sich noch bewegte, war nicht zu erkennen. Der Falke verzichtete jedenfalls auf einen Fangschuss. Er trat einen Schritt zurück und schwankte erneut, während er mit der freien Hand etwas Weißes aus seiner Westentasche zerrte. Es sah aus wie ein Ballen Wolle oder ein größerer Wattebausch.

Die Konturen des Falken hoben sich klar gegen den ägäischen Himmel ab und boten ein perfektes Ziel. Wenn Farang ihn sauber erwischte, war die Entsorgung der Leiche gleich miterledigt. Da unten auf den Uferklippen war genug Platz.

Er zielte Mitte Mann.

Die Beretta war nicht seine belgische Geliebte, und die Entfernung war grenzwertig.

Doch bevor er abdrücken konnte, rannte Erika aus der Deckung und in sein Schussfeld.

123

Der Falke wollte gerade die Pistole unter den Arm klemmen, um auch das Feuerzeug aus der Tasche zu holen, als die Griechin auf ihn zustürmte.

Es überraschte ihn nicht, sie zu sehen. Und doch ging etwas Bedrohliches von ihr aus, das ihn verunsicherte. Dass sie groß und kräftig war, war nichts Neues. Immerhin maß er einen Meter neunzig und auch wenn er sich im Moment nicht in bester körperlicher Verfassung befand, so war er doch bewaffnet, und sie offenbar nicht.

Was ihm jedoch gefährlich erschien, war die Art und Weise, in der sie schweigend auf ihn zu ging, sich vor ihm aufbaute und ihm entschlossen in die Augen sah. Es war kein Starren, sondern ein offener und absolut zwingender Blick. Hätte seine Mutter die Chance gehabt, Alois Kesselschmied entgegenzutreten, hätte sie den Deutschen genau so angeschaut.

Der Falke wollte die Frau warnen, aber es kam kein Wort über seine Lippen. Er wusste, dass er schießen musste. Unbedingt. Aber er konnte nicht. Frauen und Kinder erschoss man nicht ohne Not – erst recht keine griechischen. Er ertrug den Blick für lange Sekunden. Dann hob die Frau die Hand, um ihm einen Stoß vor die Brust zu geben.

Er tat nichts. Sein ganzer Ehrgeiz beschränkte sich darauf, aus eigenen Kräften aufrecht stehen zu bleiben, so lange er konnte. Doch es war nicht die Frau, die ihn zu Fall brachte. Der Schlag, der ihn nach hinten warf, kam von einer Kugel, die in seiner Schulter einschlug.

Der Schuss war im kräftigen Nordwind kaum zu hören.

Er spürte, wie er den Boden unter den Füßen verlor und ins Leere fiel. Dass er mangels Balance stürzen konnte, war ihm stets klar gewesen. Dass es jedoch ein so tiefer – nicht enden wollender – Fall war, überraschte ihn. Genauer betrachtet, war es ein Sturzflug. Einem Greifvogel gemäß. Er fiel aus dem Himmel zur Erde, um ein letztes Mal Beute zu schlagen.

Die Beute, die auf ihn wartete, so ahnte er, hieß Seelenfrieden.

124

Farang musterte das Einschussloch in Alois Kesselschmieds Stirn und musste an Walfried Lahnstein denken, dem gleiches widerfahren war. Ansonsten gab es jedoch keine Gemeinsamkeiten bei der Leichenschau. Verglichen mit dem Sohn seines alten Kriegskameraden, hatte Kesselschmied ein geradezu ehrenhaftes Ende gefunden. Niemand hatte ihn enthauptet und den Kopf als Briefbeschwerer benutzt. Er hatte seine Epistel sogar vorab bekommen.

Erika kniete neben dem Toten und bekreuzigte sich, bevor sie sich wieder erhob.

„Ich hätte den Mann schon runtergestoßen", sagte sie in Anspielung auf Farangs Schießkünste.

„Das war mir klar. Aber es lebt sich entschieden besser, wenn man keine Toten auf dem Gewissen hat." Er lächelte. „Ich weiß, wovon ich rede."

„Vielleicht hätten wir früher eingreifen müssen", sagte sie mit Blick auf die Leiche.

„Es war Louis ausdrücklicher Wunsch, die Angelegenheit selber zu regeln", sagte Bobby, „und wir haben das respektiert."

„Ich habe ihn nicht wegen seiner dunklen Vergangenheit gemocht", sagte Erika, als müsse sie sich rechtfertigen.

„Daran zweifele ich nicht."

Farang sagte es nachdrücklich, und auch Bobby nickte Erika aufmunternd zu.

„Wer sich für Kriegsgeschichte interessiert, muss deswegen nicht gleich Militarist oder gar Faschist sein."

Erika schien es nicht als Absolution zu begreifen.

„Dass Louis Landsleute von mir auf dem Gewissen hatte, war sehr wahrscheinlich, aber ich wollte es nicht so genau wissen. Mein Großvater hat immer gesagt: Vergebung gehört dazu, wenn man Frieden mit dem Feind will! Erst als ihr beide hier aufgetaucht seid, hat mir Louis erzählt, worum es geht. Aber ich bin keine Richterin …"

Sie wandte den Blick von dem Toten ab.

„Und seinen Richter hat er ja nun gefunden."

Farang holte Kesselschmieds Feldstecher aus Erikas Wagen und ging zu einer Stelle etwa hundert Meter von dem Punkt entfernt, an dem der Falke abgestürzt war. Sie schien ihm ausreichend trittsicher zu sein und ermöglichte ihm, schräg nach unten schauen zu können. Mit einem Fernglas vor Augen senkrecht in die Tiefe zu peilen, wäre einem Drahtseilakt gleichgekommen.

Er suchte den schmalen Uferbereich ab, der nur aus Felsen und Kieseln bestand, und zog Schärfe. Der Falke lag mit weit ausgebreiteten Schwingen auf den Klippen. Die Stelle der Bruchlandung lag außerhalb der auslaufenden Wellen, und da das Mittelmeer nicht durch Ebbe und Flut glänzte, würde man ihn nicht aus den Fluten fischen müssen.

Die Sonne brannte bereits erbarmungslos vom Himmel, und auch wenn der Wind die Hitze noch in Schach hielt, zogen sie sich in den Schatten des Leitstandes zurück.

„Bevor jemand hier auftaucht, sollten wir uns klar sein, wie es weitergeht", sagte Farang. „Vor allem wegen dir, Erika. Ich nehme mal an, du willst nicht mit nach Bangkok kommen."

Sie lächelte müde.

„Wir könnten Louis ebenfalls über die Felskante befördern", schlug Bobby vor. „Dann dauert es etwas länger, bis er gefunden wird, und du kannst so tun, als ob du nie hier oben warst. Du hast ihn hergebracht und bist auf seinen Wunsch hin wieder zurückgefahren. Vielleicht kannst du sogar noch aus Sorge um seinen Verbleib eine Vermisstenmeldung aufgeben."

Erika schüttelte den Kopf.

„Macht euch bitte keine Sorgen um mich. Ich rufe die Polizei, gebe denen den Brief, und den Rest müssen sie sich zusammenreimen. Ich war unbewaffnet und weiß nichts von den Problemen, die Louis mit diesem Griechen hatte. Mir sind nur die Drohungen bekannt, die immer wieder gegen unseren Enthusiasmus in Sachen Kriegshistorie ausgesprochen wurden, die wir jedoch nie ernst genommen haben."

Es klang, als übe sie schon die Version für die Ermittler ein.

„Ihr beide reist einfach ordentlich ab. Nehmt seinen Mietwagen und lasst ihn irgendwo in Agia Marina stehen. Wie der Mann hier hochgekommen ist, darüber können sich andere den Kopf zerbrechen. Er selbst kann dazu Gott sei Dank nichts mehr sagen. Vielleicht hat er ja eine Morgenwanderung gemacht."

Erika lächelte.

„Morgenwanderung ...", wiederholte Bobby.

„Ihr checkt im Hotel aus", fuhr sie fort, „und nehmt ein Taxi zur Fähre, die mittags nach Kos geht. Von dort geht es noch am selben Tag mit der türkischen Fähre rüber nach Bodrum. Von da aus könnt ihr über Istanbul nach Hause fliegen. Über Athen würde ich nicht empfehlen, falls heute und morgen doch noch ein Schnellkombinierer Dienst haben sollte."

Farang nickte zustimmend.

„Du hättest Reiseleiterin werden sollen", sagte Bobby.

Farang wischte seine Waffe sauber und ging zu Kesselschmieds Leiche. Er nahm ihm die Luger ab und sah dabei den Siegelring mit dem Edelweiß. Dann drückte er ihm die Beretta in die Schusshand, bevor er auch die Luger polierte und im hohen Bogen über die Felsabbrüche landeinwärts entsorgte. Als er in den Unterstand zurückkam, überprüfte Erika ihr Mobiltelefon.

„In einer halben Stunde rufe ich die Polizei an", sagte sie. „Wenn vorher jemand zur Besichtigung der Ruinen kommt, natürlich früher."

Kaum hatte sie es gesagt, bedachte Erika erst Bobby und dann Farang mit einem entschiedenen Abschiedslächeln, das keinen Widerspruch duldete.

EPILOG

Eine Spende für die Engel

125

Als Farang bei Imelda eintraf, kam ihr kleiner Bruder gerade aus dem Haus und tat so, als sähe er ihn nicht.

Der Mann, der durch seine Unfähigkeit den ganzen Schlamassel ausgelöst hatte, überließ es wie immer seiner älteren Schwester, die Dinge für ihn zu regeln. Diesmal hieß es, einen Eurasier, der ihm den Arsch gerettet hatte, auszuzahlen. Brüderchen ignorierte den Gesichtsverlust, den ihm Imelda eingebrockt hatte, einfach. Aber wen wunderte es? Er galt seit eh und je als etwas zurückgeblieben. Auch wenn offiziell alle so taten, als sei er aus bestem Holz geschnitzt. Farang hatte schon immer den Verdacht gehabt, dass der General nicht der leibliche Vater war.

Während der Kleine sich in seine Dienstlimousine rettete, rief ihm der Papagei ein laut vernehmliches „Schlafmütze" nach, und Farang spielte mit dem Gedanken, Brüderchen eine Delegation der gefallenen Engel vorbeizuschicken, um sich für die Projektfinanzierung zu bedanken. Doch bevor sich dieser Gedanke in seinem Hirn festsetzen konnte, erschien die Hausherrin auf der Veranda. Sie trug die roten Pumps und den pechschwarzen Hosenanzug. Wortlos wies sie Farang einen Sessel zu, bevor sie ebenfalls Platz nahm.

„Sieht so aus, als hättest du deinen Job endlich erledigt", befand sie.

Farang schenkte sich eine Antwort, auch wenn es lange genug gedauert hatte, bis Imelda zu dieser Erkenntnis gelangt war. Thea hatte ihm berichtet, die Thai habe diesbezüglich vertrauliche Erkundigungen eingezogen.

„Ich habe dir die Summe heute überweisen lassen", sagte sie. „Für deine jungen Engel und für die Spesen, die du in Rechnung gestellt hast."

„Danke."

Farangs Konto bei der Bangkok Bank hatte sich seit den Zeiten ihres Vaters nicht geändert.

„Du brauchst dich nicht zu bedanken", beschied sie ihm.

Damit ersparte Imelda sich ebenfalls, etwas wie Dank, der über das Finanzielle hinausging, an den Tag legen zu müssen. Die Narbe unter ihrem linken Auge zuckte kaum wahrnehmbar, und sie erhob sich und verschwand wortlos im Haus.

Der Fahrer brachte Farang zurück zum Landingsplatz bei Wat Arun. Der Alte trug die blauweiße Baseballmütze mit der Aufschrift *HELLAS*, die er ihm mitgebracht hatte.

Während er auf das Speedboot wartete, genoss Farang den Anblick des Tempels der Morgendämmerung. Nach all den Ruinen aus dem Zweiten Weltkrieg hatte der Glanz der Abertausend Porzellanscherben, die den Turm bedeckten, eine geradezu beruhigende Wirkung.

126

„Hast du dein Geld bekommen?", wollte Tony wissen.

„Sie war großzügiger, als zu erwarten war", antwortete Farang.

„Na bestens", befand Bobby.

„Dann leg doch mal die passende Musik auf", forderte Tony seinen Geschäftspartner auf.

Es war gegen Mitternacht. Die letzten Gäste und der Barkeeper waren bereits gegangen, und sie saßen noch mit Thea zusammen auf einen Drink. Bobby machte sich am CD-Player zu schaffen und kurz darauf erklang *The Magdalene Laundries* von Joni Mitchell.

„Das werden wir jetzt häufiger spielen", verkündete Tony.

Bobby kletterte wieder auf seinen Barhocker.

„Ich brauche deine Bankverbindung, um dir die Spesen zu überweisen, die noch ausstehen", sagte Farang zu ihm.

„Kannst du gleich auf das Konto der *Darling Bar* schicken", entschied Tony. „Wir haben Bobbys Abflug aus der Portokasse vorfinanziert. Ging ja holterdiepolter!"

„Ich habe übrigens mit Erika telefoniert", wechselte Bobby das Thema. „Sie hält sich tapfer. Die Bullen waren ein bisschen lästig, aber sie haben sie dann doch erst mal in Ruhe gelassen. Irgendeinem Zeugen ist noch aufgefallen, dass sie in den Tagen vor dem Tod Kesselschmieds auffallend oft mit zwei Ausländern zusammen war, von denen einer sehr asiatisch aussah."

„Besser, als wenn man meine deutschen Merkmale betont hätte", sagte Farang.

„Wie auch immer", fuhr Bobby fort. „Erika berief sich darauf, sich bei zunehmender Popularität der Schlacht um Leros der *Tunnelfreaks* kaum noch erwehren zu können."

„Wahrscheinlich wollte sie den Ausdruck Ratte vermeiden."

Damit wandte sich Farang Thea zu.

Sie trug wieder ihre Feierabendmontur. Flache Sandalen zu ausgewaschenen Jeans und die hellblaue Seidenweste, diesmal über einem dunkelblauen T-Shirt.

„Wohnst du noch in diesem Luxushotel", fragte sie beiläufig.

„Bis morgen früh", sagte Farang. „Bis dahin wird die Rechnung noch von einer gewissen Dame bezahlt."

Thea lächelte zufrieden.

„Gut, dass es sich dabei nicht um mich handelt."

127

Die erste Nacht, die er wieder zu Hause verbrachte, verschaffte Farang Gewissheit.

Die Träume, in denen er Auftrag für Auftrag mit seiner Vergangenheit konfrontiert worden war, blieben auch in seiner heimischen Umgebung weiter aus.

Als er früh am Morgen erwachte, war die vertraute Geräuschkulisse zu vernehmen. Kinderlachen, Hühnergackern, Hundegebell und Autohupen. Dazu das nahe Rauschen der Brandung. Er lag nackt auf dem Bett. Über ihm drehte sich der Ventilator und arbeitete beharrlich gegen die aufkommende Hitze an.

Farang dachte an den gestrigen Abend. *Zur fetten Ratte* war sein erstes Ziel gewesen, nachdem er heimgekehrt war. Diesmal hatte er Dao etwas Praktisches für die Küche mitgebracht. Der Satz japanischer Keramikmesser war besser angekommen, als das Kochbuch. Dao hatte ihm geschnetzelte Ratte mit Frühlingszwiebeln und Ingwer serviert und später hatten sie noch mit den beiden Mädchen, die sie unter ihre Fittiche genommen hatte, auf das Geld für weitere gute Taten angestoßen.

Er stand auf, wickelte sich ein Tuch um die Hüften, und ging zur Kommode. Während ihm der Duft der Jasminblütenkränze in die Nase stieg, betrachtete er andächtig die Fotos der beiden Frauen, die so wichtig in seinem Leben gewesen waren. Dann holte er die Pistole aus der Schublade, ging in die Küche und nahm eine Honigmelone mit in den Garten.

Dem Sandsack, der am untersten Ast des Mangobaums hing schenkte er keine Beachtung. Nur das Geisterhäuschen und die Insel Tarutao, die fern im Frühnebel lag, waren ihm einen kurzen Blick wert.

Er platzierte die kleine gelbe Frucht auf dem abgesägten Baumstamm, den er als Schießstand benutzte, und nahm die Distanz ein, die ihn an jenem Morgen vom Falken getrennt hatte.

Er zielte und schoss.

Das Projektil traf die Melone mittig, und sie zerplatzte wie eine Granate.

„So hätte es ausgesehen, wenn ich es nicht mit der Beretta hätte tun müssen", sagte Farang zu seiner belgischen Geliebten.

Anmerkung des Autors

Das griechische Dorf, das in diesem Roman von Wehrmachtssoldaten heimgesucht wird, ist ein fiktiver Ort. Er steht für Komeno, Kalavrita, Distomo und andere Gemeinden, in denen vergleichbare Kriegsverbrechen begangen wurden. Wer sich über die realen Geschehnisse informieren möchte, die dort stattgefunden haben, dem seien besonders die Sachbücher *Griechenland unter Hitler* von Mark Mazower und *Blutiges Edelweiß* von Hermann Frank Meyer empfohlen.

Eine gelungene Rekonstruktion des Lebens von Constantine Phaulkon findet sich in dem historischen Roman *For the Love of Siam* von William Warren.

Zu den informativsten Texten über das Massaker im vietnamesischen May Lai gehören die Reportagen von Seymour M. Hersh.

Pendragon Verlag
gegründet 1981
www.pendragon.de

Originalausgabe
Veröffentlicht im Pendragon Verlag
Günther Butkus, Bielefeld 2018
© by Pendragon Verlag Bielefeld 2018
Alle Rechte vorbehalten
Dieses Werk wurde vermittelt durch die
Michael Meller Literary Agency GmbH, München
Lektorat: Günther Butkus, Uta Zeißler
Umschlag und Herstellung: Uta Zeißler, Bielefeld
Umschlagfoto: Shutterstock / KHIUS
Satz: Pendragon Verlag auf Macintosh
Gesetzt aus der Adobe Garamond
ISBN 978-3-86532-620-1
Gedruckt in Deutschland